Kohle, Karnickel und ein Koffer voller Geld

Peter Kersken, geboren 1952 in Oberhausen im Ruhrgebiet, studierte Philosophie und Literaturwissenschaften in Freiburg und Köln und arbeitete als Redakteur bei einer Kölner Tageszeitung. Er lebt als freiberuflicher Autor in der Eifel.
www.peterkersken.de

PETER KERSKEN

Kohle, Karnickel und ein Koffer voller Geld

HISTORISCHER KRIMINALROMAN

emons:

Bibliografische Information der Deutschen Nationalbibliothek
Die Deutsche Nationalbibliothek verzeichnet diese Publikation in der Deutschen Nationalbibliografie; detaillierte bibliografische Daten sind im Internet über http://dnb.d-nb.de abrufbar.

MIX
Papier aus verantwortungsvollen Quellen
FSC® C083411

Umschlagmotiv: Fotoarchiv Ruhr Museum, Essen, Rudolf Holtappel, photocase.de/faniemage
Umschlaggestaltung: Nina Schäfer
Gestaltung Innenteil: César Satz & Grafik GmbH, Köln
Lektorat: Dr. Marion Heister
Druck und Bindung: CPI – Clausen & Bosse, Leck
Printed in Germany 2016
ISBN 978-3-7408-0006-2
Historischer Kriminalroman
Originalausgabe

Für Elke

Ja, das Leben
geht weiter.
Ich erzähle
Geschichten
und liebe
Dich.

EINS

Ich habe über Trümmerfrauen und die Sieger von Seifenkistenrennen geschrieben, über Spätheimkehrer, die sich im Ruhrgebiet der Nachkriegszeit nicht mehr zurechtfanden, und über Glückspilze, die im Fußballtoto gewonnen hatten. Ich habe grüne Witwen mit Wespentaillen interviewt, die sich in Neubausiedlungen über ein eigenes Bad freuten und von einem eigenen Fernsehapparat träumten. Das war in den fünfziger Jahren. Damals gab es die ersten Selbstbedienungsläden, die ersten Impfungen gegen Kinderlähmung und zum Ende des Jahrzehnts die ersten Feierschichten auf den Zechen im Revier. Als junger Reporter der Ruhr-Post habe ich darüber berichtet.

Ich bin Kindern begegnet, die in der verpesteten Luft des Kohlenpotts an Rachitis und Leukämie erkrankt waren, und Teenagern, die bei einem Konzert der Beatles in Ohnmacht gefallen waren. Das passierte in den Sechzigern. Es gab immer noch Unglücke unter Tage und immer häufiger Unfälle auf den Straßen, auf denen immer mehr Fahrzeuge unterwegs waren. Ich habe darüber geschrieben, ebenso wie über das letzte Grubenpferd, die ersten Gastarbeiter und die ersten Kumpel, die stempeln gehen mussten.

In den Siebzigern habe ich junge Leute interviewt, die ihren Sommerurlaub an den Ufern des Rhein-Herne-Kanals verbrachten, und Männer und Frauen, die sich in Bürgerinitiativen zusammenschlossen, um ihre Zechensiedlung vor dem Abriss zu retten. Ich habe Reportagen über luxuriöse, neue Einkaufsparadiese, über die erste Taubenklinik im Revier und über die Auswirkungen des ersten Smogalarms verfasst. Die Stahlkrise war ein Dauerthema in den Wirtschaftsteilen der Zeitungen, ich habe über die Menschen geschrieben, die von ihr betroffen waren.

Dann kamen die achtziger Jahre, und ich musste über Massenentlassungen und Arbeitsloseninitiativen berichten, über ganze Viertel, die verelendeten, über Städte, deren Sozialämter überfordert waren und deren Straßenlaternen abgeschaltet wurden, weil kein Geld mehr da war. Trotz allem träumte man im Revier eine Weile davon, Austragungsort der Olympischen Spiele zu werden. Ich habe auch darüber geschrieben, genauso wie über die ersten Frauenbüros in den Rathäusern, über neue S-Bahn-Verbindungen, Skat-Weltmeisterschaften und den Besuch des Papstes.

Als die Neunziger begannen, war der alte Kohlenpott untergegangen, und kurz darauf kam auch das Ende für die Ruhr-Post, für die ich mehr als vier Jahrzehnte gearbeitet hatte.

Ich wurde in Rente geschickt, mit dreiundsechzig. Mir war es recht. Mein Revier gab es nicht mehr, über das Leben im neuen Ruhrgebiet sollten die Leute berichten, die sich besser darin zurechtfanden als ich.

Meine Geschichten waren geschrieben. Das dachte ich jedenfalls damals.

Ich zog nach Sterkrade in die Bremener Straße, in das Haus, das einmal meinen Großeltern gehört hatte. Es war schon in meinen Kinder- und Jugendtagen der Mittelpunkt meines Lebens gewesen und es eigentlich auch immer geblieben.

Ich reparierte die alten Karnickelställe meines Opas und begann, Deutsche Riesenschecken zu züchten.

Vom Reisen habe ich nie viel gehalten. Ich war immer der Meinung, dass es zwischen den Höhenzügen der Ruhr und den Niederungen der Lippe so viele schöne Gegenden und dazu eine so große Ansammlung von Sehenswürdigkeiten gibt, dass meine Lebenszeit vermutlich nicht ausreichen würde, sie alle zu entdecken. Mich irgendwo in der Ferne herumzutreiben, hielt ich für bloße Zeitverschwendung.

Trotzdem baute ich eine automatische Fütterungsanlage für die Karnickel, die es mir ermöglichte, hin und wieder für ein paar Tage nach Bochum oder nach Bonn zu fahren, wo meine beiden Töchter mit ihren Familien leben.

Dann tauchten irgendwann die Geschichten wieder auf, die ich nicht geschrieben hatte.

Ja, es gab sie, ich hatte sie nur im Lauf der Jahrzehnte vergessen. Sie waren ungeschrieben geblieben, weil sie damals, in ihrer Zeit, zu verwerflich oder zu aufrührerisch für die Ruhr-Post gewesen waren, weil sie vielleicht die sittlichen oder die religiösen Gefühle der Leser verletzt hätten, oder weil sie irgendjemandem hätten schaden können, weil es Mut gebraucht hätte, sie zu schreiben, mehr Mut, als ich hatte, oder weil sie so verrückt und seltsam waren, dass kein Mensch sie geglaubt hätte.

Jetzt bin ich ein alter Mann, und die Geschichten, die nicht geschrieben sind, lassen mir keine Ruhe. Nein, sie sind nicht so wichtig, dass sie unbedingt erzählt werden müssten, nein, das ist es nicht. Ich gehöre nicht zu den senilen Narren, die, den Sensenmann schon im Nacken, noch mit letzter Kraft ihre Lebenserinnerungen zu Papier bringen müssen, weil sie glauben, die Nachwelt könne keinesfalls darauf verzichten. Nein, meine Geschichten braucht niemand, sie werden die Welt nicht um einen Deut besser machen.

Aber sie sind nun mal da, und manch eine von ihnen erstaunt und fasziniert mich heute nach all den Jahren noch so sehr, dass es mir ein Vergnügen ist, sie zu erzählen.

Von den merkwürdigen Vorkommnissen um einen alten Pappkoffer voller Geld erfuhr ich zum ersten Mal im Sommer 1952, ein paar Wochen, nachdem ich einundzwanzig Jahre alt geworden war.

In der Chefetage der Ruhr-Post waren ein paar ältere Herren kurz zuvor auf die Idee gekommen, die Zeitung ein bisschen unterhaltsamer zu machen. Die seriöse Information war das Markenzeichen des Blattes, und das sollte auch so bleiben. Aber irgendwo zwischen der Politik und dem Lokalen, zwischen Wirtschaft, Sport und Kultur sollte es künftig auf zwei Seiten menscheln. Unerwartetes Glück, herzzerreißende Tragödien, Kurioses, Außergewöhnliches und Glamouröses sollten die Leser ergötzen.

Die beiden neuen Seiten hießen »Buntes aus der Welt« und »Buntes aus dem Revier«. Als verantwortlicher Redakteur wurde Horst Brömmel, bisher Chef in der Lokalredaktion Oberhausen, nach Essen beordert. Für ihn lohnte sich der Umzug: Er wurde offiziell zum Leiter des neuen Ressorts »Vermischtes« ernannt, bekam eine spürbare Gehaltserhöhung und durch Vermittlung des Verlags eine der damals noch äußerst raren Wohnungen in der Essener Innenstadt.

Horst Brömmel war ein leidenschaftlicher Zeitungsmacher und

ein leidenschaftlicher Liebhaber der gediegenen deutschen Küche und blonder Frauen. Verheiratet war er nicht. »Es gibt so viele Kriegswitwen, die getröstet werden müssen, da kann ich doch nicht heiraten«, pflegte er zu antworten, wenn er nach dem Grund seines Junggesellendaseins gefragt wurde.

Als er von Oberhausen nach Essen umzog und seinen neuen Job antrat, war er Anfang vierzig. Sein dunkles Haar war noch so voll, dass die Geheimratsecken sich wegkämmen ließen, und seine Figur war trotz seiner Vorliebe für Schweinebraten noch gut in Form. Die schlechten Zeiten waren gerade erst vorbei, und Horst Brömmel begann Anfang der fünfziger Jahre, wie die meisten Deutschen, erst ganz allmählich fett zu werden.

Später heiratete er dann doch noch. Als er fast fünfzig war und sein Gewicht die Zwei-Zentner-Marke bereits deutlich überschritten hatte, legte er sich auf eine Witwe fest, die mit einem Geschäft für Damenmode in Wattenscheid zu einigem Wohlstand gekommen war.

Ohne Horst Brömmel wäre ich kein Journalist geworden. Er war der Mann, der mich im Herbst 1949 zur Zeitung geholt hatte.

Damals wohnte ich bei meinen Großeltern in der Bremener Straße, hatte im Jahr zuvor die Mittelschule abgeschlossen und keine Vorstellung davon, was aus mir einmal werden sollte. Ich verdiente mir ein paar Mark als Aushilfe in einer Tischlerei, schleppte Bretter in die Werkstatt und fuhr als Packer mit, wenn Möbel ausgeliefert wurden. Außerdem versorgte ich die Hühner und Opas Karnickel, wenn er auf Schicht war, und ich fütterte die beiden Schweine, die meine Großeltern jedes Jahr im Frühjahr als kleine Ferkel kauften und im Herbst von einem Metzger schlachten ließen. Eigentlich war meine Oma fürs Vieh zuständig, aber wenn sie gerade mit Waschen, Bügeln, Putzen, Kochen oder Backen beschäftigt war, fragte ich sie, ob ich die Tiere füttern solle, und sie sagte jedes Mal: »Ja, mein Jung, dat wär nett von dir.«

Da sie eigentlich immer irgendwas im Haushalt zu tun hatte, hörte ich irgendwann auf, sie zu fragen, und es spielte sich ein, dass ich Schweine, Hühner und Karnickel versorgte, wenn ich nicht gerade als Möbelpacker unterwegs war. Oma Hilde fühlte sich trotzdem weiter fürs Vieh verantwortlich, was zur Folge hatte, dass wir beide tagtäglich am Abendbrottisch einen kurzen Dialog führten, der in etwa immer den gleichen Wortlaut hatte.

»Has'e Hühner schon gefüttert, Jung?«

»Hab ich.«

»Und die Schweine?«

»Auch.«

»Karnickel?«

Darauf nickte ich, oder ich sagte: »Hat Opa gemacht.«

»Dann sind alle versorgt?«

»Alle.«

»Has'e 'n Stall auch schon abgeschlossen?«

»Mach ich nach 'm Abendbrot.«

»Dann machs'e auch die Luke zu?«

»Ja sicher.«

»Auf dich kann man sich verlassen, Hermann. Dat ist gut. Jetzt iss mal tüchtig!«

Das Vieh war in einem Ziegel-Anbau hinterm Wohnhaus untergebracht. Die Hühner konnten durch eine Luke nach draußen in einen umzäunten Auslauf, außer nachts. Dann verschloss ein Holzbrett die Luke, damit der Fuchs nicht zu den Hühnern konnte.

Fürs Ausmisten der Ställe war ich zuständig. Den Mist fuhr ich mit der Schubkarre auf einen Haufen am Ende des Grundstücks. Im Sommer duftete er bis zum Haus herüber, im Herbst wurde er über die Gartenbeete verteilt und untergegraben. Das war die letzte Arbeit auf dem Land bis zum nächsten Frühjahr. Mein Opa sagte immer »unser Land«, er wäre nie auf die Idee gekommen, von »unserem Garten« zu reden. Ein Garten war etwas für feine Pinkel, die Rosen züchteten. In seinem Wortschatz gab es auch keine »Schrebergärten«, die hießen »Mietland«.

In dem Jahr, in dem ich die Schule abgeschlossen hatte, ich wurde siebzehn und mein Opa einundsechzig, übernahm ich auch einen großen Teil seiner Arbeit auf dem Land, vor allem das Umgraben, das Setzen der vorgezogenen Kohl- und Gemüsepflänzchen und das Mähen des Roggens mit der Sense.

Er bedankte sich nie bei mir, klopfte mir aber manchmal auf die Schulter, wenn ich, verschwitzt von der Landarbeit, zurück zum

Haus kam, gab mir eine Flasche Bier oder bot mir eine Zigarette an.

Hin und wieder sagte er auch: »Dat is gut, dat du dat jetz machs. Die Plackerei mit 'm Spaten und mit der Sense und dat dauernde Bücken beim Pflanzen, dat macht mir mittlerweile ganz schön zu schaffen, besonders wenn ich schon acht Stunden Schicht in e Knochen hab.«

Fast alles, was es damals bei uns zu essen gab, war vom eigenen Land, von der jungen Melde im Frühjahr, dem ersten frischen Gemüse des Jahres, bis zum Porree und zum Grünkohl, die bis in den Winter hinein direkt vom Beet in den Kochtopf kamen.

Was wir sonst noch brauchten, um den Winter zu überstehen, lagerte im Keller: Kartoffeln in einer Holzkiste, Sauerkraut im Kappesfass und Unmengen Einmachgläser. Sie waren gefüllt mit Schnibbelbohnen und dicken Bohnen, Möhren und Erbsen, mit roter Beete und Stielmus, das bei Oma Hilde Ströppmus hieß, mit Apfelkompott, Birnen, Pflaumen und Kirschen.

Auch Schweinerippchen, Leberwurst, Blutwurst und Sülze wurden nach dem Schlachten eingekocht. Geräuchertes, gepökeltes und luftgetrocknetes Fleisch und die Würste, die der Metzger gemacht hatte, hingen in einer kleinen Kammer unterm Dach, gleich neben meinem Zimmer.

In einem Kellerraum lagerten Holz und Kohlen, Deputatkohle, die mein Opa als Bergmann auf der Zeche Jacobi immer im Herbst kostenlos geliefert bekam.

»Kohlen im Keller, Kappes im Fass, Würste im Kabüffken unterm Dach und en paar fette Karnickel im Stall, wat wills'e mehr?«, sagte mein Opa gern, und manchmal fügte er nach einer Weile ein wenig leiser hinzu: »Wat gewesen is die letzten Jahre, dat is jetz vorbei.«

Es ging uns gut, da waren wir drei, Opa Leschinski, Oma Hilde und ich, uns einig. Von mir aus hätte das Leben so weitergehen können, es gab keinen Grund, irgendwas zu ändern. Opa fuhr jeden Tag mit dem Fahrrad zur Zeche, Oma sang manchmal alte Lieder, während sie kochte oder bügelte, und ich erledigte gern die anfallenden Arbeiten im Stall und auf dem Land. Das gab mir das gute Gefühl, ein vollwertiges Mitglied unseres Trios zu sein.

Das Geld, das ich in der Tischlerei verdiente, durfte ich behalten. Ich bezahlte damit Kino- und Kneipen- und Friseurbesuche, den Sprit für mein Moped, und hin und wieder kaufte ich mir auch ein neues Hemd, eine Hose oder eine modische Jacke, um den Mädchen zu gefallen.

Die Jugendfreunde, mit denen ich damals um die Häuser zog, gingen mir ständig auf die Nerven, weil sie meinten, ich würde in der Tischlerei und in Opas Garten nur meine Zeit verplempern, obwohl ich doch mit mittlerer Reife auch was Vernünftiges machen könnte, zum Beispiel eine Lehre als Industriekaufmann oder technischer Zeichner bei der Hütte.

Meine Großeltern hingegen bedrängten mich nie, nur hin und wieder sagte Opa: »In deinem Alter, da bin ich schon jeden Tach eingefahren, da gab et nich viel zum Nachdenken. Vatter war Bergmann und hat immer gut verdient, also bin ich nach e Schulzeit mit auf e Zeche.«

»Du has ja auch keine mittlere Reife gehabt«, sagte Oma dann. »Jetz lass den Jung ma in Ruhe! Bei den Möglichkeiten, die er hat, warum sollte er da irgendwat über t Knie brechen? So wie et jetz is, is et doch gut. Und der Hermann liegt ja auch nich auf e faule Haut rum.«

»So 'n Schmonses«, sagte Opa dann ärgerlich. »Als hätt ich dat gesacht, dat der Hermann faul is. Ich bin doch froh, dat er so fleißig mithilft. Dat weiß er aber auch. Ich will nur nich, dat er später ma sacht, er hätt nix Vernünftiges lernen können, weil er hier den ganzen Tach im Stall und auf 'm Land malochen musste.«

»So 'n Blödsinn werd ich nie sagen, Opa«, versprach ich dann, und damit war das Thema vom Tisch.

Im Herbst 1949 veranstalteten meine Freunde und ich auf dem Tackenberg ein Seifenkistenrennen. Das war damals ein angesagter Volkssport, und wir bekamen so viele Meldungen, dass ein kompletter Rennsonntag mit mehreren Durchläufen in verschiedenen Klassen zustande kam. Um möglichst viele Zuschauer anzulocken, verfasste ich eine kurze Mitteilung für die Presse. In der Woche vor dem großen Ereignis fuhr ich mit dem Moped ins

Stadtzentrum und klapperte die Lokalredaktionen der in Oberhausen erscheinenden Tageszeitungen ab. Die Veröffentlichung des Veranstaltungshinweises wurde mir in allen drei Redaktionen zugesagt, und in den beiden ersten versprach man auch, einen Reporter zu den Rennen zu schicken.

Die Oberhausener Lokalausgabe der Ruhr-Post gab es erst seit ein paar Monaten. Dorthin fuhr ich zuletzt. Ich trug einer jungen Dame mein Anliegen vor.

»Gehen Sie damit bitte zu Herrn Brömmel, unserem Redaktionsleiter«, sagte sie und wies auf einen schlanken, dunkelhaarigen Mann, der mit zwei Fingern ungestüm auf die Tastatur einer Schreibmaschine einhackte.

So lernte ich Horst Brömmel kennen.

Er las meine Pressemitteilung durch und nickte.

»Machen wir.«

»Können Sie am Sonntag auch einen Reporter zum Tackenberg schicken?«

Brömmel deutete auf meinen kurzen Text.

»Haben Sie das geschrieben?«

Ich nickte.

»Sie haben also 'ne Schreibmaschine?«

»Ist ein uraltes Ding von meiner Mutter.«

»Schreibt noch tadellos«, stellte Brömmel fest. »Sie übrigens auch.«

Ich verstand ihn nicht und zuckte mit den Schultern.

»Na, der Veranstaltungshinweis hier, der ist gut. Was, wo, wann. Da steht alles Wichtige drin. Wenn die Leute das lesen, wissen sie, was sie erwartet.«

»Na, deshalb hab ich ihn ja geschrieben.«

»Und weshalb sollte nach dem Rennen auch noch etwas darüber in der Zeitung stehen?«, fragte Brömmel.

»Damit die Leute erfahren, wie es gewesen ist«, antwortete ich.

»Die wollen aber nicht nur eine Liste mit den Namen der Sieger. Die wollen wissen, ob es Karambolagen gegeben hat, ob die Straße nass war, ob Favoriten enttäuscht haben oder Außenseiter überraschend ganz vorn gelandet sind, ob vielleicht eine Kiste kurz vor dem Ziel auseinandergebrochen ist, ob es besonders verrückte

Modelle zu bestaunen gab und wie die Stimmung im Publikum war.«

»Ist klar«, sagte ich.

»Na, dann schreiben Sie das mal«, sagte Brömmel.

»Ich?«

»Ja, ich schicke einen Fotografen vorbei, und Sie schreiben den Text. Sagen wir mal, so rund hundert Druckzeilen, also etwa fünfzig Zeilen mit sechzig Anschlägen auf der Schreibmaschine. Größter Zeilenabstand und ganz nach links gerückt. Rechts muss Platz für Korrekturen bleiben.«

»Ich weiß nicht, ob ich das kann.«

»Sie können das«, sagte Brömmel. »Am Montag, spätestens um zwei, sind Sie hier mit dem Text. Geht das?«

»Am Montagmittag schon?«

»Ja, wann sonst? Wir sind eine Tageszeitung und kein Wochenblättchen.«

»Ich könnte es vielleicht versuchen«, sagte ich zögerlich.

»Jetzt lassen Sie das Vielleicht mal weg! Sie schreiben einen schönen Bericht über das Seifenkistenrennen, und am Montagmittag sind Sie damit hier. Kann ich mich darauf verlassen?«

Ich antwortete Horst Brömmel mit einem zaghaften Kopfnicken.

Woher ich den Mut nahm, dem Vorschlag Brömmels zuzustimmen, weiß ich bis heute nicht. Eigentlich war ich fest davon überzeugt, dass ich überhaupt nicht dazu in der Lage war, einen Zeitungsartikel zu verfassen. Bereut habe ich mein Kopfnicken nie.

Mein Bericht erschien am Dienstag nach dem Rennen in der Oberhausener Lokalausgabe der Ruhr-Post. »Jubelnde Sieger und humpelnde Bruchpiloten am Tackenberg« lautete der Titel, und direkt darunter stand: »Von Hermann Leschinski«.

Ich war mächtig stolz, und mein Opa abonnierte am nächsten Tag die Ruhr-Post. Für ihn stand sofort fest, dass ich den Beruf meines Lebens gefunden hatte.

»Jung, wenn die dich bei de Zeitung haben wollen, dann mach dat bloß! Da kanns'e dein Geld verdienen, ohne dat e dich dreckig machen muss. Und 'ne interessante Arbeit is dat auch.«

Horst Brömmel wollte mich tatsächlich. Mein Text hatte ihm gefallen. Er hatte ihn nur an wenigen Stellen korrigiert und ein paar Kürzungen vorgenommen. Als er erfuhr, dass ich die mittlere Reife, noch keine feste Arbeitsstelle, aber ein eigenes Motorrad hatte, rieb er sich die Hände und sagte, unvermittelt zum vertraulichen Du übergehend: »So einen wie dich können wir brauchen. Aus dir mach ich einen Journalisten.«

Ich wurde freier Mitarbeiter der Lokalredaktion. Jeden Morgen zwischen neun und zehn rief ich aus einer Telefonzelle Horst Brömmel an, um zu hören, was es zu tun gab. Meistens hatte er einen oder auch zwei Termine für mich. Ich bekam fünf Pfennige für die gedruckte Zeile. Das war nicht gerade viel, aber da ich für die Zeitung fast immer abends unterwegs war, konnte ich weiterhin nachmittags ein paar Stunden in der Tischlerei arbeiten. Beide Jobs zusammen brachten mir rund hundert Mark im Monat ein. Das hätte zwar nicht gereicht, um eine Familie zu ernähren, aber das hatte ich vorläufig auch nicht vor. Und da meine Großeltern mich weiterhin alles behalten ließen, was ich verdiente, hatte ich mehr Geld in der Tasche als die meisten schwer arbeitenden Familienväter, die den Großteil ihres Lohnes zu Hause ablieferten.

Im November 1951 lud Horst Brömmel mich in eine ziemlich feine Gaststätte auf der Marktstraße ein. Ich fuhr weisungsgemäß nicht mit dem Moped, sondern mit der Straßenbahn von Sterkrade nach Oberhausen, traf Brömmel in bester Laune an, aß den Rheinischen Sauerbraten, den er mir empfahl, trank ein paar Bier und sträubte mich nur zaghaft gegen den Wachholder, den er nach dem Essen bestellte. Beim zweiten Schnaps forderte er mich auf, ihn künftig zu duzen, und beim dritten eröffnete er mir, dass es so nicht mit mir weitergehe.

»Hermann, du bist jetzt schon über zwei Jahre bei uns, und im Sommer wirst du volljährig. Da musst du allmählich mal an deine Zukunft denken. Oder willst du ewig für ein paar Pfennige Zeilenhonorar durch die Gegend fahren und über langweilige Vorstandswahlen, senile Goldhochzeiter und prämiierte Brieftauben schreiben?«

»Ich mach das gern, das wissen Sie doch.«

»Du.«

»Bitte?«

»Das weißt du doch, heißt das. Ich bin der Horst.«

»Ach so, ja. Entschuldigung! Horst. Ich arbeite gerne als Journalist, das weißt du doch.«

»Natürlich weiß ich das. Und du machst das prima, hast eine wirklich gute Schreibe. Und inzwischen hast du auch ein Gespür für die richtigen Themen, für das, was die Leute lesen wollen. Aber genau das ist mein Problem. Dauernd triffst du bei deinen Terminen die Kollegen von der Konkurrenz, und die lesen natürlich auch, was du schreibst. Sie kennen dich und haben inzwischen längst mitgekriegt, dass du gut bist. Es wird bestimmt nicht mehr lange dauern, bis dir jemand eine feste Anstellung anbietet, und dann bist du weg.«

»Nein, bin ich nicht, Horst. Erstens hab ich alles, was ich kann, von dir gelernt, zweitens gefällt mir mein Leben, so wie es ist, und drittens hast du mir schon ein paar Mal gesagt, dass ich irgendwann bestimmt eine Anstellung bei der Ruhr-Post bekomme, dass es nur eine Frage der Zeit ist.«

Horst Brömmel nickte.

»In der Redaktion Oberhausen wird demnächst eine Stelle frei. Einer der Kollegen geht nach Essen in die Zentrale«, sagte er.

»Und? Kannst du das entscheiden, wer die frei werdende Stelle kriegt?«

»Wenn ich sage, dass du der richtige Mann dafür bist, dann wird der Verlag dich einstellen.«

»Das ist ja großartig.«

»Ich habe aber nicht die Absicht, dich für die Stelle vorzuschlagen.«

»Ach so«, sagte ich enttäuscht.

»Ich bin der Kollege, der nach Essen geht, und ich würde dich gern mitnehmen«, sagte Horst Brömmel.

An dem Abend erfuhr ich alles über das geplante Ressort »Vermischtes« und die beiden neuen Seiten »Buntes aus der Welt« und »Buntes aus dem Revier«.

Brömmel hatte bereits das Wichtigste mit dem Verlag geklärt.

»Du kriegst einen Vertrag als Pauschalist. Hundert Mark Fixum in der Woche. Brutto. So um die siebzig dürftest du dann nach allen Abzügen in der Lohntüte haben.«

»Die Essener stellen mich ein, ohne mich zu kennen?«

»Geh mal davon aus, dass die Chefredaktion sehr genau verfolgt, was in den Lokalausgaben vor sich geht. Wenn in Oberhausen jede Woche mehrere Artikel von Hermann Leschinski erscheinen, immer ordentlich recherchiert und gut geschrieben, dann wird das von den Herren sehr wohl registriert. Die wissen genau, wen sie sich da einkaufen. Außerdem wollen sie unbedingt mich für die Ressortleitung, und ich will dich als Mitarbeiter. Also ist die Sache klar. Du musst dich zwar noch beim Chefredakteur und beim Herausgeber vorstellen, aber das ist nur Formsache.«

Mir gefiel die Vorstellung, siebzig Mark in der Woche zu verdienen. Ein paar Tage vor jenem denkwürdigen Abend mit Horst Brömmel in der Gaststätte auf der Marktstraße hatte ich in einer Sterkrader Kneipe einen alten Klassenkameraden von der Volksschule wiedergetroffen. Er hatte auf der Hütte gelernt, war jetzt Sandformer, arbeitete von montags bis samstags im Akkord, hatte vor ein paar Monaten geheiratet und war gerade Vater geworden. Er hatte mir stolz erzählt, dass er jede Woche fast hundert Mark in der Lohntüte hätte und damit gut für seine junge Familie sorgen könne. Da waren siebzig Mark für einen alleinstehenden jungen Kerl wie mich, der nichts Richtiges gelernt hatte, ein geradezu märchenhaftes Einkommen.

Trotzdem war ich von Brömmels Plan nicht wirklich begeistert. Ich wollte nicht nach Essen umziehen. In Sterkrade fühlte ich mich wohl. Das Haus meiner Großeltern in der Bremener Straße war mein Zuhause.

Schon als Kind, als ich mit meinen Eltern in einer Etagenwohnung auf der Holtenstraße gewohnt hatte, war ich am liebsten bei Oma und Opa gewesen.

Wenn ich schnell gelaufen war, am Reinersbach entlang, hatte ich kaum mehr als zehn Minuten von der Wohnung meiner Eltern bis zum Häuschen meiner Großeltern gebraucht. Ich war fast immer gerannt, weil ich nie schnell genug in der Bremener Straße sein konnte. Bei meinen Großeltern war ich in einer Welt, die mir gefiel, nicht mehr mitten in der lärmenden Stadt, sondern schon fast auf dem Land, nicht mehr eingezwängt zwischen Mietshäusern und den dreckigen Backsteinmauern der Hütte, sondern umgeben von alten Bäumen, großen Gärten und Wiesen, auf denen man im Herbst selbstgebaute Drachen steigen ließ.

Das Haus, in dem ich mit meinen Eltern wohnte, stank nach Bohnerwachs, in der Bremener Straße roch es nach frischem Mist oder nach Bratkartoffeln. In der Holtenstraße durfte ich keinen Krach machen, nicht mit Schuhen durchs Treppenhaus rennen und in der Wohnung nicht herumtoben, weil unter uns die Hausbesitzer wohnten. Ich durfte mich nicht dreckig machen, weil meine Mutter nicht jede Woche waschen konnte, und um sieben Uhr gab es Abendessen, um punkt sieben, weil Kinder lernen mussten, sich an Regeln zu halten.

Meine Oma schmierte mir immer eine Stulle, wenn ich Hunger hatte, egal wie spät es war. Sie freute sich, wenn ich herumtobte, lärmte und mich schmutzig machte, weil sie dann wusste, dass es mir gutging. Ein Treppenhaus gab es bei den Großeltern nicht, nur eine Tür, durch die man rein oder raus lief, frisches Gemüse von den Gartenbeeten direkt in die Küche trug und Küchenabfälle zum Vieh in den Stall. Und es kam niemand auf die Idee, dass man Schuhe an- oder ausziehen müsse, wenn man durch die Türe ging, weil beide Seiten gleichermaßen zum Alltag gehörten und zum Leben, das Drinnen und das Draußen.

Als ich nach dem Krieg mit vierzehn, nach fast drei Jahren in der Kinderlandverschickung, zurück nach Sterkrade kam, gab es meine Eltern und die Wohnung in der Holtenstraße nicht mehr. Mein Vater war in Russland gefallen, und meine Mutter war kurz vor Kriegsende bei einem der vielen Bombenangriffe auf das Ruhrgebiet ums Leben gekommen. Ich war eine Weile sehr traurig, aber mir war immer klar, dass es noch viel schrecklicher für mich gewesen wäre, wenn es bei meiner Rückkehr Oma und Opa und das Häuschen in der Bremener Straße nicht mehr gegeben hätte.

So war ich einerseits über Brömmels Angebot hocherfreut, fühlte mich aber andererseits äußerst unwohl bei dem Gedanken, aus Sterkrade fortziehen zu müssen, zumal ich gerade jetzt den beiden Alten, die immer für mich da gewesen waren, durch meine Hilfe auf dem Land und im Stall endlich etwas zurückgeben konnte.

Horst Brömmel ahnte, was mir quer saß.

»Du kannst bei deinen Großeltern wohnen bleiben«, sagte er.

»Wie soll das denn gehen?«

»Dein Einsatzgebiet ist ja nicht Essen, sondern das ganze Ruhrgebiet. Es ist also im Grunde egal, ob du in Duisburg oder in Dortmund oder irgendwo dazwischen wohnst, solange du mit deinem Motorrad dahin fährst, wo es was zu recherchieren gibt.«

»Ich dachte, als Pauschalist bekäme ich einen festen Arbeitsplatz in der Redaktion und müsste jeden Tag da erscheinen.«

»Ja, so ist das vorgesehen«, sagte Brömmel. »Aber das ist doch kein Problem. Du brauchst eine halbe Stunde von Sterkrade bis zum Verlagsgebäude in der Kettwiger Straße. Und wenn es abends mal spät wird oder wenn das Wetter schlecht ist oder wenn du noch einen Termin in Essen hast, dann kannst du bei mir übernachten.«

»Bei dir?«

»Der Verlag hat zugesichert, mir eine Dreizimmerwohnung in der Innenstadt zu besorgen.«

Ich sah ihn erstaunt an. Wohnraum war knapp in den Revierstädten der Nachkriegszeit, äußerst knapp sogar. Erst ein paar Tage zuvor hatte die Ruhr-Post über den Stand des Wiederaufbaus in Essen berichtet. Von den zweihunderttausend Wohnungen, die es dort früher mal gegeben hatte, war im Krieg fast die Hälfte zerstört worden. Inzwischen waren zwar viele wiederhergestellt, aber immer noch gab es in der Stadt zahlreiche Trümmergrundstücke und deutlich weniger bewohnbare Räume als Einwohner. Da erschien es mir reichlich übertrieben, dass ein einzelner Mann drei Zimmer für sich allein bekommen sollte.

Brömmel winkte ab. »Ich weiß, was du denkst«, sagte er. »Natürlich ist die Wohnung zu groß für mich. Das Arbeitszimmer brauche ich wirklich nicht. Da stelle ich meine beiden Bücherregale rein, eine Schlafcouch und einen Schrank. Das wäre ideal für einen Untermieter, der zwei- oder dreimal die Woche in Essen übernachtet, vorausgesetzt, ihn stören meine Bücher nicht. Was hältst du davon?«

»Deine Bücher würden mich nicht stören«, sagte ich.

Am nächsten Tag sprach ich mit meinen Großeltern über Brömmels Angebot.

»Mensch Jung, dat is doch großartig, mach dat bloß!«, sagte Opa. »Und Essen, dat is wat anderes als Sterkrade, schon fast 'ne Weltstadt, genau dat Richtige für 'n jungen Kerl.«

»Aber dann kann ich euch nicht mehr so viel helfen wie jetzt.«

»Dat Vieh kann ich ja auch wieder machen oder der Opa, wenn er demnächst in Rente geht«, sagte Oma. »Und die Hälfte von 'ne Woche bis'e ja auch noch hier und am Wochenende auch meistens, wenn ich dat richtig verstanden hab.«

In der Ruhr-Post-Ausgabe von Donnerstag, dem 15. Mai 1952, erschienen zum ersten Mal die beiden Seiten »Buntes aus der Welt« und »Buntes aus dem Revier«.

Horst Brömmel und ich wurden schnell ein gut harmonierendes Team, zu dem noch Trudi Tippel aus Bergeborbeck als Redaktionssekretärin stieß. Sie war Mitte dreißig, hatte bisher in der Verwaltung eines Krankenhauses gearbeitet und sich auf die Stelle bei der Ruhr-Post beworben, weil sie einen Arbeitsplatz suchte, an dem nicht ein Tag verlief wie der andere. Nicht nur sie selbst hatte sofort das Gefühl, dass sie bei uns richtig war, auch Brömmel und ich merkten schnell, dass wir mit ihr einen guten Fang gemacht hatten. Schon nach einer Woche stellte Horst Brömmel fest, für ihn sei es schwierig, die eine Hälfte seiner Mitarbeiter zu duzen und die andere zu siezen. Seitdem redeten wir drei uns mit unseren Vornamen an.

An Tagen, an denen nichts Besonderes auf dem Programm stand, fuhr ich um kurz vor halb neun in der Bremener Straße los und war gegen neun in der Redaktion. Zuerst arbeiteten Brömmel und ich uns durch die Konkurrenzblätter, auch durch deren Lokalausgaben, immer auf der Suche nach Artikeln und kleinen Meldungen, hinter denen sich vielleicht etwas Interessantes für unsere bunten Seiten verbarg.

Wenn sich in Dortmund ein Rentner beim Spaziergang ein Bein gebrochen hatte, wenn es in Wanne-Eickel eine neue Tankstelle gab, deren Inhaber ein ehemaliger Bergmann war, wenn in Bochum Dahlhausen ein Wanderzirkus gastierte, wenn in Oberhausen ein ertrinkender Hund von seinem Herrn aus dem Rhein-Herne-Kanal gerettet worden war oder wenn in Duisburg eine Kriegerwitwe und Mutter von vier Kindern ihren dritten Kurzwarenladen eröffnet hatte, dann wurden wir neugierig.

Wie kann man sich beim Spazierengehen ein Bein brechen? Warum geht ein Kumpel vom Pütt weg und wird Tankstellenpächter? Was ist das für ein Mensch, der in den Kanal springt, um seinen Hund zu retten? Wie lebt man in einem Zirkuswagen am Ruhrufer? Wie schafft es eine Witwe mit vier Kindern, ihr Schicksal in die Hand zu nehmen und eine erfolgreiche Geschäftsfrau zu werden?

Die Fragen, die uns beim Lesen der Zeitungen durch den Kopf gingen, die würden sich bestimmt auch unsere Leser stellen. Davon waren wir jedenfalls überzeugt, und deshalb versuchten wir, auf den bunten Seiten diese Fragen zu beantworten.

Irgendwann kam ich dahinter, dass es nicht nur auf den redaktionellen Zeitungsseiten Reizvolles zu entdecken gab, sondern auch im Anzeigenteil. Stellenangebote, Hausverkäufe, Nachrufe, Fundsachen, Verkäufe, Heiratsgesuche, in allen Rubriken erschienen hin und wieder Annoncen, bei denen ich mich fragte, was dahinter stecken könnte.

Jeden Vormittag rief ich in den Lokalredaktionen der Ruhr-Post an und fragte nach den besonderen Themen des Tages. Meistens gab es da nicht viel Buntes, aber manchmal bat ich die Kollegen, aus ihrem lokalen Aufmacher eine Zusammenfassung für uns zu machen. Der Brand eines Bauernhofes beispielsweise, eine große Sache in Recklinghausen, wurde auf den bunten Seiten zu einer kurzen Nachricht. Wären dort noch dreißig Kühe eingeschlossen gewesen, hätte ich mich allerdings sofort aufs Moped geschwungen und wäre an den Ort des Geschehens gefahren. Eine dramatische Rettungsaktion wäre eine Geschichte für uns gewesen, ein Ereignis, von dem wir annahmen, dass es auch die Leser in Mülheim und in Bochum interessierte.

Die meisten Kollegen in den Außenredaktionen der Ruhr-Post reagierten freundlich auf meine tägliche Anfrage. Vor allem die freien Mitarbeiter schrieben gern für uns, denn das Zeilenhonorar für Artikel in der Gesamtausgabe war mit zehn Pfennigen doppelt so hoch wie das Honorar in den Lokalausgaben.

Einige ältere Redakteure gaben sich jedoch jeden Tag aufs Neue äußerst zugeknöpft, wenn ich sie anrief.

»Buntes aus dem Revier wollen Sie? Was soll der Kokolores, junger Mann? Das ist genauso blöd, als würden Sie in der Wüste nach Wasser suchen oder an der Emscher nach Elefanten Ausschau halten.«

Ich beklagte mich bei Horst Brömmel über die unfreundlichen Kollegen, der beschwerte sich beim Chefredakteur, und der verfasste ein Rundschreiben. Darin wurden alle Mitarbeiter in den Außenredaktionen darauf hingewiesen, dass es zu ihren Aufgaben gehöre, das Ressort »Vermischtes« umgehend von außergewöhnlichen lokalen Ereignissen in Kenntnis zu setzen und, falls dies von den Herren Brömmel oder Leschinski gewünscht werde, Artikel über solche Ereignisse für die bunten Seiten zu verfassen.

Danach redeten auch die mürrischen alten Redakteure einigermaßen freundlich mit mir und gaben bereitwillig Auskunft über ihre wichtigsten Tagesthemen.

Horst Brömmel durchforstete ständig die Nachrichten, die aus dem Fernschreiber kamen, und da auch damals schon in der großen weiten Welt Tag für Tag viel Unglaubliches, Verrücktes, Tragisches und Komisches geschah, gab es immer reichlich Material für die Seite »Buntes aus der Welt«.

Genug Buntes aus dem Revier zu finden, blieb dagegen eine Herausforderung.

Oft mussten wir uns mit wenig aufregenden Themen aus den Lokalredaktionen begnügen. Manchmal tricksten wir auch ein wenig herum und machten ein Ereignis, das irgendwo auf der Welt stattgefunden hatte, zu einer regionalen Angelegenheit. Wenn sich beispielsweise eine Schauspielerin scheiden ließ, die irgendwann mal zu einer Filmpremiere in Essen gewesen war, dann genügte ein Foto aus dem Archiv, das die Dame vor der Lichtburg zeigte, um aus ihrer Scheidung eine bunte Geschichte aus dem Revier zu machen.

Hin und wieder sagte Brömmel zu mir: »Hermann, setz dich aufs Motorrad und fahr durch die Gegend, von mir aus nach

Sterkrade zu Oma und Opa. Oder geh in die Kneipe. Hör zu, worüber die Leute reden. Wenn wir wissen, was sie ärgert, über was sie sich aufregen und über wen sie schimpfen, dann wissen wir, worüber wir schreiben müssen.«

Ich fuhr damals oft kreuz und quer durchs Ruhrgebiet, redete mit Maurern, die Neubausiedlungen hochzogen, mit Bergleuten, die nach der Schicht mit einer Flasche Bier in der Hand an der Trinkhalle standen, mit Bauern, die unterm rußig grauen Kohlenpotthimmel ihre Kühe molken, oder mit Kindern, die auf Trümmergrundstücken nach Eisenteilen suchten, um sie an den Klüngelskerl zu verkaufen.

Aus vielen zufälligen Begegnungen wurden Reportagen, die nur selten spektakulär, aber oft anrührend oder erheiternd waren, es wurden Porträts von Menschen daraus, in deren Hoffnungen und Alltagssorgen sich die Leser der Ruhr-Post wiederfinden konnten.

Auf den alten Pappkoffer voller Geld stieß ich allerdings weder bei meiner täglichen Lektüre der Konkurrenzblätter noch bei meinen Anrufen in den Lokalredaktionen noch bei einer meiner zahlreichen Motorradfahrten durchs Revier.

Dass wir auf ihn aufmerksam wurden, ist allein Horst Brömmels journalistischem Instinkt zu verdanken.

An einem warmen Frühsommermorgen Ende Juni 1952 saß er hemdsärmelig vor einem Stapel Zeitungen, hielt in der linken Hand eine glimmende Zigarette und blätterte mit der rechten durch die Lokalausgaben der Ruhr-Post.

»Idioten«, knurrte er plötzlich.

Trudi Tippel und ich saßen uns an zwei Schreibtischen gegenüber, die deutlich kleiner waren als Brömmels Protz-Exemplar, das sich über beinahe ein Drittel unseres Redaktionsraumes erstreckte.

Die Sekretärin sah mich erschrocken an und zog fragend und zugleich abwehrend die Schultern hoch.

»Wen meinst du?«, fragte ich. »Uns beide?«

»Die Kollegen im Lokalen«, sagte Brömmel ärgerlich. »Über so eine Sache müssen die uns doch informieren, die Schwachköpfe. Seitdem ihnen das Rundschreiben vom Chef auf den Tisch geflattert ist, sind sie ja alle guten Willens, aber anscheinend sind manche zu blöd, eine aufregende Geschichte zu erkennen.«

Er faltete die Zeitung, in der er gerade geblättert hatte, zusammen und warf sie auf meinen Schreibtisch.

»Essener Lokalausgabe, Seite zwei, oben rechts. Ist nur eine kurze Polizeinachricht«, sagte er.

Als ich die Meldung gefunden hatte, äugte Trudi Tippel neugierig über den Schreibtisch.

»Lies mal laut vor«, sagte Brömmel.

»Die Polizei in Essen sucht den Besitzer eines Koffers. Dieser ist bereits im Juli vergangenen Jahres herrenlos aufgefunden und vom ehrlichen Finder beim Fundbüro abgegeben worden. Bis zum heutigen Tag hat sich der Eigentümer des Gepäckstückes nicht gemeldet, obwohl dessen Inhalt von erheblichem Wert ist. Falls der rechtmäßige Besitzer bis zum Fünfzehnten des kommenden Monats nicht ermittelt werden kann, geht die Fundsache in den Besitz des Finders über. Personen, die etwas über die mögliche Herkunft des Koffers aussagen können, werden gebeten, sich bei der Essener Polizei zu melden.«

»Ein Inhalt von erheblichem Wert? Was soll das denn sein?«, fragte Trudi Tippel.

»Gute Frage«, sagte Brömmel.

»Komische Meldung«, sagte ich.

»Inwiefern?«, fragte Brömmel.

»Sie ist ziemlich schwammig. Wo der Koffer gefunden wurde, wie er aussieht, was drin ist, alles das erfährt man nicht.«

»Schmuck vielleicht«, sagte Trudi Tippel.

»Eine genaue Beschreibung des Fundortes und des Fundstückes hätte vermutlich zur Folge, dass noch heute tausend Leute bei der Polizei erscheinen und behaupten würden, genau so ein Ding an genau der Stelle verloren zu haben. Deshalb ist die Nachricht so vage gehalten«, sagte Horst Brömmel.

»Vielleicht geht es ja um Geld, um einen Koffer voller Geld«, sagte Trudi Tippel.

»Bis zum heutigen Tag hat sich der Eigentümer des Gepäckstückes nicht gemeldet, obwohl dessen Inhalt von erheblichem Wert ist«, las ich kopfschüttelnd noch einmal vor.

»Was meinst du Trudi, ist das eine Geschichte für uns?«, fragte Brömmel.

»Ich glaube schon. Ich wüsste jedenfalls gerne, was da Wertvolles drin ist, in dem Koffer.«

»Mich interessiert noch viel mehr, wieso der Mensch, der den Koffer verloren hat, sich nach fast einem Jahr immer noch nicht gemeldet hat«, sagte Horst Brömmel. »Wenn mir etwas abhandenkäme, das von erheblichem Wert ist, dann würde ich doch alles dransetzen, es wiederzubekommen.«

»Das riecht nach einer verrückten Geschichte«, sagte ich. »Die Frage ist nur, wie man da an Informationen kommen kann. Die Polizei wird sich bedeckt halten, solange sich der Besitzer nicht gemeldet hat.«

»Ist nicht ein alter Freund aus deinen Sterkrader Kindertagen bei der Essener Kripo?«, fragte Brömmel.

»Paul Weyermann«, sagte ich und wiegte skeptisch den Kopf. »Ein richtiger Freund ist er eigentlich nicht. Er ist ein paar Jahre älter als ich, ich schätze drei. Jedenfalls sind wir so weit auseinander, dass wir als Jungen nie miteinander befreundet waren. Aber wir kennen uns ganz gut, weil er in der Nähe meiner Großeltern gewohnt hat und genau wie ich in Osterfeld auf der Mittelschule war. Wir sind damals beide mit dem Fahrrad gefahren und haben uns oft auf dem Schulweg getroffen. In den letzten Jahren hab ich ihn aber nur noch selten gesehen.«

»Jetzt seid ihr jedenfalls beide in Essen gelandet«, stellte Brömmel fest. »Das ist doch wirklich ein guter Grund, mal zusammen ein Bier trinken zu gehen.«

ZWEI

Zwei- bis dreimal in der Woche übernachtete ich in der Maxstraße in der Essener Innenstadt.

Horst Brömmel hatte mir einen Schlüssel zu seiner Wohnung gegeben. Sie lag in der ersten Etage eines dreistöckigen Hauses, das im Krieg zerstört, im letzten Jahr neu aufgebaut und gerade erst bezugsfertig geworden war.

Durch die Korridortür betrat man einen kleinen Flur, von dem aus es nach rechts in mein Zimmer, geradeaus in die Küche und nach links ins Badezimmer ging. Wohnungen mit Bad waren damals eine Rarität. In vielen alten Wohngebäuden waren die Klosetts noch im Treppenhaus zwischen den Etagen, jeweils eins für mehrere Familien. Gebadet wurde am Wochenende in der Zinkbadewanne, die aus dem Keller heraufgeholt und in der Küche aufgestellt wurde.

In Brömmels Küche deutete lediglich der Spülstein in einer Zimmerecke darauf hin, welcher Zweck diesem Raum ursprünglich zugedacht worden war. Brömmel hatte aus ihm ein anheimelndes Wohnzimmer mit modernen Druckgrafiken an den Wänden, mit Sitzecke, Bücherbord, Schallplattenschrank und Radio gemacht. Eine elektrische Kochplatte und ein Tauchsieder standen neben dem Spülbecken auf einem Schränkchen. Darin lagerten Bohnenkaffee, Muckefuck und ein paar Lebensmittel fürs Frühstück, Brot und Butter, Marmelade und Käse, etwas Wurst und manchmal ein paar Eier. Mehr Küche brauchte Horst Brömmel nicht. Er aß in der Kantine im Verlagshaus oder in einem der Restaurants in der Essener Innenstadt.

Hinter dem Wohnraum lag sein Schlafzimmer. Ein paar Mal habe ich einen Blick hineingeworfen, betreten habe ich es nie.

»Klare Regeln, sonst funktioniert unser Zusammenleben nicht«, hatte Horst Brömmel mir am ersten gemeinsamen Abend in seiner Wohnung erklärt.

»Das Arbeitszimmer ist dein Zimmer. Wenn du hier bist, ist es für mich tabu. Kannst dir also ruhig mal ein Schätzchen mitbringen, falls es sich ergeben sollte. Das ist mir egal. Dasselbe gilt umgekehrt für mein Schlafzimmer. Darin hast du nichts verloren, egal ob ich Besuch habe oder allein bin. Du kannst dich gern im Wohnzimmer aufhalten, Radio hören oder dir ein Brot schmieren, wenn ich nicht zu Hause bin. Wenn ich selbst im Wohnzimmer sitze und lese oder Musik höre, kannst du natürlich auch reinkommen, aber bitte immer vorher anklopfen. Es könnte dort nämlich, wenn ich Damenbesuch habe, auch schon mal zu delikaten Situationen kommen. Also nur eintreten, wenn ich dich hereinbitte! Die Badewanne kannst du jederzeit benutzen, aber, wenn ich hier bin, bitte vorher Bescheid sagen. Ich hab nämlich keine Lust, aufs Klo zu müssen, wenn du gerade ins Wasser gestiegen bist. Wenn du morgens von hier aus in die Redaktion gehst, möchte ich, dass du vorher was isst. Hungrige Mitarbeiter machen mich nämlich nervös. Wenn ich auch hier bin, können wir zusammen frühstücken, wenn ich schon weg bin oder anderswo übernachtet habe, weißt du ja, wo du alles findest.«

Ich war mit Brömmels Regeln einverstanden, und er gab mir den Wohnungsschlüssel. Auf den Mietpreis von monatlich zwanzig Mark fürs Zimmer hatten wir uns schon vorher geeinigt. Da hatte ich allerdings noch nicht gewusst, dass Badewanne und Frühstück inklusive waren. Schon ohne diese beiden Extras wäre der Mietpreis in Ordnung gewesen, mit ihnen war er äußerst günstig, ohne Frage ein Freundschaftspreis.

Unsere kleine Wohngemeinschaft funktionierte genauso problemlos wie unsere Zusammenarbeit in der Redaktion. Wenn ich in Essen übernachtete, kam ich meistens sehr spät und müde in der Maxstraße an und ging sofort ins Bett. Wenn ich mal früher am Abend in die Wohnung kam, war Brömmel meistens nicht zu Hause. Die Gelegenheit nutzte ich gern, um ein Bad zu nehmen.

Hin und wieder bekam ich mit, dass Horst Brömmel Damenbesuch hatte. Die Frauen blieben nie bis zum Morgen bei ihm. Irgendwann in der Nacht brachte er sie durch den Flur vor meinem Zimmer zur Korridortür.

Wenn wir zusammen frühstückten, hörten wir Radio und redeten nicht viel. Das war mir angenehm. Bei Horst Brömmel gab es jeden Morgen Bohnenkaffee zum Frühstück, eine Tasse für ihn und eine für mich. Das war sensationell. Ein Pfund Kaffeebohnen kostete damals sechzehn Mark, ungefähr so viel, wie ein Bergmann oder ein Stahlarbeiter am Tag verdienten. Oma und Opa hatten zwar auch meistens »richtigen Kaffee« im Haus, aber getrunken wurde der nur sonntags und zu besonderen Anlässen. Sonst gab es in der Bremener Straße Muckefuck.

Den trank Brömmel nur abends, weil er nach Bohnenkaffee nicht schlafen konnte. Und ich trank ihn, wenn ich beim Frühstück allein in seiner Wohnung war. Er hätte vermutlich auch nichts gesagt, wenn ich mir allein einen richtigen Kaffee aufgebrüht hätte, aber ich wäre mir schäbig vorgekommen. Für zwanzig Mark im Monat ein Zimmer in der Essener Innenstadt plus Bad plus Bohnenkaffe zu jedem Frühstück, das wäre dann doch zu viel des Guten gewesen. Zumal es auch noch gute Butter gab. Bei Oma und Opa gab es nur Margarine. Die hatte Brömmel gar nicht im Haus.

Ich fühlte mich wohl in der Wohnung in der Maxstraße, vom ersten Tag an. Trotzdem fuhr ich so oft wie möglich nach Sterkrade. Das Häuschen meiner Großeltern mit meiner kleinen Kammer unterm Dach war mein Zuhause, und ich wollte, dass es so lange wie möglich so blieb. Nur die alte Zinkbadewanne, die in einem kalten, engen Raum im Anbau stand, zwischen Klo und Schweinestall, die benutzte ich kaum noch. Das Badewasser musste im Einkochkessel auf dem Küchenherd erhitzt und zur Wanne geschleppt werden. Dabei half ich zwar immer öfter den beiden Alten, aber ich selbst badete fast nur noch in der Maxstraße und genoss es jedes Mal, vorher auf dem Klo zu sitzen und zuzuschauen, wie das warme Wasser aus dem Hahn unterm Boiler hervorplätscherte.

Die Großeltern waren froh, dass ich nicht öfter in Essen blieb. Oma Hilde freute sich vor allem, dass ich immer Hunger hatte, wenn ich kam.

»So is et gut«, sagte sie jedes Mal, wenn ich mit am Tisch saß. »Nur für uns zwei Alten zu kochen, dat macht gar keinen richtigen Spaß.«

Opa machte dann gern den Witz: »Der arme Jung kriegt in Essen bestimmt nicht genug zu essen.«

Oma schien das tatsächlich zu glauben. Sie hätte mir am liebsten für die Tage, an denen ich nicht nach Sterkrade kommen konnte, jedes Mal was mitgegeben, in Opas altem Henkelmann.

»Du has doch gesacht, dat dein Brömmel so ’ne elektrische Platte hat. Und en Kochpott hat er bestimmt auch.«

»Nein, Oma, hat er nicht, ehrlich nicht.«

»Dat macht ja nix. So ’n Henkelmann kann man auch auf e Kochplatte stellen, zum Aufwärmen. Is ja Blech, dat hält die Hitze aus. Muss’e nur aufpassen, dat e dir nich die Finger dran verbrennst.«

»Nein, Oma, das geht nicht. Beim Brömmel in der Wohnung wird überhaupt nicht gekocht.«

»Meins’e, der macht dann Fissematenten? Has’e ’n denn schon ma gefragt? Vielleicht hat er ja gar nix dagegen.«

»Nein, Oma, es wär mir peinlich, ihn danach zu fragen. Und es ist ja auch wirklich nicht nötig. Das Essen in der Verlagskantine ist zwar längst nicht so lecker wie deins, aber ich werde satt. Für ein paar Tage in der Woche geht das schon.«

»Aber dann nimms’e dies Mal wenigstens ’ne Wurst mit. Wir haben oben noch so ’ne schöne harte Plockwurst hängen, genau so, wie du se gerne has. Dann kris’e wenigstens beim Frühstück wat Anständiges in e Rippen. Und da kanns’e ja auch zwischendurch ma drangehen, wenn e Hunger has. Aber pass auf, dat dein Brömmel dir die nich wegfuttert.«

»Ja gut, Oma, dat ist dann aber die letzte von euren Würsten, die ich mit nach Essen nehme. Bis zum Herbst jedenfalls, bis wieder geschlachtet wird. Ich kann euch doch nicht eure letzten Dauerwürste wegschleppen.«

An dieser Stelle mischte Opa Leschinski sich ein und beendete damit die Diskussion.

»Die Ferkels machen sich richtig gut, sind schon ganz schön fett geworden. Die scheinen nix dagegen zu haben, dat se jetz von mir versorgt werden und nich mehr von dir. Sollen wir ma im Stall gucken gehen?«

»Waren wir doch erst vor ein paar Tagen, Opa.«

»Ich glaub, dat die Viecher seitdem schon wieder wat zugelegt haben. Und die Karnickel kanns’e auch ma gucken. Da wirs’e staunen. Die Kleinen sind schon richtig munter geworden.«

Opa war seit Anfang Juni in Rente.

Als wir vor den Karnickelställen standen, fragte ich ihn: »Und? Hast du Sehnsucht nach der Zeche?«

»Hälts'e jetz deinen Opa für bekloppt? Oder wat soll die Frage?«

Mehr als vierzig Jahre hatte er unter Tage gearbeitet, die meiste Zeit davon als Hauer. Als sein Rücken kaputt war, mit Ende fünfzig, hatte er auf Jacobi den Posten eines Wiegemeisters bekommen.

»Jetz hab ich en feinen Lenz«, hatte er mir damals erzählt. »Brauch nur noch zu gucken, wat die Lastwagen wiegen, wenn se leer bei uns reinkommen und wenn se mit Kohle beladen wieder rausfahren. Den Unterschied schreib ich auf'n Ladezettel, und den schick ich in die Abteilung von e Verwaltung, wo die Rechnungen geschrieben werden. Dat is alles. Is en Vertrauensposten, da setzen se nur Leute hin, von denen se wissen, dat se sich auf die verlassen können. Da werd ich die Zeit bis zur Rente gut rumkriegen.«

Im Schweinestall schien es mir so, als wären die Ferkel in den vergangenen drei Tagen tatsächlich schon wieder fetter geworden.

»Nee Hermann, ich hab dat zwar ganz gern gemacht als Wiegemeister die letzten Jahre, aber ehrlich, ich hab die Zeche noch nich einen Tach vermisst«, sagte Opa. »Ich hab ja auch genug zu tun auf'm Land und um et Haus rum. Und dat Vieh muss jeden Tach versorgt werden. Heute war ich den ganzen Morgen unterwegs und hab Kettensalat für de Karnickel gestochen. Irgendwat is immer zu machen. Und die Oma is auch froh, wenn se ma 'n bissken Hilfe hat. Vorige Tage hab ich sogar die Wäsche aufgehängt, dat erste Mal in meinem Leben. Die Oma hat daneben gestanden und genau aufgepasst, und Kommandos hat se gegeben wie so 'n ollen General. Hier muss noch en Klämmerken hin, da muss'e schön stramm ziehen, damit dat nich knubbelt, und so weiter. Aber wat soll et, solang se mich rumkommandiert, is'e gesund. Am Schluss hat se mich sogar richtig gelobt und gesacht, dat Wäscheaufhängen, dat könnt ich jetz öfter machen.«

Die Hühner saßen im Stall auf der Stange, beäugten Opa und gackerten leise vor sich hin, während er sie abzählte.

»Alle drin«, stellte er fest und schob das Holzbrett vor die Luke.

»Langeweile hab ich bis jetz jedenfalls noch nich gehabt«, sagte er. »Wenn wirklich ma gar nix zu tun is, les ich Zeitung, und in e Bücherei hab ich mich auch angemeldet. Dat wollt ich immer schon machen. Lesen tu ich nämlich gern, ich hab nur die ganzen Jahre viel zu wenig Zeit dafür gehabt. Aber demnächst will ich mir öfter ma Bücher ausleihen, Krimis am liebsten oder so Romane über frühere Zeiten. Bis jetz bin ich noch nich dazu gekommen, weil dat Wetter immer so schön war. Da setz ich mich lieber auf et Fahrrad, fahr ma runter in e Stadt, um irgendwat zu besorgen, oder nur so rum, um zu gucken, wat sich tut. Also Jung, dat kanns'e mir glauben, ich kann richtig gut ohne den Pütt leben.«

Ich glaubte ihm. Wir setzten uns auf die Bank beim Apfelbaum, dessen langer Abendschatten sich bis ins Roggenfeld hinein streckte. Opa bot mir eine Zigarette an, Oma Hilde sang in der Küche eines ihrer alten Lieder, die beiden Ferkel grunzten im Stall. Es war alles wie immer. Ich war zwar nicht mehr so oft hier wie früher, dafür war Opa Leschinski jetzt jeden Tag zu Hause. So war alles im Gleichgewicht geblieben, und es erschien mir damals geradezu unmöglich, dass sich jemals etwas ändern könnte am Gleichmaß des Lebens in der Bremener Straße.

Die Renten waren Anfang der fünfziger Jahre noch bescheiden, trotzdem fehlte es den beiden Alten an nichts. Sie hatten ihr Häusken, ihr Land und ihr Vieh, und Opa bekam seine Deputatkohle von der Zeche Jacobi auch als Rentner.

»Kohlen im Keller, Kappes im Fass, Würste im Kabüffken und en paar fette Karnickel im Stall, dat is immer noch alles, wat wir brauchen, die Oma und ich«, sagte er, während der Schatten des Apfelbaums sich in der Dämmerung auflöste. »Und jetz haben wir dat alles, ohne dat ich dafür auf e Zeche malochen muss. So gut wie heute, Hermann, is et uns noch nie im Leben gegangen.«

Ein paar Tage nachdem Horst Brömmel die Zeitungsnotiz über den mysteriösen Koffer entdeckt hatte, half ich an einem Samstagnachmittag meinem Opa bei der Landarbeit. Er lockerte mit der Hacke den Boden, ich zog das Unkraut aus.

Oma hatte gedeckten Apfelkuchen gebacken. Als sie uns an den Kaffeetisch rief, sagte Opa: »Schluss für heute. Feierabend.«

»Wir können nach dem Kaffeetrinken weitermachen«, schlug ich vor.

»Nee, können wir nich«, sagte Opa. »Is mir zu heiß. Außerdem wills'e doch mit deine Kumpels ausgehen. Da ruhs'e dich besser noch en bissken aus, sonst bis'e ja heute Abend ganz groggy.«

»Ja, ist vielleicht besser«, sagte ich. »Es ist wirklich furchtbar heiß.«

»Wat habt ihr denn vor?«

»Kino wahrscheinlich und nachher irgendwo ein paar Bierchen.«

»Wat läuft denn im Kino?«

»Die Försterchristel.«

»So 'ne olle Schmonzette. So wat gucks'e dir an?«

»Ist eine Neuverfilmung. Die Johanna Matz spielt die Christel. Schon deshalb lohnt sich das Gucken. Und der Will Quadflieg macht auch mit. Den kennst du doch, oder?

»Irgendwann war ich ma mit der Oma im Theater, is schon Jahre her. Da hab ich den gesehen. Ich weiß aber gar nicht mehr als wat.«

»Ist ein gebürtiger Oberhausener, der Quadflieg.«

»Dat weiß ich. Aber deswegen brauchs'e doch nich in t Kino zu gehen. Gebürtige Oberhausener kanns'e dir auch auf e Straße angucken, ganz umsonst.«

Während wir beide lachten, rief Oma Hilde ungeduldig: »Wat is jetz? Wo bleibt ihr denn? Ich hab extra Bohnenkaffee gekocht. Soll der kalt werden? Oder wat?«

Am Abend im Kino war es noch heißer als am Nachmittag im Garten. »Die Försterchristel« lief im Lito-Palast in der Sterkrader Stadtmitte. Ich saß neben Leni Schlüter. Sie trug ein weißes Sommerkleid mit roten Punkten. Ihre schwarzen Haare waren kurz geschnitten, und ihre Lippen waren so rot wie die Punkte auf dem Kleid. Leni war die Schwester von Hänsken Schlüter, mit dem ich schon am Reinersbach Frösche gefangen und in den Gärten der Bremener Straße Birnen geklaut hatte, bevor wir gemeinsam I-Dötzchen in der Postwegschule geworden waren.

Die Schlüters wohnten ein paar Häuser neben meinen Großeltern und hielten sich für was Besseres. Jedenfalls sagte Opa Leschinski das, aber der fand eigentlich immer irgendwas auszusetzen an Leuten, die nicht mit schweißtreibender Maloche auf der Hütte oder im Pütt ihr Geld verdienten.

Der alte Schlüter war Beamter bei der Deutschen Bundesbahn. Mein Opa behauptete, er zöge seine blaue Uniform nicht mal aus, wenn er ins Bett ging. Aber das war natürlich Quatsch. Ich war als Kind oft zum Spielen bei Hänsken gewesen und wusste, dass sein Vater zu Hause nie seine Bahnuniform anhatte.

Die alten Schlüters waren immer nett zu mir gewesen. Dass sie sich für etwas Besseres hielten, war mir nie aufgefallen. Allerdings waren sie besessen von der Idee, dass aus ihren Kindern einmal feine Leute werden sollten. Darunter hatte Hänsken lange zu leiden gehabt. Schon mit der Wahl seines Vornamens hatten seine Eltern zum Ausdruck gebracht, was sie von ihm erwarteten. Sie hatten ihren Erstgeborenen auf den Namen Johannes taufen lassen.

Hans war damals ein verbreiteter Jungenname, auch Johann war im Kohlenpott nicht ungewöhnlich, aber Johannes war die Variante des Vornamens, die eigentlich nur für feine Pinkel taugte. Dem Sohn der Schlüters gelang es nie, in seinen Namen hineinzuwachsen, er blieb immer Hänsken.

Er schaffte die Volksschule mit Ach und Krach und wurde Maurer, ein tüchtiger Maurer, der zufrieden war mit dem, was er tat.

Als seinen Eltern klar geworden war, dass es ihnen nicht gelingen würde, aus ihrem Sohn etwas Besseres zu machen, schickten sie ihre Tochter Leni zum Lyzeum. Die enttäuschte die Hoffnungen der alten Schlüters nicht, bestand das Abitur und studierte inzwischen in Köln Deutsch und Erdkunde, um einmal Studienrätin zu werden.

An den Wochenenden zog sie oft mit uns los, aber so richtig dazu gehörte sie eigentlich nicht, obwohl die meisten aus der Clique sie schon seit Kindertagen kannten.

Leni war das einzige Mitglied der Familie Schlüter, das sich tatsächlich für etwas Besseres hielt. Für uns war das in Ordnung, denn wir hielten sie auch für was Besseres. Sie war das einzige Mädchen mit Abitur, das wir kannten, und das einzige Mädchen, das Hosen trug.

An dem heißen Sommerabend im Lito-Palast, an dem sie das leichte, weiße Kleid trug und ihre Caprihosen im Schrank gelassen hatte, setzte ich mich neben sie, obwohl auch noch neben Hänsken und ein paar anderen Jungs Plätze frei waren. Alle, außer ihrem Bruder, schwärmten damals für Leni Schlüter, aber allen war auch klar, dass sie ebenso unerreichbar war wie die schöne Wienerin Johanna Matz, die da vorn als Försterchristel über die Leinwand hüpfte. Und da sich niemand vor den Augen der anderen eine Abfuhr holen wollte, blieben alle auf Distanz zu ihr.

Auch ich hatte es bisher so gehalten, aber an diesem Abend im Sommer 1952 war etwas anders als sonst. Leni Schlüter war so großartig wie immer, aber auch ich war ein Stück größer geworden in den vergangenen Monaten. Ich war Journalist mit einer festen Anstellung, hatte einen eigenen Schreibtisch im Verlagshaus der Ruhr-Post in Essen und verdiente fast dreihundert Mark netto im Monat. Ich konnte Leni Schlüter in die Augen sehen, ohne zu ihr aufzuschauen.

Im Lito-Palast saßen wir stumm nebeneinander. Ich roch ihre warme Sommerhaut. Ihr nackter Arm lag verlockend auf der Lehne zwischen unseren beiden Sesseln. Ich hätte meinen gern dazugelegt und sie berührt, aber das erschien mir zu plump. Nur einmal, gegen Ende des Films, stießen unsere Schultern zufällig aneinander. Wir murmelten beide eine Entschuldigung und lächelten uns an.

Als wir nach dem Kino in einer Gaststätte auf der Bahnhofstraße an der Theke standen, kam Leni zu mir. Sie wollte über den Film reden und hielt mich anscheinend für einen ebenbürtigen Gesprächspartner. Das war immerhin ein Anfang.

»Hat es dir gefallen?«, fragte sie.

»Nicht besonders«, sagte ich.

»Romantischer Kokolores«, sagte Leni.

»Höhepunkt des neudeutschen Filmbiedermeiers«, sagte ich.

Leni war beeindruckt.

»Stand im Spiegel.«

»Du liest den Spiegel?«

»Ich lese jeden Tag mehrere Zeitschriften und Tageszeitungen. Gehört zum Beruf.«

»Du bist jetzt in Essen, hat Hänsken erzählt.«

Ich nickte.

»Glückwunsch. Hätte ich nicht gedacht, dass man ohne Abitur so weit kommen kann als Journalist.«

»Das ist nun mal so in der Zeitungsbranche. Da zählt Talent und sonst gar nichts. Da kannst du dir dein Abiturzeugnis oder dein Diplom irgendwo hinschieben. Entweder du kannst schreiben oder nicht.«

Leni Schlüter sah zu mir auf und lächelte. Ich war einen ganzen Kopf größer als sie. Vor diesem Abend hatte ich das noch nie bemerkt.

»Und wie läuft es bei dir in Köln?«, fragte ich.

»Gut«, sagte Leni und erzählte irgendwas über ein entsetzlich langweiliges mittelhochdeutsches Proseminar und über eine schrecklich spannende Vorlesung zum Sturm und Drang. Ich fand das alles ziemlich interessant und starrte gebannt auf ihren brabbelnden, roten Mund. Trotzdem bemerkte ich irgendwann aus dem Augenwinkel Paul Weyermann. Er stand am anderen Ende der Theke und zückte gerade sein Portmonee.

Meine Entscheidung fiel in Sekundenschnelle. Bei Leni hatte ich schon mehr erreicht als erwartet. Ich hatte sie beeindruckt. Das war ein grandioser Erfolg. Wenn ich an diesem Abend gleich nach ihr gegrapscht hätte, hätte ich wahrscheinlich alles wieder vermasselt. Ihr zu demonstrieren, dass es Wichtigeres für mich gab als Leni Schlüter, hielt ich für den wesentlich klügeren Schachzug. Nur ein Mann, den eine Frau nicht so ohne weiteres haben kann, ist wirklich begehrenswert für sie. Das wusste ich schon damals.

»Du Leni, da vorne steht der Paul Weyermann.«

»Hab ich schon gesehen«, sagte sie. »Ist der nicht jetzt bei der Kripo in Essen?«

Ich nickte. »Genau deshalb müsste ich dringend mal mit ihm sprechen. Es könnte sein, dass er ein paar wichtige Informationen für mich hat.«

»Na klar«, sagte sie.

Paul Weyermann schob gerade seine Geldbörse in die Hosentasche, als ich ihm eine Hand auf die Schulter legte.

»Der Herr Kommissar will doch wohl noch nicht ins Bett«, sagte ich.

»Hermann. Du in Sterkrade? Ich dachte, du wohnst jetzt auch in Essen.« Er klopfte mir auf die Schulter und freute sich offensichtlich, mich zu sehen.

»Ich bin noch oft hier bei meinen Großeltern«, sagte ich. »In der Woche, wenn es die Arbeit zulässt, und am Wochenende fast immer.«

»Ich bin auch immer noch gerne hier, wenn ich frei habe.«

»Ich hatte gehofft, wir würden uns mal in Essen über den Weg laufen.«

»Essen ist nun mal ein bisschen größer als Sterkrade«, sagte Paul und grinste.

»Und jetzt? Bist du schon auf dem Weg nach Hause?«

Paul schüttelte den Kopf. »Ich wollte eigentlich nur weiterziehen und gucken, ob ich noch irgendwo Bekannte treffe. Aber jetzt hab ich ja einen getroffen.«

Ich bestellte zwei Pils und zog mir einen Hocker heran.

»Na, dann prost«, sagte ich, als das frisch gezapfte Bier vor uns stand. »Auf alle Sterkrader, die es in die große, weite Welt verschlagen hat.«

Paul lachte und trank.

»Tut richtig gut, so ein kühles Blondes, bei dem Wetter«, stellte er fest.

Paul Weyermann war keiner von den stattlichen, kräftig gebauten, verwegen dreinschauenden Bullen, die in den Gangsterfilmen der damaligen Zeit die Verbrecher jagten. Er war ein schlanker junger Mann mit nicht allzu kurz geschnittenem, ein wenig welligem blonden Haar und einem freundlichen Gesicht.

Zur hellgrauen Hose mit schnurgeraden Bügelfalten trug er ein weißes Hemd und einen schmalen graublauen Schlips. Wie die meisten jungen Männer, die an diesem warmen Sommerabend durch die Kneipen zogen, hatte er seine Hemdsärmel hochgekrempelt, die Krawatte ein wenig gelockert und den Kragenknopf geöffnet.

»Als wir uns das letzte Mal getroffen haben, hattest du noch eine Uniform an«, sagte ich.

»Ja, da war ich noch Streifenpolizist in Oberhausen«, entgegnete Paul und nickte. »Ist also schon über ein Jahr her.«

»Wie hast du das eigentlich geschafft, so schnell bei der Kripo zu landen?«

»Das haben andere Leute schon schneller geschafft als ich«, sagte Paul. »Immerhin bin ich inzwischen vierundzwanzig, und bevor ich zur Kripo gegangen bin, war ich schon ein paar Jahre bei der Schutzpolizei. Voriges Jahr im April hab ich mich dann bei den Essenern beworben. War eine polizeiinterne Stellenausschreibung. Und weil ich ein paar positive Dienstbeurteilungen vorweisen konnte und gute Lehrgangsnoten, haben sie mich genommen.«

»Du erzählst das so, als wäre es nichts Besonderes. Das glaub ich dir aber nicht. Wahrscheinlich warst du der Beste von zig Bewerbern. Und dass bei der Polizei viele Leute schneller Karriere machen als du, das kann ich mir auch nicht vorstellen. Jedenfalls bist du mit Abstand der jüngste Kriminalbeamte, den ich kenne. Die Kommissare, mit denen ich es bisher als Journalist zu tun hatte, waren alle ziemlich alte Säcke.«

»Das mag schon sein«, sagte Paul lachend. »Kommissar bin ich ja auch noch lange nicht. Seitdem ich in Essen bin, bin ich Kriminalmeister. Mittlerer Dienst, Besoldungsstufe A7. Wenn alles gut läuft, werde ich demnächst Kriminalobermeister und danach Kriminalhauptmeister. Um irgendwann Kommissar zu werden, muss ich dann erst mal in den gehobenen Dienst übernommen werden. Das geht aber nur mit den entsprechenden Lehrgängen und mit viel Geduld. Bis ich da mal ernsthaft dran denken kann, werden mit Sicherheit noch viele Tonnen Scheiße durch die Emscher in den Rhein fließen. Und du bist dann wahrscheinlich schon längst Chefredakteur.«

Jeder andere hätte noch viel Wasser die Ruhr hinunterfließen lassen. Es war typisch für Paul Weyermann, dass er es vorzog, Fäkalien durch die Emscher fließen zu lassen. Seine Marotte, sich hin und wieder einer höchst ungeschliffenen Ausdrucksweise zu bedienen, passte eigentlich gar nicht zu einem so adretten, freundlich dreinschauenden jungen Mann. Ich vermute, genau deshalb hatte er sich die Neigung zu derben Kraftausdrücken zugelegt. Für nett und harmlos gehalten zu werden, ist zwar hin und wieder ganz vorteilhaft, aber für einen Kriminalbeamten ist es wahrscheinlich eher lästig und in manchen Situationen nicht ungefährlich.

Vom anderen Ende der Theke her hörte ich Leni lachen. Ich sah, wie sie, umringt von den Jungs, Qualmwölkchen in die Luft blies. Der Gedanke drängte sich in meinen Kopf, dass ich mich geirrt haben könnte, dass sie nicht im Geringsten von mir beeindruckt war, dass sie mich kein bisschen mehr mochte als alle anderen. Vielleicht hatte Leni Schlüter heute nur ihren leutseligen Tag.

»Jetzt erzähl du mal«, sagte Paul. »Meine Mutter hat vor ein paar Wochen deinen Opa getroffen. Sonst wüsste ich bis heute nicht, dass du jetzt auch in Essen bist. Erst hab ich das gar nicht glauben wollen. Der Herrmann, der hängt doch an Sterkrade, an seiner Clique und vor allem an seinen Großeltern. Der geht doch hier nicht weg, hab ich mir gedacht. Aber dann war die Rede von einer tollen Stelle bei der Ruhr-Post, von jeder Menge Zaster, die du jetzt verdienst, und von einer kostenlosen Wohnung in der Essener Innenstadt. Also, meine Mutter meint, dein Opa hätte ganz schön auf die Kacke gehauen. Das hätte sich so angehört, als wärst du schon fast Chefredakteur.«

Das war typisch Opa Leschinski. Egal, was ich damals anstellte, er machte es immer ein bisschen großartiger, als es war. Fast jeden längeren Zeitungsartikel, den ich geschrieben hatte, als ich noch bei der Oberhausener Lokalredaktion war, hatte er in der Nachbarschaft und auf der Zeche oder im Verwandten- und Bekanntenkreis herumgezeigt, und nicht nur mein Großvater Karl Leschinski selbst, sondern auch alle, die ihn kannten, waren bald davon überzeugt, dass seinem Enkel Hermann eine große Karriere als Journalist bevorstand.

Dabei hatte der alte Mann, wenn es um ihn selbst ging, nicht das geringste Talent zur Angeberei. Ich glaube, was die Leute über ihn dachten, war ihm ziemlich egal. Nur sein Enkel und die Kartoffeln von seinem Land, die wurden in seinen Erzählungen immer wieder ein ganzes Stück größer als sie tatsächlich waren.

»Mein Opa ist nun mal mächtig stolz auf seinen einzigen Nachkömmling. Da übertreibt er wohl gern schon mal ein bisschen«, versuchte ich Paul zu erklären.

»Dann sag mal, was tatsächlich Sache ist. Wieso bist du denn nach Essen? Und was genau machst du da jetzt eigentlich?«

Ich erzählte, wie Horst Brömmel mich davon überzeugt hatte, mit ihm in das neue Ressort »Vermischtes« zu wechseln, erklärte Paul, dass die angeblich kostenlose Wohnung nur ein kleines Zimmer in der Maxstraße war, für das ich brav meine Miete bezahlte, und beschrieb ihm unsere Arbeit in der Redaktion, vor allem unsere täglichen Bemühungen, irgendwas Buntes aus dem Revier zu finden.

»Buntes aus dem Revier. Das hört sich ziemlich bescheuert an«, stellte Paul stirnrunzelnd fest.

»Na ja, so wörtlich darfst du das auch nicht nehmen. Buntes ist eigentlich alles, was interessant ist, was aber nicht Politik oder Wirtschaft oder Sport ist.«

»Aha«, sagte Paul verständnislos.

Ich trank einen Schluck Bier, kratzte mich am Kopf und unternahm einen neuen Versuch, Paul meine journalistische Arbeit verständlich zu machen.

»In unseren Geschichten geht es fast immer um Menschen, die irgendwas Besonderes erlebt oder getan haben, irgendwas, das unsere Leser fesseln könnte«, sagte ich.

»Also geht es vor allem um Prominente«, vermutete Paul.

»Auch«, sagte ich. »Aber uns interessieren genauso die Leute von nebenan, die einen ungewöhnlichen Schicksalsschlag wegstecken mussten, die unglaubliches Glück hatten, die irgendwas Tolles zustande gebracht oder irgendwas ganz Verrücktes unternommen haben. Vor ein paar Tagen habe ich zum Beispiel in Bottrop einen jungen Mann interviewt, der will zu Fuß nach Helsinki zu den Olympischen Spielen.«

»Also fährst du jetzt ständig mit dem Motorrad durch die Gegend und suchst im ganzen Kohlenpott nach Menschen, über die du irgendwas schreiben kannst.«

»Ja, das tue ich auch, aber erst mal rufe ich jeden Morgen in den Lokalredaktionen der Ruhr-Post an und frage, ob die Kollegen irgendwas Besonderes haben. So hab ich auch von dem Bottroper Olympia-Wanderer erfahren. Außerdem lese ich jeden Tag ungefähr ein Dutzend Zeitungen, immer auf der Suche nach der kleinen Nachricht, hinter der vielleicht eine kuriose oder aufregende Geschichte steckt.«

»Dann brauchst du also eine gute Portion Spürsinn, genau wie wir Kriminalen«, sagte Paul.

Ich nickte zustimmend und fand eine Gelegenheit, ganz beiläufig auf den mysteriösen Koffer zu sprechen zu kommen.

»Eine gute Spürnase reicht allerdings nicht immer«, sagte ich. »Manchmal riecht man eine aufregende Geschichte, aber man kann sie einfach nicht packen. Das ist dann so, als hättest du einen Verdächtigen vor dir sitzen, dem du ansiehst, dass er was auf dem Kerbholz hat, dem du aber nichts nachweisen kannst.«

»Scheißsituation«, sagte Paul, »ist mir schon ein paar Mal passiert.«

»Vor ein paar Tagen zum Beispiel, da ist uns eine Nachricht der Essener Polizei aufgefallen. Ich wette, dahinter steckt ein höchst interessanter Fall. Aber in der Pressemeldung gibt es keine Information, an die man anknüpfen könnte, keinen Ansatz für eine Recherche.«

»Worum geht es denn da?«, fragte Paul interessiert.

»Um einen Koffer mit einem wertvollen Inhalt, der irgendwo an der Ruhr gefunden worden ist, vor fast einem Jahr. Der Besitzer hat sich nie gemeldet.«

»Und wenn er nicht in den nächsten Wochen auftaucht, dann gehören Koffer und Inhalt dem Finder«, sagte Paul.

»Du kennst den Fall?«

»Das kann man wohl sagen.« Paul lachte. »Die Pressemitteilung ist von mir. Mein Chef hat sie natürlich abgesegnet, und er hat auch seinen Friedrich Wilhelm drunter gesetzt, aber geschrieben hab ich sie. Ich beschäftige mich nämlich seit fast einem Jahr mit der Sache. Und so lange wundere ich mich auch schon darüber, dass sich noch kein Zeitungsfritze für die Angelegenheit interessiert hat. Nicht eine einzige Nachfrage von der Presse hat es bisher gegeben.«

Ich konnte mein Journalistenglück kaum fassen. Mein alter Sterkrader Kumpel Paul Weyermann war anscheinend der Essener Polizist, der mehr über den mysteriösen Koffer wusste als irgendjemand sonst. Und er saß mir bei einem Bier gegenüber und machte den Eindruck auf mich, als sei er keineswegs abgeneigt, mit mir über diesen eigenartigen Fall zu reden.

Ich prostete ihm zu und entschied mich, nicht gleich mit Fragen auf ihn loszustürmen, sondern mich bedächtig voranzutasten.

»Also, ehrlich gesagt, eine offizielle Nachfrage bei der Polizei, die erschien uns auch wenig sinnvoll. Es liegt ja auf der Hand, dass ihr gute Gründe dafür habt, nichts Genaues über den Koffer und seinen Inhalt zu veröffentlichen.«

»Das ist das Dilemma«, sagte Paul. »Wenn bekannt wird, wie das Ding aussieht, wo genau es gefunden wurde und was drin ist, dann stehen wahrscheinlich sofort tausend Besitzer bei uns auf der Matte. Andererseits erhöht jeder Zeitungsartikel die Chance, dass sich vielleicht doch noch jemand meldet, der etwas über die Herkunft des Koffers weiß.«

»Was könntest du einem Journalisten denn überhaupt erzählen?«

»Das kommt drauf an. Wenn du mir versprichst, nur das zu schreiben, was unsere Ermittlungen nicht gefährdet, und alles andere für dich zu behalten, als Hintergrundinformation gewissermaßen, dann kann ich dir viel erzählen.«

»Natürlich verspreche ich dir das. Ich schreibe grundsätzlich nichts, was die Arbeit der Polizei gefährden könnte.«

»In Ordnung«, sagte Paul.

»Dann erzähl doch mal, wie das vor einem Jahr war. Da kam also im Juli '51 ein Mensch mit einem Koffer ins Polizeipräsidium spaziert und behauptete, den habe er irgendwo auf der Straße gefunden?«

Paul schüttelte den Kopf.

»Zum Fundbüro ist der Kerl gegangen. Da hat er den alten Pappkoffer auf den Tisch gestellt, den er angeblich beim Spazierengehen hinter einem Strauch am Ufer der Ruhr gefunden hatte. Er hat seinen Namen und seine Adresse angegeben, hat sich eine Quittung über die Einlieferung des Fundstücks ausstellen lassen und ist wieder verschwunden. Über den Inhalt des Koffers wusste er angeblich nichts, und weil der abgeschlossen und zusätzlich noch mit einer dicken Kordel verschnürt war, gab es zunächst keinen Grund, die Behauptung des Finders anzuzweifeln. Als er gegangen war, entknoteten die Mitarbeiter des Fundbüros die Schnüre und knackten das billige Schloss problemlos mit einem Dietrich. Die sind in so etwas geübt, weil sie jedes verschlossene Fundstück öffnen, um nachzusehen, ob es darin vielleicht einen Hinweis auf den Besitzer gibt. Als sie dann in den Koffer schauten, trauten sie ihren Augen nicht und riefen sofort bei uns an.«

»Also, sag schon! Was war drin?«, fragte ich neugierig.

»Na, rate doch mal!«, sagte Paul und griff nach seinem Bierglas. Es bereitete ihm sichtlich Vergnügen, mich auf die Folter zu spannen.

»Schmuck«, war mein erster Tipp.

»Nein.«

»Geld?«

»Verdammt viel Geld«, sagte Paul.

»Wie viel?«

»Die genaue Summe brauchst du nicht zu wissen.«

»Aber die ungefähre. Komm, zier dich nicht! Ich brauch eine Vorstellung von der Größenordnung. Wie viel Geld war es? Mehr als zehntausend?«

»Ja.«

»Das Doppelte?«

»Mehr«, sagte Paul.

»Dreißigtausend?«

»Wenn du die noch mal verdoppelst, bist du ziemlich nah dran, dann hast du jedenfalls deine Größenordnung.«

»Leck mich am Arsch!«, entfuhr es mir.

»Hey, was fällt dir denn ein?«, fragte Paul grinsend. »Ich bin hier derjenige, der für die Kraftausdrücke zuständig ist.«

»Aber das ist ja ein unglaubliches Vermögen. Dafür kann man ja ...«

Ich trank von meinem Bier und dachte eine ganze Weile nach, bevor mir etwas einfiel, was man mit so viel Geld tun könnte. »Dafür kann man sich fünf nagelneue Mercedes-Limousinen kaufen.«

»Fünf 170er von Mercedes, ja, das käme so ungefähr hin«, sagte Paul und lachte. »Aber was willst du damit? Ein Taxi-Unternehmen gründen? Das wär nichts für mich. Also ich, ich würde mir ein Vierfamilienhaus kaufen, eine Wohnung würde ich mir schick einrichten und die drei anderen vermieten. Das wäre ein schöner Zuverdienst zur schmalen Beamtenbesoldung.«

»Aber das ist unmöglich«, sagte ich kopfschüttelnd.

»Was ist unmöglich?«

»So viel Geld kann man nicht finden, weil kein Mensch so viel Geld verliert. Das gibt es einfach nicht.«

»Und wenn so etwas höchst Unwahrscheinliches doch mal passieren würde«, fügte Paul hinzu, »dann würde der Besitzer des Koffers mit Sicherheit alles dransetzen, sein Vermögen so schnell wie möglich zurückzubekommen.«

»Genau so ist es.«

»Und doch sind zwei Fakten unbestreitbar«, sagte Paul Weyermann. »Erstens: Im Juli 1951 hat ein junger Mann beim Fundbüro der Stadt Essen einen alten Pappkoffer mit knapp sechzigtausend Mark abgegeben, den er nach eigener Aussage an der Ruhr gefunden hatte. Zweitens: Nach knapp einem Jahr hat sich noch kein Besitzer gemeldet, und alle polizeilichen Bemühungen, die Herkunft des Koffers und des Geldes zu klären, sind erfolglos geblieben.«

Ich grübelte, von Paul Weyermann abschätzend beobachtet, eine ganze Weile vor mich hin. Der Wirt nahm unsere beiden leeren Gläser von der Theke und sah Paul fragend an. Der nickte.

Als zwei frisch gezapfte Bier vor uns standen, sagte ich: »Es gibt nur eine plausible Erklärung. Das Geld stammt aus einem Verbrechen. Der junge Mann, der angebliche Finder, hat es irgendwo geraubt und den Fund nur vorgetäuscht, um seine Beute auf diesem Weg zu legalisieren.«

»Wie meinst du das?«

»Na, ist doch klar. Wenn ich sechzigtausend Piepen bei einem Banküberfall erbeutet hätte, könnte ich mir kein Vierfamilienhaus dafür kaufen, weil sich dann ganz Sterkrade fragen würde, woher der Hermann Leschinski plötzlich so ein Vermögen hat. Ich müsste damit rechnen, dass mir ganz schnell die Polizei auf die Pelle rücken würde. Also wär der Gedanke doch nicht schlecht, die Knete in einen alten Pappkoffer zu packen, zum Fundbüro zu gehen und da zu erzählen, ich hätte den Koffer in der Böschung irgendwo am Rhein-Herne-Kanal gefunden. Dann müsste ich nur ein Jahr abwarten. Ich wüsste ja genau, dass sich nie ein Besitzer melden würde. Anschließend könnte ich das Geld abholen, und es würde ganz offiziell mir gehören.«

»Ich glaube nicht, dass du das so machen würdest«, sagte Paul.

»Warum nicht?«

»Weil du weißt, dass wir Jungs von der Kripo nicht doof sind. Natürlich werden wir informiert, wenn solch ein Batzen Geld beim Fundbüro abgegeben wird, und selbstverständlich erkundigen wir uns dann in ganz Deutschland, ob es irgendwo ein ungeklärtes Delikt gibt, bei dem eine so große Summe entwendet wurde.«

»Na gut, dann hat der Finder eben nichts mit dem Verbrechen zu tun. Vielleicht waren es Räuber auf der Flucht, vielleicht auch Gangster, die mit ihren Kumpanen in Streit geraten waren, die den Koffer schnell loswerden mussten. Sie haben ihn hastig hinter dem Busch am Ruhrufer versteckt, und als sie ihn wieder abholen wollten, hatte unser junger Mann ihn schon zufällig entdeckt und zum Fundbüro gebracht. Jedenfalls kann das Geld nichts anderes sein als die Beute aus einem Raub oder aus einem Einbruch. Das ist die einzige Erklärung dafür, dass sich kein Besitzer gemeldet hat.«

»Das klingt zwar plausibel«, sagte Paul, »aber es stimmt nicht. Wir haben auch vermutet, dass die sechzigtausend Mark aus einer Straftat stammen. Monatelang hab ich in diese Richtung ermittelt. Zig Fernschreiben hab ich abgesetzt und unzählige Telefonate geführt. Ich habe Akten gewälzt und mit allen Landeskriminalämtern Kontakt aufgenommen. Bis zurück zur Währungsreform 1948 bin ich bei meinen Nachforschungen gegangen, und das Ergebnis ist eindeutig: Es hat in ganz Deutschland seit Einführung der D-Mark keine Straftat gegeben, mit der unser Koffer und sein Inhalt in Verbindung gebracht werden könnten. Die meisten Raub- und Einbruchsdelikte wurden aufgeklärt, und das erbeutete Geld konnte sichergestellt werden. In den Fällen, in denen die Täter mit ihrer Beute unerkannt entkommen konnten, ging es um deutlich kleinere Summen.«

»Vielleicht stammt das Geld ja aus mehreren Überfällen«, wandte ich ein.

»Nein«, sagte Paul, »es gibt auch keine ungeklärte Raub- oder Einbruchserie, aus der eine solch große Summe stammen könnte. Bei dem Inhalt des Koffers handelt es sich definitiv nicht um die Beute aus einer Straftat.«

»Aber der Besitzer hat sich nie gemeldet. Dafür muss es doch eine Erklärung geben.«

»Er hat den Arsch zugekniffen«, sagte Paul.

Ich sah ihn irritiert an.

»Wir haben in unserer Dienststelle natürlich alle möglichen Hypothesen aufgestellt und durchdacht«, erklärte Paul. »Nachdem wir ein Verbrechen als Quelle des Geldes ausgeschlossen haben, gehen wir inzwischen davon aus, dass der Besitzer sich nicht gemeldet hat, weil er nach dem Verlust des Koffers gestorben ist.«

Ich dachte eine Weile nach.

»Und warum hat dieser Mensch vor seinem Ableben sein Vermögen ans Ruhrufer geschleppt und es dort zurückgelassen? Hat die Polizei dafür auch eine Erklärung?«, fragte ich Paul.

»Nein«, sagte er.

Die Gaststätte an der Bahnhofstraße war voll geworden. An diesem Sommerabend war es zu warm, um früh ins Bett zu gehen, und es stand ein arbeitsfreier Sonntag bevor. Da hatte es viele Menschen noch spät in die Kneipen gezogen, wo sie ein wenig Geselligkeit finden und ihren Durst löschen wollten. Um die Theke drängten sich vor allem die jungen Leute, schwadronierende und rauchende Kerle mit hochgekrempelten Hemdsärmeln und plappernde und lachende Mädchen in verführerischen Sommerkleidern. Leni Schlüter hatte ich in dem Gedränge aus den Augen verloren.

Paul und ich schwiegen eine ganze Weile, prosteten einander zu und tranken Bier.

»Das ist so bescheuert, dass Brömmel mich fragen würde, ob ich noch alle Tassen im Schrank habe, wenn ich das in die Zeitung schreiben würde«, sagte ich. »Nein, das kann ich einfach nicht glauben, dass ein Mensch kurz vor seinem Tod einen Koffer voller Geld zum Ruhrufer trägt und ihn dort stehen lässt.«

»Was glaubst du denn?«

»Vielleicht hat unser junger Mann den Fund des Koffers doch nur vorgetäuscht.«

»Aber warum? Wenn das Geld nicht aus einem Verbrechen stammt, gibt es keinen Grund dafür.«

»Habt ihr dem Kerl eigentlich auf den Zahn gefühlt?«

»Natürlich haben wir das«, sagte Paul. »Ein netter junger Mann, einundzwanzig Jahre alt, blond, schlank, ausgesprochen höflich, stets elegant gekleidet. Er arbeitet als Fachverkäufer in einem Geschäft für Herrenmode. Sein Arbeitgeber hält große Stücke auf ihn, beschreibt ihn als zuverlässig, kompetent und fleißig. Er lebt allein in einer Zweizimmerwohnung im Essener Südviertel in der Nähe des Stadtgartens. Es gibt nichts Auffälliges in seinem Leben, er ist nicht vorbestraft, und ich kann mir ehrlich gesagt auch nicht vorstellen, dass dieser Bursche jemals eine Straftat begangen hat.«

»Ich würde ihn gern kennenlernen.«

Paul Weyermann verdrehte die Augen, wiegte eine Weile den Kopf hin und her, dann schüttelte er ihn energisch.

»Seinen Namen und seine Adresse kann ich dir nicht geben. Das geht nicht. Ich hab dir sowieso schon viel zu viel erzählt.«

»Wenn ich wüsste, wo er arbeitet, wäre ich ja schon zufrieden.«

»Es gibt nicht viele Herrenausstatter in der Essener Innenstadt. Der nobelste und bekannteste ist in einer Seitenstraße der Kettwiger.«

»Das Modehaus Rensing.«

Paul nickte.

Ich bemerkte Leni Schlüter erst, als sie neben mir stand, einen Arm um meine Schulter legte und mich zu sich herüberzog.

Sie gab mir einen Kuss auf die Wange.

»Bist du nächstes Wochenende wieder in Sterkrade?«, fragte sie.

Ich nickte verwirrt.

»Ich auch«, sagte sie, lächelte und verschwand im Gedränge.

»Hast du etwa was mit der schönen Leni?«, fragte Paul verblüfft.

»Nein. Ich weiß nicht. Eigentlich nicht«, stotterte ich.

Paul lachte.

»Das hab ich mir doch schon immer gedacht, dass du es faustdick hinter den Ohren hast. Du alter Sausack.«

DREI

Ich bin mir sicher, dass Leni Schlüter an jenem warmen Sommerabend des Jahres 1952, an dem ich neben ihr im Kino saß und später in der Kneipe den ersten flüchtigen Kuss von ihr bekam, das weiße Kleid mit den roten Punkten trug. Es gibt Dinge, die vergisst man nicht, auch wenn man ein alter Mann geworden ist, der manchmal hinunter in den Keller steigt und am Fuße der Treppe nicht mehr weiß, was er eigentlich da unten wollte.

Wenn ich heute, mehr als sechzig Jahre nach den Ereignissen, die Geschichte um den mysteriösen Pappkoffer erzähle, dann weiß ich jedoch auch, dass Erinnerungen trügerisch sind.

Deshalb bin ich froh, dass ich damals als junger Journalist die Angewohnheit hatte, mir zu allem und jedem handschriftliche Aufzeichnungen zu machen. Ideen und Entwürfe für Reportagen und Berichte, Kommentare zu meinen Recherchen, Mitschriften von Interviews, Anmerkungen zu Menschen, denen ich begegnet war, Gedächtnisprotokolle von Gesprächen, alles hielt ich mit Bleistiften in dicken Schulheften fest, die es damals im Dreierpack günstig im Schreibwarenhandel zu kaufen gab.

Fast zweihundert solcher Notizbücher aus den fünfziger und sechziger Jahren haben in Pappkartons die Zeiten überdauert, zusammen mit Zeitungsausschnitten, Briefen, Postkarten und Schwarz-Weiß-Fotografien.

Diese Dinge helfen heute meinem Gedächtnis auf die Sprünge. Beim Lesen, beim Blättern durch die alten Schulhefte und beim Betrachten der vergilbten Fotografien sehe ich Leni in ihrem Sommerkleid, spüre ich ihren Kuss auf der Wange, höre ich Paul Weyermanns unflätige Kraftausdrücke, sitze ich mit ihm an der Theke und wundere mich über den unglaublichen Fund am Ruhrufer.

Natürlich hat sich nicht alles genau so abgespielt, wie es heute in meinem Kopf auftaucht. Darüber bin ich mir im Klaren. Meine Erinnerungen sind unvollständig und vage, trotz der dicken Notizbücher, und meine Einbildungskraft drängt sich gern vorwitzig in die Lücken meines Gedächtnisses. Wäre Leni noch auf dieser

Welt und würde behaupten, sie sei damals nicht gleich nach dem Kuss im Gedränge verschwunden, würde Paul Weyermann noch leben und bestreiten, mich an jenem Abend einen alten Sausack genannt zu haben, es würde mich nicht wundern.

Aber Leni und Paul und alle anderen, die in den damaligen Ereignissen eine Rolle spielten, sind tot, manche schon seit langer Zeit.

Deshalb kann ich nur das beschreiben, was ich in mir vorfinde, wenn ich heute, nach all den Jahren, zurückblicke. Etwas anderes will ich aber auch gar nicht. Ich will die Geschichte so erzählen, wie sie mir in Erinnerung geblieben ist, denn so gefällt sie mir.

In einem meiner Pappkartons habe ich einen Zeitungsausriss aus dem Sommer 1952 gefunden, eine Reklame des Modehauses Rensing.

Das »Spezialhaus für Herren- und Knabenkleidung auf zwei Stockwerken« wirbt in der Anzeige für »Alles, was den Herrn von Welt kleidet, in modischer Form und hochwertiger Verarbeitung«. Eine Zeichnung, schwarz-weiß mit grauen Schattierungen, zeigt zwei lächelnde Modelle, einen Herrn im dunklen Zweireiher und einen Knaben, der mir heute vorkommt wie die misslungene Kopie eines Erwachsenen. Er trägt einen farblosen Anzug mit kurzer Hose, weiße Kniestrümpfe und, genau wie der große Mann neben ihm, eine Krawatte unterm weißen Hemdkragen.

Während andere Bekleidungshäuser schon damals gern mit ihren günstigen Angeboten warben, sucht man in der Zeitungsanzeige von Rensing vergeblich nach den Preisen der abgebildeten Artikel. Wer sich in dem noblen Modehaus in der Essener Innenstadt einkleidete, hatte entweder Geld genug oder er legte so viel Wert darauf, für einen Herrn von Welt gehalten zu werden, dass er sich seine feine Ausstaffierung vom Munde absparte, egal was sie kostete.

All die Männer im Kohlenpott, die für ihr Geld schwer arbeiten mussten, die meisten also, gaben es allerdings ungern für einen Anzug aus. Neue Klamotten schafften sie sich nur an, wenn ihre Frauen sie dazu nötigten und sie zum Sommer- oder Winterschlussverkauf in die Stadt schleiften. Für elegante Kleidung in modischer Form interessierten sie sich ebenso wenig wie für Aktienkurse, französische Rotweine und Deodorants.

Ihre Sprösslinge trugen die Hosen, Hemden und Pullover älterer Brüder oder Vettern auf, und wenn sie einen Mantel brauchten, ließ man beim Schneider Vaters zu eng gewordene Winterjacke zu einem Knabenmantel umarbeiten. Etwas Neues bekamen die Jungen nur, wenn es gar nicht anders ging, und teuer durfte es auf keinen Fall sein.

Für Opa Leschinski und seine Kumpels von der Zeche und für die Kollegen von den Hütten und Stahlwerken war der Herrenausstatter Rensing eine vollkommen überflüssige Institution.

Ich selbst hatte nur ein einziges Mal einen Einkauf in dem noblen Essener Modehaus in Erwägung gezogen. Das war am 8. Juni 1952 gewesen, dem Tag, an dem im Stadion Niederrhein ein Leichtathletik-Länderkampf der Frauen zwischen Deutschland und den Niederlanden stattgefunden hatte, der erste nach dem Krieg. Für den Abend hatte Oberhausens Oberbürgermeister Otto Aschmann zu einem Empfang geladen, bei dem die deutschen Gastgeber den Holländern zeigen wollten, dass aus dem Land der Nazis inzwischen eine weltoffene Republik mit freundlichen und harmlosen Bürgern geworden war.

Die Gäste aus den Niederlanden blieben jedoch reserviert. Zwölf Jahre zuvor hatten deutsche Herrenmenschen ihre Heimat überfallen und waren fünf lange Jahre geblieben. Die Erinnerung daran war zu frisch, die Zeit war noch nicht reif für ein unbefangenes nachbarschaftliches Miteinander. Während des ganzen Abends in Oberhausen blieb die Stimmung kühl, schlecht war sie dennoch nicht. Gastgeber und Gäste gingen höflich miteinander um, und ich konnte einige holländische Sportlerinnen und sogar einen knorrigen alten Funktionär dazu bewegen, ein paar freundliche Worte über die sympathischen und sportbegeisterten Menschen im Ruhrgebiet zu sagen, die ich mit Vergnügen in mein Notizbuch schrieb.

Horst Brömmel hatte mich zu der Veranstaltung geschickt, ohne mich bezüglich der Kleiderordnung zu instruieren, und ich hatte mir keine Gedanken darüber gemacht, was ich zum Empfang des Oberbürgermeisters anziehen sollte, weil ich ohnehin nur einen Anzug besaß, einen schlichten, hellbraunen, den ich im Jahr zuvor preiswert bei C&A gekauft hatte. So war ich einigermaßen überrascht, als ich mich plötzlich umringt sah von Herren in noblen dunklen Zweireihern und Frauen in feinen langen Kleidern. Sogar aus den Athletinnen, die noch vor ein paar Stunden im verschmuddelten Dress durch die Weitsprunggrube gehüpft oder über die Aschenbahn gerannt waren, waren äußerst elegant gekleidete junge Damen geworden.

Missbilligende Blicke streiften immer mal wieder mein billiges Jackett, meine ausgebeulte Hose und mich, und da es nicht nur die älteren Herren waren, die mich abfällig betrachteten, sondern auch einige attraktive junge Sportlerinnen, fühlte ich mich ziemlich elendig. An diesem Abend nahm ich mir vor, mir vor der nächsten festlichen Veranstaltung einen schicken Anzug zu kaufen.

Ob ich es wirklich getan hätte, wenn Paul Weyermann mir nicht einen weiteren guten Grund dafür geliefert hätte, einmal beim Herrenausstatter Rensing vorbeizuschauen, weiß ich nicht.

Ein paar Tage nach meinem Gespräch mit Paul in Sterkrade an der Theke betrat ich jedenfalls zum ersten Mal das Modehaus in der Essener Innenstadt.

Auf den ersten Blick war alles so, wie in jedem anderen Bekleidungsgeschäft auch. Mäntel, Jacken und Hosen hingen in langen Reihen an chromglänzenden Kleiderstangen, in den Wandregalen stapelten sich Oberhemden, Strickwaren und Hüte in großer Auswahl. Es gab ein halbes Dutzend Krawattenständer mit Schlipsen, Fliegen und farblich dazu passenden Einstecktüchern, und auf großen Verkaufstischen waren all die Dinge ausgelegt, die der Mann von Welt damals so brauchte: kurze und lange Unterhosen, Unterhemden mit und ohne Arm, Schlafanzüge, Socken und Sockenhalter, Taschentücher, Handschuhe, Ärmelhalter und Hosenträger.

Schon auf den zweiten Blick wurde mir aber klar, dass ich nicht in irgendeinem Kleiderladen, sondern im Modehaus Rensing war. Verkaufstische und Wandregale aus Edelholz, Teppichböden, goldgerahmte Spiegel und Sitzecken mit Mahagonitischchen und damastbezogenen Stühlen hatte ich noch nie in einem Kaufhaus gesehen.

Die gediegenen älteren Männer mit graumelierten Schläfen, die hier und da herumstanden, trugen feine Anzüge und sahen aus wie

Herren von Welt, aber sie waren Verkäufer. Vielleicht waren sie auch beides. Ich kann mir jedenfalls gut vorstellen, dass man mit der Zeit selbst ein bisschen vornehm wird, wenn man tagtäglich mit feinen Leuten zu tun hat.

Mich ignorierten die ergrauten Herren. Vielleicht streifte ich allzu unschlüssig zwischen Kleiderständern und Regalen umher, vielleicht verspürten sie auch nur wenig Lust, sich mit einem jungen Kerl abzugeben, der nicht so aussah, als hätte er ein dickes Portmonee in der Tasche.

Ich kam unbehelligt zur Rolltreppe und fuhr hinauf in die erste Etage.

Noch bevor ich ganz oben war, sah ich den schlanken Verkäufer mit dem blonden Haarschopf. Er wanderte, die Hände auf den Rücken gelegt, zwischen langen Anzugsreihen auf und ab, war so fein gekleidet und schaute so gediegen drein wie alle seine Kollegen, war aber deutlich jünger als die meisten von ihnen. Paul Weyermanns Beschreibung passte so genau auf ihn, dass ich keinen Zweifel daran hatte, den jungen Mann vor mir zu haben, der den Geldkoffer an der Ruhr gefunden hatte.

Ich schlenderte eine Weile an Sakkos und Hosen entlang und näherte mich ihm dabei ganz allmählich. Irgendwann bemerkte er mich und kam auf mich zu.

»Kann ich Ihnen behilflich sein?«, fragte er freundlich.

»Ja, das wäre nett. Ich brauche einen Anzug«, antwortete ich.

Er betrachtete mich abschätzend. Ich trug ein kurzärmeliges, weißes Hemd und eine helle Stoffhose, eine ziemlich moderne mit Umschlag.

»Einen leichten Sommeranzug für jeden Tag, fürs Büro?«, fragte er.

Ich entdeckte an seinem Revers ein kleines Schild mit der Aufschrift »Herr Köster«.

»Nein, etwas Gediegeneres«, sagte ich.

»Für den Sonntagsspaziergang? Für einen Abend im Restaurant? So etwas?«

»Nein, ich brauche einen wirklich feinen, dunklen Anzug für ganz besondere Anlässe.«

»Sie wollen heiraten?«

Ich schüttelte lachend den Kopf, dachte an Leni und sagte: »Ich weiß nicht, ob ich dafür schon die Richtige gefunden habe.«

»Lassen Sie sich bloß Zeit«, sagte Köster. »Wenn man erst mal verheiratet ist, ist die Mark nur noch die Hälfte wert.«

Ich kannte den Spruch und fand ihn schon damals ziemlich töricht.

»Das muss doch heutzutage nicht mehr so sein«, sagte ich. »Es gibt immer mehr junge Frauen, die selbst gutes Geld verdienen.«

»Sie meinen so emanzipierte, die studiert haben und Hosen tragen? Ich glaube, das wäre nichts für mich.«

»Genau so eine habe ich im Auge«, sagte ich achselzuckend.

»Also läuten vielleicht doch bald die Hochzeitsglocken.«

»Nein, nein, auf keinen Fall. Nein, ich brauche einen guten Anzug, weil ich öfter mal Einladungen zu Abendgesellschaften bekomme, zu einem Empfang im Rathaus oder zu einer Filmpremiere in der Lichtburg zum Beispiel, jedenfalls zu gesellschaftlichen Ereignissen, bei denen ich ohne elegante Garderobe unangenehm auffallen würde.«

»Ach, so ist das.«

Köster schien verwirrt zu sein. Vermutlich hatte er mich gerade in die Kategorie aufstrebender junger Büroangestellter einsortiert, und dann redete ich plötzlich daher, als gehörte ich zur Essener High Society. Ich fürchtete, dass er mich jetzt für den schnöseligen Spross aus einem vornehmen Elternhaus in Bredeney oder Werden hielt und dass er annahm, ich hätte einen ganzen Packen Hundertmarkscheine in der Hosentasche.

»Wenn Sie mir dann bitte folgen würden. Unsere edleren Abendanzüge, die hängen ganz hinten, in der letzten Reihe.« Das klang reserviert. Kösters Gesicht hatte wieder den Ausdruck eines gediegenen Rensing-Verkäufers angenommen. Von der unbefangenen Vertraulichkeit, mit der er mir soeben noch empfohlen hatte, mir Zeit mit dem Heiraten zu lassen, war nichts mehr zu spüren.

»Ich glaube, jetzt habe ich einen falschen Eindruck bei Ihnen erweckt«, sagte ich und versuchte, ein wenig kleinlaut zu wirken. »Also, ich gehöre nicht etwa zu den oberen Zehntausend von Essen, auch wenn sich das gerade vielleicht so angehört hat. Es ist nur so, dass ich beruflich hin und wieder an Veranstaltungen teilnehmen muss, bei denen man schief angesehen wird, wenn man nicht in gepflegter Abendgarderobe erscheint.«

Kösters Gesichtszüge entspannten sich wieder.

»Das heißt natürlich auch, dass ich nicht die Taschen voller Geld habe«, fuhr ich fort. »Ich hab zwar ein bisschen was gespart, aber vielleicht müssen wir doch nicht gleich zu den ganz edlen und teuren Anzügen gehen.«

»Auf zwanzig oder dreißig Mark sollten Sie jetzt aber nicht gucken«, sagte Köster, »sonst halten die feinen Herrschaften Sie für einen, der dazugehören will, aber nicht kann. Ich würde sagen, so um die zweihundert müssen Sie schon anlegen, wenn Sie was Gutes haben wollen.«

»Das geht noch so gerade«, sagte ich. Für meinen braunen Straßenanzug hatte ich bei C&A nicht mal einen Hunderter bezahlt, aber ich hatte damit gerechnet, bei Rensing deutlich mehr als das Doppelte ausgeben zu müssen. Ich hatte einen ganzen Monatslohn im Portmonee, fast dreihundert Mark.

»Sie können natürlich auch in Raten bezahlen. Das ist überhaupt kein Problem. Viele unserer Kunden tun das.«

»Kunden des Modehauses Rensing kaufen ihre feinen Klamotten auf Pump? Das glaub ich nicht. Die haben doch Geld genug.«

»Einige von ihnen schon, aber längst nicht alle. Außerdem liegt Ratenkauf heutzutage voll und ganz im Trend.«

In der Tat war es damals geradezu ein Volkssport geworden, etwas zu kaufen, ohne das Geld dafür auf den Tisch zu legen. Die Deutschen konnten sich zwar ganz allmählich immer ein bisschen mehr leisten, aber vielen ging das nicht schnell genug. Sie wollten nachholen, was sie in den schlimmen Jahren versäumt hatten, und zwar nicht irgendwann, sondern sofort. Die Möbelbranche machte fast zwei Drittel ihres Umsatzes mit Abzahlungsgeschäften, und von den Rundfunkgeräten und Musiktruhen, die Anfang der fünfziger Jahre verkauft wurden, wurde gerade mal ein Viertel sofort bezahlt. Da war es eigentlich nicht erstaunlich, dass auch schicke Klamotten auf Pump gekauft wurden.

»Ich glaube, ich bin da ein bisschen altmodisch«, sagte ich. »Wenn ich etwas haben will, dann spare ich dafür und kaufe es mir erst, wenn ich das Geld zusammen habe. Bezahlen muss ich schließlich so oder so, und wenn ich etwas abstottere, dann kommen immer noch ein paar Mark Zinsen drauf. Das bringt doch nichts.«

»Da stehen Sie aber ziemlich allein auf weiter Flur«, sagte Köster grinsend. »Vor ein paar Tagen habe ich in der Zeitung gelesen, dass es im Duisburger Rathaus eine Untersuchung gegeben hat. Dabei hat sich herausgestellt, dass drei Viertel der städtischen Bediensteten verschuldet sind. Mit durchschnittlich zwei Monatsgehältern stehen sie irgendwo in der Kreide, fast alle aufgrund von Ratenkäufen. Haben Sie den Artikel nicht gelesen?«

»Ich habe ihn geschrieben«, entgegnete ich.

Köster sah mich verdutzt an.

»Ich bin Journalist bei der Ruhr-Post«, erklärte ich und bedauerte im selben Augenblick, dass mir der Satz herausgerutscht war. Ich fürchtete, Köster könnte misstrauisch werden und auf die Idee kommen, dass unsere Begegnung kein Zufall war. Er schien jedoch eher angenehm überrascht zu sein.

»Jetzt verstehe ich«, sagte er schmunzelnd. »Daher also die Einladungen zu Empfängen und Filmpremieren.«

Ich nickte.

Während wir redeten, bewegten Köster und ich uns Schritt für Schritt durch die Anzugsreihen. Hin und wieder blieb er stehen, taxierte mich, schob ein paar Kleiderbügel auseinander, nahm einen Anzug von der Stange, begutachtete ihn und hängte ihn kopfschüttelnd wieder zurück.

»Durch Ihren Zeitungsartikel ist mir erst richtig bewusst geworden, wie hemmungslos die Leute inzwischen alles Mögliche auf Pump kaufen und sich dabei immer mehr verschulden. Das war wirklich gut beschrieben«, sagte er anerkennend. »Aber auf dieser Revierseite in der Ruhr-Post, da findet man oft so interessante Sachen. Die lese ich jeden Morgen zuerst, wenn ich die Zeitung aufschlage.«

»Das freut mich. Das ist sozusagen meine Seite. Ich habe jeden Tag dafür zu sorgen, dass sie irgendwie voll wird.«

»Das stell ich mir schwierig vor.«

»Na ja, es ist nicht immer einfach, interessante Geschichten zu finden«, sagte ich.

Köster nickte, so als wüsste er ganz genau, wovon ich redete.

»Jetzt sind wir doch bei den teuren Sachen angekommen«, sagte er schließlich achselzuckend, nachdem wir noch eine Weile suchend zwischen den Kleiderständern herumgeschlendert waren. »Aber das war bisher alles nicht das Richtige für Sie.« Er nahm zwei Anzüge aus der Reihe und hängte sie über die anderen, einen dunkelblauen und einen anthrazitfarbenen, beide mit dezenten Nadelstreifen.

Während er mir etwas von feinster Schurwolle und hervorragender Wollsiegelqualität vorschwärmte, geradezu zärtlich mit den Fingerspitzen über die Kleidungsstücke strich, ihre hervorragende Verarbeitung und ihren hochmodernen und zugleich edlen Schnitt mit den zwei Knopfreihen, den gerade angesetzten Sakkotaschen und dem breiten Hosenumschlag rühmte, versuchte ich, mir diesen schwärmerischen, jungen Verkäufer mit einer Waffe in der Hand bei einem Raubüberfall vorzustellen. Es gelang mir nicht.

Als ich kurz darauf in der Umkleidekabine meine Schuhe auszog und meine leichte Sommerhose abstreifte, wurde mir klar, dass es wahrscheinlich nur noch Minuten dauern würde, bis ich den richtigen Anzug gefunden hatte, bis Köster mich zur Kasse begleiten und sich freundlich von mir verabschieden würde. Dann hätte ich zwar die passende Garderobe für den nächsten Empfang, aber über den jungen Mann, der einen Koffer voller Geld beim Fundbüro abgegeben hatte, wüsste ich immer noch so gut wie nichts. Ich hatte bisher lediglich herausgefunden, dass er ein freundlicher Verkäufer bei Rensing war und allem Anschein nach ein harmloser junger Mensch, der nichts Böses im Schilde führte. Aber das hatte auch Paul Weyermann an der Theke in Sterkrade schon über ihn erzählt, das war mir zu wenig.

Vielleicht sollte ich ihn doch um Ratenzahlung bitten, dann müsste er noch meine Personalien aufnehmen, und wahrscheinlich müsste er dann auch Erkundigungen über mich einziehen bei dieser Schutzgemeinschaft für allgemeine Kreditsicherung, bei der seit einiger Zeit genauestens Buch über die Schulden jedes Bürgers geführt wurde. Aber die Prozedur würde unsere Begegnung allenfalls um eine viertel Stunde verlängern, und die wäre angefüllt mit geschäftlichen Formalitäten. Das würde nichts bringen.

Ich musste einen Grund finden, mich mit ihm auf eine Tasse Kaffee zu verabreden. Vielleicht sollte ich ihm vorschlagen, einen

Artikel über ihn zu schreiben, über einen jungen Verkäufer in einem noblen Bekleidungshaus und seine schwierige Aufgabe, anspruchsvolle Kunden beim Kauf ihrer teuren Garderobe zu beraten. Wenn er mitmachen würde und ein bisschen über verschrobene, reiche Herren und über ihre vermutlich hin und wieder recht ausgefallenen Wünsche plaudern würde, könnte dabei tatsächlich eine interessante Geschichte für meine bunte Revierseite herauskommen.

Mit dieser Idee im Kopf und bekleidet mit einem dunkelblauen Nadelstreifenanzug trat ich aus der Umkleidekabine. Augenblicke später stand ich staunend vor einem der goldumrandeten Spiegel.

»Sie haben also zuerst den dunkelblauen angezogen, das dachte ich mir«, sagte Köster, während er mich zufrieden lächelnd betrachtete.

»Wieso?«

»Na, weil das Ihre Farbe ist. Sie sehen großartig aus in dem Anzug.«

Das fand ich auch. Während ich mich von allen Seiten begutachtete und mich schon bei künftigen Empfängern umringt sah von schönen Schauspielerinnen und attraktiven Spitzensportlerinnen, verschwand Köster, um kurz darauf mit einem hellblauen Hemd und einer dezent gemusterten graublauen Krawatte zurückzukommen.

»Ich will Ihnen nichts aufdrängen«, sagte er. »Ich weiß ja auch gar nicht, was Sie an Hemden und Krawatten so im Schrank haben, aber das hier, das würde sehr gut zu dem Anzug passen.«

»Ich bewundere Ihren Geschmack«, sagte ich beeindruckt. »Wie Sie aus den hunderten von Anzügen den hier für mich herausgefischt haben, also das ist wirklich erstaunlich. Das ist genau das, was ich mir vorgestellt habe, und er sitzt, als wäre er für mich maßgeschneidert.«

»Ja, das tut er wirklich. Na ja, ich mach das hier jetzt schon ein paar Jahre, da bekommt man allmählich einen Blick für die Menschen und für die Garderobe, die zu ihnen passt.«

»Ich bin wirklich begeistert.«

»Wollen Sie den anthrazitfarbenen auch noch anprobieren?«

»Nein, nicht nötig. Ich will den hier und keinen anderen.«

»Eine gute Entscheidung. Dazu kann ich Ihnen nur gratulieren.«

»Und das Hemd und die Krawatte nehme ich auch.«

»Ich muss Ihnen wohl sagen«, Köster hielt kurz inne und rechnete nach, »dass wir dann alles in allem bei zweihundertsechzig Mark sind.«

»Das ist in Ordnung. So viel hab ich bei mir.«

»Schön. Und dann muss ich Ihnen noch etwas sagen, so ganz unter uns. Die ausgelatschten, braunen Treter, die Sie an den Füßen haben, die können Sie zu dem Anzug natürlich nicht tragen. Dazu gehört ein Paar eleganter, schwarzer Schuhe.«

»Also noch mal fünfzig Mark«, sagte ich seufzend.

»Das muss sein, fürchte ich. Jedenfalls, wenn Sie nichts Entsprechendes zu Hause im Schuhschrank haben.«

Köster hatte recht, das war keine Frage. Um den Besuch in einem Schuhgeschäft kam ich wohl nicht herum.

Während ich mein neues Prachtstück wieder auszog, hörte ich vor der Umkleidekabine Kösters Schritte. Er blieb stehen und sagte durch den Vorhang: »Wenn Sie den Anzug abgelegt haben, reichen Sie ihn mir bitte heraus, dann kann ich ihn schon mal zusammenlegen und einpacken.«

»Einen Augenblick bitte, ich bin noch nicht so weit.«

»Ja natürlich. Lassen Sie sich nur Zeit. Ich wollte Sie sowieso noch etwas fragen.«

Ich bemerkte, dass er ganz nah an den Vorhang herantrat, so dass ich ihn gut verstehen konnte, obwohl er jetzt nur noch leise sprach.

»Sie haben vorhin mal erwähnt, dass es nicht immer einfach ist, Geschichten aus dem Revier für Ihre Zeitungsseite zu finden.«

»Ja, das stimmt«, sagte ich und spitzte aufmerksam die Ohren.

»Also, ich hätte da vielleicht was für Sie. Ich weiß ja nicht, ob Sie an so etwas interessiert sind, aber ich kenne da einen jungen Mann, der einen Koffer voller Geld gefunden hat.«

Ich war froh, dass Köster in diesem Augenblick mein entgeistertes Gesicht nicht sehen konnte. Aber anscheinend bemerkte er meine maßlose Verwunderung trotz des Vorhangs, der zwischen uns hing.

»Was ist los? Sie sagen ja gar nichts. Sie wissen doch bestimmt, dass beim Fundbüro ein Gepäckstück abgegeben wurde, dessen

Inhalt sehr wertvoll ist. Das hat doch noch vor ein paar Tagen in der Ruhr-Post gestanden.«

»Ja natürlich, das hab ich gelesen.«

»Und warum sind Sie jetzt so erstaunt?«

Ich zog den Vorhang zur Seite, streckte Köster meinen Arm entgegen, über dem der Nadelstreifenanzug hing, und ging in die Offensive.

»Na, dass Sie den Finder dieses Koffers kennen, das haut mich um. Ich würde nämlich verdammt gern etwas über ihn schreiben. Ich habe sogar schon bei der Polizei versucht, seinen Namen zu erfahren, aber da rückt man natürlich nicht damit heraus. Dabei würden alle Leute gern die Geschichte dieses Glückspilzes lesen, das ist doch klar. Schließlich hat jeder schon mal davon geträumt, irgendwo einen Schatz zu finden. Und hier, mitten im Kohlenpott, gibt es tatsächlich einen Menschen, für den dieser Traum Wirklichkeit geworden ist. Das fasziniert jeden Zeitungsleser, egal ob jung oder alt, das ist genau das, wonach ich suche.«

»Das trifft sich gut«, sagte Köster. »Ich bin nämlich der Mann, der den Koffer gefunden hat.«

»Sie? Na, so ein Zufall. Das ist ja kaum zu glauben«, sagte ich und hatte das Gefühl, dass meine gespielte Überraschung sehr überzeugend wirkte. Wir verabredeten uns für den Abend des übernächsten Tages in einer Kneipe am Pferdemarkt.

Horst Brömmel war nicht gerade begeistert, als ich an diesem Dienstagmittag in die Redaktion kam, ohne eine neue Geschichte mitzubringen. Ich erzählte ihm, dass ich den Finder des Koffers aufgespürt hatte und mit ihm verabredet war.

»Nicht schlecht«, sagte Brömmel, »meinen Respekt. Aber im Moment haben wir da gar nichts von. Außer ein paar mäßig interessanten Nachrichten aus den Lokalredaktionen haben wir noch nichts für morgen.«

»Dann blas ich eben eine mäßige Geschichte ein bisschen auf und mach einen Knüller draus«, sagte ich.

»Ja, das bringst du fertig, ich weiß«, sagte Brömmel kopfschüttelnd.

Es war mir nicht ganz klar, ob das ein Lob oder ein Tadel sein sollte. Ich nahm an, von beidem ein bisschen, und begann, den kleinen Papierstapel zu durchforsten, der sich auf meinem Schreibtisch angesammelt hatte: Auszüge aus dem Fernschreiber, handschriftliche Notizen, die ich am Morgen gemacht hatte, als ich in den Lokalredaktionen angerufen hatte, und ein paar kurze Artikel, die von Kollegen telefonisch hereingegeben, von Trudi Tippel zunächst stenografiert und dann in die Schreibmaschine getippt worden waren.

Horst Brömmels Telefon klingelte. Nach einem kurzen Gespräch sagte er zu mir: »Du kannst dich entspannen. Das waren die Jungs von der Anzeigenabteilung. Die haben noch eine fette Kaufhaus-Werbung reinbekommen. Für ›Buntes aus dem Revier‹ bleibt nur eine knappe halbe Seite.«

»Schade«, sagte ich. »Hieraus könnte ich nämlich gut noch was machen. In Mülheim auf dem Hauptfriedhof ist gestern Mittag ein Siebzigjähriger beim Blumengießen am Grab seiner Frau zusammengebrochen. Hitzschlag. Der Mann ist ein paar Stunden später im Krankenhaus gestorben.«

»Was willst du denn daraus machen?«

»Einen Artikel über die Hitzewelle und ihre Folgen. Ein paar Anrufe bei Polizei und Feuerwehren, in Krankenhäusern, Schwimmbädern, Eiscafés. Wahrscheinlich wären auch Nachfragen in großen Geschäften in den Innenstädten aufschlussreich. Bei Rensing zum Beispiel, da war vorhin gar nichts los. Bei diesem Wetter macht kein Mensch freiwillig einen Einkaufsbummel. Ich könnte mir vorstellen, dass die Geschäftsleute das schon in ihren Kassen bemerken.«

»Ich weiß nicht«, sagte Horst Brömmel. »Denk mal an unsere Leser, die jeden Tag bei Gluthitze am Hochofen arbeiten oder in den Eisengießereien oder unter Tage. Die lachen sich doch kaputt, wenn wir Zeitungsfritzen jetzt anfangen, über die hochsommerlichen Temperaturen zu jammern.«

»Das hab ich ja auch nicht vor«, sagte ich. »Ich will nur ein paar Fakten zusammentragen. Welche Auswirkungen hat das Wetter auf die Gesundheit, auf das Geschäftsleben, auf das Verhalten der Leute? Wie sieht das in den Krankenhäusern aus oder in den Schulen? Sind die Freibäder überfüllt? Gibt es mehr Badeunfälle als sonst? Ich denke, dass die Feuerwehren und die Polizei dazu einiges Interessantes zu sagen haben.«

»Na gut«, sagte Brömmel. »Aber dann recherchier gründlich und frag in den Lokalredaktionen nach Fotos zum Thema: Leute, die schwitzend auf einer Parkbank sitzen, die irgendwo im Wasser planschen oder ein Eis schlecken, so etwas in der Art. Und ruf auch beim meteorologischen Amt an. Unsere Leser wollen wissen, wie es weitergeht, wie lange sie das tropische Wetter noch ertragen müssen. Dann machen wir morgen eine große Geschichte daraus. Die halbe Seite heute, die krieg ich schon irgendwie zu, mit dem Material, das wir haben.«

Die Hitzewelle mit Höchsttemperaturen von knapp vierzig Grad im Schatten beschäftigte uns noch wochenlang. In ganz Deutschland fielen ihr fast zweihundert Menschen zum Opfer. Im Ruhrgebiet kam es zu einem Eklat, als mitten in diesem Tropensommer das Freibad am Baldeneysee dichtgemacht wurde. Die Behörden begründeten die Schließung mit der beängstigenden Ausbreitung der Kinderlähmung.

Als irgendwann sogar die Kumpel stöhnend an den Theken saßen und behaupteten, die Temperaturen unter Tage seien leichter zu ertragen als die drückende Hitze in den Wohnungen und auf den Straßen, als Beton und Asphalt sich so aufgeheizt hatten, dass in den Revierstädten auch nachts die Thermometer noch mehr als zwanzig Grad anzeigten, schrieb ich einen Artikel mit dem Titel »Jetzt kocht der Kohlenpott«.

Horst Brömmel gratulierte mir zu der knackigen Schlagzeile. Dabei wussten wir beide, dass genau über solche Wortschöpfungen die Kollegen aus den klassischen Ressorts ihre Nasen rümpften. Für sie waren wir eher Marktschreier als ernst zu nehmende Zeitungsmacher. Was wir fabrizierten, war ihnen zu knallig, zu aufdringlich und zu reißerisch, und eine Zeitlang ließen sie uns bei jeder Gelegenheit ihre Geringschätzung spüren.

Im Verlaufe des Sommers wurden die Verfechter des seriösen Journalismus allerdings immer kleinlauter. Das hatten wir einerseits den Lesern der Ruhr-Post zu verdanken, bei denen unsere bunten Seiten zunehmend Anklang fanden, und andererseits einem Hamburger Verleger namens Axel Springer. Der hatte Ende Juni eine neue Zeitung auf den Markt gebracht, die mit vielen Fotos und sehr spärlichen Texten ihre Leser unterhielt und zerstreute, sie aber nur dürftig informierte. Er nannte das seltsame Produkt »Bild«, versah die Erstausgabe mit dem Stempel »Die modernste Zeitung Deutschlands« und ließ das Blatt für einen Groschen verkaufen.

Als die Bild-Zeitung in den nächsten Monaten immer erfolgreicher wurde, begann man auch in anderen Verlagshäusern zu begreifen, dass die Lesegewohnheiten der Menschen sich änderten. Bald darauf war die Ruhr-Post nicht mehr die einzige seriöse Tageszeitung, bei der es ein Ressort für Buntes und Vermischtes gab, und Brömmel und ich wurden plötzlich von den Kollegen ernst genommen. Manche hielten uns jetzt sogar für die Vorreiter eines zeitgemäßen Journalismus.

Am Abend vor meinem Treffen mit Köster saß ich in der Bremener Straße neben meinem Großvater auf der Bank beim Apfelbaum.

»Warm in Sterkrade«, stöhnte Opa. Er saß im Unterhemd da. Seine Hosenträger hatte er von den Schultern gestreift.

»In Essen ist es noch wärmer«, sagte ich.

»Dat glaub ich, so mitten in e Stadt«, sagte Opa. »Aber hier die Hitze, die macht mich auch schon ganz kolone. Ich hab heute kaum wat geschafft.«

»Was denn, ist doch alles prima in Schuss«, sagte ich mit einem Blick über den Garten.

»Aber gießen tus'e gleich noch, ne?«

»Ja sicher, Opa. Hab ich doch vorhin schon gesagt.«

»In e Regentonne is noch genug drin. Aber wenn nich bald ma 'n ordentlichen Guss runterkommt, dann wird et knapp mit 'm Wasser.«

»Spätestens Ende der Woche wird es regnen.«

»Woher weiß'e dat denn?«

»Ich hab heute Morgen mit dem meteorologischen Amt telefoniert. Da haben sie gesagt, es gäbe in den nächsten Tagen Sommergewitter mit teils heftigen Regenschauern.«

»Hauptsache, kein Hagel«, sagte Opa.

»Was hältst du denn davon, wenn ich an der Trinkhalle für uns beide en paar Fläschkes Bier hole?«, fragte ich ihn.

»Wills'e jetz wirklich noch bis nach e Bude auf en Postweg latschen?«

»Nee, ich fahr mit dem Moped.«

»Has'e denn heut Abend nix anderes mehr vor?«

Ich schüttelte den Kopf.

»Ja gut, dann mach dat ma. Und bring für die Oma 'n Eis mit, dann freut se sich.«

»Wo ist die eigentlich?«

»Die brasselt noch in e Küche rum. Irgendwat hat die ja immer zu tun, dat kenns'e doch.«

Später, als Oma Hilde ihr Eis geschleckt hatte und wieder im Haus verschwunden war, als die Gemüsebeete gegossen waren und Opa und ich, jeder mit einer Bierflasche in der Hand, wieder nebeneinander auf der Bank saßen, erzählte ich ihm von dem Pappkoffer. Ich begann mit Brömmels Entdeckung der Polizeimeldung, wiederholte alles, was Paul Weyermann an der Theke über den Fund und den Finder gesagt hatte, und berichtete ausführlich über mein Zusammentreffen mit dem jungen Verkäufer im Modehaus Rensing.

»Bekloppte Geschichte«, sagte Opa.

Ich nickte.

Mein Großvater dachte eine Weile nach, dann fragte er: »Und warum will der Kerl jetz in e Zeitung? Also, dat versteh ich nich so richtig.«

»Ich auch nicht«, sagte ich.

»Wat has'e denn für 'n Eindruck von diesem Herrn Köster? So hieß er doch, oder?«

»Jedenfalls stand das auf seinem Namensschildchen.«

»Und wat is dat für einer?«

»Ein sympathischer Kerl in meinem Alter. Dass er ein Verbrechen begangen hat, kann ich mir nicht vorstellen. Ich glaub, er hat den Koffer mit dem Geld tatsächlich gefunden.«

»Aber dat is doch Quatsch«, sagte Opa Leschinski. »Et gibt auf dieser Welt keinen Menschen, der sechzigtausend Mark an e Ruhr verliert und nachher nich versucht, die Kohle wiederzukriegen. Nee, Hermann, der Kerl hat dat Geld irgendwo geklaut, und jetz tut er so, als hätt er dat gefunden.«

»Glaub ich nicht, Opa. Dann hätte die Polizei irgendwas rausgefunden. Und dieser Köster, der ist kein Räuber und auch kein Dieb.«

»Vielleicht is er ja en ganz raffinierten Kerl, so einer, der den Leuten gut wat vormachen kann. Von denen gibt et mehr als e denkst. Vergiss nich, Jung, dat du so 'nem Menschen nich in 'n Kopp reingucken kannst.«

Als es allmählich dunkel wurde und die Hitze ein wenig nachließ, zog mein Großvater sich ein Hemd über, ging zur Regentonne und holte die beiden Flaschen Bier, die noch im kühlen Wasser standen.

Eine Weile saßen wir schweigend nebeneinander, dann fragte Opa Leschinski mich ganz plötzlich: »Denks'e eigentlich noch manchmal an deine Eltern?«

Es war das erste Mal seit dem Tod der beiden, dass mir jemand diese Frage stellte.

»Mensch Opa, wie kommst du denn jetzt auf so wat?«, sagte ich verwirrt.

»Ich weiß auch nich. In letzter Zeit gehen mir oft solche Sachen durch en Kopp, vom Krieg und wat da alles passiert is. Dat die Oma und ich erst den Wilhelm verloren haben, unser einziges Kind, und dann auch noch die Mia, unsere Schwiegertochter. Und all die Sorgen, die wir um dich hatten, die kommen dann auf einmal auch wieder hoch. Et is eben doch so, dat man mehr Zeit zum Nachdenken hat, wenn man nich mehr jeden Tach nach 'n Pütt muss. Aber wenn e nich über so wat reden wills, dann is dat schon in Ordnung. Dat kann ich gut verstehen.«

»An Papa denk ich noch oft«, sagte ich, »fast jedes Mal, wenn ich mit seinem Motorrad unterwegs bin. Ich sag immer noch Moped dazu, genau wie Papa. Dat hört sich nicht so teuer an, hat er damals gesagt. Ich weiß noch gut, wie er eines Tages damit ankam, in seinem letzten Heimaturlaub, und wie die Mama geschimpft hat, weil es unvernünftig wäre, sich für ein paar Wochen so ein Ding zu kaufen. Aber er hat es einfach gemacht, und dann ist er jeden Tag irgendwohin gefahren, nach Ruhrort, nach Kettwig, nach Xanten, nach Haltern, nach Hattingen. Ich weiß nicht mehr, wo er überall war, aber am Ende von seinem Urlaub hat er zur Mama gesagt, er hätte dat tun müssen und dat sie ihm nicht böse sein soll. Dat Geld wär ja nicht zum Fenster rausgeworfen, auch wenn er nicht aus dem Krieg zurückkäme. Dann würde ich mich in ein paar Jahren bestimmt über dat schöne Moped freuen, hat er gesagt. Und da hat die Mama geweint und ihn in den Arm genommen.«

»Dat war im Sommer '42«, sagte Opa. »So genau weiß'e dat noch alles? Dabei wars'e damals erst elf Jahre alt.«

»Weil ich oft daran gedacht hab. Et war dat letzte Mal, dat ich den Papa gesehen habe.«

»Ja, ich weiß«, sagte mein Großvater. »Kurz darauf wart ihr auf einmal beide weg, du in der Kinderlandverschickung und der Wilhelm wieder in Russland. Und im Jahr drauf is er dann ja gefallen. Dat war furchtbar. Wir wussten erst gar nich, wie wir dir dat beibringen sollten. Deine Mutter wollte zu dir hinfahren nach Frankstadt, allein mit 'm Zug bis nach Böhmen-Mähren. Dat wär aber doch viel zu gefährlich gewesen für 'ne junge Frau, mitten im Krieg. Die Oma und ich, wir haben ihr dat ausgeredet, und dann haben wir zusammen den Brief an deinen Lehrer geschrieben. Der sollte dir sagen, wat passiert war. Du musstest dat ja irgendwie erfahren.«

»Unser Klassenlehrer hat mich damals aus der Mathestunde geholt und ist mit mir nach draußen in den Park gegangen. So hat er es mit allen Jungs gemacht, denen er eine schlimme Nachricht überbringen musste. Ich wusste schon, wat los war, bevor er irgendwat gesagt hatte. Dat ich jetzt auch einer von denen war, deren Väter den Heldentod für Volk und Führer gestorben waren.«

»Ich darf gar nich drüber nachdenken, wie schrecklich dat für 'n zwölfjährigen Jung gewesen sein muss.«

»Ach, weiß'e Opa, dat Leben in Frankstadt war am Tag danach genauso wie am Tag davor. Es ging einfach so weiter, als wäre nichts passiert. Ich glaube, dat hat den Jungs, die so eine Todesnachricht zu verkraften hatten, sehr geholfen. Und wir waren ja auch nie allein, sonst wäre vielleicht doch manch einer durchgedreht. Es gab ja Mitschüler, die bei Bombenangriffen aufs Ruhrgebiet ihre ganze Familie verloren hatten.«

Nachdem wir eine Weile schweigend nebeneinander gesessen hatten, sagte mein Großvater: »Wir haben uns später oft Vorwürfe gemacht, die Oma und ich, dat wir deine Mutter von der Reise abgehalten haben. Wenn se gefahren wär, dann hättet ihr euch wenigstens noch ma gesehen. Aber et konnte ja keiner ahnen, dat se auch noch sterben musste. Verstehen kann ich dat bis heute nich, dat dat noch passieren musste, en paar Tage bevor die Amis hier waren. Hier bei uns is se gewesen, die Mia, als et Fliegeralarm gab. Aber anstatt mit der Oma und mir in den Keller zu gehen, wollte se unbedingt noch runter in e Stadt zum Bunker. Dat wär ihr sicherer, und dafür wär noch Zeit genug, hat se gemeint. Aber et war eben nich mehr Zeit genug. Am Bunker is se nie angekommen.«

Mein Großvater schüttelte den Kopf, zündete sich eine Zigarette an und schüttelte noch einmal den Kopf.

»Furchtbar war dat. Die Oma und ich, wir sind da erst gar nich mit parat gekommen. Und wat aus dir geworden war, dat wussten wir ja damals auch nich. Dat Letzte, wat wir noch gehört hatten, war im März '45, dat eure Schule in Frankstadt aufgelöst worden war, als die Russen im Anmarsch waren. Wo du warst, ob du überhaupt noch am Leben warst, dat wussten wir doch alles nich.«

Opa Leschinski schwieg lange. Als er endlich weitersprach, klang seine Stimme so dünn, als käme sie aus großer Entfernung.

»Wenn du nicht mehr zurückgekommen wärst, ich glaub, dann wären die Oma und ich damals nich mehr auf e Beine gekommen. Der Tach, an dem du plötzlich wieder da warst, abgemagert und zerlumpt, aber lebendig, der 4. Oktober '45, dat war der Tach, an dem wir beiden Alten auch wieder angefangen haben zu leben. Die Oma hat mir später ma erzählt, dat se im ersten Moment gedacht hätte, jetz wär se verrückt geworden, jetz würd se schon am helllichten Tach den Wilhelm, ihren toten Sohn, vor sich stehen sehen. Aber du sahst damals auch wirklich genau so aus wie dein Vatter, als er vierzehn gewesen war.«

»Jetzt hör aber ma langsam auf, Opa, sonst fang ich gleich noch an zu heulen.«

»Ich bin ja bald am Ende, Jung. Aber ich will, dat du ma weiß, wie dat damals für die Oma und für mich war. Als du wieder hier warst, mussten wir dir ja erst ma klar machen, dat deine Mutter auch tot war. Dat war schwer, aber du has dat verdammt gut weggesteckt. Natürlich wars'e traurig, aber du has nich lang den Kopp hängen lassen. Et war schon erstaunlich, wie schnell e dich erholt has. Und mit deinem Lebensmut has'e uns beiden Alten irgendwie auch aus en Schlamassel rausgeholt. Unser einziger Sohn war tot und unsere Schwiegertochter auch, aber unser Enkel, der lebte noch, der war bei uns, und der brauchte uns. Auf einmal hatte dat Leben auch für uns zwei wieder en Sinn.«

»Mensch Opa, wat ist los mit dir? Dat du so redest, so richtig melancholisch, dat kenn ich ja gar nicht von dir. Du bist doch wohl nicht krank?«

»Nee, Jung. Bis auf die ewigen Malässe mit e Knochen geht et mir ganz gut. Ich hab dir dat nur erzählt, damit e weiß, dat du auch viel für die Oma und für mich getan has, auch wenn e dat vielleicht gar nich gemerkt has. Ich mein, du bis uns nix schuldig. Dat wollt ich dir ma sagen.«

»Also weiß'e, Opa, jetz ist es aber ma gut. Ihr habt so viel für mich getan, dat könnt ich an einem Abend gar nich alles aufzählen. Und verlangt habt ihr nie irgendwat dafür. Also, wat soll dat Ganze?«

»Vielleicht wills'e ja irgendwann ma nach Hamburg oder nach Berlin, wo et die großen Zeitungen gibt. Dann solls'e nich denken, dat könntes'e nich machen, weil e bei deine alten Großeltern bleiben muss.«

»Opa, dat is Kokolores, wat e jetz erzähls, ehrlich. Aus en Kohlenpott will ich nich weg, auf keinen Fall. Und hier bei euch in e Bremener Straße hab ich mich schon immer am wohlsten gefühlt. Dat hier ist mein Zuhause.«

Opa Leschinski stand auf, ganz plötzlich, drehte mir den Rücken zu, kramte sein großes Taschentuch aus der Hosentasche und schnäuzte sich ausgiebig.

»Wat is los, Opa?«

»Nix. Ich will nur noch ma grad nach e Karnickel gucken. Die waren vorhin so unruhig.«

»Komms'e dann wieder?«

»Ja sicher. Ich muss doch noch mein Bier austrinken.«

VIER

Ich hatte das Namensschildchen am Sakko des jungen Verkäufers im Modehaus Rensing richtig gelesen. Er hieß Köster, Willi Köster, und er war ein paar Wochen vor mir einundzwanzig Jahre alt geworden. Das erfuhr ich, während wir beide mit der Straßenbahn nach Rellinghausen hinausfuhren.

In der kleinen Kneipe am Essener Pferdemarkt, vor der wir uns getroffen hatten, war es so schweißtreibend warm und stickig, dass wir es vorgezogen hatten, sie ganz schnell wieder zu verlassen. Wir waren in Richtung Hauptbahnhof geschlendert, hatten vergeblich nach einem unbesetzten Gasthaustisch im Freien Ausschau gehalten und waren schließlich in die Straßenbahn gestiegen und aus der Innenstadt geflüchtet.

In Rellinghausen gingen wir zur Ruhr hinunter und spazierten eine Weile am Ufer entlang ruhrabwärts.

»Ich fahr öfter hier raus«, sagte Köster. »Am Baldeneysee knubbeln sich bei dem Wetter ja die Leute, aber hier kann man noch einigermaßen ungestört am Waser entlanglaufen.«

Er trug an diesem Abend keinen feinen Anzug, sondern, genau wie ich, eine leichte helle Hose und ein kurzärmeliges Hemd. Doch ganz im Gegensatz zu mir wirkte Köster auch in seiner legeren Sommergarderobe noch schick und gut angezogen. Das wurmte mich zuerst ein wenig, aber dann tröstete mich der Gedanke, dass seine Klamotten wahrscheinlich doppelt so teuer gewesen waren wie meine.

Ich hatte gerade zweihundertsechzig Mark für Nadelstreifenanzug, Hemd und Krawatte bezahlt, weil ich es satt hatte, wie der arme Schlucker von der Zeitung zwischen fein herausgeputzten Menschen herumzulaufen. Den Wunsch, elegant gekleidet durch die Ruhrwiesen zu latschen, hatte ich bisher allerdings noch nie verspürt, und die Bereitschaft, dafür mein Geld auszugeben, fehlte mir ganz und gar.

Köster trug Schuhe, die farblich zur Hose passten, sein Blondschopf war so akkurat geschnitten und gescheitelt, als ginge er mindestens einmal in der Woche zum Friseur, und der Ring an seinem Finger mit dem dicken blauen Stein, einem Lapislazuli, kostete bestimmt um die achtzig Mark.

»Mir ist aufgefallen, dass Sie gar nichts zu schreiben bei sich haben«, sagte er.

»Ich hab ein paar Zettel in der Hosentasche und einen Bleistift. Fürs Erste reicht das. Wenn ich wieder zu Hause bin, übertrage ich dann alles fein säuberlich in mein Notizbuch.«

»Alles, was ich Ihnen erzähle?«

»Das, was mir wichtig erscheint.«

»Und das steht dann später auch alles in der Ruhr-Post?«

»Das glaube ich nicht. Ich nehme an, dass Sie mir mehr erzählen werden, als ich in einem Artikel unterbringen kann.«

»Also, mir wäre es ganz angenehm, wenn ich nicht jedes Wort, das mir beim Plaudern im Laufe des Abends über die Lippen kommt, nachher in der Zeitung wiederfinden würde.«

Ich sah ihn fragend an.

»Ich könnte Ihnen zum Beispiel den Koffer beschreiben und Ihnen die Stelle zeigen, wo ich ihn gefunden habe«, sagte er. »Es würde mir auch nichts ausmachen, wenn Sie wüssten, wie viel Geld in dem Ding drin war. Aber das sind Einzelheiten, die nicht bekannt werden dürfen.«

»Aber Herr Köster, das versteht sich doch von selbst. Wenn solche Details in der Zeitung stehen, dann kann schließlich jeder Nichtsnutz behaupten, genau so ein Koffer mit genau der Summe Geld wäre ihm vor einem Jahr genau an der Stelle an der Ruhr abhanden gekommen. Was denken Sie denn, was die Polizei mit mir macht, wenn ich das alles schreibe?«

»Was sollte die Polizei schon mit Ihnen machen? Einsperren könnte man Sie dafür nicht.«

»Vermutlich nicht, obwohl das schon eine erhebliche Behinderung der polizeilichen Ermittlungsarbeit wäre. Aber auf jeden Fall wäre ich unten durch bei den Beamten, und ich würde wahrscheinlich nie mehr einen guten Tipp für eine interessante Geschichte bekommen.«

»Na gut«, sagte Köster, aber es klang ein wenig skeptisch.

»Ich bin doch froh, dass Sie mir überhaupt etwas darüber erzählen wollen, wie das damals gewesen ist«, sagte ich. »Ohne Sie könnte ich die Geschichte über den Schatzfund an der Ruhr ja gar nicht schreiben. In einem solchen Fall ist es für mich selbstverständlich, dass nichts in die Zeitung kommt, was mein Informant da nicht sehen will. Da können Sie mir wirklich vertrauen.«

»Das tue ich ja«, sagte Köster. »Als Sie bei mir den Anzug gekauft haben, da waren Sie mir gleich irgendwie sympathisch. Sie waren offen und haben mit mir über alles Mögliche geredet. Das tut nur selten ein Kunde. Also, jedenfalls hatte ich da schon das Gefühl, dass Sie ein anständiger Mensch sind, sonst hätte ich Ihnen ja gar nicht auf die Nase gebunden, dass ich der Kerl bin, der den Koffer gefunden hat.«

Wir spazierten gemächlich an der Ruhr entlang. Auf dem schmalen Pfad begegneten uns nur wenige Menschen: ein weißhaariges Paar, Arm in Arm und Schulter an Schulter, als müsse jeder den anderen stützen, ein Mann mit einem Hund, zwei Mädchen im Backfischalter, die nur einen flüchtigen Blick für uns übrig hatten. Irgendwo in der Wiese lag ein junges Pärchen, eng umschlungen trotz der immer noch drückenden Wärme. Zwei Jungen versuchten mit Steinwürfen das gegenüberliegende Ufer der Ruhr zu erreichen. Sie war in der trockenen Hitze der vergangenen Wochen zu einem dünnen Flüsschen verkümmert. Über dem behäbig rinnenden grauen Wasser hing ein fauliger Dunst, der uns hin und wieder, wenn der Pfad gleich neben der Uferböschung verlief, in die Nasen stieg.

Auf halbem Weg zwischen Rellinghausen und Heisingen deutete Willi Köster auf eine Gruppe Sträucher, etwa zwanzig Meter vom Fußweg entfernt.

»Sehen Sie die Büsche, die da in einer Reihe stehen wie eine Hecke?«, fragte er. »Dahinter hab ich voriges Jahr den Koffer gefunden.«

»Was haben Sie denn da gemacht?«

»Na, was wohl? Ich musste mal pinkeln.«

»Und dann stand da plötzlich der Koffer neben Ihnen?«

»Er war auf jeden Fall schon da, bevor ich kam. Irgendjemand hatte ihn irgendwann in das Gebüsch hineingeschoben. Von den Spaziergängern, die hier herumlaufen, hätte ihn vermutlich nie jemand entdeckt. Aber ich stand eben eine Weile da und schaute einfach so vor mich hin, und dabei bemerkte ich auf einmal irgendwas im Gestrüpp, das auf den ersten Blick aussah wie die Ecke eines Pappkartons. Als ich mein Geschäft erledigt hatte, ging ich einen Schritt zur Seite, bog die Zweige auseinander, sah den Koffer und zog ihn aus dem Busch. Er war nicht gerade leicht, also war mir sofort klar, dass da niemand einen leeren alten Pappkoffer entsorgt hatte, sondern dass irgendwas in dem Ding drin sein musste. Ich hab mich umgesehen, weil ich dachte, es wäre vielleicht jemand in der Nähe, der den Koffer da abgestellt hatte, aber ich sah nur eine Person in Richtung Heisingen spazieren, die schon so weit entfernt war, dass ich nicht mal mehr erkennen konnte, ob es ein Mann oder eine Frau war. Es war damals ein warmer Sommerabend, ein Donnerstag im Juli, genau wie heute, und Sie sehen ja selbst, wie wenig Leute werktags um diese Zeit hier unterwegs sind. Ich bin dann noch runter ans Wasser gegangen und hab geguckt, ob vielleicht irgendwo jemand in der Ruhr herumplanschte, weil ich die Idee hatte, dass ein später Schwimmer seine Klamotten in dem Busch versteckt haben könnte. Aber auch da war niemand zu sehen. Also hab ich den Koffer mitgenommen in meine Wohnung und ihn am nächsten Morgen zum Fundbüro gebracht. Das ist schon die ganze Geschichte.«

»Und Sie haben ihn nicht geöffnet, um mal zu gucken, was da drin war? Also, ich hätte das ganz bestimmt gemacht.«

»Natürlich war ich auch neugierig. Aber um das Ding war eine Kordel geknotet, und außerdem war es abgeschlossen. Na gut, es wäre bestimmt nicht sehr schwierig gewesen, das Schloss zu knacken, und wenn ich gewusst hätte, dass da sechzigtausend Mark drin waren, dann hätte ich das vielleicht auch getan oder es wenigstens versucht. Aber ich hatte ja keine Ahnung, was ich mir in die Wohnung geschleppt hatte. Ich wollte den Koffer abgeben, so wie ich ihn gefunden hatte, nicht mit aufgebrochenen Schlössern. Damit hätte ich mir doch nur Ärger eingehandelt. Jedenfalls habe ich das damals gedacht und die Finger davon gelassen.«

Köster hatte bei unserem ersten Zusammentreffen im Modehaus Rensing zwar von einem Koffer voller Geld gesprochen, aber die Summe hatte er mir gegenüber noch nie erwähnt. Er ging also zweifellos davon aus, dass er mir gerade eine bedeutende Neuigkeit mitgeteilt hatte. Zum Glück schaltete ich so schnell, dass bis zu meinem gespielten Überraschungsausbruch nur ein paar Sekunden vergingen.

»Was haben Sie da gerade gesagt? Sechzigtausend Mark? Sie haben sich versprochen, oder?«

»Nein, hab ich nicht. In dem Koffer waren fast sechzigtausend Mark. Das stand jedenfalls in einem hochoffiziellen behördlichen Schreiben, in dem mir mitgeteilt wurde, dass das Geld am 15. Juli 1952 in meinen Besitz übergehen wird. Und der olle Pappkoffer natürlich auch.«

»Das ist ja eine ungeheure Summe. Was werden Sie damit machen? Wissen Sie das schon?«

»Ich möchte ein eigenes Geschäft für Herrenmode eröffnen.«

»Dafür braucht man so viel Geld?«

»Also, ich meine nicht so einen kleinen Laden an der Ecke, ich hab schon die Vorstellung von einem richtig großen Bekleidungshaus.«

»Sie wollen also dem Modehaus Rensing Konkurrenz machen?«

Köster schüttelte lachend den Kopf.

»Nein, ich bin doch nicht verrückt. Rensing hat als Herrenausstatter einen so ausgezeichneten Ruf in Essen, und das schon seit Jahrzehnten, da würde man als Konkurrent auf jeden Fall den Kürzeren ziehen. Nein, ich werde mein Geschäft in Duisburg oder in Oberhausen aufmachen.«

Köster redete so, als habe er nicht den geringsten Zweifel daran, dass er in knapp zwei Wochen um sechzigtausend Mark reicher sein würde. Er schien nicht einen einzigen Gedanken daran zu verschwenden, dass der Besitzer des Koffers sich doch noch melden könnte.

»Darf ich das schreiben?«, fragte ich ihn.

»Was?«

»Na, dass Sie mit dem Geld ein eigenes Bekleidungshaus eröffnen wollen.«

»Ja. Warum nicht?«

»Kriegen Sie dann keinen Ärger mit Ihrem Arbeitgeber?«

»Schreiben Sie es so, wie ich es Ihnen gesagt habe. Dass in Essen keiner gegen das Renommee von Rensing ankommen kann und dass ich woanders hingehen werde. Duisburg und Oberhausen sollten Sie allerdings lieber nicht erwähnen, sonst kommt mir da am Ende noch jemand zuvor. Außerdem entscheide ich mich vielleicht auch noch für eine andere Stadt, für Mülheim oder Bochum zum Beispiel. Ich weiß noch nicht, welcher Standort der günstigste ist. Und ob ich mich wirklich auf Herrenmode beschränke, weiß ich auch noch nicht genau. Ein Bekleidungshaus für Damen und Herren könnte ich mir auch vorstellen. Nur eines weiß ich schon sicher: Ich werde nirgendwo C&A Konkurrenz machen, sondern exquisite Kleidung für gehobene Ansprüche verkaufen.«

»Glauben Sie denn, dass es im Ruhrgebiet genug Nachfrage für so ein Angebot gibt? Hier laufen nicht allzu viele Menschen in erlesenen Klamotten durch die Gegend, und ich kenne nur ganz wenige Leute, die bereit wären, mehr Geld als nötig für Kleidung auszugeben.«

»Aber es werden immer mehr. Das sehe ich doch bei Rensing«, sagte Willi Köster eifrig. »Bis vor kurzem kamen nur die oberen Zehntausend da einkaufen, aber das ändert sich zurzeit. Heute will auch der Büroangestellte aussehen wie ein feiner Herr, wenn er seine Gattin zum Tanz ausführt oder wenn er am Samstagabend ins Theater geht. Sogar Stahlkocher und Bergleute gehören inzwischen zu unseren Kunden. Wenn sie ein Jubiläum feiern oder wenn die Tochter heiratet, dann darf der neue Anzug auch gerne etwas teurer sein. Schließlich verdienen sie gutes Geld, und das wollen sie auch mal zeigen. Zugegeben, heute ist der Arbeiter, der bei Rensing einkauft, noch die Ausnahme, aber in ein paar Jahren wird jeder Mann wenigstens einen noblen Anzug für besondere Anlässe im Kleiderschrank hängen haben. Davon bin ich felsenfest überzeugt.«

Ich dachte an meinen Opa und seine Kumpel von der Zeche und konnte Kösters Optimismus nicht so recht teilen. Aber ich widersprach ihm nicht, setzte mich in die Wiese und machte mir ein paar Notizen. Willi Köster blieb neben mir stehen. Anscheinend fürchtete er um seine schicke helle Hose, und das konnte ich sogar verstehen. So ein feines Beinkleid verlor schnell seinen

Glanz. Ein einziger Grasfleck hätte ausgereicht, um aus ihm eine ganz gewöhnliche Buchse zu machen.

Alles, was ich notierte, waren ein paar Worte über Willi Kösters Zukunftspläne. Sonst hatte ich nichts Neues erfahren. Was er mir über den Fund und den Koffer erzählt hatte, hatte ich schon, wenn auch nicht ganz so detailreich, von Paul Weyermann gehört. Na gut, dass Köster beim Pinkeln den Schatz gefunden hatte, war ein ulkiges Detail, von dem ich noch nichts gewusst hatte, aber dieses neue Wissen hatte nur wenig Aussichten, in meinen Zeitungsartikel einzufließen.

Über die Entleerung von Darm und Blase sprach man damals höchstens mal hinter vorgehaltener Hand. Wenn es unbedingt nötig war, dann redete man verschämt über den Stuhlgang oder über das Wasserlassen, aber selbst diese harmlosen Umschreibungen galten noch als anrüchig und gehörten nicht in einen Bericht über einen Schatz am Ruhrufer.

Ich habe den Artikel, der am Tag nach meinem Spaziergang mit Köster entstand, in einem meiner alten Kartons wiedergefunden. Als ich ihn jetzt, nach all den Jahren, noch einmal las, stellte ich erheitert fest, dass ich es damals doch nicht lassen konnte, die Situation genau zu beschrieben, ziemlich genau jedenfalls, allerdings ohne ein einziges unfeines Wort dabei zu benutzen.

Am Samstag, dem 5. Juli 1952, stand in der Ruhr-Post:

»Dieser junge Mann also spazierte an einem warmen Sommerabend vor knapp einem Jahr seelenruhig am Ruhrufer entlang, als ihn plötzlich ein gewisses Unbehagen drückte. Das, was er nun zu erledigen hatte, duldete keinen Aufschub. Infolgedessen begab er sich eilig, um keines anderen Spaziergängers Schamgefühl zu verletzen, zu einem Gebüsch. Während er hinter diesem stand und das tat, was er tun musste, entdeckte er neben sich im Gestrüpp einen Koffer.«

Nachdem Willi Köster und ich beinahe zwei Stunden an der Ruhr entlangspaziert waren, landeten wir in einem Gartenlokal am Rand von Rellinghausen. Wir tranken gut gekühltes Bier, und Willi Köster fragte mich, ob ich noch irgendwelche Informationen für meinen Zeitungsbericht brauche.

Ich zog unschlüssig die Schultern hoch.

»Was ich weiß, das reicht eigentlich, um einen interessanten Artikel über den Schatz vom Ruhrufer und seinen Finder zu schreiben. Ich würde Sie aber gern noch ein bisschen näher kennenlernen. Erzählen Sie mir etwas über sich, wenn Sie wollen.«

Willi Köster wollte und redete munter drauflos. In seinem Leben gab es verblüffend viele Übereinstimmungen mit meiner eigenen Geschichte. Auch seine Eltern hatten den Krieg nicht überlebt, auch er war bei seinen Großeltern aufgewachsen, auch sein Opa hatte als Bergmann unter Tage gearbeitet. Im Gegensatz zu mir hatte er zwar noch eine Schwester, aber die war nach dem Tod der Mutter zu einer Tante nach Krefeld gekommen, und Willi Köster hatte kaum Kontakt zu ihr. Bevor er die Stelle bei Rensing angenommen hatte und nach Essen gezogen war, hatte er im Duisburger Stadtteil Neumühl gelebt.

»Die Zechenkolonie, das war meine Heimat und ist es eigentlich immer noch«, sagte er.

»Bergmannsplatz?«, fragte ich.

»Sie kennen die Zechensiedlung Bergmannsplatz in Neumühl? Ja, da bin ich aufgewachsen«, sagte Köster erfreut.

»Ich bin ganz in der Nähe groß geworden, in Sterkrade.«

»Ach, das ist ja ein Ding. Ich kenne ein paar Leute in Neumühl, die in Sterkrade arbeiten, auf der Hütte, und als Jugendlicher bin ich selbst oft da gewesen, im Kino ab und zu, und natürlich jedes Jahr auf der Fronleichnamskirmes.«

»Dann sind wir uns bestimmt mal irgendwann über den Weg gelaufen«, sagte ich.

Köster zuckte mit den Achseln, murmelte »gut möglich«, sah mich prüfend an und sagte schließlich: »Ich finde es irgendwie seltsam, dass wir Sie zueinander sagen. Sollen wir uns nicht duzen?«

Wir stießen an, tranken aus und bestellten frisches Bier, und Willi Köster erzählte von seinen Eltern, mit denen er vor dem Krieg in einem Zechenhaus in der Germaniastraße gewohnt hatte. Aber auch er war am liebsten bei seinen Großeltern gewesen, die nur ein paar Minuten entfernt, an der Oberen Sterkrader Straße, ein eigenes kleines Häuschen mit einem großen Garten gehabt hatten.

»Von da aus waren es nur ein paar Schritte bis zum Bahndamm. Über den fuhren am Tag und in der Nacht unentwegt Güterzüge, endlos lange Güterzüge. Als Kinder sind wir immer da hoch geklettert, obwohl wir das eigentlich nicht durften, und dann lagen wir stundenlang im Gras, nur ein paar Meter von den Gleisen entfernt, und haben auf den nächsten Zug gewartet. Wir haben geraten, wie viel Waggons er haben würde, und wer am nächsten dran war, der hatte gewonnen. Das Großartigste am Haus meiner Großelter war für mich aber, dass ganz in der Nähe die Bahnunterführung war. Wenn man da durchlief, dann war man plötzlich in einer anderen Welt. Keine Zechenkolonie mehr, keine schmuddeligen Häuser, keine engen Straßen, kein Dreck, stattdessen weite Felder, saftig grüne Weiden, Kühe und in Sichtweite ein Bauernhof. Das war unglaublich. Ich bin oft stundenlang durch die Unterführung gerannt, immer hin und her. Am Feldrand bin ich jedes Mal eine Weile stehen geblieben und hab mir vorgestellt, ich wäre in Amerika, und vor mir läge die weite Prärie, und dann bin ich wieder zurückgelaufen bis zum Anfang der Borussiastraße, wo ein Zechenhaus neben dem anderen steht, und da war ich dann wieder in Deutschland. Damals gehörte mir irgendwie die ganze Welt, da war ich der Größte, der einzige Mensch, der nicht mal eine halbe Minute brauchte, um von Neumühl nach Amerika zu rennen.«

»Eine schöne Geschichte«, sagte ich, und dann erzählte ich von der Holtenstraße und von der Bremener Straße. Ich redete über meinen Vater Wilhelm und sein Moped, das eigentlich ein Motorrad war, über meine Mutter Mia, die unbedingt noch zum Bunker wollte, obwohl die Sirenen schon heulten, über meine Oma Hilde, die so gern für mich kochte, und über Opa Leschinski, der mit seinem Leben zufrieden war, solange Kohlen im Keller, Kappes im Fass, Würste im Kämmerchen und ein paar fette Karnickel im Stall waren.

Das Gartenlokal füllte sich zum Abend hin immer mehr. Die Hitze hatte nur wenig nachgelassen, doch hier im Grünen, am Rande der Ruhrauen, war sie längst nicht so unangenehm drückend und stickig wie mitten in der Stadt.

Willi Kösters Opa war vor ein paar Jahren gestorben, an Staublunge. An seiner Großmutter hing er mehr als an irgendeinem anderen Menschen. Er hatte die Stelle bei Rensing eigentlich nicht annehmen wollen, weil er dafür seine Oma Hertha allein lassen musste. Aber die alte Frau hatte ihn gedrängt, sich die Chance nicht entgehen zu lassen. »Wer einmal im vornehmsten Modehaus des Ruhrgebiets beschäftigt war, der kann nachher überall arbeiten, wo er will«, hatte sie ihrem Enkel prophezeit, und der hatte dann doch bei Rensing zugesagt.

»Zuerst bin ich noch in Neumühl wohnen geblieben«, erzählte Willi Köster, »aber das war auf Dauer unmöglich. Ich hab jeden Tag drei Stunden in Straßenbahnen und Zügen gesessen. Die Verbindung von Neumühl in die Essener Innenstadt ist einfach beschissen. Also hab ich mich hier nach einer kleinen Wohnung umgesehen und schließlich auch eine gefunden, in einem Altbau hinterm Stadtgarten in der Baumstraße, zwei Zimmer, und das Klo in der Zwischenetage. Sooft es möglich ist, bin ich aber in Neumühl, und wenn ich demnächst bei Rensing aufhöre, dann werde ich auch wieder zu meiner Oma ziehen.«

Als ich am Samstagmorgen aus meiner Kammer in der Bremener Straße kam und die Treppe hinabstieg, hörte ich meine Großeltern in der Küche debattieren, so lautstark, dass ich schon auf halbem Weg mitbekam, dass es um meinen Artikel in der Ruhr-Post ging, der heute erschienen war.

Ich wünschte den beiden einen guten Morgen und setzte mich zu ihnen an den Tisch.

»Has'e gut geschlafen?«, fragte Opa.

»Nein, nicht besonders, es war viel zu warm. Die Vögel fingen schon an zu zwitschern, als ich endlich fest eingeschlafen bin.«

»Heute Morgen gibt et Bohnenkaffee«, sagte Oma Hilde und goss mir eine Tasse ein.

Während ich eine Scheibe Brot mit Margarine und Marmelade bestrich, nahmen die beiden ihre Diskussion wieder auf.

»Also, ich weiß nich, ob dat wirklich so 'n Glück is, so viel Geld zu finden«, sagte Oma. »Dat macht en jungen Kerl doch ganz bekloppt. Ich glaub, dat is verdammt schwer für den, jetz auf 'm Boden zu bleiben. Mit so 'ne Menge Zaster fühlt der sich doch, als wär er der König von e ganze Zechenkolonie. Und dann lebt er auf großem Fuß, bis dat Geld weg is, und dann hat er nix mehr, und dann is er nix, und dann weiß er überhaupt nich mehr, wie er klarkommen soll im Leben.«

»Aber so einer scheint dat doch nich zu sein«, sagte Opa. »Guck en dir doch ma an. Der sieht doch nich so aus, als würd er jetz den dicken Macker markieren und dat ganze Geld auf en Kopp hauen.«

Er deutete auf die Zeitung, die aufgeschlagen auf dem Tisch lag. »Junger Verkäufer findet Schatz an der Ruhr« stand da in großen Lettern, und unter der Schlagzeile lächelte Willi Köster auf einem Foto, das ihn an seinem Arbeitsplatz im Modehaus Rensing vor einer langen Reihe von Anzügen zeigte. Ich nahm die Zeitung und sah mir die Seite »Buntes aus dem Revier« an.

»Wat machs'e? Wills'e dat jetz lesen? Ich denk, du has dat geschrieben«, sagte Oma Hilde.

»Ja klar, hab ich dat geschrieben. Aber gedruckt hab ich den Artikel noch nicht gesehen, so mit Überschrift und Zwischentiteln und Foto. Und so ganz genau weiß man eben nie, ob die fertige Seite auch so aussieht, wie man sich dat vorgestellt hat.«

»Wie? Ich denk, du machs so 'ne Zeitungsseite selber fix und fertig in Essen.«

»Nee Opa, so kann man dat nicht sagen. Dat ist bei mir eher so wie bei einem Architekten, der ein Haus entwirft und den Bauplan zeichnet.«

»Dat versteh ich nich ganz.«

»Ich fertige in der Redaktion den Seitenspiegel an, das ist sozusagen der Bauplan für die Seite ›Buntes aus dem Revier‹. Fertiggestellt wird die Zeitung dann unten in der Technik. Da werden alle Artikel gesetzt, also Zeile für Zeile in Blei gegossen, und dann wird in der Mettage die Zeitungsseite zusammengebaut. Titel, Text, Zwischentitel, Foto, Bildunterschrift, Anzeige, alles wird da an der vorgesehenen Stelle platziert.«

»So, wie du dat auf deinem Seitenspiegel gezeichnet has.«

»Genau. Dat Problem ist nur, dass selten alles passt. Mal ist ein Artikel etwas zu lang geworden, mal fehlen ein paar Zeilen, mal passt die Überschrift nicht ganz, irgendwas ist eigentlich immer.

Deshalb gibt es den Umbruchredakteur. Der streicht, wenn nötig, ein paar Zeilen, fügt welche hinzu, ändert schon mal einen Titel oder lässt ein Foto ein Stück beschneiden. Was der macht, das könnten der Brömmel und ich zwar auch selbst, aber dann müssten wir bis in die Nacht hinein arbeiten. Also überlassen wir das lieber dem Kollegen, der unten in der Mettage Spätdienst hat. Aber deshalb weiß man eben erst genau, ob alles so geworden ist, wie man sich dat vorgestellt hat, wenn man am nächsten Morgen die Zeitung aufschlägt.«

»Und? Bis'e heute zufrieden?«

»Ja, sieht ganz gut aus, finde ich.«

Oma Hilde zeigte an unserem kurzen Ausflug in die Zeitungstechnik kein Interesse. Nachdem sie eine Weile mit skeptischem Blick das Foto von Willi Köster betrachtet hatte, schüttelte sie entschieden den Kopf. Sie wollte sich partout nicht der gängigen Meinung anschließen, es sei ein beneidenswertes Glück für einen jungen Menschen, auf einen Schlag reich zu werden, und unternahm einen neuen Versuch, Opa ihren Standpunkt klarzumachen.

»Also, jetz stell dir doch ma vor, unser Hermann hätte dat Geld gefunden. Dat wär doch schrecklich«, sagte sie herausfordernd. »Bis jetzt ist er immer tüchtig gewesen. Er will weiterkommen in seinem Beruf, und gutes Geld verdienen will er natürlich auch. Dafür arbeitet er fleißig, wie sich dat gehört. Meins'e denn, dat wär gut für den Hermann, wenn der auf einmal alles haben könnte, wat er will, und nix mehr dafür tun müsste? Nee, so wat, dat bringt doch en jungen Mensch nur von seinem Weg ab.«

»Aber der hier«, Opa tippte ein paar Mal mit dem Zeigefinger auf Kösters Foto in der Zeitung, »der hat doch vernünftige Ideen. Wat er mit dem Geld machen will, dat is doch gut. Er will et ja nich zum Fenster rausschmeißen, sondern sich damit en Geschäft aufbauen. Dat is doch schön, wenn so 'n Jung, der in e Zechensiedlung aufgewachsen is, für so wat die Möglichkeit hat.«

»Nee, ich weiß nich, ich find dat nich richtig«, sagte Oma, stand auf und begann abzuräumen. »Wat man sich nich mit seine eigene Hände verdient hat, dat steht einem auch nich zu. Dat is jedenfalls meine Meinung. Der Kerl, dieser Köster, der soll dat Geld ma spenden für arme Kriegswaisen oder für die ganzen Flüchtlinge aus 'm Osten. Die haben doch alle nix mehr.«

»Für die Vertriebenen? Dat meins'e doch wohl nich im Ernst.« Opa verzog widerwillig das Gesicht. »Die kriegen doch sowieso alles in den Hintern geschoben, besonders jetz, wo et dat neue Gesetz für en Lastenausgleich gibt.«

»Dat ist Stuss, wat e da redes«, sagte Oma.

»Also ehrlich, Opa. Die armen Leute, die haben alles verloren. Und wat se jetz hier vom Staat kriegen, dat ist doch oft nur ein Bruchteil von dem, wat se in ihrer Heimat zurücklassen mussten.«

»Na gut, dat man den Vertriebenen unter de Arme greift, dat is schon in Ordnung so, dat geb ich ja zu«, sagte Opa knurrig. »Aber dat se jetz alle nach hier kommen, als wär der Kohlenpott dat Paradies, dat kann nich richtig sein. Hier is noch so viel kaputt, dat ganze Familien sich ein Zimmer teilen oder dat se in maroden Bruchbuden hausen müssen. Und jetz sind auf einmal zigtausend Vertriebene da, die auch alle 'ne Wohnung haben wollen. Dat geht doch nich. Für so viele Menschen is bei uns einfach nich genug Platz.«

»Quatschkopp«, sagte Oma so leise, dass es gerade noch zu hören war.

Opa tat so, als hätte er es nicht gehört, und zündete sich eine Zigarette an. Als Oma den Tisch abgeräumt hatte und zu spülen begann, hatten sich beide wieder beruhigt.

»Wat hälts'e denn jetz eigentlich von diesem Köster?«, fragte Opa mich. »Inzwischen has'e den ja en bissken näher kennengelernt. Glaubs'e immer noch nich, dat der dat Geld irgendwo geklaut hat?«

Ich schüttelte den Kopf. »Kann ich mir nicht vorstellen.«

»Also meins'e, er hätt dat wirklich da an e Ruhr gefunden?«

Ich zuckte mit den Schultern. »Eigentlich kann ich mir das genauso wenig vorstellen.«

Im Laufe des Tages fragten mich noch ein paar andere Leute, was ich von Willi Köster hielt: eine Nachbarin, der Schuster auf dem Postweg, bei dem ich Opas frisch besohlte Sonntagsschuhe abholte, und Hänsken Schlüter und seine Familie, die ich am Nachmittag besuchte. Leider war die Familie Schlüter nicht vollzählig. Leni hatte eine Postkarte geschickt und ihren Eltern mitgeteilt, dass sie zu einer Geburtstagsfeier eingeladen worden sei und am Wochenende in Köln bleiben werde.

»Und dass wir dich schön grüßen sollen, hat sie auch geschrieben«, sagte der alte Schlüter und fügte nach einer Weile stirnrunzelnd hinzu: »Wieso eigentlich ausgerechnet dich?«

»Wir hatten uns für dieses Wochenende verabredet«, sagte ich.

»Wozu?«, fragte Lenis Vater mit zusammengezogenen Augenbrauen.

»Wir wollten irgendwas zusammen unternehmen. Was genau, das hatten wir uns noch nicht überlegt.«

»Ihr zwei alleine? Ohne die anderen?«, fragte Schlüter nach.

»Nee, natürlich mit uns zusammen«, sprang Hänsken mir bei. »Aber was soll die Fragerei eigentlich, Papa? Die Leni und der Hermann, die verstehen sich eben gut, sind nun mal beides gebildete Menschen. Hast doch wohl nichts dagegen, oder?«

»Nee, hab ich nicht«, knurrte der alte Schlüter.

Ich war mir nicht sicher, ob er es auch so meinte. Vermutlich spekulierte er darauf, dass seine Tochter irgendwann aus Köln einen Herrn Professor oder wenigstens einen Kommilitonen aus einem vornehmen Elternhaus als Schwiegersohn anschleppte.

Meine Lust darauf, am Abend mit der Clique loszuziehen, war nicht mehr besonders groß, nachdem ich erfahren hatte, dass Leni nicht in Sterkrade war. Ich tat es dann aber doch. Wir schlenderten den Postweg hinunter, am Hagelkreuz vorbei in Richtung Stadtmitte und tranken in jeder Kneipe, die auf dem Weg lag, ein Bier. Im sechsten oder siebten Gasthaus saß Paul Weyermann an der Theke. Er beglückwünschte mich schulterklopfend zum gelungenen Artikel.

»Überall, wo ich heute war, haben die Leute darüber geredet«, sagte er. »Sie waren total hingerissen von der Geschichte. Das ist genau der Stoff, aus dem ihre Träume sind. Und mit diesem netten blonden Verkäufer, der ein wenig verlegen aus der Ruhr-Post herauslächelt, kann man sich ganz wunderbar identifizieren. Da denkt jeder gern mal darüber nach, was er alles tun würde, wenn er auf einen Schlag an so viel Geld käme. Eine Summe im mittleren fünfstelligen Bereich. Das hast du geschickt formuliert. Nur ein einziger Idiot hat heute im Präsidium angerufen und behauptet, er wäre der Besitzer. Aber bei der Geldsumme fing er schon an zu raten, und als ich ihm gedroht habe, ihn wegen versuchten Betruges festzunehmen, hat er schnell aufgelegt. Auf jeden Fall hat der Artikel für eine Menge Aufsehen gesorgt. Das ist gut so. Vielleicht meldet sich ja doch jetzt noch jemand, der irgendwas weiß.«

»Willi Köster ist offensichtlich überzeugt davon, dass das nicht passieren wird. Er scheint sich sicher zu sein, dass ihm die Sechzigtausend niemand mehr streitig machen wird.«

»Vielleicht ist der Junge einfach nur ein bisschen naiv«, sagte Paul Weyermann. »Wie hast du ihn eigentlich dazu gebracht, dir das alles zu erzählen und der Veröffentlichung zuzustimmen?«

Ich musste lachen.

»Als er erfahren hat, dass ich Journalist bin, hat er sich mir regelrecht an den Hals geworfen. Er hat mir von sich aus seine Geschichte erzählt und mich gefragt, ob das nichts für die Zeitung wäre.«

Paul Weyermann schüttelte den Kopf, dachte eine Weile nach und sagte schließlich: »Anscheinend ist er nicht nur ein bisschen naiv, sondern richtig dösig.«

»Er hat sich schon was dabei gedacht«, entgegnete ich. »Er will nicht, dass Nachbarn, Kollegen und Bekannte sich das Maul über ihn zerreißen, wenn er plötzlich jede Menge Geld hat. Jetzt, nachdem der Artikel erschienen ist, wissen die Leute Bescheid, stellen keine dummen Fragen und lassen ihn in Ruhe. Jedenfalls nimmt er das an.«

»Aber das ist doch bescheuert, richtig bekloppt ist das«, ereiferte Paul Weyermann sich. »Wenn wir durch den Artikel jetzt doch noch einen Hinweis auf den rechtmäßigen Besitzer kriegen, dann war es das mit Willi Kösters Reichtum. Dann bekommt er gar nichts.«

»Er weiß ganz genau, dass das nicht passiert. Es wird sich kein Mensch melden, dem der Koffer gehört, und auch kein Zeuge, der irgendwas weiß. Ich hab Köster gefragt, ob wir mit der Veröffentlichung nicht noch zwei Wochen warten sollen, bis das Geld ihm gehört. Aber er meinte nur, das sei doch Unsinn. Wenn es einen Besitzer gäbe, einen, der noch unter den Lebenden weilt, so hat er sich ausgedrückt, dann hätte der sich längst gemeldet.«

»Damit hat er wahrscheinlich recht«, sagte Paul.

»Ja, wahrscheinlich«, pflichtete ich ihm bei. »Aber selbst wenn das Risiko nur äußerst gering ist, warum sollte Köster es eingehen? Er ist nicht bekloppt und auch nicht naiv. Das weißt du doch selbst, du hast ihn ja auch kennengelernt. Nein, nein, er weiß genau, dass es keinen Menschen gibt, der das Geld vermisst.«

»Du meinst also immer noch, er hätte den Fund nur fingiert?«

»Das muss so sein. Sonst hätte er doch nie und nimmer zu diesem Zeitpunkt einer Zeitungsveröffentlichung zugestimmt.«

»Aber ein vorgetäuschter Fund ergibt nur einen Sinn, wenn das Geld illegal war. Woher hat er es aber dann gehabt? Geraubt? Gestohlen? Ergaunert? Ich hab dir schon gesagt, dass es kein Verbrechen gibt, dem man die Sechzigtausend zuordnen könnte.«

»Kein Verbrechen, das angezeigt worden ist«, entgegnete ich.

Paul sah mich stirnrunzelnd an.

»Was hältst du von Erpressung?«, fragte ich ihn. »Köster hat irgendeinen reichen Kerl bei einer furchtbaren Sauerei erwischt und die sechzigtausend Mark als Schweigegeld kassiert. Der Erpresste ist froh, dass die Sache damit erledigt ist, und schweigt. Und Köster tut jetzt so, als hätte er das Geld gefunden.«

Paul Weyermann nickte anerkennend.

»Ziemlich pfiffige Hypothese«, sagte er. »Aber auch darauf sind wir dummen Bullen schon gekommen. Das Problem ist, dass wir in Kösters Leben keinen Hinweis gefunden haben, der diese Theorie untermauern könnte. Er verkehrt nicht in Kreisen, in denen man hochstehenden und wohlhabenden Menschen begegnet, die man um so viel Geld erpressen könnte. Natürlich gibt es da die flüchtigen Begegnungen, die er jeden Tag mit der noblen Kundschaft bei Rensing hat. Aber da lernt er mit Sicherheit niemanden so gut kennen, dass er ihn bei irgendeiner Untat ertappen könnte.«

»Vielleicht hat jemand irgendwas in einer Umkleidekabine verloren, ein Schreiben oder irgendwas, womit Köster ihn erpressen konnte.«

Paul Weyermann wiegte skeptisch den Kopf hin und her.

»Vielleicht ist er ja auch ein Homosexueller«, fuhr ich fort, »der vornehme Männer verführt und sie nachher erpresst.«

»Die Idee, dass er ein warmer Bruder sein könnte, hatten wir auch«, sagte Paul. »Bei so einem hübschen, jungen Kerl, der herumläuft wie ein wandelnder Kleiderständer, liegt der Verdacht ja nicht ganz fern. Aber er pflegt keinen Umgang mit irgendwelchen Schwuchteln, besucht keine zwielichtigen Lokale und treibt sich nie in der Nähe einschlägig bekannter Treffpunkte herum. Er schäkert mit jungen Mädchen herum, genau wie du und ich.«

»Also schließt ihr aus, dass das Geld aus einer Erpressung stammen könnte?«

»Sagen wir mal so: Die Kripo hält es für unwahrscheinlich, und ich persönlich halte es für ausgeschlossen. Stell dir das doch mal vor: Da gibt es einen Mann, der so bedeutend ist, dass er unter allen Umständen seinen guten Ruf schützen muss, und der so wohlhabend ist, dass er sechzigtausend Mark übrig hat. Der Kerl ist aber zugleich, hinter seiner vornehmen Fassade, ein richtig fieser Sauhund, einer, der ganz dicken Dreck am Stecken hat. Wenn man so einem auf die Schliche kommt und ihn erpresst, dann weiß man doch nie, ob man tatsächlich das geforderte Geld bekommt oder ob man am nächsten Tag als Leiche in der Ruhr badet. Da muss einer schon eiskalt sein und eine Menge krimineller Energie haben, um so eine Sache durchzuziehen. Traust du das denn unserem Willi Köster zu?«

Ich schüttelte den Kopf.

»Ich auch nicht«, sagte Paul. »Er ist kein Erpresser. Dafür ist er nicht abgebrüht genug.«

»Du hast recht. Für so etwas ist er viel zu nett und zu harmlos«, sagte ich nachdenklich. »Ich habe einen ganzen Abend mit ihm verbracht und mich richtig gut mit ihm verstanden. Wir haben über alles Mögliche gequatscht, auch über sehr persönliche Dinge, und jetzt duzen wir uns sogar. Aber trotzdem, ich bleib dabei, er weiß ganz genau, dass niemand den Koffer mit der Kohle vermisst.«

Wir beleuchteten die Angelegenheit noch eine Weile von dieser und von jener Seite, ersannen Theorien über die Herkunft des Geldes, die wir anschließend wieder verwarfen, und versuchten zu ergründen, wie Willi Köster denn nun wirklich tickte und was in seinem Kopf vorging.

Paul Weyermann und ich hatten beide eine Vorliebe fürs Mutmaßen und fürs Spekulieren, und wir hätten vermutlich noch die ganze Nacht herumgesponnen, wenn ich nicht am nächsten Tag Sonntagsdienst gehabt hätte.

An den Sonntagen wechselten Horst Brömmel und ich uns ab. Trudi Tippel hatte an den Wochenenden grundsätzlich frei. Weil in der Montagsausgabe schon damals der meiste Platz dem Sport gehörte, gab es für uns nur eine Seite zu produzieren, nämlich »Buntes aus aller Welt«. Die ewige, angestrengte Sucherei nach irgendetwas Buntem im Ruhrgebiet fiel sonntags weg. Wenn sich beim Rundruf in den Lokalredaktionen ein Thema aufdrängte, erschien es montags irgendwo zwischen den Nachrichten aus der großen weiten Welt.

Für die Dienste an Sonn- und Feiertagen gab es eine Zulage, ein paar Mark extra, die leicht verdient waren. Die eine bunte Seite ließ sich meistens mit Material aus dem Fernschreiber und einigen Nachrichten aus der Region schnell zusammenschustern, selten verbrachte ich mehr als fünf Stunden in der Redaktion.

An jenem ersten Sonntag im Juli 1952 zeichnete der Chef vom Dienst gegen siebzehn Uhr meine Seite »Buntes aus aller Welt« ab und schickte den Seitenspiegel mit einem Boten runter in die Mettage. Um halb sechs schwang ich mich auf mein Moped und machte mich auf den Weg in Richtung Sterkrade.

Der Tag war gelaufen. Das dachte ich jedenfalls, während ich die Essener Innenstadt hinter mir ließ und den lauen Fahrtwind genoss. Ich freute mich darauf, den Abend in der Bremener Straße zu verbringen, vielleicht noch ein bisschen mit meinen Großeltern zu spielen, irgendwas aus der Spielesammlung oder Rommé, das einzige Kartenspiel, das Oma Hilde kannte.

Doch dann kam alles ganz anders.

Das erste Ereignis dieses drückend heißen Sommersonntags, das mich völlig überraschend traf, war ein urplötzlich aufkommender, orkanartiger Wind, der mich kurz vor Bergeborbeck, auf Höhe der alten Fabrikanlagen von Krupp, beinahe samt Motorrad von der Fahrbahn gefegt hätte.

Innerhalb weniger Minuten zogen sich am Himmel bedrohliche, schwarze Wolkenungetüme zusammen, die den baldigen Beginn einer Sintflut ankündigten. Ich musste mich irgendwo unterstellen, und zwar möglichst schnell.

Das Krupp-Gelände an der Bottroper Straße war damals noch eine Trümmerlandschaft, und ich dachte kurz daran, mir irgendwo zwischen den Fabrikruinen einen Unterschlupf zu suchen.

Dann fiel mir Trudi Tippel ein.

»Ach, du fährst über die Bottroper, dann kommst du ja immer bei mir vorbei, in Bergeborbeck, gleich hinter der Hafenstraße«, hatte sie irgendwann mal gesagt.

In der Gegend standen nur ein paar Häuser an der Bottroper Straße, und da Trudi ihres genau beschrieben hatte, glaubte ich zu wissen, in welchem sie wohnte. Als ich davor stand, fielen die ersten schweren Tropfen auf das Pflaster. Ich klopfte an die Haustür, die nur ein paar Sekunden später geöffnet wurde.

»Oh Entschuldigung«, sagte ich und wich einen Schritt zurück. Vor mir stand ein kräftig gebauter, dunkelhäutiger Mann im Unterhemd.

»Nur keine Angst. Nicht alle Neger beißen«, sagte der Mann und lachte.

»Weiß ich«, sagte ich verlegen, »aber zu Ihnen wollte ich nicht.«

»Zu wem denn?«

»Zur Trudi Tippel.«

»Hier um die Ecke. Seiteneingang.«

Auch vor Trudis Tür wartete ich nur ein paar Augenblicke, aber die reichten aus, um klatschnass zu werden.

Trudi zog mich erst einmal ins Haus hinein, bevor sie fragte: »Wo kommst du denn her?«

»Aus der Redaktion, bin auf dem Weg nach Sterkrade.«

»Na, das kannst du ja jetzt wohl vergessen. Da ist das Waschzimmer, da liegen Handtücher. Zieh dich aus und trockne dich ab. Ich hol dir inzwischen was Trockenes zum Anziehen.«

Als ich wenig später, bekleidet mit einem viel zu großen, bunten Sommerhemd und einer viel zu weiten cremefarbenen Hose, in Trudis gemütlicher Wohnküche auf dem Sofa saß, fiel mir auf, wie anders sie heute aussah. Sie trug ein fesches, geblümtes Sommerkleid, das in der Taille von einem schmalen Gürtel gerafft wurde. Es war wadenlang, so wie es sich damals gehörte, verfügte aber über ein Dekolleté, das ich sehr aufreizend fand, obwohl es nichts preisgab, sondern nur ein wenig andeutete. Eine zierliche Halskette, nahtlose Nylons, weiße Sommerschuhe mit hohen Absätzen, die kirschroten Lippen und der frisch gelockte blonde Haarschopf deuteten darauf hin, dass Trudi nicht die Absicht gehabt hatte, den Abend allein zu verbringen.

»Erwartest du noch jemanden?«, fragte ich sie.

»Wieso?«

»Du siehst so anders aus als bei der Arbeit.«

»Aufgedonnert meinst du?«

»Nein, hübsch siehst du aus. Aber eben ganz anders als mit den glatt gekämmten Haaren, mit der Brille und den hochgeschlossenen Blusen und den langen grauen Röcken.«

»Ich wollte gerade in die Stadt fahren, ein bisschen bummeln gehen. Aber daraus wird jetzt wohl nichts mehr. Bei dem Wetter. Da ertrinkt man ja, bevor man an der Haltestelle ist.«

Draußen stürmte es heftig, und es goss in Strömen. Es war finster geworden. Trudi schaltete die Deckenlampe an. Im selben Moment zuckte ein greller Blitz auf, dem ein dröhnender Donnerschlag unmittelbar folgte.

Während ich fasziniert zum Fenster schaute, hinter dem die Regenmassen hinabstürzten wie ein Wasserfall, schien Trudi von der Sintflut nicht sonderlich beeindruckt zu sein.

»Du siehst auch hübsch aus«, sagte sie und setzte sich lachend in die andere Ecke des Sofas. »Stehen dir gut, die Klamotten.«

»Alles ein bisschen zu groß«, sagte ich.

»Macht doch nichts, wirkt irgendwie lässig. Sind von Ron, die Sachen, von dem schwarzen Mann, dem du an der Haustür begegnet bist.«

Ich erfuhr, dass Ron eigentlich Ronald hieß und Trudis Schwager war, der Mann ihrer Schwester Marlies.

»Ach, weißt du was, ich stell dir die beiden mal vor«, sagte Trudi unvermittelt, stand auf und verschwand im Flur. Von dort gab es eine direkte Verbindung zum Vorderhaus. Nach ein paar Minuten kam sie zurück, ohne die Verwandtschaft, aber mit einer angebrochenen Flasche Korn und zwei Flaschen Bier.

»Haben andere Pläne, die zwei«, sagte Trudi grinsend und füllte zwei Gläschen mit Schnaps.

»Wenn ich jetzt doch nicht ausgehen kann, dann mach ich es mir eben hier ein bisschen nett. Mit dir.«

»Wenn es aufhört zu regnen, fahr ich aber weiter nach Sterkrade.«

»Du bist ja verrückt. Erstens weißt du nicht, ob es heute überhaupt noch mal aufhört, zweitens werden die Straßen nach dem Unwetter überflutet sein, und drittens sind deine Klamotten noch lange nicht trocken. Nein, du schläfst die Nacht hier auf dem Sofa.«

»Mal sehen«, sagte ich unschlüssig.

Doch irgendwann hatte ich dann etliche Schnäpse und eine halbe Flasche Bier intus und keine Wahl mehr. Es war klar, dass ich nicht mehr fahren konnte und die Nacht bei Trudi Tippel verbringen würde.

Sie erzählte mir von Ron, der als amerikanischer Soldat ins Ruhrgebiet gekommen war, und von ihrer Schwester Marlies, die schon immer mehr Glück mit den Männern hatte als sie.

Trudi war dreimal verlobt gewesen. Der erste Kerl hatte sich kurz vor der geplanten Hochzeit aus dem Staub gemacht, der zweite war nicht aus dem Krieg zurückgekommen, und den dritten hatte sie in die Wüste geschickt, weil er es nicht drangeben konnte, unter jeden Rock zu kriechen, wie Trudi es formulierte.

Es war noch hell draußen, als es aufhörte zu regnen. Die beiden Bierflaschen waren leer, und in der Schnapsflasche war nur noch ein kleiner Rest. Trudi rückte auf dem Sofa ganz nah an mich heran, nahm meine Hand und sagte, sie gehe jetzt nach nebenan in ihr Bett, und ich solle doch mitkommen, das Bett sei bequemer als das Sofa.

Ich ahnte, worauf das hinauslaufen könnte, schluckte und nickte stumm. Als ich dann neben Trudi lag, steif auf dem Rücken, in dem viel zu großen Hemd von Ron, übernahm sie die Initiative. Sie war geschickt, vielleicht sogar raffiniert, aber sie war auch behutsam und geduldig. Sie küsste mich, zog mich aus, streichelte mich, zuerst nur mit den Händen, dann auch mit den Brüsten, und ich genoss alles. Als sie sich endlich auf mich setzte, war es beinahe so großartig, wie ich es mir immer vorgestellt hatte.

Ich dachte in diesen Stunden nicht an meine Großeltern, die sich in Sterkrade um mich sorgten, und ich dachte nicht ein einziges Mal an Leni Schlüter.

Trudis Schlafzimmer war die ganze Welt für mich. Es schien mir so, als hätte alles, was da draußen vor dem Fenster im Dunkel der hereinbrechenden Nacht geschah, nichts mit mir zu tun.

Doch während ich bei Trudi lag, ereignete sich nur ein paar Kilometer entfernt etwas Entsetzliches, das schon am nächsten Morgen zu einem Teil meiner Wirklichkeit werden sollte. Im Gruga-Park wurde ein junger Mann erschlagen, und dieser Mord wäre an diesem Sonntagabend nicht geschehen, wenn nicht tags zuvor meine Geschichte vom alten Pappkoffer am Ruhrufer in der Zeitung gestanden hätte.

FÜNF

»Leschinski, Sie kümmern sich um den Mord im Gruga-Park. Ein Kollege aus der Lokalredaktion ist schon mit einem Fotografen vor Ort. Aber so ein Drama, das können wir natürlich nicht im Lokalen abhandeln. Ein junger Mann aus Duisburg, gerade zweiundzwanzig Jahre alt, der in Essen einem Raubmord zum Opfer fällt, das bewegt alle unsere Leser, das gehört auf die Revierseite«, sagte Julius Akkermann, der Chef vom Dienst, gleich zu Beginn der Redaktionskonferenz am Montagmorgen.

»Ein Mord auf den bunten Seiten? Zwischen dem ganzen Klatsch und all dem Kuriosen? Zur Unterhaltung unserer Leser? Ist das nicht ein wenig pietätlos?« Der Leiter des Nachrichtenressorts, ein gediegener Herr im fortgeschrittenen Alter, sah herausfordernd in die Runde.

»Was meinen Sie denn mit Klatsch?«, fragte ich freundlich.

»Wo ist eigentlich der Brömmel?«, fragte der Kollege von den Nachrichten zurück. »Bei der Morgenkonferenz treffen sich meines Wissens die Ressortleiter, um die Themen des Tages abzusprechen.«

»Oder ihre Stellvertreter, wenn die Herren anderweitig beschäftigt sind«, sagte Akkermann ein wenig gereizt.

Horst Brömmel hatte schlichtweg keine Lust gehabt, zur Konferenz zu gehen.

»In der Quasselrunde kannst du mich heute mal vertreten«, hatte er zu mir gesagt. »Ich habe«, er hatte kurz überlegt, »ach, ich weiß auch nicht, ich habe irgendwas Wichtiges zu tun.«

Ich hatte nicht allzu viel geschlafen in der vergangenen Nacht. Erst als die Morgendämmerung sich durch die Vorhänge in Trudi Tippels Schlafzimmer gedrängt hatte, hatte mich die Erschöpfung übermannt, und ich war eingeschlummert. Und doch war ich an diesem Morgen danach so energiegeladen und stark, dass ich der Aufforderung von Horst Brömmel gerne nachgekommen war. Als ich im Konferenzraum inmitten der gewichtigen Herren Ressortleiter saß, fühlte ich mich großartig und hatte nicht den kleinsten Zweifel daran, genau hierhin zu gehören.

»Bisher sind schwere Verbrechen von überregionaler Bedeutung immer unsere Angelegenheit gewesen«, sagte der Nachrichtenchef mürrisch.

Der Leiter der Sportredaktion mischte sich ein. »Hier will ja niemand die Arbeit der Kollegen vom Ressort Vermischtes abwerten, aber ihre bunten Seiten dienen doch eher der Unterhaltung als der Information. Der Bericht über ein tragisches Tötungsdelikt gehört doch da nicht hin.«

»Aber, meine Herrschaften«, sagte Julius Akkermann seufzend. »Der moderne Journalismus der fünfziger Jahre ist doch gerade dabei, diesen Gegensatz zu überwinden. Nehmen Sie das doch endlich mal zur Kenntnis! Informationen, die nicht unterhaltsam präsentiert werden, langweilen unsere Leser genauso wie Klatschgeschichten, an denen nichts dran ist. Die Leute wollen informativ unterhalten und unterhaltsam informiert werden. Schauen Sie sich doch mal an, was dieser Springer in Hamburg macht. Was meinen Sie denn, warum der immer erfolgreicher wird mit seiner Bild-Zeitung? Der hat kapiert, dass Information und Unterhaltung zusammengehören. Und wenn Sie wissen wollen, warum die bunten Seiten bei unseren Abonnenten so beliebt sind, dann lesen Sie mal, was der Kollege Leschinski am Samstag über den jungen Verkäufer geschrieben hat, der am Ruhrufer einen Koffer voller Geld gefunden hat. Natürlich ist die Geschichte in erster Linie blendende Unterhaltung, aber sie ist eben auch gut recherchiert und liefert fundierte Informationen.«

Jeder bei der Ruhr-Post wusste, dass Akkermann Eifersüchteleien zwischen den Ressorts zuwider waren, doch dass er so eindeutig Partei ergriff wie an diesem Morgen, das geschah selten.

Die Herren, die um den großen runden Konferenztisch saßen, allesamt gestandene Journalisten, die zig mal so viele Berufsjahre und mindestens doppelt so viele Lebensjahre auf dem Buckel hatten wie ich, reagierten wütend auf Akkermanns Attacke.

»Wie war das denn mit dem Toten, den wir Mitte Mai am Gruga-Park hatten? Da ist noch niemand auf die Idee gekommen, die Geschichte ins Vermischte abzuschieben. Um die Angelegenheit haben wir uns gekümmert, und zwar sehr ordentlich, sachlich und seriös. Haben Sie da etwa auch den unterhaltsamen

Aspekt vermisst?«, giftete der Chef des Nachrichtenressorts Julius Akkermann an.

»Sie sprechen aber jetzt nicht über Philipp Müller, den jungen Mann, der am 11. Mai bei der Demonstration gegen die Wiederbewaffnung der Bundesrepublik erschossen worden ist?«, fragte Akkermann scharf.

»Doch, genau den meine ich.«

»Aber Herr Kollege, das ist doch dummes Zeug«, sagte Akkermann ärgerlich. »Der Fall Philipp Müller war ein hochbrisantes innenpolitisches Thema. Da ist ein junger Demonstrant von einem Essener Polizisten erschossen worden, und zwei andere sind durch Polizeikugeln schwer verletzt worden. Die Frage, ob die Schüsse durch irgendwas gerechtfertigt waren, erhitzt bis heute die Gemüter, sie wird politisch aufs Heftigste diskutiert, und sie wird wohl noch eine ganze Weile die Gerichte beschäftigen. Dass wir diese Angelegenheit auf unseren Nachrichtenseiten und im politischen Teil mit Berichten und Kommentaren begleitet haben und weiter begleiten werden, das ist doch wohl selbstverständlich. Das können Sie doch nicht mit einem Raubmord vergleichen.«

»Es ist aber schon bemerkenswert, dass die Kollegen vom Vermischten immer mehr Themen zu sich herüberziehen«, sagte der Ressortleiter des Feuilletons missmutig. »Filme, ich sage nur Filme. Früher war das einzig und allein unsere Sache. Jetzt mischt sich dauernd der junge Herr Leschinski ein.«

»Auch das ist doch Unsinn.« Julius Akkermann gab sich keine Mühe, seinen wachsenden Unmut zu verbergen. »Ihr macht die Filmkritiken, nach wie vor. Was Glamouröses drum herum passiert ums Filmgeschäft, zum Beispiel bei Premieren in der Lichtburg, das gehört auf die bunten Seiten. Darum habt ihr euch doch sowieso nie gekümmert.«

Der Leiter der Sportredaktion meldete sich noch einmal zu Wort. »Vielleicht müsste man das aber doch mal grundsätzlich klären, ob für einen Verkehrsunfall mit Todesopfern, für einen Mord, für ein Unglück im Bergbau und für andere schreckliche Ereignisse die bunten Seiten die richtige Umgebung sind. Vorletzte Woche zum Beispiel, da haben die Kollegen von den Nachrichten groß auf der Titelseite über Dortmund Mengede berichtetet, über die

Schlagwetterexplosion auf der Zeche Hansemann mit fünf Toten. Die Trauerfeier für die verunglückten Kumpel ist dann ein paar Tage später mit einem großen Foto und einem kurzen Bildtext auf der Seite ›Buntes aus dem Revier‹ abgehandelt worden.«

»Das Foto kam von den Kollegen aus Dortmund«, sagte ich. »Die haben es zuerst der Nachrichtenredaktion angeboten. Da hat man es aber abgelehnt, mit der Begründung, es habe keinen Informationswert. Also haben wir es genommen, weil wir der Meinung waren, dass es sehr gut die Stimmung in Mengede zeigte, die große Anteilnahme der Bevölkerung am Schicksal der Kumpel und ihrer Familien.«

»So, meine Herren, jetzt reicht es mir«, sagte Akkermann und schlug mit der flachen Hand auf den Konferenztisch. »Es ist hier nicht unsere Aufgabe, Grundsatzentscheidungen zu treffen, und die sind auch nicht vonnöten. Sie sollten froh sein über die Arbeit, die die Kollegen Brömmel und Leschinski machen. Dadurch ist die Ruhr-Post ohne Frage attraktiver geworden. Geschichten, in denen es menschelt, die will der Zeitungsleser von heute nun mal haben. Zur Vielfalt des menschlichen Lebens gehören aber nicht nur freudige Ereignisse und unverhoffte Glücksfälle, wie der Schatzfund von der Ruhr, sondern auch traurige Begebenheiten und herzzerreißende Tragödien. Und deshalb sind das auch Themen für die bunten Seiten.«

»Das Grubenunglück war auch eine herzzerreißende Tragödie, und den Bericht darüber haben wir auf unserer Titelseite gebracht«, maulte der Kollege aus der Sportredaktion.

»Ja, das haben wir«, sagte Akkermann grimmig. »Es ist nämlich unsere journalistische Aufgabe, Tag für Tag zu entscheiden, welches Ereignis so außergewöhnlich, so bedeutsam oder so schrecklich ist, dass es ganz nach vorne gehört. Dafür sitzen wir jeden Morgen hier in der Konferenz zusammen. Aber wenn Sie, meine Herren, sich nicht einigen können, weil Sie immer nur die Interessen Ihres Ressorts im Blick haben, dann wird der Chef vom Dienst anordnen, was zu tun ist. Den Mord von gestern Abend bringen wir auf der Seite ›Buntes aus dem Revier‹. Auf der Titelseite wird eine kurze Meldung erscheinen mit einem Verweis. Sie koordinieren das, Leschinski. Lassen Sie den Kollegen, der vor

Ort ist, den Text schreiben. Wenn der Ihnen nicht reicht, können Sie auch noch selbst nachrecherchieren. Sie haben ja, soweit ich weiß, gute Kontakte zur Kriminalpolizei.«

»Und wir sind mal wieder die Dummen«, sagte der Leiter der Essener Lokalredaktion griesgrämig. »Natürlich wollten wir mit dem Mord aufmachen, und jetzt ist er futsch.«

»Jetzt fangen Sie nicht auch noch an, verdammt noch mal!«, schimpfte Akkermann. »Das Unwetter gestern Abend hat in Essen und Umgebung allerhand angerichtet. Damit werden Sie Ihre erste Seite doch wohl voll kriegen.«

Als der junge Kollege, der bisher nur fürs Lokale geschrieben hatte, von mir erfuhr, dass sein Bericht über den Mord in der Gesamtausgabe der Ruhr-Post erscheinen sollte, freute er sich riesig. »Ich hab Verwandte in Bottrop und in Gelsenkirchen. Die haben noch nie etwas von mir gelesen, die werden morgen früh bestimmt beeindruckt sein«, sagte er strahlend.

Er machte seine Sache gut. Er hatte sich gründlich am Tatort umgesehen und ausführlich mit der Kripo gesprochen. Er sagte, ein junger Beamter namens Paul Weyermann sei sehr auskunftsfreudig gewesen und habe ihm aufgetragen, mich zu grüßen.

Ich sah keinen Grund, irgendwelche Nachfragen zu stellen, weder beim Autor noch bei der Polizei. Die Geschichte war rund, nicht nur sorgfältig recherchiert, sondern auch flott geschrieben. Ich musste sie lediglich um ein paar Zeilen kürzen, damit sie zusammen mit einem großformatigen Foto vom Tatort auf die bunte Revierseite passte.

Die kurze Meldung für die Titelseite hatte ich schnell geschrieben. Danach las ich mir die Geschichte vom Mord im Gruga-Park noch einmal in aller Ruhe durch.

Das Opfer der Bluttat war ein junger Mann aus Duisburg. Im Bericht wurde er Kurt M. genannt. Er war zweiundzwanzig Jahre alt und von Beruf Möbeltischler. Ein Spaziergänger, der in den frühen Morgenstunden mit seinem Hund unterwegs war, hatte die Leiche auf einem Weg am nördlichen Rand des Gruga-Parks entdeckt und die Polizei alarmiert.

Erste Ermittlungen hatten ergeben, dass der Ort, an dem der

Tote lag, auch der Tatort war. Der junge Mann war erschlagen worden. Ein Ast, den offenbar der Sturm des gestrigen Abends von einer Erle abgerissen hatte, lag neben der Leiche. Die Männer der Kriminalpolizei waren davon überzeugt, dass es sich dabei um die Tatwaffe handelte.

Der Getötete hatte einen Personalausweis in der Tasche. So konnte er zweifelsfrei identifiziert werden. Ein Portmonee wurde bei ihm nicht gefunden. Es war ihm offenbar entwendet worden. Deshalb ging die Polizei von einem Raubmord aus.

Die Spurenlage am Tatort war unübersichtlich. Das Unwetter mit den sintflutartigen Regengüssen hatte weite Teile des Gruga-Parks in einen Morast verwandelt. Überall lagen Zweige, Blätter und abgerissene Äste herum. Der Weg, auf dem der Tote gefunden wurde, glich einer Seenlandschaft. So jedenfalls stand es im Bericht des jungen Kollegen, und die Fotos vom Tatort, die auf meinem Schreibtisch lagen, zeigten, dass seine Beschreibung zutreffend war.

Der Tote hatte mit dem Gesicht in einer großen Wasserlache gelegen. Da seine Kleidung im Bereich des Rückens weitgehend trocken geblieben war, nahm die Polizei an, dass der junge Mann sich während des Unwetters in einem Gebäude aufgehalten hatte, dass er dieses erst verlassen hatte, nachdem es aufgehört hatte zu regnen, und dass er kurze Zeit später, wahrscheinlich gegen zweiundzwanzig Uhr am gestrigen Abend, am Rande des Gruga-Parks überfallen und getötet worden war.

»Da denkt man immer, dat die Welt jetz besser geworden is, nach dem Scheißkrieg und dem ganzen Schlamassel, aber immer wieder passieren solche Sauereien«, sagte Opa Leschinski kopfschüttelnd, als ich meinen Großeltern am Abend die Geschichte vom Raubmord erzählte.

»Wat sachs'e da? Dat die Welt besser wird? Wie komms'e denn da drauf? Dann müssten ja wohl erst ma die Menschen besser werden. Und dat glaubs'e doch wohl selbst nich«, sagte meine Oma, die am Spülbecken stand und die Teller abschrubbte, von denen wir zu Abend gegessen hatten.

Ich sah meinem Opa an, dass er dazu irgendwas sagen wollte, aber während er noch nach den richtigen Worten suchte, sagte

Oma Hilde schnippisch: »Dat brauchs'e jetz gar nich mehr zu kommentieren. Halt doch einfach ma die Schnüss. Du bis en richtigen ollen Quasselkopp geworden, seitdem e nich mehr arbeiten gehs.«

»En ollen Quasselkopp? Ich? Dat is doch dummes Zeug. Als wär ich hier im Haus die Person, die am meisten sabbelt.«

Oma Hilde wischte ihre nassen Hände am blauen Kittel ab, stemmte sie in die Hüften und sagte sehr langsam, jedes Wort betonend: »Wer denn wohl sonst?«

Opa kapierte sofort, dass das keine Frage, sondern eine Drohung war. Seufzend erhob er sich von der Sitzbank, zog seine Hosenträger über die Schultern und sagte: »Ich geh dann ma die Karnickels füttern.«

»Kanns die Träger ruhig runterhängen lassen, bei dem heißen Wetter«, sagte Oma Hilde. »Wirs deine Buchse schon nich verlieren.«

»Wat du nich alles weiß«, sagte Opa und verließ schmollend die Küche.

»Und mach die Klappe vom Hühnerstall zu!«, rief Oma hinter ihm her.

»Mach selber die Klappe zu«, knurrte Opa leise im Flur.

»Wat hat er gesacht?«, fragte Oma mich.

»Dat er schon selber weiß, dat er die Klappe bei den Hühnern zumachen muss.«

»Is en richtigen Pröttelkopp geworden, der olle Leschinski. Dat geht schon morgens los, wenn er die Zeitung liest. Ein Kommentar nach 'm anderen. An e Politik is er grundsätzlich nur am rummeckern, so als wären die alle dösig, die heute in Deutschland wat zu sagen haben. Und ich muss mir dat Genörgel jeden Morgen anhören.«

»Nu sei mal nicht so streng mit ihm, Oma. Er muss doch erst mal damit klarkommen, dass er jetzt in Rente ist und nicht mehr jeden Tag seine Kumpels hat, mit denen er das Weltgeschehen diskutieren kann. Nach fünfzig Jahren auf e Zeche ist dat bestimmt nicht einfach.«

»Ja, dat Weltgeschehen kommentieren, dat könnt ihr alle gut, ihr Mannsbilder. Als würd dat irgendwat ändern. Der Opa, der soll ma lieber nich so viel schwadronieren, sondern wat mehr tun. In letzter Zeit sitzt er mir zu oft in e Ecke rum und macht gar nix.«

»Aber Oma, bei der Hitze, die wir im Moment haben, ist das doch ganz vernünftig. Und was getan werden muss, auf dem Land und ums Haus herum, das tut er doch.«

»Ja, ja, halt du ma immer schön zu deinem Opa. Auf den has'e ja noch nie wat kommen lassen.«

»Jetzt hör aber auf, Oma. Hab ich denn auf dich schon ma wat kommen lassen?«

»Nee, has'e auch nich. Dat stimmt. Dat weiß ich ja auch, dat e für uns beide wat übrig has.«

Sie räumte das Geschirr in den Küchenschrank und gab mir im Vorbeigehen einen Klaps auf den Hinterkopf.

»Ich hab den ollen Knöttersack ja auch immer noch gern. Aber manchmal, da geht er mir eben schon ma en bissken auf'n Wecker.«

»Weißt du, was mir gerade durch den Kopf geht? Ihr solltet euch ein Radio anschaffen. Das würde euch beiden bestimmt gut gefallen.«

»En Radio? Ach wat. Mit so wat Modernes kommen wir zwei ollen Dussel doch gar nich mehr klar. Und so wat, dat lohnt sich doch auch gar nich mehr in unserem Alter.«

»Oma, dat ist Quatsch. Ehrlich. Da könntet ihr noch viel Spaß mit haben, mit so 'nem Ding. Und die modernen Geräte, die sind wirklich ganz einfach zu bedienen.«

»Ach, ich weiß nicht«, sagte Oma Hilde und wechselte das Thema. »Wir waren richtig froh, dat e gestern Abend nich mehr gekommen bis. Wir hatten erst schon geglaubt, du wärs da mitten drin, in dem Unwetter. Aber als wir dann im Bett lagen und du immer noch nich hier wars, da haben wir uns gedacht, dat e anscheinend früh genug gemerkt hast, wat sich da am zusammenbrauen war, und dat e deshalb in Essen geblieben bis.«

»Ich hatte schon befürchtet, ihr würdet euch Sorgen machen.«

»Haben wir ja auch. En bissken. Aber dann haben wir uns gesacht, der Hermann, der war bestimmt so vernünftig, dat er erst gar nich losgefahren is.«

»Das war leider nicht so. Als ich mich in Essen aufs Moped gesetzt hab, da sah es überhaupt noch nicht nach einem Unwetter aus.«

»Wars'e etwa schon unterwegs, als dat losging?«

Oma setzte sich zu mir an den Tisch. Ich nickte.

»Meine Güte, Jung. Und wat has'e dann gemacht?«

»Ich war kurz vor Bergeborbeck, als es plötzlich dunkel wurde und anfing zu stürmen. Und da bin ich dann zur Trudi Tippel, unserer Sekretärin. Die wohnt direkt an der Bottroper Straße. Als ich bei ihr ankam, fielen gerade die ersten Tropfen.«

»Has'e auch da geschlafen?«

»Blieb mir ja nichts anderes übrig, bei dem Wetter.«

»Bei 'ne alleinstehende junge Frau?« Oma Hilde zog die Stirn in Falten und sah mich so eindringlich an, dass ich spürte, wie mir das Blut in den Kopf stieg und meine Wangen rötete.

»Mensch Jung, pass bloß auf, wat e machs«, sagte Oma Hilde seufzend. »Lass dich nich auf irgendwat ein, sonst has'e auf einmal en dicken Klotz am Bein, und dann is et vorbei mit e unbeschwerte Jugendzeit.«

»Jetzt übertreib mal nicht, Oma. Die Trudi Tippel ist mehr als zehn Jahre älter als ich.«

»Ja eben. Die is Mitte dreißig und hat keinen Kerl. Wat die für Wünsche hat, dat kann ich mir denken.«

»Außerdem wohnt sie gar nicht alleine, sondern mit ihrer Schwester und ihrem Schwager zusammen.«

»Ach so. Dann is et natürlich wat anderes«, sagte Oma Hilde beruhigt.

Auf den Gedanken, dass ich mir durch meine überraschende erste Liebesnacht mit Trudi Tippel einen Klotz ans Bein gehängt haben könnte, war ich auch schon gekommen. Ich wusste damals nicht mehr über die ganze Angelegenheit als andere junge Männer in meinem Alter auch. Das war wenig, aber immerhin war mir klar, dass eine Frau durch das, was wir beide getrieben hatten, in unerwünschte Umstände geraten konnte. In der Nacht, in der wir zusammen waren, hatte ich daran allerdings nicht ein einziges Mal gedacht. Umso heftiger bedrängte mich an den nächsten Tagen die Frage, ob Trudi vielleicht im Rausch der Sinne genauso leichtfertig und unbedacht die Gefahr einer Schwangerschaft ignoriert hatte wie ich.

Am Dienstag klopfte ich auf dem Weg von Essen nach Sterkrade bei ihr an. Sie kochte uns einen Kaffee, und ich erzählte ihr ein wenig verschämt von meinen Sorgen.

»Das fällt dir aber ein bisschen spät ein«, sagte sie lachend. Dann umarmte sie mich und sagte, dass sie schon wisse, was sie tue, und dass nichts passieren könne. Ich fragte sie nicht, warum sie sich ihrer Sache so sicher war. Ein paar Minuten später lagen wir zusammen in ihrem Bett.

In der nächsten Zeit unterbrach ich meine Fahrten nach Sterkrade immer wieder mal in Bergeborbeck, um ein paar Stündchen mit Trudi zu verbringen. Manchmal blieb ich auch über Nacht bei ihr.

Sie war eine wunderbare Geliebte, eine von den Frauen, die einem Mann das Gefühl geben, ein großartiger Liebhaber zu sein. Sie forderte nichts von mir und nörgelte auch nicht, wenn ich mich mal eine Weile nicht bei ihr sehen ließ. Wenn ich sie fragte, ob ich nach Dienstschluss zu ihr kommen könne, sagte sie nur selten nein. Während der Arbeit verhielt sie sich so diskret, dass kein Mensch Verdacht schöpfte, nicht einmal Horst Brömmel, der im selben Raum saß wie wir und uns fast den ganzen Tag im Blick hatte. Auch nach einer hitzigen Liebesnacht setzte Trudi sich morgens ohne jede Verlegenheit an den Schreibtisch mir gegenüber. Sie behandelte mich am Arbeitsplatz mit derselben unaufdringlichen Freundlichkeit, mit der sie allen Kollegen begegnete.

Am Mittwoch nach dem großen Unwetter hatte ich einen freien Nachmittag. Ich zog zusammen mit Willi Köster los, um Schuhe für mich zu kaufen. Es war unser erstes Wiedersehen, nachdem mein Artikel über ihn in der Ruhr-Post erschienen war.

Ein Paar Halbschuhe, ein nobles für festliche Anlässe, war in dem feinen Laden in der Essener Innenstadt, in den Köster mich geführt hatte, schnell gefunden. Da ich direkt aus der Redaktion gekommen war, trug ich bei der Anprobe meine helle Sommerhose und hatte einige Mühe, mir das Schuhwerk zusammen mit dem neuen, dunkelblauen Anzug vorzustellen. Willi Köster hatte damit kein Problem. Ich vertraute seinem guten Geschmack, und so verließen wir nach nicht einmal zwanzig Minuten mit einem ziemlich teuren Paar schwarzer Schnürschuhe aus feinstem, weichem Leder das Geschäft.

Als wir draußen vor der Tür standen, streckte Köster mir die Hand zum Abschied entgegen.

»Du willst schon gehen?«, fragte ich überrascht. »Ich dachte, du hättest auch frei heute Nachmittag. Ich wollte dich eigentlich noch zu irgendwas einladen.«

»Ach so«, sagte er. Es klang so verdutzt, als hätte er damit überhaupt nicht gerechnet.

»Was ist los? Musst du doch noch arbeiten?«, fragte ich ihn.

»Nein, zu Rensing muss ich nicht mehr. Aber ich hab noch was anderes vor.«

»Na ja, ich will dich zu nichts drängen. Aber ich würde dir wirklich gerne einen ausgeben, als kleines Dankeschön für deine Beratung beim Schuhkauf.«

Er reagierte mit einem Schulterzucken. Unschlüssig ließ er seinen Blick an den Schaufenstern auf der anderen Straßenseite entlanggleiten. Er war seltsam abwesend an diesem Nachmittag, ganz anders als vor ein paar Tagen am Ruhrufer.

Schon im Schuhladen war mir aufgefallen, dass er äußerst wortkarg war. Bei unserem Spaziergang am Donnerstag und danach im Ausflugslokal bei Rellinghausen hatte er munter drauflos geredet. Er war fröhlich und zugewandt gewesen. Heute wirkte er grüblerisch und verschlossen. So berufsmäßig distanziert hatte er mich beim Schuhkauf beraten, als wäre ich irgendein Kunde. Das war nicht der Willi Köster, der mir vor ein paar Tagen überschwänglich das Du angeboten hatte.

»Nun sag mal, was mit dir los ist«, forderte ich ihn auf. »Irgendwas hast du doch.«

»Nein, es ist alles in Ordnung.«

»Hat dir mein Artikel nicht gefallen? Du hast ihn noch nicht ein einziges Mal erwähnt.«

»Ach, Entschuldigung. Du hast recht. Ich hätte mich bei dir bedanken müssen. Das wollte ich eigentlich auch. Der Artikel war wirklich gut.«

»Na dann komm, dann gehen wir jetzt irgendwo was trinken.«

»Ich bin verabredet. Mit einer Freundin. Da drüben in der Eisdiele.«

»Ach, so ist das. Du triffst dich mit deinem Schätzchen, und ihr zwei wollt ungestört sein. Sag das doch gleich.«

»Nein, so ist das nicht. Sie ist eine alte Bekannte. Wir wollen uns mal in Ruhe unterhalten. Das ist alles.«

»Also, dann geh ich jetzt mit dir. Wir warten zusammen auf deine Freundin, essen ein Eis oder trinken was. Und wenn sie kommt, dann zahle ich und verschwinde.«

»Na gut«, sagte Köster.

Wir schlenderten zur Eisdiele, setzten uns an einen Tisch, bestellten Limonade und saßen eine Weile schweigend beieinander. Ich überlegte, wie ich am besten ein Gespräch in Gang bringen könnte.

Da mir nichts Besseres einfiel, fragte ich noch einmal: »Der Artikel hat dir wirklich gefallen?«

»Ja klar.«

Nach der kurzen Antwort war es wieder eine Zeitlang still an unserem Tisch. Irgendwann huschte dann ein Lächeln über Willi Kösters Gesicht.

»Ich muss gerade an meine Oma Hertha denken«, sagte er und wurde endlich ein wenig gesprächiger.

»Die fand deinen Artikel auch gut. Ehrlich. Sie hat sich nur Sorgen gemacht, dass mich jetzt alle möglichen Leute anpumpen würden. Ich hab versucht, ihr das auszureden. Zum Glück stand ja auch in der Zeitung, dass ich das Geld brauche, um mich selbständig zu machen. Da werden die Leute schon kapieren, hab ich zu meiner Oma gesagt, dass ich nichts zu verschenken oder zu verleihen habe. Ich hab ihr erklärt, dass der Artikel gut für mich ist, weil jetzt niemand mehr dumme Fragen stellt, wenn ich plötzlich das Geld habe, um ein eigenes Geschäft aufzumachen.«

Während Willi Köster redete, betrat eine junge, blonde Frau die Eisdiele. Ein paar Kerle, höchstens sechzehn oder siebzehn Jahre alt, starrten sie unverfroren an. Einer von ihnen spitzte die Lippen und flötete anzüglich.

Die Frau ignorierte den aufgeblasenen Grünschnabel. Sie stöckelte auf hochhackigen Schuhen quer durch den Raum auf unseren Tisch zu. Willi Köster stand auf und streckte ihr eine Hand entgegen.

»Das ist Hermann Leschinski, ein befreundeter Journalist«, sagte er, nachdem auch ich mich erhoben hatte. »Und das ist die Klara Milewski, eine Freundin. Wir kennen uns schon lange.«

Sie reichte mir zögerlich die Hand und lächelte mich schmallippig an. Offenbar war sie nicht gerade erfreut darüber, dass Willi Köster nicht allein war.

»Willst du was trinken, oder möchtest du lieber ein Eis?«, fragte er sie, als sie sich gesetzt hatte.

»Ich wusste nicht, dass du jemanden mitbringen würdest«, entgegnete sie.

»Sobald mein Glas leer ist, werde ich gehen«, sagte ich.

»Sind Sie der Journalist, der den Artikel über Willi und den Geldkoffer geschrieben hat?«

Ich nickte.

»Und warum sitzen Sie jetzt hier mit ihm? Wollen Sie noch mehr über ihn schreiben?«

»Nein, wir wollten nur etwas zusammen trinken. Der Willi war mit mir Schuhe kaufen. Ich hatte ihn gebeten, mich zu beraten.«

Die Papiertasche mit dem Schuhkarton darin stand neben meinem Stuhl, halb unterm Tisch, so dass Klara Milewski sie nicht sehen konnte. Ich hob sie kurz in die Höhe, um sie ihr zu zeigen.

»Haben Sie denn keine Braut, die Sie beim Einkaufen begleiten kann?«, fragte sie spitz.

»Niemand weiß besser als dieser junge Mann hier, wie man sich gut anzieht«, antwortete ich.

»Wenn man Geld wie Heu hat, ist es nicht schwer, einen guten Geschmack zu haben«, sagte Klara schnippisch.

Ich war mir nicht sicher, ob das eine Spitze gegen mich oder gegen Willi Köster sein sollte. Der grinste verlegen und schwieg. Seitdem Klara Milewski sich zu uns gesetzt hatte, wirkte er noch angespannter als vorher. Es war nicht zu übersehen, dass er sich unbehaglich fühlte.

Die beiden verhielten sich zueinander ganz und gar nicht so wie zwei Menschen, die seit Jahren gut befreundet waren. Weder bei ihm noch bei ihr hatte ich auch nur die geringste Wiedersehensfreude bemerkt. Kein Lächeln und nicht ein einziges freundliches Wort hatten sie bisher füreinander übrig gehabt. Sie machten nicht den Eindruck, als hätten sie sich zu einem netten Plauderstündchen getroffen. Ich hatte vielmehr das Gefühl, dass da irgendwas brodelte zwischen Klara Milewski und Willi Köster, das sie nur meinetwegen unterdrückten. Beide kamen mir so vor, als hätten sie die Fäuste in den Taschen geballt, während sie ungeduldig darauf warteten, endlich allein zu sein und aufeinander losgehen zu können.

Ich tat ihnen den Gefallen, mich zu verabschieden, vorläufig noch nicht. Ihr eigenartiges Verhalten hatte mich neugierig gemacht. Ich nippte nur zaghaft an meiner Limonade. Solange mein Glas nicht leer war, hatte ich noch einen Grund zu bleiben.

Klara Milewski bestellte eine Tasse Bohnenkaffee. Sie war eine außergewöhnlich hübsche junge Frau, und doch gefiel sie mir vom ersten Augenblick an nicht besonders. Ihre Schönheit war eine andere als die von Leni Schlüter, deren weibliche Reize mich betörten, auch wenn sie es gar nicht beabsichtigte, sogar wenn sie Hosen trug. Klara Milewski hatte sich mit Schminke, Lippenstift und Nagellack schön gemacht. Ihre Frisur war ein greller Kopfschmuck aus platinblonden Locken, die sich fast bis zu den Schultern hinabkräuselten.

Als sie aus spitzen Fingern ein Stück Zucker in ihren Kaffee fallen ließ, kam mir Trudi Tippel in den Sinn. Sie konnte sich auch aufreizend zurechtmachen, das wusste ich seit Sonntag, aber sie war als ungeschminkte und schlicht gekleidete Sekretärin eine nicht weniger attraktive und sinnliche Frau. Bei Klara Milewski war ich mir nicht sicher, ob von ihrer Schönheit noch viel übrig war, wenn sie sich abgeschminkt hatte.

»Hatten Sie nicht gesagt, dass Sie gehen wollten?« Klaras schneidende Stimme irritierte mich nur für einen kurzen Augenblick.

»Ja, sobald ich ausgetrunken habe«, sagte ich und fügte mit gespielter Freundlichkeit die Frage hinzu: »Sind Sie auch in der Bekleidungsbranche tätig?«

»Nein«, sagte sie kurz angebunden.

»Klara ist Friseuse«, sagte Willi Köster.

»Friseurmeisterin«, korrigierte sie.

»So jung und schon Meisterin? Meinen Respekt«, sagte ich erstaunt.

Klara Milewski war höchstens so alt wie Köster und ich. Sie lächelte kurz.

»Ich bewundere schon die ganze Zeit Ihre außergewöhnliche Frisur«, log ich. »Haben Sie die selbst gemacht?«

»Nein, so etwas kann man nicht selbst machen. Meine Kolleginnen und ich, wir frisieren uns gegenseitig.«

»Haben Sie einen eigenen Frisiersalon?«

Sie lachte kurz auf. »Schön wäre es, aber dafür muss ich erst noch eine Weile sparen.«

Ich machte ein verständnisvolles Gesicht und nickte.

»Ich arbeite in einem Salon in Altenessen«, sagte Klara Milewski.

»Und woher kennen Sie sich, der Willi und Sie?«

Sie zog die Augenbrauen hoch und trank von ihrem Kaffee. Es war offensichtlich, dass sie mir nicht antworten wollte, aber ich tat so, als würde ich ihre Signale nicht verstehen.

»Sind Sie sich hier in Essen irgendwo begegnet?«, fragte ich.

»Nein, wir haben uns schon in Neumühl kennengelernt«, sagte Willi Köster.

»Ach, Sie sind auch aus Neumühl?«, fragte ich Klara.

»Nein, aus Oberhausen.«

»Tatsächlich? Ich komme auch aus Oberhausen, aus Sterkrade.«

»Ich bin in Buschhausen aufgewachsen«, sagte Klara, »in der Skagerrakstraße.«

»Ach ja, die kenne ich. Dann hatten Sie es ja nicht weit bis nach Neumühl.«

»Nein, von unserer Wohnung bis zur Duisburger Stadtgrenze waren es nur ein paar hundert Meter«, sagte Klara.

»Sie war mit einem aus unserer Clique befreundet, eine Zeitlang«, sagte Willi Köster. »Vor drei, vier Jahren ungefähr, da sind wir oft zusammen um die Häuser gezogen, und seit damals kennen wir uns eben. Und weil wir jetzt beide in Essen gelandet sind, treffen wir uns ab und zu mal hier in der Stadt.«

»Ach, so ist das«, sagte ich und trank meine Limonade aus.

Horst Brömmel war außer sich. Er hatte in der Westdeutschen Allgemeinen gelesen, dass die Polizei im Gruga-Mordfall noch keine neuen Erkenntnisse hatte und dass sie jetzt nach Zeugen suchte, die Angaben dazu machen konnten, wo der getötete Kurt M. sich in den Stunden vor der Tat, also während des Unwetters am Sonntagabend, aufgehalten hatte. Die Nachricht war auch in anderen Konkurrenzblättern erschienen, zusammen mit einem Porträtfoto des Mordopfers. Nur die Leser der Ruhr-Post hatten nichts über den Stand der Ermittlungen erfahren.

In der Morgenkonferenz, so erzählte Brömmel mir später, hatte es zunächst einmal gegenseitige Schuldzuweisungen der Ressortchefs nebst einigen unflätigen Beschimpfungen gegeben. Dann war aber schnell klar geworden, dass allein die Lokalredaktion die Angelegenheit verbockt hatte. Die Kripo hatte alle Zeitungen zu einer kleinen Pressekonferenz ins Präsidium eingeladen, um sie über den Fortgang der Mordermittlungen zu informieren und sie um die Veröffentlichung des Porträtfotos zu bitten. Bei der Ruhr-Post war die Einladung in der Lokalredaktion gelandet. Da hatte man sie verärgert in den Papierkorb geworfen, weil man sich nicht für zuständig hielt, nachdem die erste große Geschichte über den Mord auf der Seite »Buntes aus dem Revier« erschienen war. Angeblich hatten die Kollegen vom Lokalen angenommen, dass wir im Ressort »Vermischtes« auch eine Einladung bekommen hätten.

Der stellvertretende Chefredakteur Julius Akkermann, der als Chef vom Dienst die Morgenkonferenz geleitet hatte, hatte den Leiter der Essener Stadtredaktion daraufhin aufs Übelste beschimpft und ihm Konsequenzen für den Fall angedroht, dass seine Leute sich noch ein einziges Mal so unkooperativ zeigen sollten. Aber das änderte nun auch nichts mehr an dem Schlamassel, dass die Abonnenten der Ruhr-Post sich von den Lesern der anderen Tageszeitungen erzählen lassen mussten, was es Neues im Gruga-Mordfall gab.

»Na ja, so schlimm finde ich das nun auch wieder nicht«, sagte ich beschwichtigend zu Brömmel. »Eigentlich gab es ja gar nichts Neues. Die Ermittlungen haben bisher zu nichts geführt und dauern an. Na gut. Das ist eine Nachricht, die niemanden umhaut.«

»Aber es ist eine Nachricht, verdammt noch mal«, sagte Brömmel, »und zwar keine unwichtige, sondern eine, über die die Leute reden.«

»Und wenn wir sie morgen nicht einfach nachschieben, sondern ein paar zusätzliche Informationen bringen, von denen in den anderen Zeitungen noch nichts zu lesen war?«

»Gibt es denn welche?«, fragte Brömmel.

»Ich hab keine Ahnung«, sagte ich, »aber wenn ich gleich mit Paul Weyermann irgendwo zu Mittag essen gehe, dann weiß ich es nachher.«

»Na, dann lad ihn in irgendein Restaurant ein«, sagte Horst Brömmel und legte einen Zwanzigmarkschein auf den Schreibtisch. »Aber bring mir die Rechnung mit. Das Geld hol ich mir vom Verlag wieder.«

Ich rief Paul im Präsidium an und fragte ihn, ob er Lust hätte, in seiner Mittagspause auf Verlagskosten mit mir essen zu gehen. Er sagte sofort zu. Wir trafen uns in einem rustikalen Lokal am Flachsmarkt, ungefähr auf halbem Weg zwischen Redaktion und Präsidium. Als ich Paul Weyermann den Grund für meine Einladung erläuterte, amüsierte er sich köstlich.

»Ihr seid ja ein Verein«, sagte er grinsend. »Ich hab mich gestern schon gewundert, dass niemand von euch da war.«

»Ist nun mal passiert.«

»Na, mir soll es recht sein. Wenn ich dafür immer ein kostenloses Mittagessen bekomme, dann gebe ich dir gern so viele private Pressekonferenzen, wie du willst.«

Während Paul die Speisekarte studierte, fragte ich ihn, ob es irgendwelche Informationen zum Mordfall gäbe, von denen noch nichts in den anderen Zeitungen zu lesen war.

Paul lachte. »Ich verstehe. Ihr wollt euren Fehler wiedergutmachen. Aber wir haben alles, was wir wussten, deinen Kollegen mitgeteilt. Wir haben ihnen nichts vorenthalten.«

»Das hatte ich befürchtet«, sagte ich enttäuscht.

»Du Schweinehund«, sagte Paul Weyermann grinsend, »du hast natürlich mal wieder Glück. Heute Morgen kam der Bericht aus dem Labor. Jetzt haben wir die Bestätigung dafür, dass der Knüppel, den wir neben dem Toten gefunden haben, tatsächlich die Tatwaffe war.«

»Na ja, dass der Mann aller Wahrscheinlichkeit nach mit dem Ast erschlagen wurde, haben wir ja schon geschrieben. Etwas wirklich Neues ist das auch nicht gerade.«

Die Bedienung, eine schwitzende Frau um die Vierzig, deren weiße Schürze schon einige Fettspritzer abbekommen hatte, stellte zwei Bier auf unseren Tisch und fragte, was wir essen wollten.

»Wir sind noch nicht so weit, dauert noch ein paar Minuten«, sagte Paul.

»Nicht sehr appetitlich«, sagte ich, als die Frau wieder gegangen war.

»Jetzt sei mal nicht so empfindlich. Wenn du bei dem Wetter hier rumrennen müsstest, würdest du auch wie eine Sau schwitzen. Prost Hermann!«

Als er sich den Schaum von den Lippen gewischt hatte, sagte Paul: »Ich hab da noch was für dich. Damit sich die Einladung auch lohnt.«

Ich sah ihn erwartungsvoll an.

»Kurt Möllenbeck, so hieß das Mordopfer, ist nicht erschlagen worden, sondern er ist ertrunken.«

»Jetzt nimmst du mich auf den Arm«, sagte ich verständnislos.

»Nein«, entgegnete Paul. »Der Obduktionsbericht liegt auch seit heute Morgen vor. Es war Wasser in der Lunge des Toten. Der Mann hat zwar einen Schlag auf den Kopf bekommen, aber der hat ihn nicht getötet, sondern ihn nur betäubt. Er ist vornüber in die Wasserlache gefallen, in der er später aufgefunden wurde. Und da ist er dann erstickt.«

»Mensch, das ist ja wirklich eine interessante Neuigkeit.«

»Mag sein«, sagte Paul, »aber uns bringt sie nicht viel. Dem Täter sind wir durch die Erkenntnis jedenfalls kein Stück näher gekommen.«

»Haben wir die Nachricht jetzt exklusiv?«

»Ich schreibe gerade an einer Pressemitteilung. Die soll heute noch per Fernschreiber an alle Zeitungen gehen.«

»Könntest du das nicht noch etwas hinauszögern?«

Paul lachte.

»Also, wenn du das Fernschreiben erst kurz vor deinem Feierabend absetzen würdest, dann würden die Kollegen es wahrscheinlich bis morgen liegenlassen.«

»Zwischen fünf und sechs kann man schon keine aktuellen Nachrichten mehr in einer Tageszeitung unterbringen?«, fragte Paul verblüfft.

»Doch, kann man schon«, sagte ich. »Wenn Konrad Adenauer sich heute Nachmittag beim Bocciaspiel ein Bein brechen würde, dann könntest du das vermutlich morgen in allen Zeitungen lesen. Aber es ist aufwendig, eine fertig gebaute Seite noch mal zu verändern. Nur um ihren Lesern mitzuteilen, dass Kurt M. nicht auf der Stelle tot war, würden die Kollegen sich die Arbeit wahrscheinlich nicht antun.«

»Ich denke, ich hab noch ein paar andere Sachen zu erledigen, bevor ich die Pressemitteilung fertigmachen kann«, sagte Paul und vertiefte sich noch einmal in die Speisekarte.

»Wenn ich mich schon bestechen lasse«, sagte er nach einer Weile, »dann soll es wenigstens der teuerste Fraß sein, den es hier gibt.«

Er bestellte eine Rinderroulade mit Rotkohl und Klößen. Ich nahm falschen Hasen mit Bratkartoffeln und Salat.

Während wir aßen, fragte ich Paul, ob es irgendwas Neues zum Geldkoffer gäbe.

»Nichts, gar nichts«, sagte er. »Auch nach deinem Artikel in der Ruhr-Post hat sich nichts getan. So wie es aussieht, wird dieser Köster nächste Woche wohl um sechzigtausend Mark reicher sein.«

Nach dem Essen bestellten wir zwei Kaffee. Während ich langsam in meiner Tasse herumrührte und darauf wartete, dass der Zuckerwürfel sich auflöste, fragte ich Paul: »Sehe ich das eigentlich richtig, dass der Täter aus dem Gruga-Park gute Chancen hat, davonzukommen?«

»Wieso denkst du das?«

»Seit der Tat sind inzwischen vier Tage vergangen, und wenn ich mir das so angucke, was es bis jetzt an Neuigkeiten gibt, dann sieht das für mich so aus, als würdet ihr noch ziemlich im Dunkeln herumtappen.«

»Das willst du aber nicht schreiben, oder?«

»Nein, das hab ich nicht vor.«

»Bisher haben wir noch keinen Hinweis auf den Täter, das ist richtig«, gab Paul zu. »Wir hoffen jetzt, dass die Zeitungsveröffentlichungen mit dem Porträt des Toten uns weiterbringen. Vielleicht meldet sich ja jemand, der weiß, wo Kurt Möllenbeck sich vor dem Überfall aufgehalten hat. Das wäre immerhin ein Anhaltspunkt für uns.«

»Das ist dünn«, stellte ich fest.

»Ja, das ist es«, sagte Paul und seufzte. »Und wenn die Theorie richtig ist, dass Möllenbeck erst im Gruga-Park zufällig seinem Mörder über den Weg gelaufen ist, dann bringt es uns auch nichts, wenn wir wissen, wo er die letzten Stunden vor seinem Tod verbracht hat.«

»Was ist mit Spuren am Tatort? Hat sich da gar nichts ergeben?«

»Nichts.«

»Fingerabdrücke am Knüppel?«

Paul winkte ab. »Baumrinde. Da findest du nichts, schon gar nicht, wenn sie nass und voller Matsch ist. Es ist schon ein Wunder, dass die Kollegen im Labor noch ein paar Blutreste des Opfers entdeckt haben.«

»Also hat der Mörder wirklich gute Aussichten, davonzukommen.«

»Ja, es sei denn, er ist blöd und wirft irgendwo mit dem Geld um sich, das er dem Opfer geraubt hat.«

»Geht ihr denn davon aus, dass dieser Kurt Möllenbeck eine größere Geldsumme bei sich hatte?«

»Das wissen wir noch nicht. Um das in Erfahrung zu bringen, ermitteln wir zurzeit in seinem privaten Umfeld.«

»In Duisburg?«

»Ja, in Neumühl.«

»Wo?«, fragte ich ungläubig.

»In Neumühl. Der Tote kam aus Neumühl.«

»In allen Zeitungen stand, dass er in Duisburg gewohnt hat.«

»Ja natürlich, so haben wir das ja auch an die Presse gegeben. Neumühl ist schließlich ein Stadtteil von Duisburg. Kurt Möllenbeck wohnte da in der Zechensiedlung Bergmannsplatz.«

SECHS

In den Tagen nach dem großen Sturm wurden die Temperaturen allmählich erträglicher. Die Gluthitze, die im ersten Monatsdrittel die Menschen geplagt hatte, wich einer angenehmen Sommerwärme. Mitte Juli stieg das Thermometer nur in den Mittagsstunden noch ab und zu über fünfundzwanzig Grad. An den Abenden zog man sich wieder etwas über, und nachts im Bett deckte man sich wieder zu.

Nachdem ich tagelang im kurzärmeligen Sommerhemd durch die Gegend gefahren war, war es dafür mit einem Mal zu kalt. Immerhin brachte die alte DKW-Maschine es mit ihren drei PS auf gut sechzig Stundenkilometer, da blies einem schon ein kräftiger Fahrtwind entgegen. Während des Tropenwetters hatte ich ihn als wohltuend erfrischende Brise empfunden, jetzt ließ er mich plötzlich frösteln.

Am 11. Juli holte ich die alte Lederjacke meines Vaters wieder aus dem Schrank und zog sie an, bevor ich mich am Morgen aufs Moped setzte und mich auf den Weg nach Essen machte. Auf dem Rückweg am Nachmittag hielt ich in Bergeborbeck bei Trudi und blieb zwei Stunden bei ihr. Als ich am frühen Abend durch Bottrop weiter in Richtung Sterkrade fuhr, war ich für einen Augenblick unaufmerksam. Ich geriet mit dem Vorderrad in eine Straßenbahnschiene, kam ins Schlingern, stürzte und rutschte ein paar Meter übers Kopfsteinpflaster.

Wäre mir das nur einen Tag zuvor passiert, hätte ich mich wahrscheinlich schwer verletzt. So trug ich nur eine leichte Schulterprellung und ein paar Hautabschürfungen an der Hüfte und an der Hand davon. Meine Hose war an der Seite aufgerissen, von der alten Jacke hing am rechten Ärmel und an der Schulter das Leder in Fetzen herab.

Ich brauchte nicht viel Phantasie, um mir vorzustellen, wie meine Haut ausgesehen hätte, wenn ich in meinem leichten Sommerhemd über die Straße gerutscht wäre.

Das Motorrad hatte den Sturz beinahe unbeschadet überstanden, nur die rechte Fußraste war verbogen, und das Auspuffrohr hatte einige Schrammen abgekriegt.

Als ich mich von der Straße hochgerappelt und festgestellt hatte, dass mein Moped und ich nur leicht lädiert waren, rief irgendjemand hinter mir: »Alles in Ordnung, Jung?«

Ich drehte mich um. Ein glatzköpfiger Mann im Alter von Opa Leschinski schaute im ersten Stock eines grauen Mehrfamilienhauses zum Fenster heraus.

»Danke, geht schon!«, rief ich zurück.

»Nix gebrochen?«

»Nee, nee. Bestimmt nicht.«

»Mensch Jung, da has'e aber Schwein gehabt.«

»Ja, ich weiß«, sagte ich bedröppelt.

»Hier legt sich dauernd jemand auf e Fresse. Die Schienen und dat Kopfsteinpflaster, dat is tückisch. Meistens sind et Kumpels, die müde von e Schicht kommen. Vorige Tage hat et da vorne, en Stücksken weiter, noch einen umgehauen. Den haben se mit 'm Krankenwagen abtransportiert. Sah nich gut aus. Und vor 'n paar Wochen is hier vorm Haus einer mit 'm Motorrad über nen anderen Kumpel drübergefahren, der mit sein Fahrrad hingefallen war. Dat war 'ne richtige Schweinerei, kann ich dir sagen. Wenn Schichtwechsel ist, dann is hier immer richtig wat los. Mopeds, Motorräder und jede Menge Fahrräder. Aber jetz, um diese Zeit, is hier nich viel Verkehr. Da has'e wirklich richtig Glück gehabt.«

Ich sah mich um. Kurz hinter dem grauen Mehrfamilienhaus war ein Lloyd-Kleinwagen am Straßenrand geparkt. Sonst war weit und breit kein Fahrzeug zu sehen.

»Wat gucks'e dir denn den Leukoplastbomber so genau an?«, fragte der glatzköpfige Alte. »Der is auch nich viel sicherer als en Moped.«

»Ich weiß«, sagte ich. »Wer den Tod nicht scheut, fährt Lloyd.«

Der Mann im Fenster lachte. »Dat sacht man jedenfalls so. Aber et is wahrscheinlich egal, mit wat man durch de Gegend fährt. Wenn e heutzutage auf e Straßen unterwegs bis, dann muss'e schon ganz fein aufpassen, sonst is ruck, zuck zappenduster.«

»Da haben Sie wohl recht«, sagte ich und setzte mich aufs Motorrad.

»Wo muss'e denn noch hin?«

»Nach Sterkrade.«

»Dat is ja nich mehr weit. Dann komm ma gut nach Hause.«

Als Opa Leschinski mich sah, wollte er mich sofort zum Arzt schicken.

»Is doch jetz kein Arzt mehr offen, am Freitagabend«, sagte Oma Hilde.

»Dann eben in t Krankenhaus«, sagte Opa aufgeregt.

»Jetz mach ma nich so 'n Gedöns«, sagte Oma. Ihre Gelassenheit beruhigte Opa ein wenig. Er überließ ihr widerspruchslos das Kommando.

»Beweg ma deinen Arm!«, sagte sie zu mir. »Nee, nich so! Lass en ma richtig rumkreisen. Genau so. Tut dat weh?«

»Ein bisschen.«

»Dann is et nich so schlimm. Dat gibt nur en paar blaue Flecken, sons nix«.

»Woher wills'e dat denn wissen? Du bis doch kein Doktor«, wandte Opa zaghaft ein.

»Du has doch jetz selbst gesehen, wie der Jung den Arm bewegt hat. Meins'e, dat könnte der, wenn da irgendwat kaputt wär in e Schulter? Hol du ma die Zinksalbe aus 'm Küchenschrank«, sagte Oma Hilde zu ihm.

»Wofür?«

»Ja, wofür wohl? Jetzt frag ma nich so dösig. Für die abgeschrappte Haut natürlich.«

»Meins'e denn, dafür wär die Salbe dat Richtige?«

»Zinksalbe is für alles gut«, sagte Oma.

Sie rieb vorsichtig die Wunde auf meiner Hand ein.

»An e Hüfte kanns'e dat auch selbst machen. Ich hol dir en sauberes Taschentuch vom Opa aus 'm Schlafzimmer, so 'n großes. Dat legs'e da drauf und dann ziehs'e 'ne Schlafanzugsbuchse drüber. En paar Tage, dann is dat alles wieder gut.«

Als eine halbe Stunde später von der großen Portion Bratkartoffeln mit Speck, die Oma vor mir auf den Küchentisch gestellt hatte, nichts mehr übrig war, hatte auch Opa Leschinski sich wieder beruhigt.

»Scheint ja doch nich so schlimm zu sein«, sagte er erleichtert.

»Nee, ist noch mal gutgegangen«, sagte ich.

Wir spielten noch eine Runde Rommé bis fünfhundert. Oma gewann. Opa wollte noch einmal spielen. Nachdem Oma Hilde wieder gewonnen hatte, gingen wir ins Bett. Ich konnte nur auf der linken Seite liegen und schlief nicht besonders gut.

Am Samstagvormittag brachte ich das Motorrad in die Werkstatt, um die Fußraste reparieren zu lassen.

»Kann ich nicht geradebiegen, muss ich Ihnen 'ne neue dranschrauben«, sagte der Mechaniker.

»Wie lange dauert das?«

»In zwei Stunden können Se dat Ding wieder abholen. Und wat is mit dem Auspuff? Der ist ja total verkratzt. Könnte ich Ihnen auch 'n neuen dranmachen.«

»Nein, nicht nötig, sind ja nur ein paar Schrammen.«

»Wie Sie meinen.«

Während die gute, alte DKW-Maschine in der Reparaturwerkstatt war, kaufte ich mir eine neue Motorradjacke, eine schwere aus dunklem Leder, die bis über die Hüften hinabreichte. Mir war inzwischen klar geworden, dass ich bei meinem Sturz in Bottrop nicht nur ein bisschen Schwein gehabt hatte, sondern verdammt großes Glück. Das wollte ich nicht noch einmal herausfordern, und so schaffte ich mir auch gleich einen weißen Halbschalenhelm an, den besten Kopfschutz, den es damals für Moped- und Motorradfahrer gab.

Von der alten Lederjacke meines Vaters habe ich mich allerdings nie getrennt. Sie liegt noch heute in einer Kiste auf dem Speicher in der Bremener Straße. Manchmal krame ich sie hervor und lass mich von ihr zurückbringen in das Jahr 1942. Ich bin elf Jahre alt und schaue zu, wie mein Vater sie überzieht, wie er sich auf sein neues Moped setzt und losfährt, irgendwohin, einfach so in die Welt hinaus, von der er so gern noch ein bisschen sehen wollte, bevor er zurückmusste an die Front. Und wenn ich dann die Lederfetzen am Ärmel und an der Schulter entdecke, dann bin ich wieder im heißen Sommer 1952, und vor mir steht ein einundzwanzigjähriger junger Mann, zerzaust und verwirrt, mitten auf einer gepflasterten Straße in Bottrop, und ich höre die Stimme eines glatzköpfigen Alten, der sich aus einem Fenster lehnt und ruft: »Mensch, Jung, da has'e aber Schwein gehabt.«

Das Wochenende nach meinem Sturz verbrachte ich in der Bremener Straße. Ich ruhte mich aus, saß im Garten in der Sonne oder lag oben in meiner Kammer im Bett, immer auf der linken Seite. In der Stadt hatte ich mir zwei Zeitschriften gekauft, den Stern und den Spiegel. Das war reichlich Lesestoff für die beiden Tage.

Oma Hilde meinte, ich käme schnell wieder auf die Beine, wenn ich nur reichlich essen würde. Meinen Einwand, dass mir doch eigentlich gar nichts fehle, ließ sie nicht gelten.

»Trotzdem muss'e ordentlich wat zwischen de Rippen kriegen. Lass mich dat ma machen«, sagte sie und verwöhnte mich am Samstag mit »Quer durch den Garten«, einer Gemüsesuppe, in der ausnahmsweise ein dickes Stück Speck schwamm. Am Sonntag gab es ein Kotelett mit Kartoffeln und grünem Salat. Das Fleisch hatte Oma beim Metzger gekauft, alles andere hatte Opa frisch vom Land geholt.

Er freute sich, dass er endlich mal wieder seine Meinung über die Politik kundtun konnte, ohne dafür gleich als alter Knöttersack beschimpft zu werden.

»Wat lies'e denn da?«, fragte er, als er sich am Nachmittag neben mich auf die Gartenbank setzte.

»Den Spiegel.«

»Ja, dat seh ich. Und worum geht et in dem Artikel?«

»Die Post will die Gebühren erhöhen.«

»Wat heißt dat?«

»Dass du demnächst für einen einfachen Ortsbrief fünfzehn Pfennige zahlen musst, und auf einen Fernbrief muss dann sogar eine Fünfundzwanzig-Pfennig-Briefmarke.«

»Dat is mir egal. Bei den paar Briefen, die wir im Jahr schreiben, werden wir dat wohl verkraften.«

»Telefongespräche sollen auch teurer werden, und die Fernschreibgebühren sollen sogar um fünfzig Prozent steigen. Das werden vor allem die Zeitungsverlage zu spüren kriegen. Bei uns wird ständig telefoniert, und die Fernschreiber tickern den ganzen Tag.«

»Na ja, trifft doch keine Armen«, sagte Opa achselzuckend und zündete sich eine Zigarette an. »Has'e denn auch gelesen, wat der ollen Adenauer sich wieder gelappt hat?«

»Ich weiß nicht, was du meinst.«

»Der will, dat der Mann in e Ehe allein bestimmen kann, wo et lang geht.«

»Was heißt, der Adenauer will das? Steht das denn nicht genau so in irgendeinem Gesetz?«

»Doch, bisher schon. Aber jetz haben se ja festgestellt, dat diese alte Regelung nich mit dem Grundsatz von e Gleichberechtigung in unserem Grundgesetz übereinstimmt. Deshalb soll jetzt Schluss sein mit e sogenannte Entscheidungsgewalt des Mannes. Jedenfalls sind se darüber am diskutieren. Und da hat unser Herr Bundeskanzler doch wahrhaftig gesacht, da hätte er aber ernsthafte Bedenken. Wenn man dat Gesetz einfach so streichen würde, dann würd dat den Zusammenhalt in e Familien gefährden.«

»Hast du denn was anderes vom Adenauer erwartet? Der ist stockkonservativ, erzkatholisch und sechsundsiebzig Jahre alt.«

»Mich ärgert dat trotzdem, wenn ich so 'n Quatsch höre. Wenn ein Mann nich mehr allein dat Sagen hat, dann gefährdet dat den Zusammenhalt in e Familie? Wie kann man so wat denn ernsthaft behaupten? Mir war dat gar nich klar, dat et dat bekloppte Gesetz überhaupt noch gibt. Stell dir dat doch ma vor, dat en Kumpel von e Schicht kommt und zu seine Frau sacht: Pass ma auf, Schätzken, ich hab hier die Entscheidungsgewalt, und ich sach dir jetz ma, wo et lang geht. Dat is doch wirklich Kokolores. En Mann is doch froh, wenn seine Frau im Haus alles regelt, wenn se vernünftig wirtschaftet und wenn se dafür sorgt, dat jeden Tach wat Anständiges auf 'n Tisch kommt.«

»Ja, da hast du wohl recht, Opa.«

»Dat is aber schön, dat mir hier ma jemand zustimmt. Die Oma, die hätte mir jetz schon wieder den Bart abgemacht. Für die ist dat immer nur Nörgelei, wenn mir wat an e Politik nich gefällt. Und irgendwat gegen ihren verehrten Herrn Bundeskanzler sagen, dat darf ich schon ma gar nich. Dabei is sie et, die immer rumnörgelt, mit mir. An alles, wat ich tu, hat se wat zu meckern.«

»Na ja, dass du jetzt Rentner bist, das ist eben nicht nur für dich eine neue Situation, damit muss die Oma auch erst mal klarkommen. Guck mal, ihr Leben lang hat sie den ganzen Tag allein hier rumgewurschtelt, wenn du auf der Zeche warst. Und jetzt bist du auf einmal rund um die Uhr zu Hause, immer um sie rum. Daran muss sie sich auch erst gewöhnen.«

»Meins'e wirklich? So hab ich dat noch gar nich gesehen«, sagte Opa Leschinski nachdenklich.

Am späten Samstagnachmittag kam Hänsken Schlüter vorbei. Zuerst teilte er mir mit, dass seine Schwester Leni auch an diesem Wochenende wieder in Köln geblieben war. Dann fragte er mich, ob ich Lust hätte, mit ihm und den anderen Jungs um die Häuser zu ziehen. Ich erzählte ihm von meinem Unfall in Bottrop, übertrieb bei der Schilderung meiner Prellungen und Schürfwunden ein wenig und sagte, mir ginge es nicht so gut, und ich würde am Abend lieber zu Hause bleiben und früh ins Bett gehen.

Hänsken zeigte dafür wenig Verständnis. Ein richtiger Kerl lasse sich doch nicht durch ein paar Schrammen von einer Sauftour abhalten, meinte er. Im Gegenteil, gerade nach so einem Erlebnis solle man sich die heilsame Wirkung des Alkohols zunutze machen.

Ich ließ mich nicht überreden, spielte am Abend mit meinen Großeltern Karten und ging früh ins Bett, nicht ohne vorher meine Schürfwunden an Hand und Hüfte zum x-ten Mal mit Zinksalbe zu bestreichen.

Ich schlief gut und genoss auch am Sonntag das Nichtstun, die Sonne und die Fürsorge von Oma und Opa. Am Nachmittag machte ich, bekleidet mit neuer Lederjacke und Halbschalenhelm, einen kleinen Ausflug mit dem Moped. Ich fuhr bis Walsum, setzte mich an den Rhein, schaute der Fähre nach, die nach Orsoy hinüberfuhr, und dachte an Leni Schlüter.

Ich hätte gern gewusst, warum sie schon wieder nicht gekommen war. Hatte sie kein Interesse daran, mich zu treffen? Hielt ein anderer Mann sie vielleicht in Köln fest? Lag sie vielleicht gerade mit ihm im Bett?

Der Gedanke erschreckte mich.

Das, was ich ab und zu in Bergeborbeck tat, war etwas anderes.

Es hatte nichts mit Liebe zu tun. Ich mochte Trudi. Sie sah gut aus, und sie war nett, aber es gab viele Frauen wie sie, und jede von ihnen hätte mich verführen können. Ich war einundzwanzig! Ein junger Mann, der damals mit einer Frau schlafen wollte, der musste sie erst heiraten oder ihr wenigstens die Ehe versprechen. Oder er musste ins Bordell gehen und bezahlen.

Oder er musste eben eine wie Trudi treffen, eine, die allein war und auch ihre Wünsche hatte. Für Frauen über dreißig, die im Krieg ihren Liebsten, ihren Bräutigam oder ihren Ehemann verloren hatten, war es schwer, noch einmal jemanden zu finden. Zu viele Männer in ihrem Alter waren tot. An jüngeren Liebhabern mangelte es dagegen nicht, und eigenständige Frauen wie Trudi Tippel, die sich um die guten Sitten nicht scherten, die damals noch sehr hoch gehalten wurden, nahmen sich das, was sie kriegen konnten. Es war vermutlich nicht das, wonach sie sich sehnten, aber es waren immerhin ab und zu ein paar Stunden der Lust, in denen sie vergaßen, dass sie allein auf der Welt waren.

Bei Leni war das anders. Sie war zwanzig, ein junges Mädchen, das von der großen Liebe träumte. Wenn sie mit einem Mann im Bett lag, dann war das der Mann, mit dem sie nicht nur ihre Lust, sondern auch ihr Leben teilen wollte. Davon war ich überzeugt.

Der Bericht mit den beiden Neuigkeiten, die es im Gruga-Mordfall gab, war zuerst exklusiv in der Ruhr-Post erschienen. Die Leser der anderen Zeitungen erfuhren erst einen Tag später, dass der Knüppel, der neben dem Toten gelegen hatte, die Tatwaffe war und dass der Mann nicht unmittelbar durch den Schlag gegen seinen Kopf gestorben war.

»Da haben die Kollegen vom Ressort Vermischtes also mal wieder für uns das Eisen aus dem Feuer geholt«, stellte Julius Akkermann am Montagmorgen in der Redaktionskonferenz fest und lobte vor der versammelten Riege der Ressortleiter meinen journalistischen Spürsinn in den höchsten Tönen.

So erzählte es mir jedenfalls Horst Brömmel, der an der Konferenz teilgenommen hatte.

Ich war nicht begeistert. »Die halten mich doch sowieso schon alle für einen überheblichen Schnösel. Dass ich beim Akkermann einen Stein im Brett habe, weiß ich ja, aber wenn der mich ständig in den Himmel hebt, dann macht mich das bei den Herren nur immer unbeliebter.«

»Na und?«, sagte Brömmel. »Ich lege keinen Wert darauf, bei den alten Platzhirschen beliebt zu sein. Die sollen uns und unsere Arbeit respektieren, und wenn die Chefredaktion uns den Rücken stärkt, dann ist das durchaus hilfreich. Du wirst sehen, die Kollegen werden in Zukunft ziemlich freundlich zu uns sein. Ob sie dabei heimlich mit den Zähnen knirschen, ist mir scheißegal.«

Er hatte recht. Es war egal, welches Thema ich in der nächsten Zeit für die Seite »Buntes aus dem Revier« vorschlug, Horst Brömmel trug es in der Morgenkonferenz vor, der Chef vom Dienst nickte es wohlwollend ab, und die Herren Ressortleiter hatten keinerlei Einwände – oder sie behielten sie für sich.

Meine Idee, etwas über die vielen schweren Unfälle auf den Straßen des Reviers zu schreiben, begeisterte Horst Brömmel allerdings zunächst nicht allzu sehr.

»Wie kommst du darauf? Gibt es einen aktuellen Anlass?«, fragte er verdutzt.

»Ich hab am Freitag in Bottrop mit einem Mann gesprochen, der allein in letzter Zeit drei Unfälle mit Zweirädern vor seinem Haus beobachtet hat. Da hab ich gedacht, der Sache könnte man mal nachgehen.«

»Und was dieser Mann dir erzählt hat, das hat dich so schockiert, dass du dir gleich eine neue Lederjacke und einen Helm gekauft hast?«, fragte Brömmel mit hochgezogenen Augenbrauen.

»Ja, irgendwie schon«, sagte ich verlegen.

»Du hattest selbst einen Unfall, oder?«

»Ich bin in die Straßenbahnschienen geraten, und da hat es mich umgehauen. Es ist aber nichts passiert, wie du siehst.«

»Mensch Junge, pass bloß auf, wenn du mit deinem Hobel unterwegs bist«, sagte Brömmel kopfschüttelnd.

»Mach ich«, sagte ich. »Und vielleicht fahren ja noch ein paar andere Leute in Zukunft etwas vorsichtiger, wenn sie in der Zeitung gelesen haben, was alles so passiert im Straßenverkehr.«

»Ist einen Versuch wert. Aber dann brauchst du was Handfestes,

Daten und Fakten, die die Beobachtung deines Bottroper Kronzeugen bestätigen.«

»Die werde ich mir beschaffen.«

Von allen Verkehrsexperten und Polizeibeamten, mit denen ich an diesem Tag telefonierte, bekam ich zunächst immer dieselbe Zahl zu hören: Siebentausendsiebenhundertsechzig Menschen waren im Vorjahr auf den Straßen der Bundesrepublik gestorben. Das war ein trauriger Rekord in der Nachkriegsstatistik.

Dabei besaßen damals nur sechs von hundert Deutschen ein eigenes Kraftfahrzeug, im Ruhrgebiet waren es sogar noch weniger.

Die meisten Bergleute und Stahlarbeiter konnten sich kein Auto leisten. An der Ruhr hatte nur jeder hundertste Einwohner einen Pkw, etwa doppelt so viele besaßen ein Motorrad. Geprägt wurde das Straßenbild im Kohlenpott aber vor allem von den unzähligen Fahrrädern und den vielen Mopeds, die kein amtliches Kennzeichen brauchten und von der Verkehrsstatistik deshalb nicht erfasst wurden.

Einer der Experten sprach von einem verheerenden Durcheinander auf den Straßen, nannte es »Verkehrssalat« und machte es für die vielen Unfälle verantwortlich. Er forderte getrennte Bereiche für Fahrräder, den Motorverkehr und die schwerfälligen Straßenbahnen.

Andere setzten auf eine schnelle Reparatur aller im Krieg beschädigten Fahrbahnen und einen weiteren Ausbau des Straßennetzes.

Die meisten meiner Gesprächspartner sagten jedoch unumwunden, die häufigste Unfallursache sei menschliches Versagen. Sie bestätigten die Beobachtung des Mannes in Bottrop, dass wesentlich mehr Menschen auf der Heimfahrt als auf dem Weg zur Schicht verunglückten.

»Dann sind sie müde und unaufmerksam, und viele trinken mit ihren Kumpels noch einige Gläser Schnaps und Bier, bevor sie sich aufs Moped setzen. Alkohol ist nach meiner Einschätzung eine der häufigsten Unfallursachen«, sagte ein Polizeirat aus Duisburg. Er forderte die Politiker auf, endlich eine Promillegrenze für Kraftfahrer einzuführen.

Die bestehenden Geschwindigkeitsbegrenzungen betrachtete er dagegen als überflüssig: »An die hält sich doch sowieso niemand, und wir haben nicht die technischen Möglichkeiten, sie zu überwachen. Also, was soll es? Die Forderung einiger Politiker, zulässige Höchstgeschwindigkeiten ganz abzuschaffen, ist absolut sinnvoll.«

Mein Artikel erschien am nächsten Tag.

»Verkehrserziehung für Ruhr-Post-Leser«, sagte Brömmel, als er ihn gelesen hatte.

»Gefällt dir die Geschichte nicht?«

»Sie ist ganz in Ordnung. Aber vom Stuhl haut sie niemanden.«

»Es liegt nun mal nicht jeden Tag eine Leiche im Gruga-Park«, sagte Trudi Tippel.

»Ach was. Das Fräulein Tippel meint, es müsse für den Herrn Leschinski Partei ergreifen? Muss ich daraus schließen, dass unsere Redaktionssekretärin mehr Sympathien für den jungen Kollegen hegt als für ihren Ressortleiter?«, fragte Brömmel belustigt.

Ich sah, dass Trudi mit einem Schlag rot bis zu den Ohren wurde.

»Aber das stimmt doch«, sagte sie verlegen.

»Ja, ja, du hast natürlich recht«, sagte Brömmel und lachte.

Anscheinend hatte er aus Trudis Erröten keine Schlüsse gezogen. Aber ganz sicher war ich mir nicht.

Am Nachmittag fuhr ich nach Neumühl.

Ich wollte von den Leuten in der Zechensiedlung erfahren, was es für sie bedeutete und wie sie damit umgingen, dass ein junger Mann aus ihrer Mitte zum Opfer eines Gewaltverbrechens geworden war.

Jedenfalls hatte ich das Horst Brömmel erzählt.

In Wahrheit interessierte mich eine andere Frage noch viel brennender, seitdem ich von Paul Weyermann erfahren hatte, dass Kurt Möllenbeck in der Kolonie Bergmannsplatz zu Hause gewesen war. Ich wollte wissen, ob er und Willi Köster sich gekannt hatten.

Die ersten Menschen, denen ich in der Zechensiedlung Neumühl begegnete, waren ein Mann und ein Junge, die gemeinsam einen Handkarren mit Kohlen durch die Borussiastraße zogen.

»Opa, können wir mal Pause machen? Ich bin so warm.«

»Mir is warm, heißt dat«, sagte der Mann und blieb stehen. Der Junge setzte sich auf den Bordstein.

Ich schlenderte zu den beiden hinüber und wünschte ihnen einen guten Tag.

»Kennen wir uns?«, fragte der Mann.

»Nein, ich bin Journalist von der Ruhr-Post und wollte mich hier ein bisschen umhören.«

»Wegen dem Möllenbeck? Armer Kerl, der Kurt«, sagte der Mann.

Ich sah ihn verblüfft an.

»Na, wegen wat sollen Se sonst hier rumlaufen? Über uns schreibt keiner wat in e Zeitung. En einfacher Mensch wie unsereins, der wird erst interessant, wenn er umgebracht worden is.«

Der Mann erwies sich als Glückstreffer. Er kannte die Familie Möllenbeck, und er erzählte gern.

»Der Vatter vom Kurt und ich, wir sind zusammen in e Reisevereinigung. Brieftauben, wissen Se? Sind anständige Leute, die Möllenbecks, haben den Kurt und en Mädchen und dann noch so 'n Nachkömmling, en Jung, der is jetz vielleicht dreizehn oder vierzehn.«

»Der Siggi von e Möllenbecks, der is erst zwölf, Opa. Eine Klasse über mir«, sagte der Junge.

»Wohnte der Kurt denn noch bei seinen Eltern?«, fragte ich, während der Mann sich eine Zigarette anzündete.

»Der is vor en paar Monaten von zu Hause ausgezogen. Nich weil se Krach hatten, die Möllenbecks, nur wegen dem Platz. Der Kurt war ja Schreiner, und als er seinen Meister in e Tasche hatte, da hat er sich sofort selbstständig gemacht. Hier um e Ecke hat er sich wat gemietet. Dat is so 'n Anbau auf em Hinterhof. Da hat er sich seine Werkstatt eingerichtet, und direkt da drüber hat er 'ne kleine Wohnung gehabt.«

»Kostet das nicht eine Menge Geld, sich selbständig zu machen und eine eigene Schreinerwerkstatt einzurichten?«

»Ja, ich glaub schon, aber für den Kurt war dat kein Problem.

Der hat vor en paar Jahren ma ziemlich viel Kohle im Toto gewonnen.«

»Im Fußballtoto?«

Der Mann nickte. Er hatte sich an seine Karre gelehnt und qualmte. Sein Enkel saß neben uns auf dem Bordstein und warf gelangweilt kleine Steinchen über die Straße.

»Ich weiß nich mehr, wie viel dat war. Irgendwat von zwanzig- oder dreißigtausend Mark hab ich im Kopp. Jedenfalls hat der Kurt immer gesacht, er hätte genug Geld auf e Seite liegen, dat er damit 'ne eigene Schreinerwerkstatt aufmachen könnte. Aber erst musste er ja ma seinen Meister machen. War tüchtig, der Kurt, hat dat geschafft, wat er wollte, mit Anfang zwanzig schon. Den Kerl, der den Jung auf 'm Gewissen hat, den sollen se aufhängen. Dat wär die richtige Strafe für so einen. Jedenfalls ist dat meine Meinung.«

»Denken noch mehr Leute hier in der Kolonie so?«

»Alle«, behauptete der Mann. »Jedenfalls alle, mit denen ich gesprochen hab. Und dat sind viele.«

»Halten Sie es denn für möglich, dass der Kurt Möllenbeck einen größeren Geldbetrag bei sich trug, als er überfallen wurde?«

»Weshalb fragen Se dat?«

»Weil sein Portmonee verschwunden war, als er gefunden wurde.«

»Also, dat weiß ich jetz natürlich nich, aber der Kurt hat nie mit Geld um sich geworfen. Wenn der irgendwo unterwegs war, um en paar Bier zu trinken, dann hat der bestimmt nicht gleich en Hundertmarkschein in e Tasche gehabt. Dat kann ich mir jedenfalls nich vorstellen, dafür war der Jung viel zu solide.«

Der Mann trat seinen Zigarettenstummel aus. »So, ich glaub, wir müssen ma weiter«, sagte er, »die Kohlen müssen in en Keller.«

»Jetzt, mitten im Sommer?«, fragte ich.

»Ja, die Dinger sind nu ma um diese Zeit am billigsten. Die meisten hier kriegen ja Deputatkohle, aber ich muss eben auf 'n Preis gucken. Dat is nu ma so.«

»Können Sie mir denn noch sagen, wo ich den Willi Köster finde?«

»Der Willi, der wohnt nich mehr hier in e Siedlung. Der is weggezogen.«

»Mir hat man gesagt, dass er mit seiner Oma Hertha zusammenlebt, hier in Neumühl.«

»Ja, da hat er gewohnt, dat stimmt. Und der is auch noch oft zu Besuch bei seine Oma. Aber ob er jetz hier is, dat weiß ich nich. Wat wollen Se denn von dem?«

»Irgendjemand hat mir gesagt, der würde den Kurt Möllenbeck gut kennen und könnte mir bestimmt einiges über ihn erzählen.«

»Ja, dat stimmt schon, die beiden waren gute Kumpels. Aber der Willi Köster wird Ihnen auch nix anderes über den Kurt sagen als ich. War en anständigen Kerl, der Kurt Möllenbeck, und ich hoff, dat se den Scheißkerl kriegen, der dem Jung dat angetan hat.«

Ich hatte die Kleinbildkamera bei mir, die Horst Brömmel vor einiger Zeit mit in die Redaktion gebracht hatte. Die Bilder, die wir damit zustande brachten, waren zwar keine Meisterwerke, aber es gab immer wieder Recherchen vor Ort, zu denen wir keinen Fotografen bestellen konnten, weil wir nicht wussten, ob sich überhaupt die Gelegenheit für ein Foto ergeben würde. Also nahmen wir hin und wieder den kleinen Apparat mit, um für den Fall des Falles gerüstet zu sein.

Der Mann und der Junge ließen sich bereitwillig für die Zeitung ablichten. Das Foto gelang mir ganz gut. Es zeigte den Alten mit seiner schief sitzenden Kappe und den Jungen mit der Lederhose und den heruntergerutschten Kniestrümpfen, wie sie neben ihrer Kohlenkarre vor den Zechenhäusern der Kolonie Bergmannsplatz standen und mit ernster Miene in die Kamera schauten. Es erschien auf der Seite »Buntes aus dem Revier« zu dem Bericht »Trauer und Wut in Neumühl«, den ich am nächsten Tag schrieb.

Ich hatte noch mit ein paar anderen Leuten auf den Straßen der Zechensiedlung geredet und von allen ungefähr dasselbe erfahren: Kurt Möllenbeck war ein freundlicher und strebsamer junger Mann gewesen. Seinen Mörder hätten viele am liebsten am Galgen gesehen. Diejenigen, die nicht nach der Todesstrafe schrien, waren deutlich in der Minderheit. Dass Kurt Möllenbeck eine größere Summe Geld im Fußballtoto gewonnen hatte und dass er mit Willi

Köster befreundet war, bestätigten alle meine Gesprächspartner. Beides war anscheinend in der ganzen Zechensiedlung bekannt.

Dass die Polizei in Essen davon nichts wusste, wunderte mich nicht. Bei den Ermittlungen rings um den Geldkoffer vom Ruhrufer hatte die Frage, wo Willi Köster aufgewachsen war, keine Rolle gespielt. Für die Kripo war er ein junger Mann, der in einer kleinen Wohnung in der Baumstraße hinterm Stadtgarten lebte. So war weder Paul Weyermann noch ein anderer Polizeibeamter bisher auf die Idee gekommen, dass es etwas gab, was den glücklichen Finder der sechzigtausend Mark und das unglückliche Mordopfer aus dem Gruga-Park miteinander verband. Ich war nur deshalb darauf gestoßen, weil Willi Köster im Gartenlokal in Rellinghausen mit mir über seine Kindheit und Jugend in Neumühl gesprochen hatte.

Irgendetwas in mir sträubte sich allerdings dagegen, mein Wissen an Paul Weyermann weiterzugeben.

Nachdem für mich feststand, dass der Tote aus dem Gruga-Park ein alter Freund von Willi Köster war, bewegten mich vor allem zwei Fragen:

Wieso war Kurt Möllenbeck ausgerechnet an diesem Ort, nicht allzu weit von Kösters Wohnung entfernt, ermordet worden? Wieso war das Verbrechen gerade zu diesem Zeitpunkt geschehen, nur wenige Tage bevor Köster zum glücklichen Besitzer von sechzigtausend Mark werden sollte?

Dass es sich um bloße Zufälle handelte, konnte ich mir nicht vorstellen. Naheliegender erschien mir die Vermutung, dass Willi Köster irgendwas mit dem Tod seines Freundes zu tun hatte.

Die Annahme der Polizei, dass Möllenbeck einem Raubüberfall zum Opfer gefallen war, erschien mir nicht mehr plausibel. Jeder einigermaßen gewitzte Mörder hätte auf die Idee kommen können, dem Toten nach der Tat das Portmonee zu entwenden, um einen Raub vorzutäuschen.

Willi Köster wäre auf jeden Fall klug genug gewesen, so zu handeln. Daran hatte ich keinen Zweifel. Aber wäre er auch dazu in der Lage gewesen, einen alten Freund zu erschlagen? Das konnte ich mir nicht vorstellen.

Auf keinen Fall wollte ich ihm die Polizei auf den Hals schicken, bevor ich mit ihm gesprochen hatte. Ich wollte ihm erzählen, was ich in Neumühl herausgefunden hatte, und ich wollte hören, was er dazu zu sagen hatte.

An zwei aufeinanderfolgenden Tagen versuchte ich, ihn zu erreichen. Zuerst rief ich im Modehaus Rensing an, nannte der Frau, die sich am Telefon meldete, meinen Namen und fragte sie, ob ich kurz mit Willi Köster sprechen könne. Das sei kein Problem, sie hole ihn gern an den Apparat, sagte sie überaus freundlich, um mir wenig später zu erklären, es täte ihr leid, der Herr Köster sei sehr beschäftigt und habe zum Telefonieren keine Zeit.

Tags darauf versuchte ich es noch einmal telefonisch. Diesmal war der Herr Köster nirgendwo aufzufinden. Mir schien es offensichtlich, dass er sich verleugnen ließ. Also ging ich am späten Nachmittag, kurz vor Ladenschluss, selbst zu Rensing. Wie bei meinem ersten Besuch in dem noblen Modehaus, sah ich Köster schon von der Rolltreppe aus. Er stand zwischen den Anzugsreihen, blickte gediegen und auch ein bisschen gelangweilt drein, bis er mich sah.

Sichtlich erschrocken zog er die Augenbrauen hoch, errötete kurz und sah sich um. Er schaute auf eine Tür neben den Umkleidekabinen, und ich befürchtete für einen Augenblick, dass er davonlaufen und verschwinden könnte. Dann wandte er sein Gesicht jedoch wieder zu mir und lächelte mir ein wenig gequält entgegen.

»Brauchst du noch einen Anzug?«, fragte er mit schlecht gespielter Heiterkeit, als ich ihm gegenüberstand.

»Nein, ich möchte mit dir reden«, sagte ich. »Ich dachte, wir könnten vielleicht gleich zusammen was trinken gehen, wenn du Feierabend hast.«

»Geht leider nicht, hab keine Zeit heute«, sagte er und strich nervös mit der Hand durch seinen blonden Haarschopf.

»Es ist wichtig, und ich werde dich auch nicht lange aufhalten. Höchstens eine halbe Stunde.«

»Was ist denn so wichtig?«, fragte er unsicher.

»Ich muss mit dir über deinen alten Freund Kurt Möllenbeck sprechen.«

Köster kniff die Lippen zusammen und nickte stumm. Er schien nicht überrascht zu sein. Dann sah er sich um, schaute hierhin und dahin, so als halte er nach neuen Kunden Ausschau. Es war keiner in Sicht. In der Hemdenabteilung bediente einer von Kösters Kollegen einen älteren Herrn, und in einer entfernten Ecke des Raumes unterhielten sich zwei Verkäufer miteinander. Einer von ihnen lachte, während der andere auf seine Armbanduhr schaute. In etwa zehn Minuten würden die Türen des Herrenausstatters Rensing schließen.

»Der Kurt ist tot«, sagte Willi Köster, ohne mich anzusehen.

»Er ist ermordet worden«, sagte ich.

Köster nickte.

»Im Gruga-Park, nicht weit von deiner Wohnung entfernt.«

»Was willst du damit sagen?«

»Er war dein Freund. Die Vermutung liegt nahe, dass ihr zusammen wart an dem Abend.«

»Das ist Quatsch. Wir hatten kaum noch Kontakt miteinander. Früher, in Neumühl, da waren wir befreundet. Da waren irgendwie alle Jungs in unserem Alter miteinander befreundet. Wir sind zusammen in die Kneipen gegangen und durch die Gegend gezogen. Eine Clique eben. Und der Kurt und ich, wir waren auch dabei.«

»Ich hab gehört, ihr wärt richtig gute Kumpels gewesen.«

»Wer sagt denn so etwas?«

»Na, ein paar Leute in der Kolonie Bergmannsplatz.«

»Du warst in Neumühl und hast dich nach Möllenbeck und nach mir erkundigt?«

»Ich bin Journalist, ich habe recherchiert. Der Tote aus dem Gruga-Park wohnte in Neumühl, also bin ich dahin gefahren. Und weil ich wusste, dass du auch von dort kommst, hab ich ein paar Leute gefragt, ob ihr beiden euch kanntet.«

»Wir waren alle gute Kumpels damals. Aber das ist schon ein paar Jahre her.«

»Er war also nicht in Essen, um dich zu besuchen?«

»Nein, natürlich nicht«, sagte Köster.

»Woher weißt du denn, dass er tot ist?«

»Hab ich in der Ruhr-Post gelesen.«

»In den Zeitungen war nur von einem Kurt M. aus Duisburg die Rede.«

»Ja, du hast recht. Ich weiß es eigentlich erst, seitdem ich am Wochenende bei meiner Oma war.«

»Was denn jetzt? Hast du es in der Zeitung gelesen oder in Neumühl gehört?«

»In der Zeitung stand, das Mordopfer sei ein gewisser Kurt M., zweiundzwanzig Jahre alt, aus Duisburg. Da hab ich schon befürchtet, dass es sich um Möllenbeck handeln könnte. Aber sicher bin ich mir erst, seitdem ich in Neumühl war.«

Ich sah Köster zweifelnd an. Eine Weile hielt er meinem Blick stand, dann schüttelte er den Kopf.

Seine Stimme klang enttäuscht, als er sagte: »Du glaubst also wirklich, ich könnte einen Menschen umbringen.«

»Nein, eigentlich kann ich mir das nicht vorstellen. Aber ich habe das Gefühl, dass du mir nicht die Wahrheit erzählst.«

Köster zuckte mit den Achseln.

Der alte Herr, der in der Hemdenabteilung eingekauft hatte, fuhr mit einer Rensing-Tüte am Arm die Rolltreppe hinunter. Die beiden Verkäufer, die in der entfernten Ecke standen, sahen zu uns herüber. Anscheinend warteten sie darauf, dass auch ich endlich verschwand, der letzte Kunde, der sie daran hinderte, die Tür abzuschließen und Feierabend zu machen.

»Weiß die Polizei das auch, dass der Kurt Möllenbeck und ich befreundet waren?«, fragte Köster.

»Von mir nicht.«

»Und? Wirst du es der Kripo sagen?«

Jetzt war ich es, der mit den Achseln zuckte.

SIEBEN

Hänsken kriegte sich nicht mehr ein.

»Was willst du? Du willst wissen, wie man Toto spielt? Fußballtoto? Da kannst du dein Geld auch gleich in den Gully schmeißen.«

Er schlug sich lachend auf die Schenkel.

»Hermann Leschinski und Fußballtoto.«

»Jetzt komm mal wieder zu dir«, sagte ich genervt, doch ich kam nicht dazu, ihm zu erklären, was ich eigentlich wollte. Hänsken Schlüter ließ sich nicht bremsen.

»Wenn die beiden Gelsenkirchener gegeneinander spielen, Schalke 04 und STV Horst Emscher, wer gewinnt dann?«

»Schalke«, sagte ich, denn von einem Fußballverein in Gelsenkirchen Horst hatte ich noch nie etwas gehört.

»Gut«, sagte Hänsken. »In welcher Liga spielen die beiden?«

»Oberliga West«, vermutete ich.

»Gut«, sagte Hänsken wieder. »Das ist die stärkste Liga in ganz Deutschland, auf jeden Fall, auch wenn dieses Mal keine West-Mannschaft im Finale war. Wer war vorigen Monat im Endspiel um die deutsche Meisterschaft?«

»Keine Ahnung.«

»Stuttgart hat gegen Saarbrücken gewonnen und ist Meister geworden.«

»Ach ja, hab ich in der Zeitung gelesen.«

»Wer ist die stärkste Mannschaft in der Oberliga West? Auf wen kannst du immer wetten?«

»Ich glaub, Essen ist ziemlich gut.«

»Was heißt Essen? Rot Weiß Essen? Schwarz Weiß Essen? Sportfreunde Katernberg?«

»Spielen die alle in der Oberliga?«

»Ja klar.«

»Ich glaub, Rot Weiß Essen ist die beste Mannschaft.«

»Stimmt. Die waren Westmeister vor Schalke. Haben ein bisschen Pech gehabt, sonst wären sie auch deutscher Meister geworden. Aber nächstes Jahr packen die das. Der Helmut Rahn wird immer besser, ist ein Superstürmer, und jetzt kriegen sie auch noch einen Spitzentorwart. Der Herkenrath kommt aus Köln nach Essen. Dann kann kaum noch jemand gegen Rot Weiß gewinnen. Aber das interessiert dich eigentlich alles gar nicht, oder?«

»Nicht so richtig«, gab ich zu.

»Und dann musst du ja auch noch wissen, was in den anderen Oberligen so läuft. Es sind ja nicht nur Spiele aus dem Westen auf dem Totozettel. Also Hermann, ich weiß nicht. Ich glaub, ein bisschen Ahnung vom Fußball sollte man schon haben. Sonst schmeißt man wirklich sein Geld zum Fenster raus, wenn man einen Tippschein abgibt.«

Wir saßen auf der Bank im Garten meiner Großeltern. Ich hatte am Wochenende Dienst gehabt, und an diesem Montag hatte ein gut gelaunter Horst Brömmel mich schon am frühen Nachmittag nach Hause geschickt. Jetzt genossen Hänsken und ich unseren Feierabend und die angenehme Sommerwärme. Eine Weile hatten wir über seine und meine Arbeit geredet, bevor ich auf das Thema Toto gekommen war.

»Ich will ja gar nicht selbst tippen«, erklärte ich ihm, »ich will nur wissen, wie es geht.«

»Was? Das versteh ich nicht.«

»Für eine Recherche möchte ich gern wissen, wie man Toto spielt.«

»Was gibt es da zu wissen? Bei jeder Paarung, die auf dem Tippzettel steht, kreuzt man eine Eins an, wenn man glaubt, dass die Heimmannschaft gewinnt, eine Zwei für die Auswärtsmannschaft oder eine Null für Unentschieden.«

»Verstehe. Und wenn man sich nicht sicher ist?«

»Beim Fußball ist der Ausgang nie sicher. Aber du kannst natürlich so viele Tipps abgeben, wie du willst.«

»Also könnte ich auch so viele Scheine ausfüllen, dass alle Spielausgänge in allen möglichen Kombinationen abgedeckt sind.«

»Nein, das geht nicht. Ich hab mal gelesen, dass es bei zwölf Spielen auf dem Tippzettel mehr als eine halbe Million Möglichkeiten gibt.«

»Aber ein Kerl, der Ahnung vom Fußball hat, der könnte doch

bestimmt bei ein paar Spielen ganz sicher voraussagen, wie sie ausgehen. Zum Beispiel, wenn Rot Weiß Essen gegen den Tabellenletzten spielt. Er brauchte also nur bei den Paarungen mit ungewissem Ausgang mehrere Möglichkeiten anzukreuzen. Wenn so ein Fußballexperte zweihundert oder vielleicht dreihundert Tippscheine abgeben würde, dann wäre die Wahrscheinlichkeit doch sehr groß, dass er zwölf oder wenigstens elf Richtige hat.«

»Nein, das ist Quatsch. Dann verletzt sich nämlich der Helmut Rahn beim Aufwärmen, oder der Fritz Herkenrath wird von der Sonne geblendet, und ausgerechnet das Spiel von Rot Weiß Essen geht verloren. Solche unvorhersehbaren Sachen passieren immer wieder im Fußball. Und wenn der Totospieler dann ein paar hundert Mark eingesetzt hat, dann sind die weg.«

»Dann versucht er es eben eine Woche später noch mal.«

»Und verliert wieder jede Menge Kohle und in der Woche drauf genauso.«

»Aber irgendwann wird er gewinnen.«

»Ja, wenn er immer so große Summen investiert, ist das wahrscheinlich. Aber was soll es? Wenn er nach zehn oder zwanzig Wochen endlich mal zwölf Richtige hat, dann kann er froh sein, wenn er das Geld wieder rauskriegt, das er bis dahin eingesetzt hat. Davon hat er doch nichts.«

»Vielleicht ja doch. Der Kerl, den ich mir vorstelle, der hatte nämlich das Geld gestohlen. Deshalb durfte niemand wissen, dass er es besitzt. Jetzt hat er es offiziell im Toto gewonnen, und es ist sauber. In seiner Nachbarschaft oder in seiner Zechenkolonie wird sich niemand mehr wundern, wenn er plötzlich ein neues Auto hat, oder wenn er einen Betrieb aufmacht und dafür teure Maschinen anschafft.«

»Das funktioniert nicht.«

»Wieso nicht?«

»Dieser Kerl, der müsste ja erst mal Woche für Woche mit einer Aktentasche voller Tippscheine zur Toto-Annahmestelle rennen und da jedes Mal ein paar hundert Mark auf den Tisch legen. Das würde sich schnell herumsprechen, und dann wüsste doch jeder, dass er schon vor seinem Totogewinn jede Menge Geld hatte.«

»Ja klar, aber der geht natürlich nicht jedes Mal in die Annahmestelle an der nächsten Ecke. Ich stell mir vor, dass der Kerl einen Kumpel hat. Die beiden teilen die Totoscheine auf, und dann fährt jeder mit dem Fahrrad herum, der eine durch Duisburg, der andere durch Oberhausen. Jeder gibt in einem dutzend Läden zehn Tippzettel ab. Das wären zweihundertvierzig jede Woche, und niemand merkt etwas davon, dass die beiden im großen Stil spielen und jede Menge Geld dafür ausgeben.«

»Na ja, denkbar ist das schon.«

»Geldwäsche«, sagte ich nachdenklich.

»Hab ich noch nie gehört, das Wort«, sagte Hänsken.

»Ich glaub, das gibt es auch gar nicht. Aber so könnte man es doch nennen, was da passiert ist. Schmutziges Geld wird sauber gemacht.«

»Ist das wirklich passiert?«

»Ich weiß es nicht«, sagte ich.

»Also, ich kann es mir eigentlich nicht vorstellen«, sagte Hänsken. »Das wäre doch ein wahnsinniger Aufwand. Ich würde mir jedenfalls nicht so viel Mühe machen, wenn ich Geld hätte, das gewaschen werden muss.«

»Was würdest du denn tun?«

»Ich würde behaupten, ich hätte das Geld gefunden, und es beim Fundbüro abgeben. Irgendwann könnte ich es mir da abholen, und dann wäre es sauber.«

»Na Jungs, was macht ihr denn für Pläne?«

Opa Leschinski hatte sich der Gartenbank genähert, ohne dass wir ihn bemerkt hatten.

»Guten Abend, Herr Leschinski«, sagte Hänsken Schlüter.

»Haben wir schon Abend?« Mein Opa steckte beide Hände in die Hosentaschen und blinzelte in die untergehende Sonne. »Dann muss ich ja ma nach e Tiere gucken und die Luke vom Stall zumachen.«

»Kannst dich auch zu uns setzen«, sagte ich.

»Habt ihr denn nix Wichtiges zu besprechen?«

»Nee«, sagte Hänsken.

»Is dat denn heutzutage nich mehr so, dat zwei junge Kerls, wenn se zusammensitzen, über irgendwelche leckeren Sahnetörtkes reden, die se gern vernaschen täten?«

»Nee«, sagte ich.

»Wie kommt dat denn?«

Opa Leschinski stand vor uns, die Hände tief in den Hosentaschen, den Kopf leicht gesenkt, und sah uns von oben herab mit unverhohlener Skepsis an.

»Als ich so alt war wie ihr, da gab et für mich kein interessanteres Thema als dat.«

»Jetzt mach mal halb lang, Opa. Als du einundzwanzig warst, da ist der Papa geboren, da warst du schon mit der Oma verheiratet.«

»Ach so.« Opa Leschinski kratzte sich verlegen am Kopf. »Ja, dat stimmt. Dann war dat mit der Quatscherei über die Sahnetörtkes wohl en paar Jahre vorher.«

»Bei uns ist dat genauso, Herr Leschinski«, sagte Hänsken todernst. »Mit einundzwanzig spricht man nicht mehr so viel über die Törtkes, da vernascht man se lieber. Reden tut man dann über wat anderes, über Fußballtoto zum Beispiel.«

»So, so«, murmelte mein Opa irritiert, kratzte sich noch einmal am Kopf und sagte dann energisch: »Ich geh dann jetz ma nach e Tiere gucken.«

»Hör mal, Opa!«, rief ich hinter ihm her. »Wir wollen uns an der Bude noch en Fläschken Bier holen. Sollen wir dir eins mitbringen?«

Er kam zurück, zog sein Portmonee aus der hinteren Hosentasche, hielt uns einen Zehnmarkschein entgegen, und sagte: »Dann lad ich euch aber ein.«

»Prima«, sagte Hänsken. Ich nahm den Geldschein.

»Aber für eine Pulle fang ich nich an. Zwei für jeden, ja? Und für die Oma bringt ihr en Eis mit.«

Als ich kurz darauf zusammen mit Hänsken in Richtung Trinkhalle marschierte, stupste ich ihm einen Ellenbogen in die Rippen und sagte lachend: »Du bist ein Blödmann. Jetzt denkt mein Opa, wir würden andauernd irgendwelche Mädchen flachlegen.«

»Tun wir doch auch, oder etwa nicht?« Hänsken sah mich herausfordernd an.

Ich gab ihm keine Antwort.

»Nu sag schon. Hast du schon mal eine Frau gehabt? So richtig, meine ich.«

Hänsken war mein bester Freund. Ich hätte ihm eigentlich gern von Trudi Tippel erzählt. Ich war mir nicht ganz sicher, was er dazu sagen würde, aber ich vermutete, dass er mich für einen Teufelskerl halten und mich ein bisschen beneiden würde. Doch Hänsken war auch Leni Schlüters großer Bruder, und der könnte auf die Idee kommen, seine kleine Schwester vor einem Kerl beschützen zu müssen, der sie wollte, während er schon eine andere hatte. Also hüllte ich mich erst mal in beredtes Schweigen.

»Du bist scharf auf die Leni, oder?« Hänsken sah mich grinsend an, während er mir die Frage stellte.

»Alle sind scharf auf sie«, sagte ich ausweichend.

»Aber du bist wirklich verknallt in sie. Und du bist auch der Einzige aus der Clique, der eine Chance bei ihr hat.«

»Bist du dir sicher?«

»Na klar. Die Leni mag dich. Das weiß ich.«

»Und warum bleibt sie dann dauernd in Köln, anstatt wenigstens am Wochenende mal nach Sterkrade zu kommen?«

»Sie ist doch in Sterkrade.«

»Was?«

»Ja, seit vorgestern ist sie zu Hause. Semesterferien.«

Wir waren inzwischen in den Postweg eingebogen. Hier war etwas mehr Betrieb als auf der Bremener Straße. Ein Auto kam uns entgegen. Zwei junge Radfahrerinnen fuhren, laut miteinander redend, die Straße hinunter in Richtung Stadt. Ein Mann mit einer Schubkarre bog kurz vor uns in eine Hofeinfahrt ein.

Nachdem wir eine Zeitlang geschwiegen hatten, sagte Hänsken plötzlich: »Ich hätte dich eigentlich ganz gern als Schwager. Jedenfalls wärst du mir lieber als irgend so ein eingebildeter Schnösel mit Abitur. Wenn ich könnte, würde ich die Leni mit dir verkuppeln. Aber mein Schwesterchen lässt sich nicht verkuppeln, von niemandem und mit niemandem. Du kennst sie ja.«

Ich nickte.

»Schade, dass du keine Schwester hast«, sagte Hänsken.

»Wieso das denn?«

»Sonst könnten wir irgendwann mal 'ne Doppelhochzeit machen.«

»Du spinnst doch, Johannes Schlüter«, sagte ich lachend.

Eine Weile amüsierten wir uns beide über die Vorstellung, gemeinsam Hochzeit zu feiern, jeder mit der Schwester des anderen, dann fragte Hänsken mich: »Warum hast du eigentlich überhaupt keine Geschwister? Du bist der Einzige in der Clique, der keinen Bruder und keine Schwester hat.«

»Meine Oma hat mir irgendwann mal erzählt, dass es Komplikationen bei meiner Geburt gegeben hat und dass meine Mutter danach keine Kinder mehr kriegen konnte. Und das Verrückte dabei ist, dass es bei ihr genauso war, als mein Vater auf die Welt gekommen ist. Meine Oma konnte danach auch nicht mehr schwanger werden.«

»Und was waren das für Komplikationen?«

»Das weiß ich nicht. Über so etwas spricht Oma Hilde nicht. Dass die Wege unseres Herrgotts eben unergründlich sind, das war das Einzige, was sie noch dazu gesagt hat.«

»Grubenunglück, Verkehrstote, Gruga-Mord. In letzter Zeit sehe ich ziemlich viel Schwarz, wenn ich auf die sogenannte bunte Seite gucke«, hatte der Chef des Nachrichtenressorts süffisant in der Morgenkonferenz festgestellt.

»Wir sind nicht die Malermeister, die die Farben abmischen. Wir sind Journalisten. Wir schauen uns um und schreiben über das, was wir sehen«, hatte Horst Brömmel entgegnet.

Und Julius Akkermann hatte gesagt: »Grau ist nun mal die vorherrschende Farbe im Revier. Da sollten wir uns nichts vormachen. Die Kollegen vom Vermischten machen das doch wirklich gut. Sie haben einen Blick für die Farbkleckse im grauen Alltagseinerlei.«

Daran musste ich denken, als ich aus Essen kommend am Hüttenwerk Oberhausen vorbei in Richtung Duisburg fuhr. Unter einem tristen, wolkenverhangenen Himmel entdeckte ich zwischen dem Stahlgrau der Hochöfen und Kühltürme, dem schmutzigen Braun alter Backsteinmauern und dem Steingrau des Asphalts nur einen einzigen Farbfleck, ein grün gestrichenes Büdchen aus Holz, vor dem Reklametafeln für Limonade, Zigaretten und für eine Wochenzeitung warben.

An der Kreuzung der Essener Straße mit der Sterkrader Straße hielt ich mich rechts, überquerte den Rhein-Herne-Kanal, bog nach links in die Lindnerstraße ein, fuhr an der Emscher entlang, am Stadion Niederrhein vorbei und durch Buschhausen. Ich überholte eine Gruppe Radfahrer, die in dunklen Jacken auf ihren farblosen Fahrrädern saßen, wich einem Kleinlaster aus, der mit seiner schmutzigen Ladefläche und den schwarzen Autokennzeichen der britischen Zone am Straßenrand parkte, und fuhr an grauen Mülltonnen vorbei, die vor schmuddeligen Hausfassaden standen.

Die Lindnerstraße behielt ihren Namen auch in Duisburg. Ein paar Minuten nachdem ich die Stadtgrenze überquert hatte, rollte ich langsam durch die Zechenkolonie von Neumühl. Die Straßen und Häuser rings um den Bergmannsplatz machten einen freundlicheren Eindruck als andere Arbeitersiedlungen im Ruhrgebiet, in denen sich ein Backsteinhaus an das andere reihte, klein und düster, ohne dass sich eines vom anderen unterschied. Hier gab es Häuser unterschiedlicher Größen und Formen, ihre Fassaden waren mit Ziegel, Putz und Fachwerk abwechslungsreich gestaltet. Es gab Vorgärten mit blühenden Blumen, und im Zentrum der Kolonie lag der Bergmannsplatz, eine kleine Grünanlage mit ein paar Bänken, einer Trinkhalle und einem mächtigen Bunker, der im Krieg zum Schutz der Kumpels und ihrer Familien gebaut worden war.

Unschlüssig hielt ich an. Die Überzeugung, dass nur hier in der Zechensiedlung die Antworten zu finden waren, nach denen ich suchte, hatte mich noch einmal hierher getrieben. Doch jetzt wusste ich nicht recht, wo ich hin sollte mit meinen Fragen, ob ich sie überhaupt jemandem stellen konnte.

War es Zufall, dass zwei Jungs aus der Siedlung durch äußerst glückliche Umstände zu viel Geld gekommen waren? Oder waren der gefundene Koffer und der Totogewinn nur zwei verschiedene Formen von Geldwäsche? Woher konnte das Geld stammen? Wie gut hatten Willi Köster und Kurt Möllenbeck sich tatsächlich gekannt? Was hatten sie damals getrieben, als sie beide noch hier lebten? Stimmte es wirklich, dass sie schon lange keinen Kontakt mehr zueinander hatten? Konnte Willi Köster etwas mit dem gewaltsamen Tod von Kurt Möllenbeck zu tun haben?

Ich kurvte eine Weile durch die Siedlung, sah neben den vielen spielenden Kindern hier und da Männer, die ihre Vorgärten harkten oder nur herumstanden und miteinander redeten. Frauen gingen durch die Straßen, trugen Einkaufstaschen oder schoben Kinderwagen.

Mir war klar, dass ich nicht einfach auf irgendeinen Menschen losstürmen und ihm meine Fragen stellen konnte. Für die Verdächtigungen, die in ihnen mitschwangen, hätte ich mir nur Ärger eingehandelt. Wenn ich etwas erfahren wollte, dann musste ich mit jemandem ins Gespräch kommen, möglichst zwanglos. Dann ließe sich vielleicht das eine oder andere, was mich interessierte, ganz beiläufig ansprechen.

Am Rande der Siedlung, da, wo die Obere Sterkrader Straße die Holtener Straße kreuzt, entdeckte ich eine Eckkneipe, ein altes Backsteinhaus mit Buntglasfenstern. Auf dem Schild über der Eingangstür las ich den Schriftzug »Gasthaus Pieper«. Ich stellte mein Motorrad auf dem Bürgersteig vor der Kneipe ab und ging hinein.

In der Gaststube war es schummrig. Die getönten Scheiben ließen nur wenig vom ohnehin trüben Tageslicht in den Raum dringen. Es dauerte eine Weile, bis meine Augen sich an das Halbdunkel gewöhnt hatten.

Die Wände waren mit Holz vertäfelt, nur ein paar Tische waren besetzt, an der Theke saßen zwei Männer wortlos nebeneinander. Von der Holzdecke hingen etliche Lampen herab, doch hier hatte anscheinend niemand den Wunsch, sie anzuschalten.

Ich legte meinen Helm vor der Theke auf den Fußboden und setzte mich auf einen freien Barhocker.

»Wat darf et denn sein?«, fragte der Wirt, der hemdsärmelig hinter dem Tresen stand und mich nicht aus den Augen gelassen hatte, seitdem ich den Raum betreten hatte.

»Ein Pils.«

Während das Bier aus dem Zapfhahn lief, dachte ich an meinen Bericht über die Unfälle im Straßenverkehr und nahm mir vor, nicht mehr als drei oder vier Gläser zu trinken.

»Schnäpsken dabei?«, fragte der Wirt.

»Nein danke, ich bin mit dem Motorrad unterwegs.«

»Wat heißt dat denn? Deshalb kann man doch ruhig en paar Bier und en paar Schnäpskes trinken.«

Einer der beiden Männer, die in Hörweite an der Theke saßen, mischte sich ein: »Dat kann man so oder so sehen, Artur. Has'e nich vorige Tage den Artikel in e Ruhr-Post gelesen? Dat is gar nich so ungefährlich, wenn man besoffen is und dann am Straßenverkehr teilnimmt. Ich hab dat doch selbst erlebt vor en paar Wochen. Da hatte ich hier anständig wat gepichelt und auf 'm Weg nach Hause bin ich dann mit mein Fahrrad am Bordstein gekommen und hab mich auf e Schnauze gelegt. Da is schon wat dran, dat man langsamer reagiert, wenn man einen sitzen hat. Eigentlich is dat ganz vernünftig, dat der junge Mann keinen Schnaps trinkt, wenn er mit 'm Motorrad unterwegs is. Ich bin da jetz auch vorsichtig geworden. Wenn ich mir nach e Schicht einen ballern will, dann bring ich erst dat Fahrrad nach Hause, und dann komm ich zu Fuß hierhin.«

»Also weiß'e, Franz, wenn jetz die ganzen Kumpels, die mit Rädern und Mopeds unterwegs sind, nix mehr trinken, dann kann ich den Laden hier aber ganz schnell dichtmachen.«

»Ach wat, Artur. Solang et die Zeche und die Kumpels gibt, wird auch gesoffen. Da mach dir ma keine Sorgen.«

Der Wirt stellte ein Glas Bier vor mir auf den Tresen.

»Wo müssen Se denn noch hin?«, fragte er mich.

»Nach Sterkrade.«

»Da haben Se sich aber kein schönes Wetter ausgesucht für en Ausflug mit dem Motorrad«, sagte der Mann, den der Wirt Franz genannt hatte.

Ich wandte mich ihm zu. Er war kaum älter als ich, trug einen blauen Arbeitsanzug und eine schmierige Kappe, die er in den Nacken geschoben hatte. Der zweite Mann an der Theke, der nur einen Schritt von Franz entfernt auf einem Barhocker saß, schaute nur ab und zu von seinem Bierglas auf. Er schien sich nicht sonderlich für mich und für das Gespräch zu interessieren.

»Ich komm von der Arbeit und bin auf dem Weg nach Hause«, sagte ich.

»Von wo kommen Sie denn?«

»Von Essen.«

»Und da fahren Sie über Neumühl nach Sterkrade? Dat is aber 'n Umweg«, stellte der Wirt fest.

»Ich wollte eigentlich den Willi Köster besuchen«, log ich. »Den kenn ich aus Essen. Ich hab gedacht, er wäre heute hier bei seiner Oma. Aber da hab ich wohl irgendwas falsch verstanden.«

»Und weil Se den Willi nicht angetroffen haben, haben Se dann beschlossen, in Neumühl wenigstens noch zu tanken, vor dem langen Weg nach Sterkrade«, mutmaßte der Wirt grinsend.

»Kann man so sagen«, entgegnete ich und griff lachend nach meinem Bierglas.

»Sind Se auch in Essen in der Bekleidungsbranche tätig?«, fragte Franz.

»Nein, ich bin Journalist bei der Ruhr-Post. Ich hab vor kurzem eine Geschichte über den Willi und seinen Schatzfund an der Ruhr geschrieben. Dabei haben wir uns kennengelernt.«

»Ach nee«, sagte Franz.

»›Trauer und Wut in Neumühl‹. Ist der Artikel auch von Ihnen?«, fragte der Wirt.

Ich nickte.

»Der war gut.«

»Fand ich auch«, sagte Franz. »Da war ganz prima beschrieben, wat hier Sache is, seitdem se den Kurt umgebracht haben, wat die Leute so darüber denken.«

»Danke für das Kompliment«, sagte ich. »Darf ich Sie zu einem Bier einladen?«

»Warum nicht«, antwortete Franz.

»Ja klar«, sagte der Mann, der neben ihm saß, ohne von seinem Glas aufzuschauen.

»Und Sie? Trinken Sie auch eins mit?«, fragte ich den Wirt.

»Aber sicher, ich muss ja heute nicht mehr fahren«, sagte er und lachte dröhnend über seinen Scherz.

Als vor jedem ein frisch gezapftes Pils stand, sagte Franz: »Ich bin Elektriker auf e Zeche, genau wie mein Freund hier. Und mein Name is Franz.«

»Ich bin der Hermann«, sagte ich und prostete den drei Neumühlern zu.

»Artur heiß ich«, sagte der Wirt. »Zum Wohlsein.«

»Mensch Artur, wat is los? Kriegen wir nix mehr?«, rief ein Mann hinter meinem Rücken.

»Hab euch im Auge, Pils läuft schon«, entgegnete der Wirt beschwichtigend.

»Und so langsam, Artur, kanns'e auch ma dat Licht anmachen.«

»Wofür dat denn? Kanns'e dein Bier nich mehr sehen? Dann geh ma nach en Doktor!«, maulte der Mann, der neben Franz auf dem Barhocker saß.

»Wir sind am Skat spielen, und der Jupp hat gerade schon Kreuz mit Schüppen verwechselt. Dat ist Kappes so.«

Artur drehte einen von mehreren Schaltern neben der Theke um. Hinter mir gingen ein paar Lampen an.

»Genug?«, fragte er.

»Ja, dat reicht. Is gut so«, riefen die Skatspieler.

Im selben Moment sagte Franz: »Irgendwie geht mir dat immer noch nich in 'n Kopp, dat ausgerechnet der Kurt Möllenbeck dat Opfer von so einem Irren geworden is. Habt ihr euch dat eigentlich schon mal klargemacht, wat da passiert ist? Ich meine, wie verrückt dat ist? Da findet der eine von zwei alten Kumpels einen ganzen Koffer voll Geld, und der andere wird von irgendeinem Bekloppten für en paar Mark totgeschlagen. Is dat nich unfassbar, wat dat Schicksal sich so einfallen lässt? Dat ganz große Glück und dat ganz schreckliche Unglück so nah beieinander?«

Eine Antwort erwartete Franz offensichtlich nicht. Er schüttelte den Kopf und trank einen großen Schluck Bier.

»Ich habe gehört, dass der Kurt vor ein paar Jahren auch mal richtig großes Glück hatte«, sagte ich.

»Er hat mal im Toto gewonnen«, sagte Artur.

»Verdammt viel Geld war dat damals«, sagte Franz. Der Mann neben ihm nickte.

»Knapp dreißigtausend Mark«, sagte der Wirt.

»Nee, Artur, ganz so viel war dat nich«, sagte Franz.

»Doch. Dat weiß ich noch genau. Der Kurt hat damals hier seinen Tippschein rumgezeigt und erzählt, wie viel er gewonnen hat. Und die Quoten standen ja auch in der Zeitung. Der hat fast dreißigtausend Mark gekriegt.«

»Wisst ihr noch, wann dat war?«, fragte ich.

Franz und der Wirt sahen sich an, so als erwarte jeder vom anderen die Antwort.

»Vor etwa zwei Jahren?«, sagte Franz unsicher.

Artur nickte. »Im Frühjahr '50 war dat. Der Willi wohnte jedenfalls noch bei seiner Oma. Die beiden, der Kurt und der Willi Köster, die haben den Gewinn zusammen hier gefeiert, haben sich volllaufen lassen, bis se nich mehr konnten. Na ja, würd ich wahrscheinlich auch so machen, wenn ich von einem auf'n anderen Tag en reicher Mann geworden wär.«

»Aber reich geworden war doch nur einer von den beiden«, wandte ich ein.

»Na klar«, sagte Franz. »Aber sie waren eben richtig gute Kumpels, beste Freunde, wie man so sagt. Da hat der Willi sich natürlich mit dem Kurt gefreut. Und ich vermute mal, dat der Möllenbeck dem Köster auch en bissken wat abgegeben hat von seinem Gewinn.«

»Tatsächlich? So eng waren die befreundet?«

»Ja, dat waren se damals. Und dat sind se auch geblieben, bis zuletzt, bis et den armen Kurt erwischt hat.«

»Sie sind Freunde geblieben? Auch nachdem Willi Köster hier weggezogen war?«

»Ja sicher«, sagte Franz. »Immer wenn der Willi zu Besuch bei seiner Oma war, sind die beiden zusammen hier aufgekreuzt. Vor zwei Wochen zuletzt. Dat stimmt doch, Artur, oder?«

Der Wirt überhörte die Frage. »Früher waren se mal zu dritt, drei gute Freunde«, sagte er nachdenklich. »Der Herbert Rahn, der gehörte auch dazu, bis er tödlich verunglückt ist. Schon als Jungs haben se immer zusammengehangen, der Kurt, der Willi und der Herbert. Weiß'e dat noch, Franz?«

»Und ob ich dat noch weiß. Allen möglich Blödsinn haben die drei zusammen ausgeheckt«, sagte Franz und lachte.

»Später sind se dann immer zu dritt um die Häuser gezogen«, sagte Artur. »Wenn einer von denen hier auftauchte, dann konntes'e drauf wetten, dat kurz drauf auch die beiden anderen auf e Matte standen.«

»Irgendwann haben se ma hier am Tisch gesessen und davon

geredet, wie großartig dat wär, en eigenes Zelt zu haben. Stundenlang haben se rumgesponnen, wo se überall hinfahren und ihr Lager aufschlagen könnten. Da waren se vielleicht sechzehn oder siebzehn«, erzählte Franz. »Am nächsten Tach haben se dann alle ihre Kohle zusammengelegt, jeder so viel, wie er hatte, und sich tatsächlich en Zelt gekauft. Und als se dat dann hatten, sind se immer mit ihren Fahrrädern los, raus aus en Kohlenpott, irgendwohin, wo et grün war.«

Der Wirt war mit einem Tablett voller Pilsgläser im Gastraum hinter meinem Rücken verschwunden. Als er mit leeren Gläsern zurückkam und sie zu spülen begann, fragte ich: »Und dieser Herbert Rahn, der ist dann mit dem Fahrrad verunglückt?«

»Nein, nicht mit dem Fahrrad«, sagte Franz. »Dat war 'ne verdammt tragische Geschichte damals. Is aber schon en paar Jahre her, drei bestimmt, oder wat meins'e Artur?«

Der Wirt überlegte, während er ein Glas nach dem anderen über die Spülbürste im Wasserbecken stülpte.

»'49 im Frühjahr war dat, März oder April«, sagte er nach einer Weile sehr bestimmt. »Ich weiß noch genau, dat meine Mutter gerade gestorben war, als dat mit dem Herbert passiert is.«

»Der is im besoffenen Kopp bei sich zu Hause ganz unglücklich hingefallen, gegen die Tischkante geknallt«, sagte Franz. »Noch keine zwanzig war er. Dat war wirklich en Drama.«

»Und dat Schlimmste für mich war, dat der Herbert sich hier bei mir an der Theke vollgesoffen hatte. Sein Vatter hat mir damals große Vorwürfe gemacht, dat ich dem Jung so viel zu trinken gegeben hab.«

Artur schüttelte bekümmert den Kopf und trocknete sich die Hände ab.

»Ich hab den alten Rahn ja verstehen können, aber wat soll ich als Wirt denn machen? Solang en Kerl nicht vom Hocker fällt und ohne zu lallen sein Pils und sein Korn bestellt, kriegt der doch von mir, wat er haben will. Ich kann doch nicht für meine Gäste entscheiden, wann se genug haben.«

»Nee, Artur, dat kanns'e wirklich nich. Der Herbert, der hat sich doch fast jeden Abend hier richtig zugeballert. Da denks'e doch nich jedes Mal darüber nach, ob der auch noch heil in sein Bett kommt. Nee, Artur, mach dir bloß keinen Kopp deswegen. Zapf uns ma lieber noch vier Pils.«

Der Wirt sah mich fragend an. »Auch noch eins? Trotz Motorrad?«

»Eins geht auf jeden Fall noch«, sagte ich.

»Der Herbert, dat war doch en richtigen Spinner, hat sich immer aufgeführt wie Graf Rotz persönlich«, sagte Franz.

Artur zapfte Bier und nickte. »Der musste den dicken Macker markieren, sonst war er nicht glücklich. Der Willi und der Kurt, die waren immer ganz vernünftig, auch damals schon. Aber der Herbert, der war irgendwie anders, en unangenehmes Großmaul.«

»In der letzten Zeit bevor er gestorben is, war dat manchmal richtig peinlich mit dem«, sagte Franz, während Artur ein Glas nach dem anderen unter den Zapfhahn hielt. »Da hat der fast jeden Abend hier Halligalli gemacht und eine Runde nach e andere ausgegeben. Ob er eigentlich Geld scheißen könnte, hab ich ihn damals gefragt. Nee, dat nich, aber er hätt en Schatz gefunden, hat er da gesagt und sich kaputt gelacht. Und dann hat der Bekloppte irgendwann auch noch seine Lehre geschmissen. Dabei war dat 'ne richtig gute Werkstatt in Hamborn, wo er Autoschlosser gelernt hat. Der Chef is ihm wohl ma blöd gekommen, weil er dauernd zu spät bei der Arbeit war, und da hat er gleich die Brocken hingeschmissen. Dat hätte er nich nötig, sich von dem Ollen wat sagen zu lassen, hat er damals hier rumgetönt. Wenn er wollte, dann könnt er dem seinen ganzen Scheißladen kaufen.«

Artur verteilte das frisch gezapfte Bier und malte vier Kreuze auf Franz' Deckel. Es gelang mir, den drei Neumühlern zuzuprosten und in die Runde zu lächeln, ohne mir anmerken zu lassen, dass mich das, was ich gerade gehört hatte, beinahe vom Hocker gehauen hätte.

Als ich mein Bierglas abgestellt und mir den Schaum vom Mund gewischt hatte, fragte ich so beiläufig wie möglich: »Er hat behauptet, er hätte einen Schatz gefunden? Wie hat er dat denn gemeint?«

»Dummes Zeug, sonst gar nichts«, sagte Franz mit einer wegwerfenden Handbewegung.

Artur hatte hinter der Theke eine Schublade aufgezogen und kramte darin herum.

»Angeberei. Typisch Herbert Rahn«, sagte er, ohne aufzublicken.

»Und seine beiden Kumpels, der Willi Köster und der Kurt Möllenbeck, wat haben die dazu gesagt, wenn der Herbert Rahn sich hier so aufgeführt hat?«, wollte ich wissen.

»Die haben ihn gebremst, so gut et ging, wenn er hier mit seinem Geld um sich geworfen und Sprüche gekloppt hat. Manchmal haben se ihn auch ganz schön zusammengeschissen«, sagte Artur, immer noch über seine Schublade gebeugt.

»Weiß'e, wat mich damals gewundert hat?«, sagte Franz. »Dat ausgerechnet der Herbert der Erste von den drei Jungs war, der 'ne Perle hatte. Erinners'e dich noch an die, Artur? War 'ne richtig schnuckelige Maus.«

»Ja sicher, an die kann ich mich gut erinnern, die war ja oft genug zusammen mit den Jungs hier. Aber gewundert hat mich dat nich, dat die verrückt nach dem Herbert war. Dat die hübschesten Schnallen auf die größten Angeber reinfallen, dat is doch nix Neues. Dat war immer schon so. Und gut ausgesehen hat er ja, der Herbert. Dat kann man wirklich nicht anders sagen.«

Artur blickte endlich von seiner Schublade auf. Er hatte ein Foto in der Hand und betrachtete es mit einem breiten Grinsen.

»Wusste ich doch, dat dat Ding noch da drin war. Hier sind se, die drei Jungs und dat Mädchen. Dat Bild haben se mir mal geschenkt. Ist hier vorm Haus aufgenommen worden.« Er drehte das Foto um. »Für Artur, den besten Wirt von Neumühl. Oktober 1948«, las er vor. Dann reichte er mir die Fotografie über die Theke.

Sie zeigte Willi Köster und Kurt Möllenbeck vor dem Gasthaus Pieper. Sie hielten einander bei den Schultern und lachten. Neben ihnen stand ein dunkelhaariger junger Mann, der herausfordernd in die Kameralinse schaute. Er hatte einen Arm auf Kösters Schulter gelegt und den anderen um die Taille eines hübschen Mädchens geschlungen, das sich lächelnd an ihn schmiegte.

Franz war von seinem Hocker aufgestanden und hatte sich neben mich gestellt. Er betrachtete zusammen mit mir das Foto.

»Ja, genau so haben se damals immer zusammengehangen, die vier. Der Dunkelhaarige, dat ist der Herbert Rahn. Seine Freundin kam aus Buschhausen, ein verdammt hübsches Ding. Wie se hieß, dat weiß ich aber nicht mehr.«

»Daran kann ich mich auch nicht erinnern«, sagte Artur.

»Klara«, sagte ich leise, ohne meinen Blick von dem Foto abzuwenden.

»Ja, verdammt noch mal, dat stimmt«, sagte Artur.

»Kennst du die etwa?«, fragte Franz verdattert.

»Ich hab sie ein Mal gesehen, in Essen. Da war sie mit Willi Köster zusammen.«

»Sind die beiden etwa jetzt 'n Paar?«, fragte Artur neugierig.

»Nein, das glaub ich nicht. Den Eindruck hatte ich jedenfalls nicht.«

Ich zog meine Kleinbildkamera aus der Tasche und fragte den Wirt, ob ich das Bild kurz mit nach draußen nehmen dürfte, um es bei Tageslicht abzufotografieren.

»Von mir aus«, sagte Artur.

Ich ging vor die Tür und stellte erleichtert fest, dass es ein wenig aufgeklart war. Das Licht würde ausreichen. Ich legte das Foto auf den Sattel meines Motorrades und machte ein paar Aufnahmen. Zurück an der Theke, bestellte ich noch eine Runde Pils.

»Jetzt wird er aber unvorsichtig, der Hermann aus Sterkrade«, sagte Artur schmunzelnd.

»Ist der Tod vom Herbert Rahn eigentlich damals untersucht worden?«, fragte ich.

»Ja natürlich«, sagte Artur, während er zapfte. »Bei so etwas schaltet sich doch immer die Polizei ein. Es hat aber keinen Hinweis auf ein Fremdverschulden gegeben. Der Fall war klar. Der Herbert war sturzbetrunken und hat sich den Schädel eingeschlagen.«

Franz hatte das Foto an sich genommen. Er saß wieder auf seinem Hocker und betrachtete es schon eine ganze Weile. Irgendwann sagte er leise: »Dat is irgendwie gar nicht zu glauben, dat zwei von den drei jungen Kerls jetz schon tot sind.«

»Ja, dat ist schwer zu begreifen«, sagte Artur.

»Und der dritte, der ist jetzt ein reicher Mann«, sagte ich.

Nach meinem Besuch in Neumühl versuchte ich, all das, was Franz und der Wirt Artur erzählt hatten, zu einer Geschichte zusammenzufügen, die mir plausibel erschien.

Herbert Rahn hatte zwar nicht wirklich einen Schatz gefunden, das konnte ich mir nicht vorstellen, aber ich hielt seine Behauptung auch nicht für dummes Zeug und bloße Angeberei. Auf irgendeine Weise waren er und Willi Köster und Kurt Möllenbeck zu Geld gekommen, zu sehr viel Geld. Davon war ich überzeugt.

Etwa ein halbes Jahr vor seinem Tod, im Spätsommer oder im Herbst 1948, hatte Rahn damit begonnen, im Gasthaus Pieper großkotzig eine Runde nach der anderen auszugeben, und in dieser Zeit hatte er auch seine Lehre hingeschmissen.

Ich nahm an, dass irgendwann in den Monaten zuvor etwas passiert war, was ihn und seine Freunde zu reichen Männern gemacht hatte.

Wie auch immer sie ans große Geld gekommen waren, auf legale Weise war das nicht geschehen. Darum hielten die drei ihren Reichtum versteckt und redeten nicht darüber.

Nur Herbert, der großmäulige Angeber, tanzte aus der Reihe. Er markierte den dicken Macker und prahlte herum. Seine beiden Kumpels versuchten, ihn zurückzuhalten, ohne großen Erfolg.

Im Frühjahr 1949 kam Herbert Rahn dann ums Leben, angeblich durch einen Unfall. Nach allem, was ich in Neumühl gehört hatte, bezweifelte ich das. Mir erschien es wahrscheinlicher, dass Willi Köster und Kurt Möllenbeck beim Tod ihres Freundes nachgeholfen hatten.

Die beiden begannen irgendwann im Jahr 1949 damit, im großen Stil Fußballtoto zu spielen. Ich vermutete, dass sie an verschiedenen Annahmestellen in Duisburg und Umgebung ihre Tippscheine abgegeben und dabei beträchtliche Geldsummen eingesetzt hatten. Im Frühjahr 1950 hatten sie endlich Glück. Möllenbeck gewann dreißigtausend Mark. Das war wahrscheinlich kein wirklicher Gewinn, da sie bis dahin schon große Summen eingesetzt hatten, aber jetzt brauchten sie ihren Reichtum nicht mehr zu verbergen.

Die beiden blieben vernünftig, hauten ihr Geld nicht auf den Kopf, sondern brachten es zur Bank und beendeten ihre Ausbildungen als Schreiner und Textilverkäufer. Im Anschluss daran arbeitete Kurt Möllenbeck als Geselle und bereitete sich auf seine Meisterprüfung vor, und Willi Köster nahm zu Beginn des Jahres 1951 die Stelle beim Herrenausstatter Rensing in Essen an. Im Sommer entdeckte er dann angeblich den Koffer mit den sechzigtausend Mark am Ruhrufer.

Ich zweifelte jetzt nicht mehr daran, dass der angebliche Fund nichts anderes war als ein dreistes Täuschungsmanöver, das allein dem Zweck dienen sollte, einen weiteren Teil des Geldes zu waschen, in dessen Besitz die Freunde bereits seit 1948 waren.

Kurt Möllenbeck war im Gruga-Park nicht das zufällige Opfer eines Raubmordes geworden. Auch das stand für mich fest. Willi Köster hatte etwas damit zu tun. Er hatte mir gegenüber behauptet, schon lange keinen Kontakt mehr zu seinem alten Freund Kurt gehabt zu haben. In Neumühl hatte ich erfahren, dass er mich belogen hatte.

Möllenbeck war knapp zwei Kilometer von Kösters Wohnung entfernt tot aufgefunden worden. Was hatte er dort gewollt? Warum war er überhaupt in Essen gewesen? Es lag doch auf der Hand, dass er seinen alten Freund Willi getroffen hatte, und es lag ebenso auf der Hand, dass der ihn umgebracht hatte.

Sie hatten sich um das Geld gestritten, das Willi Köster in ein paar Tagen beim Fundbüro abholen konnte. Der Streit hatte sich zugespitzt, und irgendwann hatte Köster nach dem Knüppel gegriffen und zugeschlagen.

So plausibel die Geschichte mir auch erschien, sie hatte einen gewaltigen Haken: Ich konnte mir immer noch nicht vorstellen, dass der nette Verkäufer aus dem Modehaus Rensing ein Mörder war.

Aber dann musste ich an das denken, was Opa Leschinski gesagt hatte, als wir beide uns über Willi Köster unterhalten hatten: »Vielleicht is er ja en ganz raffinierten Kerl, so einer, der den Leuten gut wat vormachen kann. Von denen gibt et mehr, als e denkst. Vergiss nich, Jung, dat du so 'nem Menschen nich in en Kopp reingucken kannst.«

Ich hatte den Film aus der Kleinbildkamera mit dem Foto aus Neumühl im Labor der Ruhr-Post abgegeben. Der Abzug, der eine Stunde später auf meinem Schreibtisch lag, war gut belichtet und kontrastreich. Da er die Größe einer Postkarte hatte, waren Klara und die drei Jungs sogar besser zu erkennen als auf dem kleineren Original, das Artur, der Wirt des Gasthauses Pieper, aus der Schublade seines Tresens hervorgekramt hatte.

Wenn Kurt Möllenbeck seinen letzten Abend mit seinem alten Freund Willi verbracht hatte, dann hatten die beiden bestimmt nicht nur in Kösters Zweizimmerwohnung gehockt. Ich war mir sicher, dass sie irgendwo zusammen ein paar Bier getrunken hatten, und zwar in einer Gaststätte, die nach meiner Überzeugung nicht allzu weit vom späteren Tatort entfernt liegen konnte.

Ich steckte das Foto ein und machte mich auf den Weg, fest entschlossen, zwischen Gruga-Park und Kösters Wohnung in der Baumstraße so lange von Kneipe zu Kneipe zu ziehen, bis ich die Bestätigung für meine Vermutung gefunden hatte.

Das erste Gasthaus, das ich betrat, war ein gemütliches Lokal in der Alfredstraße, nur ein paar hundert Meter vom Tatort entfernt. Ich setzte mich an die Theke, bestellte ein Bier und bat den Wirt, sich das Foto anzusehen.

»Das ist doch der junge Mann, der umgebracht worden ist«, sagte er sofort.

»Hier erkennt man ihn zwar nicht ganz so gut wie auf dem Foto, das Ihr Kollege mir gezeigt hat, aber das ist er, eindeutig. An dem Abend, als das Unwetter war und später der Mord passiert ist, war er zusammen mit ein paar Leuten hier. Aber das hab ich Ihrem Kollegen doch schon erzählt.« Er sah mich an. »Oder sind Sie gar nicht von der Polizei?«

Ich trank einen Schluck Bier und dachte kurz nach. Während ich das Glas zurück auf den Deckel stellte, sagte ich: »Ihre Aussage ist mir natürlich bekannt, aber wir brauchen noch mal Ihre Hilfe. Sehen Sie sich doch bitte einmal die anderen Leute auf dem Bild an. War vielleicht jemand von denen an dem fraglichen Abend zusammen mit dem späteren Mordopfer hier?«

Der Wirt betrachtete eine Weile das Foto, dann nickte er und legte es auf die Theke. Er deutete mit dem Finger auf Willi Köster und sagte: »Der hier war bei ihm und das Mädchen auch. Da war ich mir gerade etwas unsicher, weil die Frau, die mit den beiden jungen Männern zusammen war, so eine furchtbar grelle, blonde Frisur hatte, ganz anders als die junge Dame auf dem Foto. Aber trotzdem, das ist sie, ich bin mir jetzt sicher.«

Er zeigte der Reihe nach auf Kurt Möllenbeck, Willi Köster und Klara Milewski. »Die drei haben während des Unwetters da drüben an dem Tisch gesessen. Als es aufhörte zu regnen und zu stürmen, sind sie zusammen gegangen.«

ACHT

Als ich das Lokal in der Alfredstraße verlassen hatte, dachte ich kurz daran, direkt zum Polizeipräsidium zu fahren. Aber dann entschied ich mich doch dafür, zuerst einmal Paul Weyermann vom Ergebnis meiner Recherchen zu informieren. Wir waren ohnehin für den Abend miteinander verabredet.

Wir trafen uns in dem Lokal am Pferdemarkt, das Willi Köster und ich bei unserer ersten Verabredung nur kurz betreten und dann fluchtartig wieder verlassen hatten, weil es so furchtbar warm und stickig in der kleinen Kneipe gewesen war. An dem heißen Sommerabend vor knapp drei Wochen waren wir beide dann nach Heisingen hinausgefahren, an der Ruhr spazieren gegangen und später in einem Gartenlokal bei Rellinghausen gelandet, wo wir uns prächtig verstanden hatten und er mir viel über seine Jugend in Neumühl erzählt hatte.

Köster hatte an dem Abend ganz sicher nicht geahnt, dass sein unbekümmertes Schwadronieren über sein Leben am Bergmannsplatz ihn später überführen würde. Hätte ich nicht von ihm selbst erfahren, dass er in demselben Duisburger Stadtteil aufgewachsen war wie Kurt Möllenbeck, wäre ich nie auf die Idee gekommen, dass es eine Verbindung zwischen Willi Köster und dem Mordopfer geben könnte.

Das ging mir durch den Kopf, als ich die Kneipe am Pferdemarkt betrat. Paul Weyermann saß an einem Tisch in einer Ecke des Raumes, sah mich und winkte mir zu.

»Zwei Bier sind schon bestellt«, war das Erste, was er sagte, nachdem wir uns begrüßt hatten. Ich setzte mich.

An diesem Dienstag war das Lokal bei Weitem nicht so voll wie an dem heißen Abend Anfang Juli. Rings um die Theke herrschte zwar wieder reger Betrieb, aber von den wenigen Tischen, die im Gastraum standen, war nur etwa die Hälfte besetzt. Auch heute war es hier drin wieder ein Stück wärmer als vor der Tür, da die Sommerabende aber inzwischen merklich kühler wurden, war die Raumtemperatur angenehm.

Paul hatte das Lokal für unser Treffen ausgesucht, weil dort jeden Abend Musik gespielt wurde, richtig gute Jazzmusik. Das hatte er jedenfalls behauptet.

Ich stellte allerdings schnell fest, dass der Inhaber des Lokals, ein Mann in den Vierzigern, der hinter der Theke stand und selbst die Schallplatten auf seinem Abspielgerät wechselte, einen recht vielschichtigen Musikgeschmack hatte. Vielleicht hatte er auch gar keinen. Mir jedenfalls ging das konfuse Allerlei von modernem amerikanischen Cool Jazz und Tanzmusik, von Swing und deutschen Schlagern, von Dixieland Jazz und Operettenmelodien ziemlich auf die Nerven. Glücklicherweise lief die Musik nur mit geringer Lautstärke, gewissermaßen im Hintergrund, so dass ich sie nach einiger Zeit, als das Gespräch mit Paul zunehmend spannender wurde, nur noch ganz gelegentlich zur Kenntnis nahm.

»Ich habe eine Neuigkeit, die dich interessieren wird«, sagte Paul, nachdem wir angestoßen und unseren ersten Schluck Bier getrunken hatten.

»Dann lass mal hören.«

»Wir haben alle Lokale in der Nähe des Gruga-Parks abgeklappert, zwei Kollegen und ich, und wir haben jedem Wirt das Porträt von Kurt Möllenbeck unter die Nase gehalten.«

Er machte eine bedeutungsvolle Pause, trank von seinem Bier und sah mich triumphierend an.

»Na und?«, fragte ich mit gespielter Neugier.

»Wir haben herausgefunden, wo er die letzten Stunden vor seinem Tod verbracht hat. In einer Kneipe an der Alfredstraße. Und nicht nur das. Wir wissen auch, dass er nicht allein war. Er war in Begleitung eines etwa gleichaltrigen Paares.«

»Eines Paares?«, fragte ich verdutzt.

»Ja, das nehmen wir an. Der Wirt hat beobachtet, dass Möllenbeck mehrmals versucht hat, der jungen Frau einen Arm um die Schulter oder um die Taille zu legen. Sie hat sich ihm aber immer wieder entzogen und ihn zurechtgewiesen. Zu ihm gehörte sie jedenfalls nicht. Dem Wirt kam es eher so vor, als sei sie die Freundin oder die Braut des anderen jungen Mannes gewesen.«

»Warum habt ihr denn noch nicht die Zeitungen über euren großartigen Ermittlungserfolg informiert?«

»Willst du mich verarschen?«

Die Wortwahl amüsierte mich. »Paul Weyermann mag es mal wieder derbe«, sagte ich grinsend.

»Was meinst du?«

»Du hättest mich auch fragen können, ob ich dich verhohnepiepeln oder verdummdeuweln will.«

»Und? Willst du?«

»Nein, nein. Meine Frage war ganz ernst gemeint.«

»Von einem großartigen Ermittlungserfolg kann ja nun wirklich nicht die Rede sein«, sagte Paul. »Was wir herausgefunden haben, das ist uns noch zu dünn, um damit an die Öffentlichkeit zu gehen. Erst mal müssen wir das junge Paar finden, und dann müssen wir klären, ob die beiden etwas mit Möllenbecks Tod zu tun haben.«

»Natürlich haben sie das«, sagte ich.

»Wie kommst du darauf?«

»Wenn wir beide, du und ich, jetzt hier ein paar Stunden zusammensitzen und was trinken, und ich erfahre morgen, dass du auf deinem Heimweg ermordet worden bist, dann gehe ich doch selbstverständlich sofort zur Polizei und erzähle, dass ich den Abend mit dir verbracht habe und wo wir gewesen sind. Und jeder andere Mensch würde das auch so machen. Es sei denn, er hätte etwas mit dem Mord zu tun.«

»Also unter uns: Das sehen wir inzwischen auch in etwa so. Seitdem wir wissen, dass Möllenbeck mit den beiden jungen Leuten in der Kneipe war und sie auch zusammen mit ihnen verlassen hat, halten wir die bisherige Annahme, dass er das zufällige Opfer eines Raubüberfalls geworden ist, für eher unwahrscheinlich. Aber das gehört noch nicht in die Zeitung. Offiziell suchen wir das junge Paar erst mal als Zeugen.«

»Habt ihr denn eine gute Beschreibung von den beiden?«, fragte ich.

»Na ja, es geht so«, sagte Paul stirnrunzelnd. »Beide sind Anfang zwanzig und etwa einen Meter und siebzig groß, er vielleicht auch etwas größer. Er ist blond und schlank, war modisch gekleidet und hatte gute Umgangsformen. Das ist natürlich eine Allerweltsbeschreibung, aber mehr Einzelheiten waren dem Wirt nicht zu entlocken. Bei der jungen Frau konnte er etwas mehr ins Detail gehen. Von ihrem wohlgeformten Busen und ihrer Wespentaille hat er regelrecht geschwärmt, der alte Sauhund. Nach seiner Aussage war sie geradezu verführerisch hübsch, trug ein helles, leichtes Sommerkleid und hochhackige Schuhe. Sie war stark geschminkt und hatte, so hat es uns der Wirt jedenfalls geschildert, eine sehr auffallende Frisur, platinblond, lockig und schulterlang.«

»Und die sucht ihr jetzt?«

»Welcher Mann sucht nicht eine solche Perle?«, sagte Paul und lachte.

Während er noch zwei Bier bestellte, zog ich das Neumühler Foto aus meiner Jackentasche und schob es über den Tisch.

»Ich hab auch was für dich.«

Während Paul das Foto betrachtete, beugte er sich ganz langsam immer tiefer über die Tischplatte. Dabei zog er seine Augenbrauen immer höher und öffnete den Mund. Fast eine Minute lang starrte er gebannt die vier jungen Leute an, die zusammen vor dem Gasthaus Pieper standen.

Irgendwann hob er den Kopf, ebenso langsam wie er ihn vorher gesenkt hatte, sah mich fassungslos an, schaute wieder auf das Foto, tippe schließlich mit dem Finger darauf herum und sagte tonlos: »Willi Köster und Kurt Möllenbeck. Die kannten sich?«

»Ja, die sind zusammen in Neumühl aufgewachsen und waren dicke Freunde, seit vielen Jahren.«

»Der Köster kommt auch aus Neumühl?« Paul fasste sich an die Stirn und schwieg eine Weile, bevor er sagte: »Dafür, wo er aufgewachsen ist, haben wir uns nie interessiert. Bei den Ermittlungen, die wir im Zusammenhang mit dem Geldkoffer vom Ruhrufer angestellt haben, hat das keine Rolle gespielt.«

»Das Foto ist im Herbst 1948 vor einem Gasthaus am Rande der Zechensiedlung Bergmannsplatz entstanden«, erklärte ich. »Die drei Jungs, die du da siehst, Willi Köster, Kurt Möllenbeck und Herbert Rahn, waren damals schon seit Jahren ein unzertrennliches Trio. Das Mädchen ist die Freundin von Herbert Rahn. Sie heißt Klara Milewski. Rahn ist im Frühjahr 1949 durch einen mysteriösen Unfall ums Leben gekommen. Was aus den beiden anderen jungen Männern geworden ist, weißt du ja. Und Klara Milewski, die arbeitet heute als Friseuse in einem Salon in Altenessen. Sie sieht inzwischen etwas anders aus als auf dem Bild. Vor allem ihre Frisur hat sich völlig verändert, die ist jetzt platinblond, lockig und schulterlang.«

Paul sah mich skeptisch an, eine ganze Weile, dann schüttelte er energisch den Kopf und sagte: »Was du da andeutest, das kann ich irgendwie nicht glauben.«

»Es ist aber so«, sagte ich. »Ich war heute in der Kneipe an der Alfredstraße und hab dem Wirt das Foto gezeigt. Der hat Willi Köster und Klara Milewski wiedererkannt. Sie sind die beiden jungen Leute, die mit Kurt Möllenbeck zusammen bei ihm waren.«

Paul Weyermann brauchte ein ganzes Glas Bier und ein paar Minuten Zeit, bis er die Neuigkeit verdaut und seine Fassung wiedergefunden hatte. Als Peter Alexander im Hintergrund sang »Die süßesten Früchte fressen nur die großen Tiere«, schüttelte er noch einmal den Kopf. Dann bestellte er zwei Bier und zwei Schnäpse und machte ein erstaunlich ernstes Gesicht dafür, dass ich ihm gerade bei der Lösung des Gruga-Mordfalles ein gutes Stück weitergeholfen hatte. Stirnrunzelnd sah er mich an und fragte: »Woher wusstest du denn, dass Möllenbeck vor seinem Tod in der Kneipe an der Alfredstraße war?«

»Das wusste ich gar nicht. Ich hab nur dieselben Überlegungen angestellt wie die Polizei und hab dann, wie ihr das auch gemacht habt, die Lokale in der Nähe des Tatortes abgeklappert. Genauer gesagt, ich hatte das vor und hab dann ein bisschen Glück gehabt. Schon die erste Gaststätte, die ich aufgesucht habe, war die richtige.«

»Also gut, dann erzähl jetzt bitte mal der Reihe nach. Was hast du alles herausgefunden? Und wie hast du es herausgefunden? Woher wusstest du zum Beispiel, dass Köster aus Neumühl kommt? Bist du durch Zufall bei deinen Recherchen darauf gestoßen?«

»Nein, das hat er mir selbst erzählt«, sagte ich, und dann berichtete ich Paul Weyermann ausführlich alles, was ich in der Zechensiedlung Bergmannsplatz und im Gasthaus Pieper erfahren hatte.

»Verdammt noch mal«, sagte Paul, als ich geendet hatte, und dann dachte er lange nach.

Vom Plattenspieler erklang der beliebteste Schlager des Sommers, und am Nachbartisch sang eine Blondine, die etwa so alt war wie Paul und ich zusammen, lauthals und fröhlich mit: »Pack die Badehose ein, nimm dein kleines Schwesterlein, und dann nichts wie raus nach Wannsee!«

»Was hast du gesagt? Wann ist dieser Herbert Rahn zu Tode gekommen?«, fragte Paul ganz plötzlich und viel zu laut.

Die Blondine hatte die Frage anscheinend gehört. Sie verstummte augenblicklich und sah bestürzt zu uns herüber.

»Im Frühjahr 1949. März oder April. Das hat jedenfalls Artur gesagt, der Wirt in Neumühl.«

»Und die Kripo hat den Fall damals untersucht?«

»Ja, laut Artur war das so.«

»Dann wird es noch irgendwo eine Akte geben. Wahrscheinlich in Duisburg. Die werde ich auftreiben.«

»Zweifelst du daran, dass es ein Unfall war?«

»Na hör mal, Hermann. Nach dem, was du gerade erzählt hast, muss man daran doch wohl zweifeln.«

»Ja, das sehe ich auch so.«

»Also, ich denke, die drei Jungs sind irgendwann, als sie siebzehn oder achtzehn waren, an jede Menge Kohle gekommen. Ich hab zwar keine Ahnung, wie sie das angestellt haben, aber den Schatz, von dem dieser Herbert Rahn im besoffenen Kopf in der Kneipe in Neumühl gesprochen hat, den muss es gegeben haben. Irgendwann kam es zum Streit, und Köster und Möllenbeck haben den lästigen Rahn ins Jenseits befördert. Danach haben die beiden durchs Totospiel und durch den angeblichen Kofferfund an der Ruhr insgesamt neunzigtausend Mark zu legalem Geld gemacht. Aber als sie endlich am Ziel waren, als der Übergabetermin beim Fundbüro unmittelbar bevorstand, da haben Köster und Möllenbeck sich dann auch zerstritten. Ich nehme an, dass Kurt Möllenbeck zu den dreißigtausend Mark aus dem Totogewinn jetzt auch noch einen Teil der Scheinchen aus dem Koffer haben wollte, und Köster hat das wahrscheinlich nicht eingesehen. Die beiden haben sich in der Kneipe an der Alfredstraße getroffen und die Sache besprochen, aber sie konnten sich nicht einigen. Nachdem sie das Lokal verlassen hatten, sind sie im Gruga-Park heftig aneinandergeraten, und schließlich hat Willi Köster zugeschlagen.«

Ich nickte, prostete Paul Weyermann zu und sagte: »So ähnlich stell ich mir das auch vor. Es klingt jedenfalls plausibel, fast schon ein bisschen zu plausibel. Findest du nicht?«

»Nein. Kriminalgeschichten sind meistens ganz einfach gestrickt, alltäglich und banal. Schwierig ist es nur, alle Fakten zusammenzutragen. Aber wenn man die erst mal hat, dann ist es keine Seltenheit, dass sich die Lösung eines Falles geradezu aufdrängt.«

»Und das Mädchen, diese Klara Milewski, welche Rolle spielt die in der Geschichte?«, fragte ich Paul. »Wieso gehst du davon aus, dass sie bei dem tödlichen Streit nicht mehr dabei war?«

»Es gibt eine Straßenbahnhaltestelle an der Alfredstraße, direkt beim Gruga-Park. Ich nehme an, dass die Jungs sie dahin gebracht haben, nachdem die drei die Kneipe verlassen hatten. Und als das Mädchen dann weg war, da ist die Auseinandersetzung zwischen den beiden eskaliert.«

»Nimmst du an?«

»Ja, erscheint mir plausibel.«

»Und warum war sie überhaupt an dem Abend dabei? Du hast vorhin vermutet, Köster und Möllenbeck hätten sich in dem Lokal getroffen, um über die Aufteilung des Geldes zu reden. Und dazu haben sie Klara Milewski auch eingeladen? Das wäre doch bescheuert.«

»Es sei denn, sie war in alles eingeweiht. Vielleicht sollte sie als Herbert Rahns Freundin und als Mitwisserin sogar einen Anteil bekommen.«

»Ja, das wäre möglich«, gab ich zu.

»Es könnte natürlich auch sein, dass die drei nur miteinander verabredet waren, um zusammen etwas zu trinken und über die alten Zeiten in Neumühl zu plaudern«, sagte Paul. »Erst als Klara dann weg war, haben die beiden Jungs übers Geld geredet und sind in Streit geraten.«

»Ich hab den Köster und die Klara übrigens drei Tage nach Möllenbecks Tod getroffen, durch Zufall, nachdem ich mit Willi Köster Schuhe kaufen war«, erzählte ich. »Zwischen denen lag irgendwas in der Luft, etwas Ungutes. Ich hatte das Gefühl, die beiden wären sofort aufeinander losgegangen, wenn ich nicht dabei gewesen wäre.«

»Wahrscheinlich hatte Klara inzwischen erfahren, dass Kurt Möllenbeck umgebracht worden war, kurz nachdem sie die Straßenbahn bestiegen hatte. Und als du die beiden getroffen hast, da wollte sie den Willi Köster zur Rede stellen.«

»Das würde jedenfalls die angespannte Stimmung erklären«, sagte ich.

»Wir werden uns morgen erst mal unseren netten Herrn Köster vornehmen«, sagte Paul. »Danach wissen wir mit Sicherheit mehr.«

Ich versprach Paul Weyermann an diesem Abend noch, vorläufig nichts vom Ergebnis meiner Recherchen in der Ruhr-Post zu veröffentlichen. Das fiel mir nicht schwer, denn es kam mir ohnehin so vor, als gäbe es zurzeit nichts, was ich schreiben könnte. Dass das Mordopfer Kurt Möllenbeck mit jenem Willi Köster befreundet gewesen war, der angeblich am Ruhrufer einen Koffer voller Geld gefunden hatte, das war nichts, was die Öffentlichkeit etwas anging, solange nicht feststand, dass Köster etwas mit Möllenbecks Tod zu tun hatte. Im Moment wussten wir nur, dass die beiden und Klara Milewski die Stunden vor dem Mord zusammen in einer Kneipe verbracht hatten.

Alle anderen Erkenntnisse, so plausibel sie Paul und mir auch erschienen, waren, genau besehen, lediglich Vermutungen. Dass Herbert Rahns Tod kein Unfall war, dass es sich bei Möllenbecks Totogewinn um einen Fall von Geldwäsche handelte, dass der Fund des Geldkoffers am Ruhrufer nur vorgetäuscht war und dass Willi Köster seinen alten Kumpel Kurt Möllenbeck erschlagen hatte, all das musste erst einmal bewiesen werden.

Paul Weyermann versprach mir, mich über die nächsten Schritte der Kripo und deren Ergebnisse auf dem Laufenden zu halten.

Schon am nächsten Morgen rief Paul mich in der Redaktion an.

»Ich war gerade mit deinem Foto in der Kneipe an der Alfredstraße.«

»Ja und?«

»Der Wirt hat bestätigt, dass die Milewski und der Köster am fraglichen Abend mit Möllenbeck bei ihm waren.«

»Hattest du etwas anderes erwartet?«

»Nein. Aber ich hatte auch nicht erwartet, mir vom Wirt anhören zu müssen, dass die Kripo ihm langsam auf die Nerven geht. Der Mann war ziemlich mürrisch, weil erst gestern ein Polizist bei ihm gewesen ist, mit demselben Foto und denselben Fragen.«

»Ach, hat er angenommen, ich wäre ein Kriminalbeamter? Das wusste ich nicht.«

»Doch, das wusstest du wohl«, knurrte Paul übellaunig in den Fernsprecher. »Du hättest ihm sagen müssen, dass du Journalist bist.«

»Ich habe wirklich nicht behauptet, von der Kripo zu sein. Das würde ich nie tun.«

»Du hast einen Zeugen glauben lassen, dass du Polizist bist, um Informationen von ihm zu bekommen. Das ist Amtsanmaßung, mein lieber Freund.«

»Und jetzt?«, fragte ich kleinlaut.

»Ich hab dem Wirt gesagt, dass der Mann, der gestern bei ihm war, sich gerne schon mal als Kriminalbeamter ausgibt. Ich hab ihm vorgeschlagen, den Kerl anzuzeigen.«

Für ein paar Augenblicke war ich mir nicht sicher, ob Paul mir nur einen Schreck einjagen wollte oder ob er die Wahrheit sagte. Dann hörte ich ihn am anderen Ende der Leitung lachen.

»Mensch Junge, sei froh, dass ich heute allein mit dem Mann gesprochen habe«, sagte er. »Ich hab ihm vorgeflunkert, dass wir uns Zeugenaussagen, die zur Festnahme von Tatverdächtigen führen, grundsätzlich noch einmal bestätigen lassen, um auszuschließen, dass Unschuldige in Verdacht geraten. Das hat er eingesehen.«

»Also glaubt er jetzt immer noch, dass er gestern mit einem Polizisten gesprochen hat?«

»Das nehme ich an«, sagte Paul.

»Danke.«

»Schon gut. Aber mach so was nicht noch einmal. Ich geh jetzt mit zwei Kollegen los, zum Modehaus Rensing. Wir werden Köster bitten, uns für eine wichtige Aussage zum Präsidium zu begleiten. Falls er sich weigern sollte, werden wir ihn vorläufig festnehmen. Er gilt jetzt als dringend tatverdächtig. Ich werde mich wieder bei dir melden, sobald sich etwas Neues ergeben hat, irgendwann im Laufe des Tages.«

Es fiel mir nicht leicht, mich in den nächsten Stunden auf

meine Arbeit zu konzentrieren. Es zog mich in Gedanken immer wieder zu Paul Weyermann, meinem alten Kumpel aus Sterkrade, und zu Willi Köster, den ich noch bis vor ein paar Tagen für einen netten Kerl gehalten hatte. Ich sah den einen, der seine Fragen stellte, scharf und eindringlich, weil er überzeugt davon war, einem Mörder gegenüberzusitzen, und ich sah den anderen, wie er den Kopf schüttelte und immer wieder beteuerte, er habe seinen Freund Kurt nicht getötet, er sei gar nicht fähig dazu, einen Menschen zu erschlagen.

Die Idee für die Geschichte, an der ich an diesem Tag zu arbeiten hatte, war von Horst Brömmel gekommen. Er war kürzlich der Taufpate eines kleinen Jungen geworden, den seine Cousine zur Welt gebracht hatte. Es hatte ihm sehr geschmeichelt, dass die jungen Eltern ihm die Patenschaft über ihren Erstgeborenen angetragen hatten, aber seitdem er das Knäblein über das Taufbecken gehalten hatte, lamentierte er darüber, dass das arme Kind nun ein ganzes Leben lang auf den furchtbaren Namen Hermann-Josef hören müsse.

»Eine Unsitte ist das doch mit den Doppelnamen. All die Eltern, die meinen, sie müssten diesen neumodischen Kokolores mitmachen, die sollten lieber mal daran denken, was das für die Blagen bedeutet«, schimpfte er, und dann rief er quer durch die Redaktion: »Maximilian-Alexander! Michael-Sebastian! Antonius-Theodor!«

Er sah Trudi Tippel und mich triumphierend an: »Hört sich das denn nicht bescheuert an?«

»Doch«, sagte Trudi, »aber da hast du dir jetzt auch ein paar Namen ausgedacht, die sowieso schon sehr lang sind. Und wenn die dann auch noch zusammengehängt werden, dann klingt das natürlich komisch.«

»Na ja, das stimmt schon, aber sind denn nicht all diese modernen Bindestrichnamen mehr oder weniger Zungenbrecher?«

»Nein, wirklich nicht«, sagt Trudi entschieden. »Ich finde es viel schwieriger, einsilbige Namen zu rufen. Das hört sich immer so hart an. Darum machen die Leute ja auch gerne aus dem Klaus ein Kläuschen und aus dem Hans ein Hänschen oder einen Hannes.«

»Solltest du jemals auf die Idee kommen, mich Horsti zu rufen, werde ich dich umgehend in ein anderes Ressort versetzen lassen«, sagte Brömmel mit gespielter Entrüstung.

Trudi schlug sich beide Hände vor den Mund und sah Horst Brömmel verlegen an.

»Daran hatte ich jetzt gar nicht gedacht«, sagte sie kleinlaut.

»Woran?«

»Dass du nur Horst heißt.«

»Was heißt hier nur?« Jetzt klang Brömmels Entrüstung beinahe echt.

»Ich könnte mir vorstellen, dass Menschen mit einsilbigen Vornamen oft das Gefühl haben, sie seien zu kurz gekommen«, sagte ich, um Brömmel noch ein wenig zu foppen. »Wahrscheinlich verteufeln sie deshalb die schönen Doppelnamen.«

Horst Brömmel verzog nur kurz das Gesicht. Witzig fand er die Bemerkung offensichtlich nicht.

»Mir gefallen sie jedenfalls ganz gut, die modernen Namen mit einem Bindestrich«, sagte Trudi. »Hermann-Josef oder Hans-Peter oder Klaus-Dieter oder Heinz-Günter. So lang sind die doch gar nicht, und ich finde, sie klingen nicht schlecht.«

»Gibt es solche Doppelnamen eigentlich auch für Mädchen?«, fragte Brömmel.

»Eva-Maria«, fiel mir ein.

»Mädchen sind bescheidener«, sagte Trudi. »Denen reicht ein Vorname, zum Beispiel Renate.«

»Wie kommst du auf Renate?«, fragte Brömmel.

»Ich hab den Eindruck, dass ganz viele Paare, die eine Tochter bekommen, sie Renate nennen. Ich kenne allein drei kleine Mädchen, die so heißen.«

»Das wüsste ich gern genauer«, sagte Brömmel. »Welche Vornamen geben junge Ehepaare heutzutage ihrem Nachwuchs? Was sind die beliebtesten Namen bei den Jungen und bei den Mädchen? Nach welchen Kriterien werden sie ausgesucht? Ist die alte Tradition, die Kinder nach ihren Eltern, Großeltern oder Paten zu benennen, ganz aus der Mode gekommen? Ist mein Eindruck richtig, dass es immer mehr Bindestrichnamen gibt? Das würde ich gern morgen auf der Seite ›Buntes aus dem Revier‹ lesen. Was hältst du davon, Hermann?«

Mir gefiel die Idee vor allem deshalb, weil ich zum Recherchieren nicht die Redaktion verlassen musste und so den ganzen Tag für Paul Weyermann telefonisch erreichbar blieb.

Ich rief in mehreren Rathäusern des Ruhrgebietes an und ließ mich mit den Standesämtern verbinden. Auch in einigen Pfarrhäusern bekam ich brauchbare Auskünfte. Die geistlichen Herren, mit denen ich sprach, beklagten übereinstimmend, dass bei den Namen ihrer Täuflinge immer seltener familiäre oder religiöse Traditionen eine Rolle spielten, dass junge Ehepaare sich stattdessen von einem fragwürdigen Zeitgeist leiten ließen.

»Wenn Eheleute ein Mädchen bekamen, dann nannten sie es früher gerne Ursula, weil sie ihr Kind unter den Schutz dieser großen Heiligen stellen wollten, einer starken Frau, die für ihre Überzeugung in den Tod gegangen ist. Heutzutage ist der Name nur deshalb beliebt, weil er so schön klingt«, sagte ein katholischer Pfarrer in Recklinghausen.

Meine Recherchen ergaben, dass Ursula in der Tat der beliebteste Mädchenname war, dicht gefolgt von Renate. Die nächsten Plätze auf der Beliebtheitsskala belegten Ingrid, Gisela und Gabriele.

Bei den Jungen kamen, wie von Brömmel vermutet, Bindestrichnamen immer mehr in Mode, aber kein anderer Vorname wurde so oft gewählt wie Wolfgang. Auf der Rangliste folgten Klaus, Peter, Michael und Werner. Der populärste zusammengesetzte Name war Karl-Heinz.

Der Artikel war schnell geschrieben. Horst Brömmel hatte dazu in der Bildredaktion ein schönes Foto besorgt, das auf der Neugeborenen-Station eines Krankenhauses entstanden war und sieben Säuglinge zeigte, die nebeneinander auf einem langen Wickeltisch lagen.

Am Nachmittag gegen fünf Uhr war die Seite »Buntes aus dem Revier« fertig. Horst Brömmel und Trudi Tippel hatten die Redaktion schon verlassen.

Von Paul Weyermanns hatte ich nichts mehr gehört, obwohl er am Morgen versprochen hatte, er werde mich auf dem Laufenden halten. Ich konnte mir nicht vorstellen, dass sich während des ganzen Tages überhaupt nichts Neues ergeben hatte. Dass Paul mich vergessen hatte, hielt ich allerdings auch für unwahrscheinlich. Vielleicht war sein Arbeitstag ja so überladen gewesen, dass er keine Zeit zum Telefonieren gefunden und den zugesagten Anruf auf den nächsten Tag verschoben hatte. Es erschien mir aber auch möglich, dass die Kripobeamten immer noch damit beschäftigt waren, einen hartnäckig leugnenden Willi Köster zu verhören.

Nachdenklich betrachtete ich den schwarzen Telefonapparat, der vor mir auf dem Schreibtisch stand, und überlegte, ob ich noch eine Weile auf Pauls Anruf warten sollte. Ich entschied mich dagegen und wählte stattdessen seine Rufnummer im Polizeipräsidium. Erst nachdem ich es lange klingeln gelassen hatte, nahm am anderen Ende der Leitung jemand den Hörer ab. Es war eine Frau, die mir freundlich mitteilte, dass der Kriminalmeister Weyermann bereits das Haus verlassen habe.

»Er hat schon Feierabend gemacht?«, fragte ich erstaunt.

»Das kann ich Ihnen nicht sagen. Ob er bereits dienstfrei hat oder ob er noch in einer dienstlichen Angelegenheit unterwegs ist, entzieht sich meiner Kenntnis. Möchten Sie dem Herrn Weyermann etwas hinterlassen?«

»Nein danke«, sagte ich, »ich melde mich morgen wieder.«

Ein paar Minuten später saß ich auf dem Motorrad, fuhr in Richtung Sterkrade und überlegte, ob ich an diesem Abend vielleicht einmal zu den Schlüters hinübergehen sollte.

Gut dreieinhalb Wochen waren inzwischen seit jenem schönen Abend vergangen, an dem Leni mir zum Abschied einen Kuss auf die Wange gegeben und mich gefragt hatte, ob ich am nächsten Samstag wieder in Sterkrade sei.

Ich hatte genickt, und sie hatte lächelnd gesagt: »Ich auch.«

Seitdem hatte ich sie nicht mehr gesehen. Sie war an den folgenden zwei Wochenenden in Köln geblieben. Jetzt hatte sie Semesterferien und war schon seit fast einer Woche bei ihren Eltern in der Bremener Straße. Das wusste ich nur, weil Hänsken es mir erzählt hatte. Sie hatte sich noch nicht ein einziges Mal blicken lassen.

Vielleicht wollte sie mir ja klarmachen, dass das, was an jenem Abend vor dreieinhalb Wochen passiert war, keinerlei Bedeutung für sie hatte, weder unsere nette Unterhaltung noch ihr flüchtiger Abschiedskuss. Möglich war natürlich auch, dass ihr inzwischen irgendein Kerl in Köln den Kopf verdreht hatte.

Jedenfalls nahm ich mir vor, ihr nicht hinterherzulaufen. Das hatte ich nicht nötig. Als ich über die Bottroper Straße durch Bergeborbeck fuhr, hatte ich mich entschieden, am Abend nicht zu den Schlüters zu gehen.

Vor Trudi Tippels Haus hielt ich an. Als ich vor ihrer Tür stand, zögerte ich nur kurz, dann klopfte ich. Es war das erste Mal, dass ich sie unangemeldet besuchte.

Niemand öffnete, im Haus rührte sich nichts. Ich war mir nicht sicher, ob ich noch einmal klopfen sollte. War es möglich, dass Trudi noch einen anderen Liebhaber hatte? Sie hatte nie behauptet, ich sei der einzige Mann in ihrem Leben. Andererseits hatte sie fast immer ja gesagt, wenn ich sie in der Redaktion gefragt hatte, ob ich am Abend zu ihr kommen dürfe. Ich klopfte noch einmal, laut und energisch.

»Ach, du bist das.«

Trudi war, unbemerkt von mir, hinterm Haus hervorgekommen.

»Waren wir verabredet?«, fragte sie.

»Nein«, sagte ich.

»Ich sitz gerade mit meiner Schwester und meinem Schwager auf der Terrasse. Wir trinken Kaffee und essen ein Stück Kuchen zusammen. Komm mit, dann lernst du die beiden endlich mal kennen.«

Eigentlich hatte ich mir den Besuch bei Trudi anders vorgestellt, aber ich konnte mich jetzt nicht einfach umdrehen und weggehen.

Marlies und Ronald begrüßten mich überaus freundlich, ja geradezu herzlich.

»Das ist ja schön, dass ich dich endlich mal zu Gesicht bekomme«, sagte Marlies. Sie umarmte mich, während Ronald gleichzeitig nach meiner Hand griff und sie kräftig schüttelte.

»Hermann, nicht wahr? Wir beide sind uns ja schon mal an der Haustür begegnet. Ich bin der Ron.«

Ich setzte mich zu den dreien an den alten Holztisch, der,

umringt von Holunder- und Weißdornsträuchern, hinterm Haus im Halbschatten stand.

Marlies servierte mir Kaffee und ein Stück selbstgebackenen Apfelkuchen und sagte: »Meine Schwester hat gerade erzählt, dass sie es sich heute mit ihrem Chef verdorben hat.«

»Mit Horst Brömmel?«

»Ja. Du warst doch dabei«, sagte Trudi. »Da plappere ich blöde Gans einfach so vor mich hin, erzähle irgendeinen Blödsinn über einsilbige Vornamen und denke überhaupt nicht daran, dass das auf den Horst ja auch zutrifft.«

»Das hat der Brömmel dir doch schon längst verziehen. Du solltest nur aufpassen, dass du nicht irgendwann aus Versehen Horsti zu ihm sagst.«

»Jetzt fängst du auch noch damit an. Dieser blöde Horsti, der geht mir sowieso schon nicht mehr aus dem Kopf«, sagte Trudi und schlug sich die Hände vors Gesicht. »Ständig denke ich daran, dass ich Brömmel auf keinen Fall so nennen darf. Und wahrscheinlich wird es mir genau deshalb irgendwann herausrutschen, dieses schreckliche Wort Horsti.«

»Und dann wirst du dir vor Schreck auf die Lippen beißen und einen roten Kopf bekommen, und Brömmel wird sich köstlich amüsieren«, sagte ich lachend.

Marlies und Ron lachten mit.

»Mir wäre lieber, wenn es nicht passiert«, sagte Trudi, und dann lachte sie auch.

Nachdem wir bereits eine ganze Weile geplaudert hatten, sagte Ron: »Wenn der Hermann schon hier sitzt mit uns, dann soll er auch wissen, warum es gibt Kaffee und Kuchen heute. Wir haben Grund zu feiern.«

Er legte einen Arm um die Schulter seiner Frau und zog sie an sich.

»Marlies hat heute beim Arzt erfahren, dass wir bald zu dritt sein werden.«

»Zu viert«, sagte Trudi.

»Herzlichen Glückwunsch«, sagte ich.

»Na ja, nach sieben Jahren wurde es aber auch langsam mal Zeit«, sagte Marlies und lächelte ihren Ronald selig an.

»Nach sieben?«, fragte Trudi mit gespielter Empörung. »Ihr seid doch erst seit vier Jahren verheiratet.«

»Wer im Glashaus sitzt, soll nicht Steine werfen«, sagte Ron und lachte dröhnend. Trudi sah mich verlegen lächelnd an.

»Du sprichst sehr gut deutsch«, sagte ich zu Ron. »Und es hört sich nicht so an, als hättest du es hier im Kohlenpott gelernt.«

»Meine Lehrerin ist Marlies gewesen«, sagte Ron.

»Und wir haben die ersten Jahre unseres Lebens in Mecklenburg verbracht«, erklärte Trudi. »Wir waren schon zwölf und vierzehn, als wir ins Ruhrgebiet gekommen sind. Unser Vater hatte hier Arbeit gefunden, bei Krupp.«

»Mit Marlies habe ich großes Glück gehabt«, sagte Ron, zog sie an sich und gab ihr einen Kuss. »Sie ist eine gute Lehrerin, nicht nur in Angelegenheit Sprache. Ich habe sofort gesehen, sie ist die Richtige. Es war Liebe auf den ersten Blick.«

»Eine schwierige Liebe in der ersten Zeit«, sagte Marlies und seufzte.

»Im April '45, wir Amerikaner waren gerade erst hier für ein paar Tage, und alles war noch drunter und drüber und kaputt, da habe ich Marlies auf der Straße gesehen und sie sofort festgehalten«, erzählte Ron lächelnd.

»Ja, das ging furchtbar schnell«, sagte Marlies, »und es war für ein paar Wochen furchtbar schön. Aber dann begann das Drama. Nach zwei Monaten zogen die Amis ab, und die Engländer kamen. Deutschland war ja in Besatzungszonen aufgeteilt worden, und wir waren britisch geworden.«

»Ich bin nach Frankfurt versetzt worden. Das war schrecklich. Wir konnten uns nur ganz selten noch sehen. Aber dann habe ich eine Stelle gefunden für Marlies in meiner Nähe, und sie ist gekommen. Gott sei Dank.«

»Ja, die nächste Zeit war dann wieder ganz schön, bis Ron seinen Vorgesetzten gesagt hat, dass er mich heiraten wolle. Danach gab es jede Menge Ärger«, sagte Marlies.

»Es war nicht gern gesehen, wenn amerikanische Soldaten deutsche Fräuleins heiraten wollten. Militärische Führung hat das nicht zugelassen. Manche haben gewartet, bis ihre Dienstzeit zu Ende war. Dann haben sie ihre Mädchen mit in die Staaten genommen und sie drüben geheiratet. Aber Marlies wollte nicht mit nach Amerika. Sie wollte hier leben. Und mir war es egal. Ich hatte drüben niemanden, keine Familie. Und ich hatte auch noch eine lange Dienstzeit vor mir, war verpflichtet bis 1950. Also habe ich Antrag gestellt, deutsches Fräulein Marlies heiraten zu dürfen. Zum ersten Mal in 1946. Ist abgelehnt worden. Immer wieder, bis Sommer 1948. Dann habe ich endlich eine Erlaubnis bekommen.«

»Und als Ronald dann vom Militär entlassen wurde, da war gerade meine Mutter gestorben, unsere Mutter«, sagte Marlies. »Die Trudi war plötzlich ganz allein hier im Haus, und da sind wir dann zurück nach Essen.«

»Und jetzt sind wir froh, dass wir hier sind«, sagte Ron fröhlich.

»Arbeitest du auch bei Krupp?«, fragte ich ihn.

»Nein, um Himmels willen. Die Arbeit in der Industrie ist ganz hart, viel zu viel Maloche, am Hochofen und unter Tage. Das ist nichts für mich«, antwortete Ron. »Nein, ich habe einen eigenen Lkw. Bei der Entlassung vom Militär habe ich ganz gut Geld bekommen. Abschiedsgeld. Oder wie sagt man? War auf alle Fälle genug für ein Lastauto. Jetzt habe ich ein kleines Transportunternehmen, fahre alles von hier nach da, was von hier nach da muss. Aber Chef ist eigentlich Marlies. Sie nimmt Aufträge an, macht Preise und kassiert Geld von Kunden.«

»Jetzt lügt er«, sagte Marlies lächelnd. »Ich nehme keinen Auftrag an, ohne ihn vorher zu fragen. Ich bin die Sekretärin, und er ist der Chef.«

»Wir sind ein gutes Team«, sagte Ron und legte einen Arm um seine Frau. »Marlies macht alles ganz wunderbar im Büro, und ich fahre sehr gern mit Lastwagen durch die Gegend. Das hab ich schon beim Militär getan, und es macht mir immer Freude.«

»Und es lohnt sich. Es kommt so viel dabei herum, dass wir uns noch zwei oder drei Kinder leisten können«, sagte Marlies und strahlte ihren Mann an.

»Jetzt aber mal langsam.« Ron lachte sein dröhnendes Lachen. »Erst muss mal Baby Nummer eins fertig werden. Und ich will jetzt gerne mal nachsehen, wie es ihm geht.«

»Was willst du?« Marlies sah Ron einen Augenblick verstört an.

Dann hatte sie verstanden. Kurze Zeit später verschwanden die beiden Hand in Hand im Haus.

»Und was machen wir jetzt?«, fragte ich Trudi.

»Ich nehme an, dasselbe wie Marlies und Ron«, sagte sie lächelnd.

Als ich am nächsten Morgen in die Redaktion kam, hatte Paul Weyermann schon zweimal angerufen und nach mir gefragt. Ich saß noch nicht ganz an meinem Schreibtisch, als erneut das Telefon vor mir schellte.

Ich nahm den Hörer ab und meldete mich: »Hermann Leschinski, Redaktion Vermischtes. Guten Morgen.«

»Ah, da bist du ja, du alter Penner. Damit hatte ich jetzt gar nicht gerechnet. Ich wollte eigentlich nur eurem Fräulein Tippel sagen, dass ich heute Mittag um ein Uhr mit dir essen gehen möchte.«

»Mit wem spreche ich denn?«, fragte ich in den Hörer hinein, obwohl ich Paul sofort erkannt hatte.

Er ignorierte meine Frage. »Du fauler Sack. Ich bin schon seit zwei Stunden im Präsidium«, maulte er am anderen Ende der Leitung.

»Ach Paul, du bist das. Es freut mich, dich zu hören.«

»Und? Gehst du heute Mittag mit mir essen?«

»Jetzt erzähl mir erst mal, was es Neues gibt!«

»Ich hab im Augenblick überhaupt keine Zeit. Lass uns heute Mittag reden.«

»Na komm, sag mir wenigsten kurz, wie der Stand der Dinge ist. Ich hab schon gestern den ganzen Tag auf deinen Anruf gewartet. Du wolltest mich doch auf dem Laufenden halten.«

»Ich wollte dich informieren, wenn es Neuigkeiten gibt. Aber es gibt keine.«

»Was heißt das? Streitet Köster alles ab?«

»Den haben wir noch gar nicht. Der ist verschwunden. Er hat im Modehaus gekündigt und ist weg.«

»Was? Das kann doch nicht sein. Heute vor einer Woche war ich noch bei Rensing und hab da mit ihm gesprochen.«

»Köster hat zum Monatsende gekündigt, schon vor einer ganzen Weile, fristgerecht jedenfalls. Und er hatte noch ein paar Tage Urlaub zu kriegen, deshalb hatte er vorigen Freitag seinen letzten Arbeitstag. In seiner Wohnung waren wir natürlich auch. Da ist er anscheinend auch schon eine Zeitlang nicht mehr gewesen. Jedenfalls hat ihn von seinen Nachbarn in dieser Woche noch niemand gesehen.«

»Spätestens wenn er auftaucht, um seinen Geldkoffer abzuholen, werdet ihr ihn ja kriegen. Das muss doch irgendwann in diesen Tagen sein.«

»Lieber Herr Leschinski, heute ist Freitag, der 25. Juli 1952. Der Jahrestag des Kofferfundes war vor zehn Tagen. Soweit ich weiß, ist dem Köster vorige Woche Mittwoch die Kohle offiziell ausgehändigt worden.«

»Ich fass es nicht. Und jetzt?«

»Jetzt fahr ich mit einem Kollegen nach Altenessen, und da nehmen wir uns dann erst mal die Klara Milewski vor. Vielleicht weiß die ja, wo ihr alter Kumpel Willi Köster steckt. Mein Kollege steht übrigens schon vor der Tür und wartet auf mich.«

»Na dann, viel Erfolg.«

»Und, was ist mit heute Mittag? Gehen wir zusammen was essen?«

»Ja, von mir aus gern.«

»Um ein Uhr in dem kleinen Restaurant am Flachsmarkt. Da hat es mir vorige Woche gut geschmeckt.«

»Ja, ist gut. Aber heute musst du selbst bezahlen.«

»Das ist mir schon klar«, sagte Paul. »Dann bis später.«

Als ich kurz nach eins das rustikale Lokal am Essener Flachsmarkt betrat, war Paul schon da. Er hatte sich an denselben Tisch gesetzt wie beim letzten Mal. Das Bierglas, das vor ihm stand, war fast leer.

»Entschuldige bitte die Verspätung«, sagte ich.

Paul schaute auf seine Armbanduhr. »Fünf Minuten, das macht doch nichts.«

Es bediente uns dieselbe Frau wie in der Woche zuvor. Heute schwitzte sie nicht, und ihre Schürze war makellos weiß.

Als sie uns zwei Gläser Bier und zwei Speisekarten gebracht hatte, sagte Paul: »So, heute lade ich dich mal ein.«

»Womit hab ich mir das denn verdient?«

»Das erzähl ich dir gleich. Lass uns erst mal bestellen. Ich nehme dasselbe wie beim letzten Mal. Rinderrouladen. Die waren richtig lecker. Solltest du auch mal probieren.«

»Ich glaube, das ist das teuerste Gericht auf der Karte«, sagte ich.

»Das ist scheißegal«, sagte Paul, winkte die Bedienung heran und bestellte zweimal Rinderroulade mit Rotkohl und Klößen.

Danach hob er sein Bierglas hoch und prostete mir zu.

»Ich hab dir im Namen der Essener Kriminalpolizei zu danken«, sagte er feierlich. »Der Mordfall ist gelöst, und daran hattest du großen Anteil.«

»Gelöst? Was heißt das?«

»Wir haben ein Geständnis.«

»Wie? Habt ihr Köster gefunden?«

»Nein.«

»Jetzt versteh ich gar nichts mehr.«

»Klara Milewski hat gestanden. Sie hat Kurt Möllenbeck erschlagen.«

»Wer? Klara Milewski?«, fragte ich fassungslos. »Wieso das denn? Jetzt erzähl mal bitte der Reihe nach.«

»Mein Kollege und ich haben sie erwartungsgemäß in dem Frisiersalon in Altenessen angetroffen. Als wir ihr unsere Dienstausweise unter die Nase hielten, hat sie uns erst mal mit ganz großen Augen angesehen und ist schreckensbleich geworden. Und als ich ihr dann erklärte, wir müssten wegen des Todes von Kurt Möllenbeck mit ihr reden, da ist sie sofort in Tränen ausgebrochen und hat gejammert, sie hätte doch nur ein einziges Mal zugeschlagen, und sofort sei der Möllenbeck tot umgefallen. Das hätte sie nicht gewollt.«

»Das ist ja unglaublich.«

»Mein Kollege und ich, wir waren auch total baff. Damit hatten wir natürlich nicht gerechnet. Wir sind erst mal mit ihr in ein Hinterzimmer, um sie vor den Blicken und den gespitzten Ohren ihrer neugierigen Kolleginnen und der Kundinnen zu schützen. Sie hat sich auf einen Stuhl gesetzt, und dann hat sie herzzerreißend geschluchzt und geredet wie ein Wasserfall, immer abwechselnd und manchmal auch gleichzeitig. Der Kollege und ich, wir haben nur staunend zugehört, ohne irgendwas zu sagen und ohne sie mit irgendwelchen Fragen zu unterbrechen.«

»Sie hatte also angenommen, ihr wüsstet schon Bescheid und ihr wärt gekommen, um sie zu verhaften.«

»Ja, anscheinend. Jedenfalls hat sie uns haarklein erzählt, was an dem Abend passiert ist. Vor dem Lokal in der Alfredstraße haben Kurt Möllenbeck und sie sich von Willi Köster verabschiedet. Der wollte von da zu Fuß nach Hause gehen, und Möllenbeck wollte Klara noch zur Straßenbahn bringen. Sie und Kurt sind also zusammen in Richtung Gruga-Park marschiert, doch als sie an der Haltestelle ankamen, war die Bahn gerade weg. Deshalb sind sie noch ein Stück in den Park hineingegangen, um sich die Wartezeit bis zur Ankunft der nächsten Bahn zu verkürzen. Weil nach dem Unwetter aber die meisten Parkwege unter Wasser standen und alles furchtbar matschig war, hat Klara schnell die Lust an dem Spaziergang verloren und wollte zurück zur Haltestelle. Doch Kurt Möllenbeck hat sie festgehalten und ist zudringlich geworden, sehr massiv.«

Paul unterbrach seinen Bericht, trank sein Bierglas in einem Zuge leer und hielt es anschließend mit ausgestrecktem Arm hoch. Erst als die Kellnerin es gesehen und ihm zugenickt hatte, stellte Paul es zurück auf den Tisch und erzählte weiter.

»Also, der Möllenbeck hat versucht, die Klara zu küssen und ihr unters Kleid zu fassen. Sie hat ihn angeschrien und ihn weggeschubst. Aber er war ziemlich alkoholisiert und anscheinend nicht ganz bei Sinnen. Jedenfalls hat er nicht von ihr abgelassen. Da hat sie den Knüppel aufgehoben, der auf einmal vor ihren Füßen lag, und hat ihn Kurt Möllenbeck über den Schädel gezogen. Der ist sofort umgefallen. Klara hat angenommen, er wäre tot, und ist weggerannt. Schon nach ein paar Schritten hatte sie aber plötzlich das Gefühl, sie müsse doch noch mal nach Möllenbeck gucken. Sie ist zurückgegangen und hat ihn an der Schulter gerüttelt. Er hat keinen Mucks mehr von sich gegeben. Da war Klara sich sicher, dass er nicht mehr lebte. Sie ist ganz spontan auf die Idee gekommen, ihm sein Portmonee aus der Tasche zu ziehen, damit alles so aussah, als wäre er von einem Räuber überfallen worden.

Klara Milewski ist dann zur Haltestelle gelaufen, hat noch ein paar Minuten gewartet und ist mit der nächsten Straßenbahn in Richtung Hauptbahnhof und weiter nach Altenessen gefahren.«

»Genau so hat sie die Geschichte erzählt?«

»Nein, natürlich nicht. Das war jetzt meine Zusammenfassung. Sie war heute Morgen völlig durcheinander und hat einfach nur herausgeplappert, was ihr gerade in den Kopf kam. Jemand, der die Zusammenhänge nicht kannte, hätte Klara Milewskis Gerede wahrscheinlich überhaupt nicht verstanden. Sie sprang dauernd hin und her zwischen Szenen jenes Abends und irgendwelchen Erinnerungen an Neumühl, die ihr immer wieder in den Kopf kamen. Der Möllenbeck hätte den Tod aber auch verdient, hat sie irgendwann mal schluchzend gesagt, der habe schließlich ihren Freund Herbert Rahn auf dem Gewissen. Und plötzlich hat sie dann auch noch irgendwas gefaselt von einer Menge Geld, das die Jungs damals den Amerikanern gestohlen hätten und das der Willi Köster jetzt ganz für sich alleine hätte.«

»Was? Sag das noch mal langsam.«

»Wenn ich ihr wirres Geschwätz richtig verstanden habe, dann glaubt sie, die drei Freunde hätten eine Kiste voller Geld von einem amerikanischen Militärlaster geklaut. Da hab ich sie dann übrigens doch mal unterbrochen und sie aufgefordert, das etwas genauer zu erklären. Das könne sie nicht, hat sie gesagt, sie wisse ja auch nicht, was da eigentlich passiert sei. Der Herbert, der habe ja damals auch nie etwas Genaues erzählt, sondern immer nur so komische Andeutungen gemacht. Er habe vor seinem Tod oft damit geprahlt, ein reicher Mann zu sein. Manchmal habe er von einem kostbaren Schatz gesprochen, und irgendwann habe er eben auch mal von dieser Holzkiste voller Geld geredet.«

NEUN

Die Rinderroulade schmeckte nicht besonders. Während Paul mir gegenübersaß und genussvoll kaute, war ich vor allem damit beschäftigt, die Geschichte zu verdauen, die ich gerade von ihm gehört hatte.

Mein Teller war immer noch halb voll, als Paul Weyermann schon bezahlte. Er musste zurück ins Präsidium. Dort war für vierzehn Uhr die Vernehmung der tatverdächtigen Klara Milewski angesetzt worden.

»Wieso das denn?«, fragte ich ihn erstaunt. »Habt ihr beide, dein Kollege und du, denn nicht schon alles von ihr erfahren, was ihr wissen müsst?«

»Bis jetzt haben wir nur das Gestammel einer verwirrten jungen Frau. Damit kann die Staatsanwaltschaft nicht viel anfangen. Schließlich gibt es weder Tatortspuren noch Zeugenaussagen, die beweisen, dass Klara Milewski die Täterin ist. Ihre konfuse Aussage im Frisiersalon ist das Einzige, was sie belastet. Das ist ziemlich dünn. Der Staatsanwalt wird sich hüten, darauf eine Anklage zu stützen. Wir brauchen ihr Geständnis, protokolliert und unterzeichnet«, antwortete Paul.

»Und wenn ihr das nicht bekommt? Wenn Klara gleich behauptet, sie sei heute Morgen völlig durcheinander gewesen und hätte nur dummes Zeug geredet?«, fragte ich.

»Das wird sie nicht tun«, sagte Paul, klopfte mir auf die Schulter und verschwand.

Als ich wieder in der Redaktion war, begann ich umgehend damit, einen Artikel über die Aufklärung des Gruga-Mordes zu verfassen. Immer wenn irgendwo über Kurt Möllenbecks Tod geredet oder darüber geschrieben wurde, wurde der einprägsame Begriff Gruga-Mord verwendet. Dabei war er inzwischen höchst fragwürdig geworden. Nachdem die Obduktion ergeben hatte, dass Möllenbeck durch einen Schlag auf den Kopf die Besinnung verloren hatte und in einer Wasserlache ertrunken war, wäre es wohl richtiger gewesen, von einem Tötungsdelikt zu sprechen und zu schreiben und es den Juristen zu überlassen, die Tat zu bewerten. Aber weder an den Theken des Ruhrgebietes, wo der Fall immer noch heftig diskutiert wurde, noch in den Zeitungen habe ich jemals etwas vom Gruga-Tötungsdelikt gehört oder gelesen. Sowohl die Kumpel, die vor ihren Biergläsern saßen, als auch meine Kollegen, die vor ihren Schreibmaschinen saßen, neigten eben dazu, Sachverhalte zu dramatisieren und sie zugleich zu vereinfachen. Sie wollten ihre Zuhörer und Leser fesseln, aber vor allem wollten sie von ihnen verstanden werden. So hielt sich das anschauliche Schlagwort vom Gruga-Mord hartnäckig in Wort und Schrift.

Auch ich hatte es zunächst wieder benutzt, aber dann kam ich ins Grübeln. Ich schrieb jetzt nicht mehr über einen gesichtslosen, bösen Täter, sondern über Klara Milewski, die nach allem, was ich wusste, nicht die Absicht gehabt hatte, ihren alten Freund Kurt zu töten. Nein, das war kein Mord gewesen, da war ich mir ziemlich sicher. Ich strich das Wort aus dem Text. Ich wollte Klara Milewski nicht zur Mörderin abstempeln.

Ich beschrieb zunächst die Ereignisse des Abends so genau, wie ich das nach meinen Recherchen und Paul Weyermanns Erzählung konnte: das Treffen von drei jungen Leuten, die sich seit Jugendzeiten kannten, die Stimmung in der Kneipe an der Alfredstraße, das Unwetter, das draußen vor der Tür tobte, den Abschied vom Freund Willi K., der in der Nähe wohnte und zu Fuß nach Hause wollte, den Weg von Kurt M. und Klara M. zur Haltestelle, wo die Straßenbahn gerade weg war, und den Spaziergang der beiden in den Park.

Bei der Schilderung der folgenden, tragischen Minuten hielt ich mich zwangsläufig an das, was Klara Milewski am Morgen den Kriminalbeamten erzählt hatte. Eine andere Version des Tathergangs gab es nicht und würde es wahrscheinlich auch nie geben. Solange Klara nichts behauptete, was der äußerst dürftigen Spurenlage widersprach, gab es keinen guten Grund, daran zu zweifeln, dass sie von Möllenbeck bedrängt worden war und nur deshalb nach dem Knüppel gegriffen und zugeschlagen hatte.

Die Kripo sei bei ihren Ermittlungen auf eine Fotografie gestoßen, die Kurt M. zusammen mit einigen jungen Leuten zeigte, schrieb ich in meinem Bericht. Der Wirt in der Alfredstraße habe

Klara M. auf dem Foto wiedererkannt, daraufhin habe die Kriminalpolizei die junge Frau befragt, und diese habe ohne Umschweife die Tat gestanden.

Meine eigene Rolle bei der Aufklärung des Falles erwähnte ich nicht.

Auf Willi Köster ging ich in dem Artikel nicht näher ein. Es sah für mich ganz so aus, als hätte er mit den Ereignissen im Gruga-Park nichts zu tun gehabt. So blieb er als Willi K., der sich nach dem gemeinsamen Kneipenbesuch von Opfer und Täterin getrennt hatte, auch in meiner Geschichte eine Randfigur.

Ich bat Horst Brömmel, sich das Manuskript anzusehen. Das tat ich immer bei brisanten Themen, bei denen ein Fehler oder auch nur eine leichtfertige Formulierung schnell juristische Folgen haben könnte.

»Das ist ja verrückt«, sagte Brömmel, als er den Text gelesen hatte. »Da schimpft der ganze Kohlenpott auf den bösen Raubmörder von Essen, und dann stellt sich heraus, dass unser armes Opfer von einer zarten Frauenhand ins Jenseits befördert worden ist, weil er sich wie ein Grobian benommen hatte.«

»In meinem Artikel steht nicht, dass es so war, sondern dass Klara Milewski das behauptet.«

»Ja, das hast du ganz richtig gemacht. Aber unsere Leser werden diesen feinen Unterschied nicht zur Kenntnis nehmen.«

»Das ist mir schon klar, und wahrscheinlich hat sich die Sache ja auch so abgespielt, wie Klara sie geschildert hat.«

»Du meinst, der Möllenbeck hat sie tatsächlich bedrängt? Könnte sie denn nicht auch aus irgendeinem anderen Grund die Absicht gehabt haben, ihn aus dem Weg zu räumen?«

»Ich weiß nicht«, sagte ich und dachte zum ersten Mal ernsthaft darüber nach, dass Klara Milewski ihre Geschichte von der sexuellen Belästigung auch erfunden haben könnte.

»Was ist los?«, fragte Brömmel.

»Ich brauch noch einen knackigen Titel«, sagte ich.

»Junge Frau gesteht Mord im Gruga-Park«, schlug Brömmel vor.

»So wie es aussieht, war das kein Mord, sondern ein Totschlag, eine Körperverletzung mit Todesfolge oder irgendwas in der Art.«

»Du hast recht«, sagte Brömmel.

Nachdem wir noch eine Weile diskutiert und nachgedacht hatten, einigten wir uns darauf, »Junge Frau gesteht« in großen Lettern über den Artikel zu setzen und als Untertitel darunter zu schreiben: »Mysteriöser Todesfall im Gruga-Park ist aufgeklärt«.

»Dann gib den Text mal runter in die Setzerei«, sagte Brömmel.

»Nein, das geht im Moment noch nicht. Ich warte noch auf einen Anruf von Paul Weyermann.«

»Warum?«

»Klara Milewski muss ihre spontanen Aussagen von heute Morgen noch in einem offiziellen Verhör bestätigen.«

»Und wenn sie das nicht tut?«

Ich zuckte mit den Achseln.

»Ach, du Scheiße«, sagte Horst Brömmel.

Eine halbe Stunde später rief Paul an.

»Und? hat sie ihr Geständnis wiederholt?«, fragte ich sofort.

»Ja, im Großen und Ganzen schon«, antwortete Paul.

»Wie? Was heißt das? Hat sie ihm den Knüppel über den Schädel gezogen oder nicht?«

»Doch, doch. Die Vorgänge im Gruga-Park hat sie noch einmal in allen Einzelheiten geschildert, und zwar genau so wie heute Morgen. Das haben wir jetzt im Wortlaut. Sie hat sogar schon das Protokoll gelesen und unterschrieben, und ihr Anwalt auch.«

»Ach, sie hat schon einen Anwalt?«

»Ja, und zwar einen bekannten Strafverteidiger aus Duisburg. Der kam zu unserer Überraschung auf einmal um Punkt zwei hier reingeschneit und bestand darauf, erst mal alleine mit seiner Mandantin zu reden. Ich glaube, Klara selbst war auch überrascht.«

»Du meinst, sie hat den Anwalt gar nicht selbst engagiert?«

»Mit Sicherheit nicht. Seitdem wir sie im Frisiersalon befragt hatten, war sie immer unter Beobachtung. Sie hatte mit niemandem telefoniert.«

»Erstaunlich.«

»Ja, das finde ich auch. Aber vor allem bin ich froh, dass wir jetzt ihr Geständnis haben.«

»Ich auch. Sonst hätte ich nämlich meinen Artikel in den Mülleimer werfen können.«

»Ach, du hast schon was geschrieben?«

»Ja, das hab ich. Die Kripo kommt gut dabei weg.«

»Ich hoffe, du hast nicht erwähnt, dass die Klara heute Morgen behauptet hat, der Möllenbeck hätte etwas mit Herbert Rahns Tod zu tun gehabt.«

»Nein, hab ich nicht.«

»Und was ist mit ihrem Gerede vom Überfall auf einen amerikanischen Militärlaster?«

»Davon hab ich auch nichts geschrieben.«

»Dann ist es gut. Sonst bekäme ich nämlich Ärger und du wahrscheinlich auch. Die Aussagen hat sie beide zurückgenommen. Als mein Kollege sie mit ihrer Anschuldigung gegen Möllenbeck konfrontiert hat, hat ihr Anwalt sofort dazwischengefunkt und gesagt, seine Mandantin sei in einer seelischen Ausnahmesituation gewesen, als ihr an ihrem Arbeitsplatz plötzlich zwei Kriminalbeamte gegenübergestanden hätten. Sie sei völlig durcheinander gewesen und habe in ihrer Aufregung sicher manches gesagt, was sie nicht so gemeint hätte. Selbstverständlich habe sie Möllenbeck nie in Verdacht gehabt, Herbert Rahns Tod verursacht zu haben. Schließlich wisse Klara Milewski ja, dass die polizeilichen Untersuchungen im Frühjahr 1949 ergeben hätten, dass ihr damaliger Freund Herbert durch einen Unglücksfall zu Tode gekommen sei, und sie selbst habe daran nicht den geringsten Zweifel.«

»Und? Glaubst du das?«

»Nein, das gehört zur Strategie des Anwalts. Er will mit Sicherheit darauf hinaus, dass die Tat eine spontane Abwehrreaktion seiner Mandantin war. Dafür muss er natürlich unter allen Umständen verhindern, dass noch irgendein anderes Mordmotiv auftaucht. Wenn Klara davon überzeugt gewesen wäre, dass Kurt Möllenbeck ihren Freund umgebracht hat, könnte ein Richter schnell auf die Idee kommen, dass ihre Attacke mit dem Knüppel ein Racheakt war.«

»Das leuchtet mir ein.«

»Und diese seltsame Behauptung, die drei Jungs hätten die

US-Streitkräfte beklaut, die könnte ebenfalls zu Spekulationen führen, die ungünstig für Klara Milewski wären. Wenn das Trio damals tatsächlich eine Menge Kohle erbeutet hätte, dann könnte es nämlich gut sein, dass Klara einen Anteil davon haben wollte und dass es darüber im Gruga-Park zu einem heftigen Streit mit tödlichem Ausgang gekommen ist.«

»Was hat sie denn heute Nachmittag dazu gesagt?«

»Sie hat das als völligen Unsinn bezeichnet. Sie wisse gar nicht, was ihr da in den Kopf gekommen sei. Herbert Rahn sei immer ein bisschen großspurig gewesen, er habe ihr alles Mögliche versprochen und allerlei verrückte Sachen erzählt. Aber dass er mal irgendwas von einem amerikanischen Lkw gesagt habe, daran könne sie sich überhaupt nicht mehr erinnern. Wahrscheinlich habe sie da heute Morgen in ihrer Verwirrung irgendwas durcheinandergebracht.«

»Also ist die verrückte Geschichte wieder vom Tisch?«

»Für die Juristen schon, für mich aber noch nicht«, sagte Paul Weyermann.

Als ich am frühen Abend in der Bremener Straße angekommen war, mein Motorrad hinterm Haus abgestellt und meinen Helm abgenommen hatte, sah ich mich vergeblich nach meinen Großeltern um.

Es kam nur selten vor, dass keiner von beiden herauskam, um mich zu begrüßen. Ich schaute den Garten hinunter, niemand war zu sehen, die Bank unterm Apfelbaum war leer. Ich öffnete die Stalltür und rief »Hallo«. Antwort bekam ich nur von den beiden Ferkeln. Sie grunzten so laut, als wollten sie sich darüber beschweren, dass sie noch nichts zu fressen bekommen hatten.

Die Haustür stand offen. In der Küche war kein Mensch. Aus dem Wohnzimmer hörte ich eine fremde Stimme. Als ich vorsichtig um die Ecke schaute, sah ich Oma Hilde und Opa Leschinski nebeneinander auf dem Sofa sitzen. Die beiden strahlten mich an.

»Was ist denn hier los?«, fragte ich verwirrt.

»Komm ma rein, Jung«, sagte Oma Hilde aufgeregt.

»Und sei schön ruhig«, sagte Opa Leschinski, »gerade sind Nachrichten.«

Erst als ich in der Mitte des Wohnzimmers stand, sah ich den Radioapparat auf dem Tischchen neben dem Sofa.

»Da stauns'e, wat?«, sagte Oma.

»Jetzt seid doch ma gerade still, bis die Nachrichten vorbei sind«, sagte Opa.

Oma Hilde winkte ab, stand auf und zog mich am Arm in die Küche.

»Die haben wir heute schon dreimal gehört, die blöden Nachrichten«, flüsterte sie mir zu.

Sie schloss die Tür zum Wohnzimmer hinter sich und sah mich triumphierend an. »Wat sachs'e denn jetz? Da bis'e platt, ne?«

»Das kann man wohl sagen.«

Ich zog meine Lederjacke aus und legte sie zusammen mit dem Helm auf die Küchenbank.

»Kanns dich schon ma an den Tisch setzen«, sagte Oma. »Hab noch Bratkartoffeln mit Rührei für dich. Muss ich nur noch en bissken warm machen. Und Salat is auch noch da, frisch aus 'm Garten.«

»Davon habt ihr gar nichts gesagt, dass ihr euch ein Radio kaufen wolltet.«

»Du musst doch nicht alles wissen, wat wir so im Kopp haben«, sagte Oma und lachte verschmitzt.

»Aber ich hätte euch doch beim Kauf beraten können.«

»Ja, da has'e natürlich recht, und eigentlich hatte ich mir dat auch so vorgestellt. Aber dein Opa, der ollen Leschinski, also manchmal denk ich, ich kenn en immer noch nich richtig.«

Während Oma die Bratkartoffeln aufwärmte, erfuhr ich, dass ihr das Radio nicht mehr aus dem Kopf gegangen war, nachdem ich sie auf die Idee gebracht hatte. Nach ein paar Tagen hatte sie sich dann entschlossen, Opa die Sache auch irgendwie schmackhaft zu machen. Immer wenn sie in der Zeitung gesehen hatte, dass etwas Schönes im Rundfunk kam, ein Konzert, ein Hörspiel, eine Quizsendung oder eine interessante Reportage, hatte sie die Programmankündigung in Opas Beisein laut vorgelesen, und hin und wieder hatte sie dazu noch ganz beiläufig gesagt, die Leute, die das alles hören könnten, die wären ja doch schon ein bisschen zu beneiden.

Irgendwann hatte Opa dann feierlich beim Frühstück zu ihr gesagt: »Weißt du, wat ich mir überlegt hab? Wir beide, wir könnten uns doch eigentlich auch so 'n Radioapparat anschaffen. Wat hälts'e davon?«

Sie hätte, so erzählte Oma mir, erst mal, aus rein taktischen Erwägungen, ein bisschen skeptisch geguckt und über das viele Geld gestöhnt, das so ein Gerät kostete. Das hatte die gewünschte Wirkung. »Du has doch selbst schon öfter gesacht, dat et schön wär, so 'n Ding zu haben«, hatte Opa ihr entgegnet. »Und wegen dem Geld mach dir ma keine Sorgen, dat können wir zwei uns schon leisten.«

Damit war die Sache eigentlich schon durch, aber Oma Hilde hatte noch ein gewichtiges Argument in der Hinterhand, um Opa Leschinski in seiner Entscheidung zu bestärken: »Unser Hermann, der hat dat ja auch schon ma gemeint, dat et schön für uns beide wär, wenn wir so 'n Radioapparat hätten.«

»Na siehs'e«, hatte Opa erfreut gesagt. »Dann machen wir dat jetz auch, dann holen wir uns so 'n Ding.«

Da sie wussten, dass ich am Wochenende keinen Dienst hatte und in Sterkrade sein würde, hatten sie sich überlegt, noch bis Samstag mit dem Kauf des Geräts zu warten und mich als Berater mitzunehmen ins Radiogeschäft.

»Morgen früh solltes'e eigentlich mit em Opa los und nach so 'n Ding gucken. Aber, wat denks'e, da setzt der sich gestern auf sein Fahrrad, fährt in e Stadt runter, und als er nach zwei Stunden zurückkommt, da hat er en Karton auf 'm Gepäckträger, kommt damit rein, packt dat Gerät aus, steckt den Stecker in e Stromdose, dreht an so 'n Knopp, und auf einmal is Musik im Haus. Ich konnte dat erst überhaupt nich glauben. Aber dat ging wirklich ganz einfach, und dat is richtig schön jetz. Ich bin jedenfalls froh, dat du mich auf die Idee gebracht has und dat wir jetz so 'n Ding haben. Aber wenn e mit 'm Opa sprichs, dann muss'e ihm nich sagen, dat du dat Ganze eingefädelt has. Weiß'e, der ist so stolz auf dat schöne Radio, lass en ma ruhig glauben, dat wär auf seinem Mist gewachsen.«

Als die dampfenden Bratkartoffeln vor mir auf dem Tisch standen, kam Opa strahlend aus dem Wohnzimmer.

»Na Jung, da bis'e platt, oder? Jetz haben wir uns die große weite Welt in unser Wohnzimmer geholt. Wat sachs'e dazu? Deine Großeltern, die haben sich wahrhaftig auf ihre alten Tage noch 'n Radioapparat angeschafft.«

Ich hatte gerade den Mund voll und konnte nicht sprechen, nickte aber anerkennend.

»Iss ma erst auf«, sagte Opa. »Ich geh dann ma dat Vieh füttern und den Stall abschließen.«

»Wat? Has'e dat noch nich gemacht? Dat geht aber nich, dat jetz wegen dem Radio die Tiere nich mehr ordentlich versorgt werden«, schimpfte Oma.

»Jetz hör ma auf zu knöttern, Hilde. Et is doch gerade erst sieben Uhr vorbei.«

»Also, dat will ich nich, dat wegen so 'n Ding unser Leben durchenanderkommt. Zwischen sechs und sieben werden die Tiere gefüttert, und dann wird die Luke dichtgemacht und der Stall abgeschlossen, und um sieben is Abendessen.«

»Mensch Frau, jetz mach ma en Punkt. Um sieben has'e selbst noch mit an e Nachrichten gesessen. Wir haben dat Radio doch erst seit gestern, da is et doch ganz normal, dat uns dat jetz erst ma en bissken rappelig macht. Dat legt sich schon wieder mit e Zeit. Mach du mir ma zwei Bütterkes, eins mit Käse und eins mit Schinken. Ich ess gleich, wenn ich wieder reinkomm.«

Als ich meinen Teller leer hatte und Opa immer noch nicht zurück war, ging ich raus, um nach ihm zu sehen. Er saß auf der Bank am Apfelbaum und hatte sich gerade eine Zigarette angezündet.

»Wills'e auch eine?«, fragte er mich, als ich mich neben ihn setzte.

»Nee danke, im Moment nicht.«

»So 'n richtigen Raucher bis'e gar nich, oder? Kaufs'e dir überhaupt schon ma selbst 'ne Packung?«

»Selten. Wenn ich mit den Kumpels unterwegs bin, dann mach ich dat manchmal. In der Kneipe beim Bier, da rauch ich ganz gerne ab und zu eine.«

»Und wat hälts'e von unserem neuen Radio? Has'e dir noch gar nich richtig angeguckt, oder?«

»Doch, ist schön.«

»Is en Apparat von Lembeck. Führend in Qualität und Leistung, so heißt et jedenfalls in e Reklame von denen. Die is oft in e Zeitung. Aber stimmt ja auch. Und der Verkäufer im Radiogeschäft hat auch gesacht, dat Gerät könnte er wirklich sehr empfehlen.«

»Ich freu mich, dat ihr beide Spaß damit habt. Es hat wirklich einen guten Klang, sehr natürlich. Als ich ins Haus kam, hab ich gedacht, da säß noch jemand bei euch im Wohnzimmer.«

»Wat der Klang so hergibt, wenn et drauf ankommt, dat werden wir dann gleich ma sehen. Um acht kommt en Potpourri der schönsten Operettenmelodien. Dat wollen wir beide uns anhören, die Oma und ich.«

»Also ist nix mit Karten heute Abend?«

»Nee Jung, heute nich, dat muss'e verstehen. Has'e denn keine Lust, mit uns Radio zu hören?«

»Operettenmelodien? Ich weiß nicht, Opa. Ich glaub, ich guck dann lieber ma, wat Hänsken Schlüter macht.«

»Ja, is in Ordnung. Ich geh dann jetz ma meine Bütterkes essen, damit die Oma nich ganz mit ihre Zeit durcheinanderkommt.«

Hänskens Vater war das erste Mitglied der Familie Schlüter, dem ich begegnete. Er kehrte mit einem Straßenbesen den Gehweg vor seinem Haus.

»Guten Abend, Herr Schlüter. So spät am Tag noch fleißig?«

»Ja, noch ein bisschen saubermachen. Aber nur bis acht. Dann hör ich auf, dann kommt eine schöne Radiosendung, die will ich mir mit meiner Frau anhören.«

»Das Potpourri der schönsten Operettenmelodien?«

»Ja. Woher weißt du das denn?«

»Von meinen Großeltern. Die freuen sich auch schon darauf.«

»Seit wann haben die denn ein Radio?«

»Seit gestern.«

»Na, guck mal an.«

»Ist Hänsken auch da?«

»Der hat sich eine ganze Kiste Bier gekauft fürs Wochenende, der alte Sausack. Hoffentlich fängt der nicht das Saufen an. Wäre ja nicht der erste Maurer, der auf dem Bau zum Alkoholiker wird.«

»Da machen Sie sich mal keine Sorgen, Herr Schlüter. Dafür ist der Johannes viel zu vernünftig. Der weiß schon, was er tut. Na gut, wenn wir alle frei haben und zusammen rumhängen, dann trinken wir auch schon mal einen über den Durst. Aber Ihr Sohn, der weiß immer, wann er genug hat. Im Gegensatz zu einigen anderen aus unserer Clique.«

Der alte Schlüter stützte sich auf seinen Besen und sah mich eine Weile prüfend an.

»Wenn du das sagst«, murmelte er schließlich und fügte etwas lauter hinzu: »Der sitzt hinterm Haus, der Johannes.«

Hänsken war nicht allein. Er saß an einem kleinen runden Gartentischchen, hatte seine Kiste Bier in den Schatten eines Kirschbaums gestellt und verteilte gerade Spielkarten an sich und an seine Schwester. Leni, die ihrem Bruder gegenübersaß, nahm die Karten auf und sortierte sie. Mich bemerkte sie erst, als ich neben dem Tisch stand und sagte: »Brüderchen und Schwesterchen spielen zusammen. Wie idyllisch.«

»Guten Abend, Hermann«, sagte sie freundlich, aber keineswegs überschwänglich. Sie sah mich nur kurz an, dann schaute sie wieder in ihre Karten. Es schien mir so, als sei sie nicht gerade hocherfreut darüber, mich zu sehen.

Hänsken dagegen zeigte sein Freude deutlich: »Mensch, der Hermann, das ist ja toll. Komm, setz dich zu uns, dann können wir einen richtigen Skat spielen.«

»Kannst du denn Skat?«, fragte ich Leni, während ich mich setzte.

»Würdest du die blöde Frage auch stellen, wenn hier ein Kerl säße?«, fragte Leni zurück.

»Wenn ich ihn schon lange kennen würde und ihn noch nie Skat spielen gesehen hätte, dann würde ich ihn das auch fragen. Na klar.«

»Na gut«, sagte Leni und lachte. »Da hast du ja noch mal gerade deinen Kopf aus der Schlinge gekriegt.«

»Hol dir eine Flasche Bier«, sagte Hänsken. »Nein, nicht aus der Kiste. In der Regentonne stehen auch noch ein paar, die sind kühler.«

Nach dem ersten Spiel, einem Pik-Solo, das Hänsken gewonnen hatte, pflaumte ich Leni an, weil ich der Meinung war, sie hätte bei einem Stich, den ich mit dem Kreuz-Buben gemacht hatte, ihr Herz-Ass schmieren müssen.

»Dann hätten wir sieben Augen mehr gehabt und auch nicht gewonnen«, sagte Leni. »Wir hätten nur mehr als sechzig kriegen können, wenn der Hermann ein Herz gehabt hätte und ich mit meinem Ass einen Stich bekommen hätte.«

»Er hatte aber kein Herz«, sagte ich.

»Du Klugscheißer, das weiß ich jetzt auch.«

Die Stimmung wurde im Laufe des Abends immer gelöster. Wir lachten viel. Leni spielte gut, trotzdem frotzelte ich sie immer wieder an, und auch sie ließ keine Gelegenheit aus, mich zu foppen.

Irgendwann sagte Hänsken: »Was sich liebt, das neckt sich.«

Danach sagten Leni und ich nicht mehr viel.

Wir spielten, bis es so dunkel war, dass man die Karten nicht mehr erkennen konnte.

»Ich geh jetzt ins Bett« sagte Hänsken. »Ich muss morgen noch bis zwei Uhr arbeiten.«

»Und was machen wir am Abend?«, fragte ich.

»Kino, Kneipe«, schlug Hänsken vor.

»Ich bin dabei«, sagte Leni.

»Das glaub ich erst, wenn ich dich morgen Abend sehe«, sagte ich.

»Was soll das denn heißen?«, fragte Leni spitz.

Ich zuckte mit den Achseln.

Hänsken stand auf. »Bleibt ihr beide noch hier sitzen?«

»Nein, ich geh auch ins Bett«, sagte Leni.

»Ich bin auch müde«, sagte ich.

»Na dann bis morgen«, sagte Hänsken.

Am nächsten Abend standen Leni, Hänsken, vier Jungs aus der Clique, von denen einer seine neue Freundin mitgebracht hatte, und ich vor dem Lito-Palast in der Sterkrader Stadtmitte. In zehn Minuten sollte die Vorführung des Films »Dr. Holl« beginnen, in dem sich Dieter Borsche als Dr. Holl in die sterbenskranke Maria Schell verliebt und sie natürlich auch wieder gesund macht. Das sentimentale Filmdrama lief schon seit Monaten äußerst erfolgreich in den deutschen Kinos, und ich hatte es bereits in Essen gesehen. Gefallen hatte mir die Schmonzette um den edelmütigen Mann im weißen Kittel überhaupt nicht, aber die Aussicht, fast zwei Stunden im dunklen Kino neben Leni zu sitzen, die wieder ihr hübsches Sommerkleid mit den roten Punkten anhatte, bewog mich dazu, mein Portmonee zu zücken, um mir eine Karte zu kaufen.

Doch dann gab Leni dem Abend eine andere Wendung.

»Nein«, sagte sie, »auf keinen Fall. Die banale Schnulze habe ich schon in Köln gesehen. Das tu ich mir nicht noch mal an.«

»Der Film ist wirklich so sentimental und rührselig, dass man es kaum aushält«, sagte ich. »Ich hab ihn auch schon gesehen.«

Eine viertel Stunde später saßen Leni und ich auf einer Bank im Volkspark und zogen zusammen über den schlechten Geschmack des deutschen Kinopublikums und unserer Clique her.

Danach schauten wir eine Weile der trägen Abendsonne zu, die sich hinter den Schienensträngen westlich des Parks ganz langsam auf die beiden Fördertürme der Zeche Sterkrade herabsenkte.

Irgendwann fragte Leni mich: »Was sollte eigentlich die blöde Andeutung gestern nach dem Kartenspielen? Warum wolltest du mir nicht glauben, dass ich heute Abend mit euch losziehe?«

»Das weißt du doch genau.«

»Sag es mir bitte«, forderte Leni mich auf.

»Heute vor vier Wochen hast du mir einen Kuss auf die Wange gegeben und mir versprochen, am Wochenende drauf wieder in Sterkrade zu sein. Das war es dann. Du bist in Köln geblieben, und wir haben uns seitdem nicht mehr gesehen.«

»Mensch Hermann, das kann doch wohl nicht wahr sein, dass du mir das immer noch nachträgst. Ich musste zum Geburtstag einer Kommilitonin. Sie hatte mich überraschend eingeladen. Ich arbeite oft mit ihr zusammen, und ein paar andere Leute aus unserem Semester waren auch bei der Feier. Es war wichtig für mich, dahin zu gehen. Ich hab doch extra eine Postkarte geschrieben und dich grüßen lassen. Ich wollte nicht, dass du vergeblich auf mich wartest.«

»Und am Wochenende danach bist du wieder nicht gekommen«, sagte ich.

»Da hatte ich eine fiese Erkältung und hab zwei Tage nur im Bett gelegen.«

»Das wusste ich nicht.«

»Hat Hänsken dir das nicht erzählt?«

»Nein, das hat er nicht. Als du wieder nicht in Sterkrade warst, hab ich gedacht, du hättest nach unserem gemeinsamen Abend befürchtet, ich könnte auf falsche Gedanken kommen, und du wärst in Köln geblieben, um mir klarzumachen, dass dein Kuss nichts zu bedeuten hatte.«

»Ja klar, dafür ist die Leni Schlüter ja bekannt. Wenn die sich an einem netten Abend so richtig gut fühlt, dann schnappt sie sich alle Jungs, die sie kriegen kann, und küsst sie. Das hat bei ihr überhaupt nichts zu bedeuten«, sagte Leni sarkastisch.

»Ist ja gut. Ich war eben ein bisschen verunsichert«, sagte ich. »Zuerst hatte ich ja schon das Gefühl, dass du mir mit deinem Kuss zeigen wolltest, dass du mich magst. Aber dann bist du einfach nicht mehr gekommen, und ich hab mir gedacht, ich hätte mir nur was eingebildet.«

»Und ich hab mir gedacht, dass du nichts mehr von mir wissen willst. Immerhin bin ich schon eine ganze Woche in der Bremener Straße, und du hast dich bis gestern nicht ein einziges Mal bei uns sehen gelassen.«

»Du hättest ja auch mal mit Hänsken zu uns rüberkommen können.«

»Ich bin eben auch ein bisschen verunsichert«, sagte Leni, und dann nahm sie meine Hand und hielt sie fest.

Als die Sonne hinter den Kohlenhalden der Zeche versank, schienen die beiden Fördertürme sich im zerfließenden Rot des Abendhimmels aufeinander zuzubewegen.

»Wenn wir uns jetzt zum ersten Mal küssen würden, könnte das eine Szene aus dem Film ›Dr. Holl‹ sein«, sagte Leni. »Es wäre jedenfalls genauso kitschig.«

»Ich würde es trotzdem gern tun«, sagte ich.

»Ich auch«, sagte Leni.

An dem Montag, der auf das wundervolle Wochenende folgte, an dem Leni und ich ein Liebespaar geworden waren, hörte ich zum ersten Mal in meinem Leben etwas von der »Operation Bird Dog«.

So hatten die Amerikaner den geheimen Transport genannt, mit dem sie vor der Währungsreform das neue Geld der Deutschen ins Land geholt und auf die drei westlichen Besatzungszonen verteilt hatten.

Paul Weyermanns vorgesetzter Kriminalkommissar hatte darüber schon einmal etwas gelesen, und er erinnerte sich wieder daran, als Paul ihm von Klara Milewskis seltsamer Behauptung berichtete, die drei Freunde aus Neumühl hätten eine Kiste Geld von einem amerikanischen Militärlaster gestohlen.

Paul hatte daraufhin noch am Freitag ein Fernschreiben an das Hauptquartier der US-Streitkräfte in Heidelberg abgesetzt, in dem er angefragt hatte, ob der US-Armee im Jahre 1948 eine Kiste mit frisch gedruckten D-Mark-Scheinen abhanden gekommen sei.

Übers Wochenende hatte er noch weitere Nachforschungen angestellt. Seit der Währungsreform waren vier Jahre vergangen, und inzwischen war doch schon einiges über die geheime Operation Bird Dog bekannt geworden. Was Paul Weyermann in Zeitungsartikeln und behördlichen Berichten dazu gefunden hatte, erzählte er mir am Montag nach Feierabend bei einer Tasse Kaffee in der kleinen Eisdiele in der Essener Innenstadt, in der ich vor fast drei Wochen Klara Milewski zum ersten Mal getroffen hatte.

Schon 1947 hatten die Amerikaner vorsorglich das zukünftige Geld der Deutschen in New York und Washington drucken lassen. Es gab zwar damals noch keinen Termin für die Einführung der neuen Währung, aber dass sie kommen musste, stand außer Frage. Die alte Reichsmark war zu einem nahezu wertlosen Papier geworden, und die deutsche Wirtschaft lag darnieder. Mehr als die Hälfte der Waren wurde nicht mehr mit Geld gekauft, sondern durch Tausch erworben. Wer mit Zigaretten bezahlen konnte, hatte weitaus größere Chancen, ein Brot oder ein Stück Speck zu bekommen, als derjenige, der ein Bündel Reichsmarkscheine in der Tasche hatte.

Im Frühjahr 1948 ließen die Amerikaner in aller Heimlichkeit die Operation Bird Dog anlaufen. Druckfrische D-Mark-Scheine mit einem Gesamtgewicht von rund fünfhundert Tonnen wurden per Schiff über den Atlantik nach Deutschland gebracht. Verpackt war das neue Geld in dreiundzwanzigtausend Holzkisten, die zur Tarnung mit der Aufschrift »Barcelona via Bremerhaven« versehen worden waren. Nachdem die tonnenschwere Schiffsladung in Bremerhaven gelöscht worden war, wurde sie jedoch nicht weiter nach Barcelona verfrachtet, sondern auf Güterzüge umgeladen und nach Frankfurt gebracht, wo sie in den Keller des alten Reichsbankgebäudes geschafft wurde.

Welcher unermessliche Schatz dort vom April bis zum Juni 1948 gehortet wurde, wussten nur ganz wenige Eingeweihte. In den bis zur Kellerdecke gestapelten Holzkisten lagen Banknoten im Gesamtwert von knapp sechs Milliarden D-Mark.

Die Deutschen sollten auf keinen Fall erfahren, dass ihr neues Geld schon im Lande war und dass die Währungsreform in den drei westlichen Besatzungszonen kurz bevorstand. Hätten sie das gewusst, dann hätten die Produzenten ihre Erzeugnisse und die Händler ihre Waren erst einmal gebunkert, um sie später gegen harte D-Mark zu verkaufen. Das hätte zu bedrohlichen Versorgungsengpässen führen können.

Doch trotz der Geheimhaltung ahnten viele, dass es bis zum Tag X nicht mehr lange dauern würde. Immer mehr Schaufenster blieben leer, immer mehr Einzelhändler ließen Kleider und Schuhe, Kartoffeln und Mehl in Lagerräumen und Kellern und warteten auf das neue Geld.

Am Sonntag, dem 20. Juni 1948, war es dann so weit. Die Reichsmark verlor ihre Gültigkeit, und die D-Mark wurde zum neuen Zahlungsmittel. Die deutsche Bevölkerung wurde darüber erst zwei Tage zuvor informiert.

Während der Rundfunk am Freitag, dem 18. Juni, die Nachricht verbreitete, lief in Frankfurt die letzte Phase der Operation Bird Dog an. Den ganzen Tag über wurden am alten Reichsbankgebäude Militärlastwagen mit schweren Holzkisten beladen. Bis zum späten Abend verließen immer wieder Lkw-Konvois mit ihrer wertvollen Fracht die Stadt am Main. Spätestens am frühen Sonntagmorgen mussten insgesamt fünfhundert Tonnen Banknoten auf die zahlreichen Ausgabestellen in ganz Westdeutschland verteilt sein, an denen jeder Deutsche für vierzig alte Reichsmark vierzig neue D-Mark bekommen konnte.

»Fast sechs Milliarden D-Mark, die auf Lastwagen kreuz und quer durchs Land gefahren werden«, sagte ich fasziniert, »das kann man sich ja kaum vorstellen.«

»Was hast du denn gedacht, wo das neue Geld damals hergekommen ist?«, fragte Paul.

»Darüber hab ich mir nie Gedanken gemacht«, gab ich zu.

»Ich glaube, das hat niemand«, sagte Paul. »Die Leute waren einfach froh, als die D-Mark da war und es endlich wieder alles zu kaufen gab.«

»Dreiundzwanzigtausend Holzkisten voller Geld«, sagte ich kopfschüttelnd. »Da müssen ja hunderte Lastwagen unterwegs gewesen sein.«

»In einem Zeitungsbericht stand, dass es zweihundert waren. In einem andern Artikel war sogar von achthundert Lkw die Rede.«

»Dann bin ich gespannt, was die Amis auf deine Anfrage antworten. Wenn denen tatsächlich eine Kiste geklaut worden ist, dann ist das Rätsel um den Geldkoffer vom Ruhrufer ja wohl gelöst. Oder wie denkst du darüber?«

»Darüber brauchen wir nicht mehr nachzudenken, lieber Hermann. Die Antwort aus dem amerikanischen Hauptquartier tickerte schon heute Vormittag aus unserem Fernschreiber. Und sie war eindeutig. Dem amerikanischen Militär ist weder bei den Geldtransporten im Rahmen der sogenannten Operation Bird Dog noch bei einer anderen Gelegenheit jemals Geld gestohlen worden oder sonst irgendwie abhanden gekommen.«

Ich sah Paul ungläubig an. Für einen Moment dachte ich, er wolle mich auf den Arm nehmen.

Der Betreiber der Eisdiele, ein kleiner Mann mit wenig Haaren auf dem Kopf, kam an unseren Tisch. Er hatte gesehen, dass unsere Kaffeetassen schon eine Weile leer waren.

»Möchten Sie noch etwas trinken oder bezahlen?«, fragte er mürrisch.

»Haben Sie auch alkoholische Getränke?«, fragte ich zurück.

»Flaschenbier.«

»Dann bringen Sie uns bitte zwei Flaschen.«

Der Mann nickte, räumte unsere Kaffeetassen ab und ging zurück zu seinem Tresen.

»Ich hab es auch nicht glauben wollen«, sagte Paul. »Eine vermaledeite Scheiße ist das. Als ich zum ersten Mal von der Operation Bird Dog gehört habe, habe ich sofort gedacht: Ja, das ist es. Jetzt ist die Geschichte rund. Die Amis karren zigtausend Kisten Geld durch die Gegend, drei Jungs klauen eine davon, einer der drei kann das Maul nicht halten, die beiden anderen bringen ihn zum Schweigen, danach beginnen sie damit, das Geld zu waschen, und schließlich liest Klara Milewski deinen Bericht über Köster und den Schatz vom Ruhrufer in der Zeitung, und sie ahnt sofort, dass es sich dabei nur um einen Teil der Beute handelt. Sie fordert einen Anteil, gerät darüber mit Möllenbeck in einen heftigen Streit und erschlägt ihn im Gruga-Park. Das alles passte so verdammt gut zusammen, und jetzt stellt sich heraus, dass die schöne Geschichte leider nichts mit der Wirklichkeit zu tun hat.«

Der kleine Mann mit dem schütteren Haar stellte wortlos zwei Flaschen Bier und zwei Gläser auf unseren Tisch.

Während Paul und ich die Gläser füllten, sagte ich: »Und wenn die Amis das damals gar nicht bemerkt haben, dass ihnen eine Geldkiste abhanden gekommen ist? Die haben die Dinger auf hunderte Lkw verladen und sie überall im Land verteilt. Und das Ganze musste in aller Heimlichkeit und in großer Eile passieren. Dabei kann doch eine von dreiundzwanzigtausend Kisten verlorengegangen sein, ohne dass das jemandem aufgefallen ist.«

»Das kann ich mir nicht vorstellen«, sagte Paul. »Da scheint es mir jedenfalls wahrscheinlicher zu sein, dass dieser Herbert Rahn ein großmäuliger Angeber war, der sich vor seiner Freundin aufspielen und sich wichtig machen wollte. Deshalb hat er das alles erfunden, seinen Reichtum, einen Schatzfund, den Überfall auf einen Militärlaster und was weiß ich, was er den Leuten sonst noch alles aufgetischt hat.«

»Du meinst, an seinem ganzen Gerede war überhaupt nichts dran?«, fragte ich skeptisch.

»Mittlerweile halte ich das zumindest für möglich«, antwortete Paul. »Meine Geschichte ist nämlich sowieso nicht ganz so plausibel, wie ich gedacht hatte. Sie hat noch ein paar andere gravierende Schönheitsfehler.«

Wir prosteten einander zu und tranken von unserem Bier.

»Ich hab die Akte vom Tod Herbert Rahns bekommen und sie inzwischen gründlich studiert«, erzählte Paul. »Die Kollegen aus Duisburg haben damals, im Frühjahr '49, wirklich sorgfältig ermittelt. Es gibt tatsächlich keinen Hinweis auf ein Fremdverschulden. Herbert Rahn war in den Stunden vor seinem Tod mit Möllenbeck und Köster zusammen in diesem Lokal in Neumühl, das du auch kennst.«

»Im Gasthaus Pieper.«

»Genau«, sagte Paul. »Irgendwann war Rahn sturzbetrunken. Wie so oft. Das haben alle Zeugen bestätigt. Die drei Kumpels haben am späten Abend zusammen die Kneipe verlassen. Möllenbeck und Köster haben Rahn bis vor dessen Haustür begleitet. Sie haben noch gewartet, bis er im Haus war, dann sind die beiden zusammen gegangen. Herbert Rahn hat definitiv allein seine Wohnung betreten. Niemand war bei ihm. Das haben seine Freunde Kurt und Willi übereinstimmend ausgesagt.«

»Also haben unsere beiden Hauptverdächtigen sich gegenseitig ein Alibi gegeben. Das überzeugt mich nun wirklich nicht«, sagte ich.

»Ja, das kann man natürlich so sehen«, gab Paul zu, »aber andererseits spricht auch nichts dafür, dass einer von den beiden bei Rahn in der Wohnung war, als er starb. Die Kollegen haben das damals gründlich untersucht und meines Erachtens zu Recht ein Fremdverschulden ausgeschlossen. Letztendlich hat das Obduktionsergebnis ihnen ja dann auch recht gegeben. Herbert Rahn hat sich eindeutig an der Kante seines Küchentischs den Schädel eingeschlagen und ist an den Folgen dieser Verletzung gestorben.«

Ich goss den Rest Bier aus meiner Flasche ins Glas. Pauls Vortrag überzeugte mich nicht. Na gut, seine Kollegen hatten keinen Hinweis auf eine zweite Person in der Wohnung gefunden, aber konnte man deshalb einen Mord wirklich ausschließen? War es nicht genauso gut möglich, dass jemand Herbert Rahn gegen den Tisch gestoßen hatte und geflüchtet war, ohne Spuren zu hinterlassen?

»Und da gibt es noch etwas. Und das macht die schöne Geschichte endgültig kaputt«, sagte Paul. »Wir haben voriges Jahr die Nummern aller Scheine aus dem gefundenen Koffer aufgelistet. Damals hatten wir noch die Hoffnung, dadurch vielleicht einen Hinweis auf die Herkunft des Geldes zu bekommen. Na ja, das hat nicht geklappt, aber immerhin können wir anhand unserer Liste jetzt nachvollziehen, wann und wo die Banknoten hergestellt worden sind. Beim Großteil der Scheine handelt es sich tatsächlich um Geld der allerersten Serie aus den Vereinigten Staaten. Aber fast zehntausend Mark sind erst später in Deutschland gedruckt worden. Die können also gar nicht 1948 den Amis gestohlen worden sein.«

»Und was heißt das jetzt?«

»Für mich heißt das, dass nicht mehr zu klären ist, woher das Geld stammt. So etwas gibt es nun mal. Wir, meine Kollegen und ich, haben ein Jahr lang in alle nur denkbaren Richtungen ermittelt, mehr kann die Polizei nicht tun. Nach dem Stand der Dinge muss ich davon ausgehen, dass Köster das Geld tatsächlich gefunden hat. Soll er damit glücklich werden. Für die Kripo ist die Angelegenheit erledigt. Dasselbe gilt auch für den Todesfall Kurt Möllenbeck. Die Täterin hat gestanden und sitzt in Untersuchungshaft.«

»Und Willi Köster? Wo ist der geblieben? Habt ihr den inzwischen gefunden?«

»Nein. Wir haben aber auch nicht mehr nach ihm gesucht. Er wird nicht mehr des Mordes verdächtigt. Es gibt auch keinen Hinweis darauf, dass er an einer anderen Straftat beteiligt war. Im Zusammenhang mit dem Tod von Kurt Möllenbeck würden wir ihn zwar noch gern als Zeugen vernehmen, aber da die Sachlage ohnehin klar ist, haben wir keinen Grund, nach ihm zu fahnden. Irgendwann wird er schon wieder auftauchen.«

ZEHN

Dem Kriminalmeister Paul Weyermann und der Essener Polizei mochte es ja vernünftig und richtig erscheinen, die Untersuchungen im Zusammenhang mit dem Kofferfund vom Ruhrufer einzustellen und die Angelegenheit als erledigt zu betrachten. Das war nachvollziehbar, aber ich war nicht bereit, mich damit abzufinden, dass die Frage nach der Herkunft des Geldes für alle Zeit unbeantwortet bleiben sollte.

Ich musste Willi Köster finden. Er wusste alles, was ich wissen wollte. Davon war ich überzeugt. Er hatte vermutlich einmal zwei Mitwisser gehabt, aber die waren beide tot. Ich nahm an, dass Köster jetzt der einzige Mensch auf der Welt war, der mir die Frage beantworten konnte, die mir mehr denn je unter den Nägeln brannte: Woher kamen sie wirklich, die sechzigtausend Mark, die er angeblich am Ufer der Ruhr gefunden hatte?

Am Dienstag nach Redaktionsschluss fuhr ich nach Neumühl. Ich stellte mein Motorrad auf der Oberen Sterkrader Straße am Bordstein ab, ungefähr da, wo ich nach allem, was Willi Köster mir über seine Jugend erzählt hatte, das Haus der Kösters vermutete.

In einem Vorgarten hockte ein Mann zwischen blühenden Stockrosen, Margeriten und Löwenmäulchen und zupfte Unkraut aus der schwarzen Erde.

Ich trat an den Gartenzaun und sagte: »Guten Tag. Die Hertha Köster, die muss hier irgendwo wohnen. Können Sie mir sagen, wo das ist?«

Der Mann erhob sich, musterte mich kurz und fragte zurück: »Wat wollen Se denn von der?«

Ich war zwar der Meinung, dass ihn das nichts anging, aber es war klar, dass er mir nur weiterhelfen würde, wenn ich seine Frage beantwortete.

»Ich bin ein Freund vom Willi Köster aus Essen«, sagte ich. »Ich möchte ihn besuchen. Soviel ich weiß, ist er hier bei seiner Oma.«

Der Mann deutete mit dem Daumen in Richtung Bahnunterführung.

»Übernächstes Haus«, sagte er.

Ich bedankte mich bei ihm und klopfte eine Minute später an die Tür eines Backsteinhauses, das große Ähnlichkeit mit dem Haus meiner Großeltern in der Bremener Straße hatte.

Die Frau, die die Tür öffnete, hätte eine Schwester von Oma Hilde sein können, auch wenn sie deutlich korpulenter und ein paar Jahre älter war.

Sie sah mich fragend an.

»Guten Tag, Frau Köster«, sagte ich. »Ich möchte zum Willi. Ist der da?«

Sie schüttelte den Kopf. Etwas anderes hatte ich nicht erwartet. Ich nahm an, dass Willi Köster seiner Oma aufgetragen hatte, ihn zu verleugnen, falls jemand nach ihm fragen sollte.

»Würden Sie ihm denn etwas von mir ausrichten?«

»Wer sind Sie denn?«

»Mein Name ist Hermann Leschinski. Der Willi und ich, wir kennen uns aus Essen.«

»Hermann Leschinski?« Hertha Köster strich mit einer Hand über ihr graues Haar, das hinterm Kopf zu einem dicken Knoten gebunden war. Dann strahlte sie mich plötzlich an.

»Sind Sie der Journalist, der die Geschichte über den Willi geschrieben hat?«

Ich nickte.

»Der Willi hat schon so viel von Ihnen erzählt. Das ist schade, dass er ausgerechnet jetzt nicht zu Hause ist. Er würde sich bestimmt sehr über Ihren Besuch freuen.«

Daran hatte ich zwar meinen Zweifel, aber ich lächelte Hertha Köster freundlich an und sagte: »Ja, das ist wirklich schade. Aber ich kann ja noch mal wiederkommen.«

»Ja, natürlich können Sie das, aber Sie können auch hereinkommen. Wenn Sie den Willi besuchen wollten, dann haben Sie doch bestimmt ein bisschen Zeit.«

»Ja, gerne«, sagte ich überrascht.

Hertha Köster führte mich ins Wohnzimmer und bat mich, auf dem Sofa Platz zu nehmen.

»Ich koche uns einen Kaffee, einen Bohnenkaffee«, sagte sie. »Was halten Sie davon? Oder möchten Sie lieber etwas anderes trinken? Ich habe auch Milch im Haus, und eine Flasche Sprudelwasser ist auch noch da.«

»Nein, ein Kaffee wäre schön«, sagte ich.

Hertha Köster ging nach nebenan in die Küche.

»Den bringt der Willi mir immer aus Essen mit, den Bohnenkaffee. Und dabei ist der doch so teuer«, sagte sie so laut, dass ich sie im Wohnzimmer gut verstehen konnte. »Ich hab ihm schon oft gesagt, dass er das nicht tun soll. Aber so ist er nun mal, der Junge. Wenn er seiner alten Oma eine Freude machen kann, dann ist ihm egal, was das kostet.«

Geld hat er ja genug, der liebe Willi, ging mir durch den Kopf, aber ich hielt es für ratsam, den Gedanken für mich zu behalten.

Ich sah durch die offene Tür, wie Hertha Köster sich in der Küche auf einen Stuhl setzte, die hölzerne Kaffeemühle zwischen ihre Knie klemmte und energisch die Kurbel drehte, die ein wenig quietschte, während das Mahlwerk knirschend die Bohnen zu Kaffeemehl zermalmte.

»Ihr Artikel über den Willi hat mir übrigens sehr gefallen«, sagte Hertha Köster, als sie wieder aus meinem Blickfeld verschwunden war. »Auch das, was Sie geschrieben haben, als der Kurt tot war, war wirklich gut. Dass der arme Kerl auf diese Weise aus dem Leben gehen musste, das hat tatsächlich ganz Neumühl erschüttert.«

Der Wasserkessel pfiff. Kurz darauf duftete es nach Kaffee.

Ich sah mich im Wohnzimmer um. Das braun bezogene Sofa, auf dem ich saß, war das einzige gepolsterte Möbelstück. Der Tisch in der Mitte des Raumes, die vier Stühle, der große Schrank mir gegenüber, das alles war aus schwerem dunklen Holz und sah aus, als hätte es schon Jahrzehnte überdauert. Noch älter schien mir die reich verzierte Kommode zu sein, die links an der Wand stand. Darüber hingen drei gerahmte Fotografien. Sie zeigten ein junges Paar, einen alten Mann und Willi Köster, lächelnd, im feinen Anzug, so wie ich ihn bei Rensing kennengelernt hatte. Das einzige Fenster des Zimmers war rechts von mir. Beim Blick hindurch sah ich ein Stück der Oberen Sterkrader Straße und dahinter die ersten Häuser der Siedlung Bergmannsplatz.

Hertha Köster kam mit einem Tablett aus der Küche, verteilte

Tassen, Kaffeekanne, Zuckerdose und Milchkännchen auf dem Tisch und sagte: »Ich hab gedacht, ich hätte auch noch ein paar Plätzchen, aber die hat der Willi anscheinend alle gegessen.«

»Das macht nichts«, sagte ich, »Hunger hab ich sowieso nicht.«

»Zum Plätzchenessen braucht man doch keinen Hunger«, sagte sie lachend und winkte mich an den Tisch. »Kommen Sie, setzen Sie sich auf einen Stuhl. Hier kommen Sie besser an alles dran.«

»Eine wunderschöne Kommode haben Sie da«, sagte ich, während ich am Tisch Platz nahm. »Die sieht aus, als wäre sie schon uralt.«

»Barock«, sagte Hertha Köster und lächelte verschmitzt.

»Ein Erbstück Ihrer Familie?«

»Nein, die hab ich erst vor kurzem geschenkt bekommen.«

Während ich darüber spekulierte, was Willi Köster es sich wohl hatte kosten lassen, seiner Großmutter ein so erlesenes Geschenk zu machen, sagte sie: »Die Kommode ist nicht antik, die sieht nur so aus. Die hat Kurt Möllenbeck gemacht. Es war seine Spezialität, Schränke, Truhen, Kommoden und Vitrinen nach alten Vorlagen nachzubauen. Das hat er einfach gern gemacht und unglaublich gut, finde ich. Er war ein großartiger Schreiner, nicht nur fleißig, sondern auch sehr begabt. Eine eigene Tischlerei zu haben, mit einem großen Ausstellungsraum, Möbel nach historischen Vorbildern herzustellen und sie an wohlhabende Leute zu verkaufen, das war sein Plan. Und ich bin mir sicher, das wäre ein bombiges Geschäft geworden.«

»Ja, das glaube ich auch. Die Kommode ist wirklich wunderschön. Ich war fest davon überzeugt, dass sie ein Meisterwerk aus einem vergangenen Jahrhundert ist. Ein Handwerker, der so etwas kann, der hat mit Sicherheit Erfolg.«

»Der hätte Erfolg gehab«, korrigierte Hertha Köster und schüttelte traurig den Kopf. Dann goss sie mir und sich eine Tasse Kaffee ein.

»Da hat er erst so großes Glück, gewinnt viel Geld im Fußballtoto und kann schon mit Anfang zwanzig die erste eigene Werkstatt aufmachen, und dann, wenn es gerade so richtig losgehen soll, ist auf einmal alles vorbei. Das ist unfassbar.«

»Ja, das ist es«, sagte ich.

»Seitdem das passiert ist, mach ich mir Sorgen um den Willi, große Sorgen.«

»Sie meinen, es könnte ihm genauso gehen wie dem Kurt? Erst hat er großes Glück und findet einen Koffer voller Geld, und später folgt dann irgendwann das große Unglück?«

»Nein, das ist Unsinn«, sagte Hertha Köster sehr entschieden. »Jeder Mensch hat sein eigenes Schicksal, und dass dem Willi demnächst etwas Schreckliches passiert, nur weil das beim Kurt so war, nein, das ist wirklich dummes Zeug. Glauben Sie denn so etwas?«

Natürlich tat ich das nicht, aber ich hatte angenommen, eine alte Frau könnte auf solche Gedanken kommen. Doch Hertha Köster war keine senile Großmutter. Sie verfügte über ein klares Urteilsvermögen. An all dem, was sie über Kurt Möllenbeck, seine Fähigkeiten als Tischler, seine erfolgversprechende Geschäftsidee und sein tragisches Ende gesagt hatte, hätte ich das erkennen müssen. Ich schüttelte beschämt den Kopf.

»Nein«, sagte sie, »ich mach mir Sorgen um den Willi, weil der Tod vom Kurt ihm so furchtbar zu schaffen macht. Er sitzt mir zu oft traurig in der Ecke herum, seitdem das passiert ist. Und Vorwürfe macht er sich auch.«

Ich nahm einen großen Schluck aus meiner Tasse. Hertha Kösters Kaffee duftete nicht nur ausgezeichnet, er schmeckte auch so.

»Hat der Willi denn einen Grund, sich Vorwürfe zu machen?«, fragte ich sie.

»Nein, natürlich nicht. Aber das war auch schon so, als der Herbert Rahn ums Leben gekommen ist. Da hat der Junge sich die Schuld gegeben, weil er den Herbert allein gelassen hatte, obwohl der so betrunken war. Dabei war er das ständig, und der Willi hätte ihn doch nicht jeden Abend ins Bett bringen können. Irgendwann hat er das damals auch eingesehen, aber jetzt ist es wirklich schlimm mit seinen Selbstvorwürfen. Er wusste ja, dass der Kurt verrückt nach der Klara war und dass er immer wieder versucht hatte, bei ihr zu landen. Und er hatte natürlich auch schon längst bemerkt, dass der Klara das lästig war. Deshalb hätte er die beiden nicht allein zur Haltestelle gehen lassen dürfen. Das meint er jedenfalls jetzt.«

»Kann ich noch eine Tasse Kaffee haben?«, fragte ich.

»Ja, natürlich, mein Junge. Ich hatte gar nicht gesehen, dass deine Tasse schon leer ist«, sagte Hertha Köster und goss mir nach.

»Wenn Sie wollen, können Sie mich gerne duzen«, sagte ich.

»Habe ich das gerade getan? Entschuldigung, das ist mir so herausgerutscht.«

»Ich bin genauso alt wie Ihr Enkel. Das ist schon in Ordnung.«

»Ja gut, wenn du meinst.«

»Der Willi glaubt also, dass die Klara den Kurt erschlagen hat, weil der sie belästigt hat?«

»Ja, weshalb denn sonst?«, fragte Hertha Köster bestürzt.

»Ich weiß es nicht, ich hab den Kurt ja nicht gekannt«, sagte ich. »Aber nach allem, was ich über ihn gehört habe und was Sie auch gerade über ihn erzählt haben, war er ein ausgesprochen netter junger Mann, tüchtig und nicht dumm. Ich kann mir nicht vorstellen, dass so einer über eine alte Freundin herfällt, obwohl er weiß, dass sie nichts von ihm will.«

»Ja, das passt eigentlich nicht zum Kurt Möllenbeck, da hast du schon recht. Aber weißt du, mein Junge, ich bin eine Frau, eine alte zwar, aber das war nicht immer so. Ich weiß, dass Kerle manchmal durchdrehen, wenn sie verrückt nach einem weiblichen Wesen sind. Selbst nette und vernünftige Männer können zu Rabauken werden, wenn ihre Triebe ihnen das Gehirn vernebeln, besonders dann, wenn auch noch Alkohol im Spiel ist. Und der Kurt hatte an dem Abend in der Kneipe wohl ziemlich viel getrunken.«

»Aber wenn es so war, dann konnte das doch niemand ahnen, auch der Willi nicht. Und die Klara selbst hat es ja wohl auch nicht kommen sehen, sonst wäre sie doch nicht alleine mit dem Kurt losgezogen.«

»Genau das sag ich dem Willi ja auch immer wieder. Aber er denkt anscheinend, er hätte das alles vorhersehen müssen. Könntest du ihm nicht mal sagen, dass das Blödsinn ist?«

»Ich? Ich weiß nicht, ob er viel darum gibt, was ich sage.«

»Natürlich tut er das. Er schätzt dich, und ich glaube, er wäre gern mit dir befreundet. Er hat mir viel über den Abend erzählt, an dem ihr an der Ruhr spazieren wart und nachher noch lange in einem Gartenlokal zusammengesessen habt. Er hat gesagt, ihr hättet vieles gemeinsam, und er hätte nur selten einen Menschen getroffen, mit dem er sich auf Anhieb so gut verstanden hätte.«

Anscheinend hatte Willi seiner Oma nicht alles über uns beide erzählt. Dass er mir vorgelogen hatte, schon lange keinen Kontakt mehr zu Kurt Möllenbeck gehabt zu haben, dass ich ihn verdächtigt hatte, den Mord an seinem alten Freund begangen zu haben, dass er mir aus dem Weg gegangen war und sich nicht gerade über unser Wiedersehen gefreut hatte, als ich ihn im Modehaus Rensing aufgesucht hatte, all das wusste Hertha Köster anscheinend nicht.

»Seit dem gemeinsamen Abend in dem Gartenlokal in Rellinghausen sind schon ein paar Wochen vergangen«, sagte ich. »In der Zwischenzeit ist einiges passiert.«

»Ja, der Willi hat den einzigen Freund verloren, den er hatte. Der Kurt und er, die waren ein Herz und eine Seele, und das schon seit ihren Kindertagen. Es ist schwer, über so etwas hinwegzukommen.«

»Als ich den Willi zuletzt gesehen hab, da war er ziemlich abweisend zu mir.«

»War das, nachdem das mit dem Kurt passiert war?«

»Ja.«

»Dann solltest du ihm das nicht übelnehmen. Der Willi war in den ersten Tagen danach vollkommen neben sich.«

»Er ist aus Essen verschwunden, ohne irgendwas zu sagen. Es sah so aus, als wollte er nicht, dass ihn jemand findet. Sogar die Polizei hat vergeblich nach ihm gesucht.«

»Die Polizei? Warum das denn?«

»Na ja, der Willi war mit dem Kurt und der Klara zusammen an dem Abend. Er ist ein wichtiger Zeuge.«

»Aber er hat sich doch nicht versteckt. Das ist ja Blödsinn. Er hat sich ganz offiziell in Essen abgemeldet und seinen ersten Wohnsitz wieder nach hier verlegt. Wenn die Polizisten ihn nicht finden konnten, dann hätten sie doch nur beim Einwohnermeldeamt nachfragen müssen.«

»Die konnten doch nicht ahnen, dass er sich in Essen abgemeldet hatte.«

»Ja, das stimmt natürlich. Er hat die beiden Zimmer in der Baumstraße ja auch nicht gekündigt. Die will er vorläufig behalten, weil er wahrscheinlich in nächster Zeit immer mal wieder irgendwas in Essen zu tun hat. Heute ist er übrigens auch da. Er trifft einen ehemaligen Kollegen von Rensing. Mit dem hat er sich immer ganz gut verstanden, und er will ihn wohl fragen, ob er Lust hat, bei ihm anzufangen, wenn er seinen eigenen Laden eröffnet.«

»Also sitzt er doch nicht nur traurig in der Ecke herum«, stellte ich fest.

»Nein«, sagte Hertha Köster. »In den letzten Tagen hat er sich ein bisschen bekrabbelt. Gott sei Dank. Gestern und vorgestern hat er sich Geschäftsräume angesehen, die zum Verkauf angeboten werden. Ich bin heilfroh darüber, dass er sich jetzt endlich wieder um seine Pläne kümmert. Es tut einem jungen Kerl einfach nicht gut, wenn er nur herumsitzt und Trübsal bläst.«

»Da haben Sie wohl recht«, sagte ich und sah zu dem Foto von Willi hinüber, das über der Kommode hing. Hertha Köster folgte meinem Blick.

»Das Bild hat er mir zu meinem letzten Geburtstag geschenkt«, sagte sie.

»Links neben ihm, das sind seine Eltern, und rechts, das ist sein Großvater, mein Mann.«

Sie seufzte tief, wischte sich mit der Hand über die Augen und sagte leise: »Viel zu viele Menschen sterben viel zu früh.«

Ich nickte und sah mir die Fotos an, dachte eine Weile an meine Eltern und dann an Kurt Möllenbeck.

»Was geht dir durch den Kopf, Hermann Leschinski?«, fragte Hertha Köster mich.

»Ich versuche gerade, mir vorzustellen, wie das gewesen ist im Gruga-Park, als der Kurt die Klara Milewski bedrängt hat. Musste sie wirklich nach einem Knüppel greifen und ihn erschlagen? Konnte sie ihn nicht anbrüllen, ihn wegschubsen, ihn treten oder einfach nur wegrennen?«

»Ach, mein Junge. Niemand war dabei, und niemand kann das beurteilen. Aber die Richter werden bestimmt versuchen, es herauszufinden.«

»Und der Willi? Wie sieht der das? Der müsste die Klara doch eigentlich hassen, die Frau, die seinen besten Freund umgebracht hat.«

»Nein, so ist der Willi nicht. Ich weiß, dass er viel darüber nachgedacht hat, warum die Klara das getan hat. Er versteht es nicht. Er ist sich aber sicher, dass sie nicht die Absicht hatte, den Kurt zu töten, und dass sie entsetzlich darunter leidet, dass sie so etwas Schreckliches angerichtet hat. Der Willi hat Mitleid mit ihr. An dem Morgen, an dem die Polizei die Klara im Frisiersalon abgeholt hat, war er kurze Zeit später dort, zufällig. Er wollte etwas mit ihr besprechen. Als er gehört hat, was passiert war, ist er sofort nach Duisburg zu einem Rechtsanwalt gefahren, einem bekannten Strafverteidiger. Den hat er für die Klara engagiert, obwohl so ein Mann viel Geld kostet, verdammt viel Geld. Aber der Willi meint, das sei er der Klara Milewski schuldig. Nein, er hasst sie nicht, ganz bestimmt nicht.«

Horst Brömmel war nicht gerade begeistert, als er hörte, dass ich immer noch in Neumühl herumrecherchierte.

»Und was haben wir davon? Dabei kann doch nichts mehr herauskommen«, sagte er und schüttelte missmutig den Kopf.

»Seitdem die Leute meine Geschichte vom Schatzfund an der Ruhr gelesen haben, werde ich immer wieder darauf angesprochen. Alle fragen sich doch jetzt, woher das Geld gekommen sein könnte.«

»Die Menschen fragen sich auch, ob der liebe Gott einen Bart hat«, sagte Brömmel mürrisch. »Sie erwarten nicht auf alles eine Antwort von uns.«

»Im Himmel zu recherchieren ist ja auch ziemlich schwierig, aber wenn ich auf dem Weg nach Sterkrade den kleinen Umweg über Neumühl mache, ist das doch kein großer Aufwand. Ich will wenigstens noch einmal mit Willi Köster reden.«

»Hermann, das bringt doch nichts. Er wäre doch bescheuert, wenn er jetzt nicht bei seiner Version bliebe, dass er das Geld gefunden hat.«

»Dann muss ich ihm eben nachweisen, dass die Version falsch ist.«

»Das ist Unsinn«, sagte Brömmel unwirsch. »Das hat die Kripo ein ganzes Jahr lang versucht. Du solltest dir das aus dem Kopf schlagen und lieber mal wieder darüber nachdenken, was unsere Leser sonst noch interessieren könnte. Seitdem du am Freitag deine Geschichte über die Aufklärung des Gruga-Mordes geschrieben hast, ist nichts mehr von dir gekommen. Und heute ist Dienstag.«

Horst Brömmel hatte recht, das war mir klar. Ich hatte an den vergangenen Tagen nicht das Geringste unternommen, um irgendwo ein Thema für unsere bunte Seite zu entdecken. Stattdessen hatte ich mich in die Vorstellung hineingesteigert, unbedingt das Rätsel um diesen vermaledeiten Koffer vom Ruhrufer lösen zu müssen. Und seit Samstag gab es noch eine Geschichte, die mich unablässig beschäftigte, und das war die, die im Volkspark zwischen Leni Schlüter und mir begonnen hatte.

Am Sonntag waren wir Hand in Hand durch den Dunkelschlag spaziert, und am Montagabend, nachdem ich bei Hertha Köster in Neumühl gewesen war, hatten wir bis in die Nacht hinein eng umschlungen auf der Bank am Apfelbaum in der Bremener Straße gesessen. Bisher hatte zwar noch keiner von uns beiden von Liebe geredet, aber es fühlte sich wunderbar an, mit Leni zusammen zu sein.

Horst Brömmel warf einen Packen Zeitungen auf meinen Schreibtisch und sagte: »Guck die Lokalausgaben durch, vielleicht findest du ja was. Ich werde dann in der Morgenkonferenz mal sagen, dass wir noch auf der Suche nach einem Aufmacher sind.«

Als er den Raum verlassen hatte, sagte Trudi Tippel: »Puh, der war ja richtig sauer. Ich glaub, so hab ich ihn überhaupt noch nicht erlebt.«

Ich zog den Zeitungsstapel zu mir heran, ohne etwas zu sagen.

»Bist du jetzt beleidigt?«, fragte Trudi.

»Nein, bin ich nicht. Er hat doch recht«, sagte ich und begann zu blättern.

»Ich weiß nicht«, sagte Trudi. »Jetzt hast du ihm mal zwei oder drei Tage nacheinander keine tolle Geschichte aufgetischt, und schon wird unser Horsti pampig. Das finde ich übertrieben. Es passiert nun mal nicht immer irgendwas Aufregendes.«

»Aber ich hätte wenigstens danach suchen müssen, das ist nun mal meine Aufgabe«, sagte ich.

Trudi stand auf und kochte schweigend einen Kaffee. Sie stellte mir eine Tasse auf meinen Schreibtisch, holte sich auch eine und setzte sich wieder mir gegenüber.

»Du warst schon lange nicht mehr bei mir«, sagte sie plötzlich.

Ich sah von meinen Zeitungen auf und versuchte ein überraschtes Gesicht zu machen.

»Wann war das denn, als wir mit Ron und deiner Schwester zusammengesessen haben?«

»Am Donnerstag«, sagt Trudi.

»Und heute ist Dienstag. Das sind fünf Tage.«

»Kommt mir irgendwie länger vor«, sagte Trudi und lächelte. »Ich würde mich jedenfalls freuen, wenn du mal wieder kämst. Hast du heute nach Feierabend schon was anderes vor?«

Ich zuckte ein wenig hilflos mit den Achseln.

»Was ist los mit dir?«, fragte Trudi.

»Nichts«, sagte ich. Dann vertiefte ich mich wieder in die Lokalausgaben der Ruhr-Post.

Trudi spannte ein Blatt Papier in ihre Schreibmaschine ein und begann, energisch die Tastatur zu bearbeiten.

Als Horst Brömmel aus der Morgenkonferenz zurückkam, blieb er in der Tür stehen, verschränkte die Arme vor der Brust und sah uns beiden eine Weile zu.

»Ich hab noch nichts gefunden«, sagte ich.

»Dann hör mal auf zu blättern«, sagte Brömmel. »Ich hab dein Thema. In Köln in der Altstadt ist ein Haus eingestürzt. Kriegsschäden. Acht Menschen sind ums Leben gekommen.«

»Ist das nicht eine Sache für die Nachrichten?«, fragte ich.

»Ja sicher«, sagte Brömmel, während er sich an seinen Schreibtisch setzte, »aber ich will das wissen, was morgen alle Menschen wissen wollen, die das lesen.«

»Wie ist so etwas möglich, sieben Jahre nach Kriegsende?«, sagte Trudi.

»Vor allem werden die Menschen sich fragen, ob so etwas auch hier im Ruhrgebiet passieren kann, in ihrer Nachbarschaft womöglich«, sagte Horst Brömmel.

Köln war kein Einzelfall. Zu Beginn der fünfziger Jahre geschah es immer wieder, dass irgendwo die Wände von Wohnhäusern einstürzten, die im Krieg schwer beschädigt worden waren. Noch längst nicht waren alle Gebäude, die in Mitleidenschaft gezogen worden waren, von Grund auf renoviert worden. Gerade in den Städten des Reviers war Wohnraum immer noch Mangelware, und oft wurden notdürftig instand gesetzte Häuser wieder genutzt, deren Statik in einem höchst bedenklichen Zustand war.

In allen städtischen Bauämtern, mit deren Mitarbeitern ich sprach, war man sich der Problematik bewusst. Überall gab es zahlreiche Wohngebäude, die als einsturzgefährdet eingestuft waren. Ihre Eigentümer waren aufgefordert worden, sie erst nach einer Grundsanierung wieder zu nutzen oder zur Nutzung freizugeben. Aber, das wurde bei meinen Recherchen schnell deutlich, in keiner Stadt wurde allzu scharf kontrolliert, ob die amtlichen Aufforderungen auch befolgt wurden. Die Menschen, die einfach in den betroffenen Wohnungen blieben, mussten kaum irgendwo ernsthaft befürchten, hinausgeworfen zu werden.

Allein auf meinem Weg von der Essener Innenstadt über Bergeborbeck und Bottrop nach Sterkrade kam ich jeden Tag an mehreren Häusern vorbei, an denen hölzerne Stützbalken eingestürzte Wände ersetzen. Von manchen Gebäuden waren auch ganze Teile weggebrochen, und dennoch lebten Menschen zwischen den Mauern, die stehen geblieben waren.

Ich fuhr zusammen mit einem Fotografen zu einigen der Häuser, die ich kannte, um mit deren Bewohnern zu sprechen. Als sie hörten, was in Köln passiert war, reagierten sie erschrocken, aber auch abweisend. Sie wollten nicht mit einem Journalisten über ihre Wohnsituation reden. Bei ihnen werde schon nichts passieren, sagten sie nur. Wenn der Fotograf ein baufälliges Gebäude ablichten wollte, bekam er jedes Mal Ärger. Er solle das lassen, schimpften die Leute, ein Bild ihres Hauses in der Zeitung, das locke doch nur die Männer vom Bauamt an, und die brächten es am Ende noch fertig, sie auf die Straße zu setzen.

»Katastrophe von Köln auch im Ruhrgebiet möglich«, hieß der Artikel, den ich für die Seite »Buntes aus dem Revier« schrieb. Dazu erschien das Foto einer abgestützten Hauswand, ein Ausschnitt, der es den Behörden nicht ermöglichte, das Gebäude und seinen Standort zu identifizieren.

»Das hast du gut gemacht«, sagte Brömmel versöhnt, nachdem er den Bericht gelesen hatte.

Als ich mich aufs Moped setzte und in Richtung Sterkrade startete, war ich mir schon ziemlich sicher, dass ich in Bergeborbeck halten würde.

Trudi hatte mir zu verstehen gegeben, dass sie sich freuen würde, wenn ich zu ihr käme, und ich hatte Lust auf sie. Warum also sollte ich nicht zu ihr fahren? Die wenigen moralischen Grundsätze, die ich damals hatte, ließen sich mühelos so zurechtbiegen, dass sie meinen Begierden nicht mehr im Wege standen. Ich redete mir ein, dass das, was in Trudis Schlafzimmer passierte, nicht das Geringste mit Leni und mir zu tun hatte. Auf keinen Fall wollte ich sie betrügen, aber eigentlich tat ich das ja auch gar nicht, denn wir waren ja noch gar kein richtiges Paar. Ja sicher, wir waren ineinander verliebt, aber noch hatten wir uns beide zu nichts verpflichtet. Und sprach nicht auch zu meinen Gunsten, dass ich das, was ich von Trudi Tippel bekam, von Leni noch lange nicht erwarten durfte?

Mit dergleichen Gedanken im Kopf fuhr ich stadtauswärts, und kurz vor Bergeborbeck schaffte ich es sogar, mir einzubilden, die Affäre sei nicht nur verzeihlich, sondern sogar gut für beide Frauen. Trudi gefiel es, wenn ich mit meinem Verlangen zu ihr kam, und Leni brauchte nicht zu befürchten, von einem ungeduldigen Liebhaber zu irgendetwas gedrängt zu werden.

Trudi freute sich, als sie mich sah. Wir gingen ohne Umschweife miteinander ins Bett und taten das, was wir in den vergangenen Wochen schon einige Male getan hatten. Jedenfalls empfand ich es so, doch als wir nachher nebeneinander lagen, fragte Trudi mich: »Wo warst du?«

»Wann?«, fragte ich zurück.

»In der letzten halben Stunde«, sagte Trudi.

Ich sah sie verständnislos an.

»Du warst nicht bei mir, so wie sonst. Ich fand es bisher immer schön mit dir, weil ich gespürt habe, dass meine Lust für dich genauso wichtig war wie deine eigene. Diesmal hat es sich so angefühlt, als wäre es dir egal, was ich empfinde, als ginge es gar nicht um mich.«

»Das tut mir leid«, sagte ich.

»So will ich es nicht mehr«, sagte Trudi.

Sie stützte ihren Kopf auf ihren Arm und sah mich eine Weile schweigend an. Dann fragte sie mich zum zweiten Mal an diesem Tag: »Was ist los mit dir?«

»Ich habe mich verliebt«, sagte ich.

»In die Frau deines Lebens?«

»Ich glaube schon.«

Trudi strich mir lächelnd durchs Haar. »Wenn man jung ist, dann passiert so etwas«, sagte sie.

Ich wusste nichts zu erwidern und schaute schweigend zur Zimmerdecke hinauf.

»Ich nehme an, dass sie ein anständiges Mädchen ist, so eines, das auf keinen Fall mit einem Mann ins Bett geht, bevor sie mit ihm verlobt ist.«

»Ja, das nehme ich auch an«, sagte ich. »Aber ich weiß nicht, ob es richtig ist, weiter zu dir zu kommen.«

»Wenn du mit mir im Bett liegst und mit deinen Gedanken bei ihr bist, dann ist es jedenfalls nicht richtig«, sagte Trudi.

»So war es ja gar nicht. Ich hab nicht die ganze Zeit an sie gedacht. Ich habe ein schlechtes Gewissen gehabt, deinetwegen. Ich hab mich gefragt, ob ich dich nicht nur benutze.«

»Das ist Blödsinn, mein Lieber. Du hast mich genauso wenig benutzt wie ich dich. Wir haben beide dem anderen etwas gegeben, was wir gerne geben wollten, und dafür etwas bekommen, was wir gerne haben wollten. Nun ja, heute hab ich nicht ganz das gekriegt, was ich mir gewünscht habe, aber ich versteh jetzt, warum das so war. Wer darüber grübelt, ob das richtig ist, was er tut, während er es tut, der wird seine Sache niemals gut machen. Wenn du dir sicher bist, dass du es willst und dass du es ohne schlechtes Gewissen genießen kannst, dann darfst du gerne weiter zu mir kommen. Sonst lass es lieber.«

Ein paar Minuten lagen wir noch schweigend nebeneinander im Bett, dann stand Trudi auf und zog sich an. Ich schaute ihr zu und wusste, dass ich wiederkommen würde.

Während sie ihre Bluse zuknöpfte, sagte sie: »Vor ein paar Tagen hast du mal mit Horst Brömmel über diese Operation Bird Dog gesprochen. Dein Freund Paul Weyermann hatte dir was davon erzählt, wenn ich es richtig mitbekommen habe.«

»Ja, das stimmt. Weißt du was darüber?«

»Ich nicht, aber Ron. Der war damals dabei. Er hat einen mit Geldkisten beladenen Lkw von Frankfurt nach Hannover gefahren.«

Fünf Minuten später saß ich mit Ron am alten Holztisch hinterm Haus. Als ich ihn nach der Operation Bird Dog fragte, lachte er fröhlich.

»Ja, ja, wenn ich damals hätte gewusst, was ich da auf der Ladefläche hatte, dann hätte ich mir eine Kiste an die Seite geschafft, das kannst du glauben«, sagte er mit einem breiten Grinsen im Gesicht.

»Hättest du das denn gekonnt?«

»Nein, natürlich nicht. Das war nur ein Witz. Wir wussten ja, was wir geladen hatten, zwar nicht genau, aber gedacht haben wir es uns. Der Freitag, an dem wir in Frankfurt losgefahren sind, war ja der Tag, an dem überall bekannt gemacht wurde, dass am folgenden Sonntag die neue Währung sollte eingeführt werden. Da lag die Vermutung nahe, dass die neuen Banknoten in den Kisten waren. Aber auf die Idee, eine davon zu stehlen, ist kein Soldat gekommen. Vermutlich hätte ihm die Todesstrafe gedroht, wenn er erwischt worden wäre, und keiner von uns hätte riskiert sein Leben für irgendwelche deutschen Geldscheine, von denen wir alle nicht wussten, was sie überhaupt wert waren.«

»Aber wenn es jemand trotzdem versucht hätte, hätte er dann eine Chance gehabt?«

»Nein, hätte er nicht«, sagte Ron. »Wir waren mit sieben Lkw im Konvoi unterwegs. Jeder Wagen war mit Fahrer und einem bewaffneten Begleiter besetzt, und vornweg und am Ende der Kolonne fuhr jeweils ein Jeep, in dem zwei mit Maschinengewehren bewaffnete GIs saßen.«

»Aber ihr habt zwischendurch auch mal Pausen gemacht und die Lastwagen am Straßenrand abgestellt, nehme ich an.«

»Ja natürlich. Wir waren ja sehr lange unterwegs. Viele Straßen waren damals noch unbefahrbar, noch nicht instand gesetzt. Gut ausgebaute Strecken gab es kaum. Wir sind am frühen Abend losgefahren in Frankfurt und waren erst am nächsten Mittag in Niedersachsen. Natürlich haben wir Pausen gemacht. Zum Essen, zum Trinken, zum Pinkeln, zum Rauchen, das ist doch klar. Aber dann sind wir immer bei den Wagen geblieben. Die haben wir nicht aus den Augen gelassen. Aber jetzt sag mir endlich mal, warum du das alles willst so genau wissen.«

Ich erzählte Ron von den drei Jungs aus Neumühl und vom Verdacht, sie könnten während der Operation Bird Dog eine Geldkiste von einem amerikanischen Lkw gestohlen haben.

»Also, bei uns wäre das nicht gelungen den Burschen, da bin ich mir sicher«, sagte Ron. »Aber es waren ja hunderte Transporte mit neuen Banknoten unterwegs an den beiden Tagen vor der Währungsreform. Ob alle GIs immer und überall so gut aufgepasst haben wie wir, das weiß ich natürlich nicht. Aber trotzdem, Hermann, was ihr euch da ausgedacht habt, das kann nicht stimmen. Ein paar Jungs, die einem Konvoi auflauern, einen günstigen Moment abwarten, eine Kiste von der Ladefläche stehlen und damit verschwinden, also das ist schon deshalb unmöglich, weil kein Mensch in Deutschland wusste, wann und wo die Geldtransporte waren unterwegs.«

»Ja, das ist mir schon klar, aber vielleicht sind die drei ja zufällig auf eine Lkw-Kolonne getroffen.«

»Eine sehr unwahrscheinliche Story«, sagte Ron kopfschüttelnd.

»Ja, da hast du wohl recht. Außerdem sagen die Amis, dass ihnen damals kein Geld gestohlen worden ist. Mein Freund von der Kripo hat offiziell in Heidelberg angefragt. Die Antwort der Militärs war eindeutig: Während der Operation Bird Dog ist ihnen nicht eine einzige Kiste mit Banknoten abhanden gekommen.«

Ron lachte ungestüm.

»Also, das spricht nicht gegen eure Geschichte, ganz und gar nicht«, sagte er. »Die glorreiche US-Armee, die kann sich doch nicht beklauen lassen von drei deutschen Burschen. Eine solche Blamage hätte das Bild vom mächtigen Amerika, von der unbezwingbaren Siegermacht, ja total demoliert. Also, wenn damals tatsächlich irgendwo eine Kiste gefehlt hätte, dann hätte man bestimmt erst mal angenommen, es wäre passiert ein Fehler beim hektischen Beladen der Konvois in Frankfurt oder beim Ausstellen der Frachtpapiere. Auf den Verdacht, bestohlen worden zu sein, wäre man erst mal gar nicht gekommen. Aber so oder so, die militärische Führung hätte vertuscht eine solche Angelegenheit. Da bin ich mir sicher.«

Am nächsten Morgen hatte ich mich gerade Trudi gegenüber an meinen Schreibtisch gesetzt, als vor mir das Telefon zu schellen begann. Ich nahm den Hörer ab und meldete mich.

»Hermann Leschinski, Redaktion Vermischtes. Guten Morgen.«

»Ja, hallo Hermann, ich muss dir etwas sagen. Was du gemacht hast, das ist nicht in Ordnung. Du hast meine Oma besucht. Vorgestern. Und du hast sie ausgefragt. Was sollte das? Hast du überhaupt keine Skrupel? Die Gutmütigkeit einer alten Frau auszunutzen, das gehört sich doch wirklich nicht!«

Die Stimme am anderen Ende der Leitung klang erregt, aber ich erkannte sie sofort. Sie gehörte Willi Köster. Er sprach laut und schnell. Offenbar hatte er sich das, was er mir sagen wollte, schon vorher zurechtgelegt.

»Nun mal langsam«, sagte ich. »Erstens wollte ich nicht zu deiner Oma, sondern zu dir, und als ich gehört habe, dass du nicht da warst, wollte ich wieder gehen, aber deine Oma hat mich hereingebeten. Und zweitens habe ich sie nicht ausgefragt, sondern wir haben uns nett unterhalten.«

»Ihr habt über mich gesprochen«, sagte Willi Köster unwirsch.

»Ja, natürlich haben wir das. Deine Oma macht sich Sorgen um dich. Das hat sie mir erzählt. Aber nicht, weil ich sie danach gefragt habe, sondern weil es sie bedrückt und sie darüber reden wollte.«

Eine Weile blieb es still in der Leitung.

»Bist du noch da?«, fragte ich.

»Ja, ich bin noch dran. Was wolltest du denn von mir in Neumühl?«

»Dich mal wiedersehen, mit dir reden.«

»Ein nettes Plauderstündchen mit deinem Freund Willi, ja? Hör bloß auf! Du hast geglaubt, ich hätte Kurt Möllenbeck getötet, du hast mir einen Mord zugetraut. Und jetzt willst du mir weismachen, dass du mich für einen netten Kerl hältst, den du gerne mal wiedersehen möchtest? Das ist doch Kokolores.«

»Willi, du verdrehst die Dinge«, sagte ich ärgerlich. »Viele Indizien haben gegen dich gesprochen, und ich habe trotzdem immer gedacht, dass du kein Verbrecher sein kannst und ein Mörder erst recht nicht. Aber dann hast du mir erzählt, dass dein freundschaftlicher Kontakt zu Kurt Möllenbeck schon lange abgebrochen sei, und am nächsten Tag habe ich in Neumühl erfahren, dass ihr in Wirklichkeit immer noch beste Kumpels wart, die ständig zusammenhingen. Da musste ich doch denken, dass du irgendwas mit seinem Tod zu tun hattest.«

Trudi sah mich mit großen Augen an. Ihr erstaunter Blick irritierte mich.

Ich drehte mich zur Seite und fragte Willi Köster: »Warum hast du mir überhaupt diese Lüge aufgetischt? Warum sollte ich nicht wissen, dass ihr immer noch befreundet wart, der Kurt und du?«

»Ich hab gedacht, wenn ich mit Kurt in Verbindung gebracht werde, dann kommt schnell heraus, dass wir an dem Abend zusammen in der Kneipe waren. Und dann wäre es doch nur noch eine Frage der Zeit gewesen, bis auch die Klara ins Visier der Polizei geraten wäre. Ich wollte sie nicht ans Messer liefern.«

»Du wolltest die Mörderin deines besten Freundes schützen? Das versteh ich nicht.«

»Klara Milewski ist keine Mörderin. Ich weiß zwar nicht genau, was da zwischen den beiden im Park passiert ist, aber eins weiß ich mit Sicherheit: Sie wollte den Kurt nicht umbringen. Dass sie an seinem Tod schuld ist, das macht sie völlig fertig. Darunter wird sie noch lange zu leiden haben. Wenn es nach mir ginge, dann müsste sie nicht noch zusätzlich mit ein paar Jahren Gefängnis bestraft werden.«

Ich schwieg nachdenklich.

»Kannst du das nicht verstehen?«, fragte Willi.

»Ich versuche es«, sagte ich.

»Also, was wolltest du in Neumühl von mir? Ich nehme dir

nicht ab, dass du ohne einen triftigen Grund vorbeigekommen bist. Dir geht der Koffer nicht aus dem Kopf. Du glaubst mir immer noch nicht, dass ich ihn wirklich gefunden habe. Stimmt es?«

»Ja, das ist wahr.«

»Du hast von Anfang an daran gezweifelt, oder?«

»Natürlich, genau wie die Kripo und jeder andere vernünftige Mensch auch. Das gibt es nicht, dass irgendjemand, der sechzigtausend Mark verloren hat, sich nicht ans Fundbüro oder an die Polizei wendet, um sein Geld zurückzubekommen.«

»Mensch Hermann, das hatten wir doch schon. Dieser Person, wer auch immer sie war, der ist etwas zugestoßen, bevor sie ihr Geld zurückholen konnte. Das ist doch eine plausible Erklärung. Was willst du noch?«

»Du wusstest ganz genau, dass ein Mensch, der den Koffer an der Ruhr verloren oder vergessen hat, gar nicht existiert. Sonst hättest du niemals der Veröffentlichung meiner Geschichte über dich und den Schatzfund zugestimmt.«

Trudi war von ihrem Platz aufgestanden, holte einen Aktenordner aus dem Schrank, legte ihn auf Horst Brömmels Schreibtisch und begann, ihn durchzublättern. Brömmel war in der Morgenkonferenz. Nachdem er mich tags zuvor angepfiffen hatte, weil ich mich immer noch mit der ominösen Angelegenheit beschäftigte, anstatt mich journalistisch ergiebigeren Themen zuzuwenden, war ich froh, dass er von dem Telefongespräch nichts mitbekam.

»Und woher hab ich das Geld, wenn ich es nicht gefunden habe? Das weißt du ja dann sicher auch«, sagte Willi Köster spöttisch.

»Ja, das hab ich inzwischen herausgefunden«, sagte ich, einer plötzlichen Eingebung folgend. »Die sechzigtausend Mark sind ein Teil des Geldes, das du in der Nacht vom 18. auf den 19. Juni 1948 zusammen mit Herbert Rahn und Kurt Möllenbeck von einem amerikanischen Militärlaster gestohlen hast.«

Nur einen kurzen Augenblick war es still in der Telefonleitung, dann lachte Willi Köster erheitert auf.

»Da kann man ja nur gratulieren«, sagte er. Es klang höhnisch.

»Und wann erscheint der Artikel über die wahre Herkunft des Schatzes vom Ruhrufer in der Zeitung?«

»Das weiß ich noch nicht.«

»Ich weiß es aber, Hermann. Er wird nie erscheinen, weil du keinen einzigen Beweis in der Hand hast und dich nur lächerlich mit einer so krausen Geschichte machen würdest.«

»Klara Milewski hat bei der Polizei ausgesagt, dass ihr drei Jungs die Amerikaner bestohlen habt.«

»Nein, das hat sie nicht. Das weiß sie nämlich gar nicht. Sie hat irgendwelches dummes Zeug nachgeplappert, das Herbert Rahn vor Jahren mal im besoffenen Kopf von sich gegeben hat. Und das, was die Klara da bei ihrer Festnahme gefaselt hat, das hat sie im übrigen längst wieder zurückgenommen.«

»Ich nehme an, weil der Herr Anwalt, den du für sie engagiert hast, ihr dringend dazu geraten hat.«

Willi Köster lachte am anderen Ende der Leitung fröhlich.

»Klaras Gefasel hat die Kripo dazu veranlasst, eine Anfrage an die Amerikaner zu richten«, sagte ich in der Hoffnung, Willi Köster damit verunsichern oder ihn wenigstens beeindrucken zu können.

»Und die Amis haben geantwortet, dass ihnen nie eine Kiste Geld gestohlen worden ist«, entgegnete er vergnügt.

»Woher weißt du das denn?«

»Na ja, so ein Herr Anwalt, der verfügt über gute Kontakte, auch bei der Essener Polizei.«

Ich war sprachlos.

»Hermann, gib es auf, du wirst die Geschichte niemals schreiben. Nicht einmal, wenn ich dir unter vier Augen mein Geheimnis anvertrauen würde, könntest du das. Einen Beweis gibt es nämlich nicht, und wenn es drauf ankäme, würde ich behaupten, du hättest dir alles nur aus den Fingern gesogen.«

»Wenn das so ist, könntest du mir doch eigentlich erzählen, was wirklich passiert ist.«

»So von Freund zu Freund meinst du?«, fragte Willi Köster lachend.

»Ja, warum nicht?«

»Weißt du, Hermann Leschinski, eigentlich bist du ja doch ein ganz netter Kerl, und es rührt mich irgendwie, wie verzweifelt du versuchst, das Rätsel um den Schatz vom Ruhrufer zu lösen.«

»Was heißt das?«

»Ich frage mich, wie es wäre, wenn du tatsächlich alles wüsstest. Die Vorstellung reizt mich, aber ich muss noch ein bisschen darüber nachdenken.«

»Wie lange?«

»Bis Freitagabend. Dann würde ich dich gern treffen. Am liebsten würde ich noch mal mir dir in das nette Gartenlokal in Rellinghausen gehen.«

»Morgen ist schon Freitag.«

»Ja, ich weiß.«

»Morgen Abend um sieben?«, fragte ich.

»Ja, um sieben Uhr in Rellinghausen«, sagte Willi Köster. Dann legte er auf.

ELF

Oma Hilde und Opa Leschinski hatten nicht mitbekommen, dass ich in den Hof gefahren war. Seitdem sie ihr Radio hatten, passierte das öfter. Ich hatte mein Motorrad hinterm Haus abgestellt und hörte, als ich den Helm abnahm, Johannes Heesters singen »Tausend Mal möcht ich dich küssen.«

Die Schlagermusik drang durch ein Wohnzimmerfenster in den Hof, erst als ich mich der offenstehenden Wohnungstür näherte, bemerkte ich, dass in der Küche gesprochen wurde. Offenbar saßen meine Großeltern dort zusammen und unterhielten sich, während das Radio im Zimmer nebenan allein vor sich hin plärrte.

»Woher soll ich denn wissen, ob dat wat Ernstes is?«, sagte Oma Hilde gerade.

»Mir sieht dat jedenfalls ganz danach aus«, entgegnete mein Opa. »Et gibt doch kaum noch en Abend, den der Jung nich mit seinem Fräulein Schlüter verbringt.«

Als ich mitbekam, worüber die beiden redeten, blieb ich, unbemerkt von ihnen, neben der Tür stehen. Was sie über Leni und mich dachten und zu sagen hatten, interessierte mich so sehr, dass ich es für verzeihlich hielt, sie ein wenig zu belauschen.

»Dat heißt doch nix«, sagte Oma. »Die beiden haben doch schon als Blagen zusammen gespielt, unser Hermann und die kleine Schwester von seinem Freund Hänsken. Dat is doch ganz normal, dat die sich gut verstehen. Und jetz sind se beide Menschen geworden, die schon en bissken mehr von e Welt gesehen haben als andere. Unser Hermann is jeden Tach als Journalist überall unterwegs, und die Leni studiert in Köln auf e Universität. Da is et doch klar, dat die sich viel zu erzählen haben und Interesse für dat haben, wat der andere so macht.«

»Dat has'e jetz schön gesacht, Hilde. Aber als ich die zwei auf e Bank hinterm Haus gesehen hab, da hat gerade keiner von denen irgendwat erzählt. Dat ging gar nich, weil se nämlich am rumknutschen waren.«

»Has'e die Kinder etwa beobachtet?«

»Quatsch. Ich bin vor de Tür gegangen, um 'ne Zigarette zu rauchen, und da saßen die zwei da und waren gerade zugange. Ich hab mich sofort wieder umgedreht und bin zurück in t Haus.«

»Und da waren die am knutschen? Da has'e dich bestimmt verguckt.«

»Jetz hör aber auf! Denks'e, weil ich dat nich mehr jeden Tach mach, wüsste ich nich mehr, wie dat geht? Nee Hilde, den Unterschied zwischen Reden und Küssen, den kenn ich schon noch.«

Oma Hilde lachte zaghaft. Ich hörte, dass sie die Schranktür öffnete, Geschirr herausnahm und auf dem Tisch verteilte.

»Und wenn et so ist, Karl? Wat soll et denn? Der Hermann is einundzwanzig. Weiß'e noch, wat du mit mir alles gemacht has, in dem Alter?«

»Nee, da kann ich mich nicht mehr dran erinnern. Erzähl ma, Hilde!«

Ich war schon im Begriff, meinen Horchposten aufzugeben und mich den beiden zu zeigen, aber meine Oma sagte nur: »Du ollen Blödmann.«

Und Opa Leschinski lachte fröhlich.

Im Wohnzimmer dudelte immer noch Schlagermusik aus dem Radio. Oma lief in der Küche hin und her. Anscheinend bereitete sie das Abendbrot vor. Opa saß vermutlich schon auf der Bank am Tisch.

»Is doch en hübsches Blag, die Leni Schlüter«, hörte ich meine Oma sagen. »Dat die dem Hermann gefällt, dat kann ich verstehen.«

»Ich ja auch«, sagte Opa Leschinski, »aber wie ich unseren Hermann kenn, is dat nich so einer, der von einer Blüte zur anderen flattert. Wenn der jetz wat mit der Leni anfängt, dann bleibt der am Ende noch bei der hängen.«

»Ja und? Wär dat so schlimm?«, fragte Oma Hilde.

»En Leschinski und 'ne Tochter vom Schlüter, ich weiß nich, ob dat gut gehen kann.«

»Wieso denn nich?«, fragte Oma unwirsch.

»Du weißt doch, wat ich von einem halte, der sein Leben lang nich richtig gearbeitet hat. Der Schlüter, der braucht doch nur seine blaue Uniform anzuziehen und en bissken am Bahnhof rumzuspazieren, und schon hat der sein Geld verdient. Und ich kann mir kaum vorstellen, dat so wat nich auch auf die Kinder von so einem Herrn Beamten abfärbt. Die kriegen dat doch von klein auf mit, dat hochnäsiges Getue mehr einbringt als ehrliche Maloche.«

Ich hörte, dass Oma energisch ihren Stuhl rückte und sich meinem Opa gegenüber an den Küchentisch setzte.

»Wenn ich dat jetz richtig versteh, dann seid ihr Kumpels von e Zeche also die Guten und Tüchtigen, und alle, die sich bei de Arbeit nich so dreckig machen, dat sind eingebildete Schnösel. Glaubs'e dat eigentlich selbst, wat e da erzähls? Ich will ja gar nich bestreiten, dat et gerade bei de Beamten und Angestellten welche gibt, die sich für wat Besseres halten. Aber so einer is der Schlüter nich. Et is mir noch nie passiert, dat der mich nich freundlich gegrüßt hat. Und wenn ich ma bei dem stehen bleib, dann hat der immer Zeit für 'n kleines Schwätzken. Der ist kein bissken eingebildet. Aber dat is typisch Karl Leschinski. Dat hat er sich nun mal in den Kopp gesetzt, dat der Schlüter en schnöseligen Beamten ist, und dabei bleibt et jetz bis in alle Ewigkeit. Mensch Karl, sprech doch einfach ma mit dem Mann, dann weiß'e, dat dat Quatsch is.«

Mein Opa hörte sich schweigend das Donnerwetter von Oma Hilde an, und die war noch nicht fertig.

»Und dat die Kinder von e Schlüters nix von ehrliche Arbeit halten, wie kanns'e so wat bloß sagen, Mann? Dat dat Hänsken en tüchtigen Maurer geworden ist, dat weiß'e doch selbst. Und dann redes'e so 'n Stuss. Fängs'e jetz schon an zu verkalken mit fünfundsechzig, oder wat is los mit dir?«

Opa Leschinski räusperte sich. Dann war es eine Weile ganz still in der Küche. Irgendwann seufzte Oma Hilde, und mein Opa räusperte sich noch einmal ausgiebig.

Dann sagte er überraschend gelassen: »Na gut. Dat aus dem Hänsken en brauchbaren Handwerker geworden is, dat stimmt ja. Aber dat sein Herr Vatter andere Pläne mit dem Jung hatte, dat weiß'e ja wohl auch. Obwohl er dat nich wollte, musste Hänsken auf et Gymnasium. Und als der Jung dat nich geschafft hat, da musste eben seine kleine Schwester auf e höhere Schule. Und jetzt studiert dat Fräulein Tochter sogar. Und dat alles soll nix mit Hochnäsigkeit zu tun haben? Also Hilde, ich weiß et nich.«

»Findest du dat denn verkehrt von den Schlüters, dat se gern wollen, dat aus ihren Kindern wat wird? Du bis doch auch stolz auf unseren Hermann, dat er en Journalist geworden is, von dem jeden Tach wat in e Zeitung steht. Und ich weiß gar nich, wie oft e schon gesagt has, dat e richtig froh darüber bis, dat der Jung so gutes Geld verdient, ohne dat er sich dafür die Finger schmutzig machen muss. Und jetz kanns'e auf einmal überhaupt nich verstehen, dat die Schlüters sich dat auch für ihre Kinder wünschen?«

»Also, dat se aus ihrem Hänsken en Herrn Oberrat von e Bundesbahn oder so wat machen wollten, dat geht mir ja noch in 'n Kopp, aber dat jetz die Leni auf e Universität geht, also ich weiß nich. Findes'e dat denn richtig, dat 'ne junge Frau studiert?«

»Wat soll denn daran verkehrt sein, wenn se den Grips dafür hat? Wenn se dat schafft, dann kann se ma Studienrätin werden. Dat is doch wirklich en schönen Beruf für 'ne Frau. Und gut bezahlt wird dat auch.«

»Is dat denn nötig, dat 'ne Frau Geld verdient? Soll der Mann dann zu Hause kochen und waschen und putzen und die Kinder erziehen? Oder wie stells'e dir dat vor?«

»Nee, dat soll er natürlich nich«, sagte Oma Hilde ärgerlich. »Dat brauch er aber auch gar nich, mein lieber Karl Leschinski. Ein Herr Chefredakteur und eine Frau Studienrätin, die können sich nämlich 'ne Haushaltshilfe leisten und en Kindermädchen noch dazu, wenn se dat wollen. Und wenn nich, dann bleibt die Frau eben ma en paar Jahre zu Hause, wenn die Kinder klein sind. Aber weiß'e wat, Mann? Du und ich, wir brauchen uns über so wat wirklich nich den Kopp zu zerbrechen. Dat sind zwei gescheite junge Leute, der Hermann und die Leni, und die werden schon zusammen überlegen, wie se dat in Zukunft regeln.«

»Jetz mach aber ma langsam, Hilde! Du redes ja so, als wären die beiden schon so gut wie verheiratet, nur weil se ma en bissken geknutscht haben. Also weiß'e, so weit is et ja jetz doch noch nich.«

»Mir wär die Leni ganz recht«, sagt meine Oma energisch. »Sie is von hier, von e Bremener Straße, und dat is gut, auch für uns.

Wenn der Hermann bei seine Arbeit in Dortmund oder in Witten en Mädchen finden würde, dann könnte nämlich passieren, dat er mal nach dahin heiratet. Wat meins'e, wat wir zwei dumm aus e Wäsche gucken würden, wenn der Jung auf einmal so weit weg wär. Und die Leni, die is außerdem freundlich und anständig, und die Schlüters sind nette Leute, auch wenn du dat nich wahrhaben wills. Und außerdem sind se katholisch, und dat is ja auch nich ganz unwichtig.«

Opa Leschinski lachte.

»Spielt dat immer noch 'ne Rolle für dich?«, fragte er spöttisch. »Ich dachte, dat hättes'e inzwischen auch kapiert, dat dem lieben Gott dat ganz egal is, in welche Kirche einer getauft worden is. Woher weiß'e dat überhaupt, dat die Schlüters katholisch sind?«

»Wenn e ma en bissken nachdenken würdes, könntes'e dat auch wissen, weil dat Hänsken nämlich zusammen mit unserem Hermann auf e katholische Postwegschule war. Und außerdem hab ich die Schlüters auch schon ma in e Kirche gesehen.«

»Dat kann aber nich oft gewesen sein. Wann wars du denn zuletzt in e Kirche?«

»Vorigen Monat, zweimal. Pfingsten und Fronleichnam. Da bin ich sogar mit de Prozession gegangen.«

»Dann hoff ich ma, dat dein Herrgott dich auch gesehen hat und dat er en paar Pluspunkte für dich notiert hat.«

»Dat is auch dein Herrgott, Karl Leschinski, vergiss dat ma nich. Sonst könnte nämlich passieren, dat der dich irgendwann mit em kräftigen Tritt in den Hintern daran erinnert.«

»Ich bin lang genug in e Kirche gelaufen, jeden Sonntag. Bis et dem da oben gefallen hat, unseren einzigen Sohn zu sich zu holen.«

»Ja, ich weiß. Dat has'e mir schon oft genug erklärt. Aber dat is Blödsinn. Dat war nich unser himmlischer Vater, der den Willi in den Krieg geschickt hat. Dat war unser Führer.«

»Aber dein Herrgott, der hat den Hitler machen lassen und zugeguckt, wie der die ganze Welt in t Unglück gestürzt hat. Falls da wirklich jemand is, da oben im Himmel, dann is dem dat völlig egal, wat hier unten passiert. Deshalb nutzt dat auch gar nix, wenn e jeden Sonntag in e Kirche rennst oder jeden Tag dreimal betest.«

Ein Stuhl wurde gerückt. Oma stand auf, schlurfte ein paar Schritte über den Linoleumboden und schlug die Wohnzimmertür zu.

Einen Moment lang dachte ich, sie hätte sich über Opas Gerede geärgert und wäre aus der Küche verschwunden, aber dann hörte ich sie sagen: »Dat muss ja nich sein, dat Gedudel vom Radio die ganze Zeit, während wir uns unterhalten.«

»Wenn e wills, dat et dir einigermaßen gut geht im Leben, dann muss'e nich beten, dann muss'e malochen«, sagte Opa, während Oma sich wieder an den Tisch setzte. »Und dat haben wir zwei gemacht, Hilde. Wir haben viel gearbeitet und nie aufgegeben und immer zusammengehalten. Dat wir genug Kohlen im Keller haben, dat die Einmachgläser voll sind und dat et uns gut geht, heute auf unseren alten Tach, dat haben wir uns zu verdanken und sonst niemandem.«

»Dat is nich ganz verkehrt, wat e da erzählst, aber auch nich so ganz richtig«, sagte Oma Hilde und seufzte. »Wir gehen auf de Siebzig zu und sind noch beide da. Zwei Kriege haben wir überstanden, und dir is in all den Jahren unter Tage nie wat passiert. Und jetz sind wir immer noch gesund genug zum Arbeiten. Dat alles haben wir uns nich verdient, Karl, dat sind Geschenke. Und dat wir den Hermann haben, dat wir für den sorgen konnten und dat er so 'n schönen Beruf hat und dat er jetz für uns da is, wenn wir ihn brauchen, dat is wat, wofür ich dem Herrgott jeden Tach dankbar bin. Nee Karl, lass mir ma meinen Glauben an den da oben, und wenn ich ab und zu in e Kirche geh, dann solltes'e dich nicht darüber lustig machen.«

»Dat tu ich doch gar nich. Nee, dat würd ich niemals tun, Hilde«, sagte mein Opa energisch. »Ob da oben einer is und wat der von uns will, dat wissen wir doch alle nich. Natürlich is dat auch möglich, dat du dat richtig siehs und ich nich. Nee, Frau, geh du ruhig in e Kirche, und wenn e da ab und zu auch für mich betes, dann hab ich da gar nix gegen.«

»Ach guck ma an, der sture olle Leschinski«, sagte Oma spöttisch. »Manchmal kann er ja doch über seinen Schatten springen und zugeben, dat dat, wat er sich in den Kopp gesetzt hat, vielleicht doch nich die einzige Wahrheit auf e Welt is.«

»Wat den da oben im Himmel angeht, da ist dat doch klar, dat jeder wat anderes über den denkt und dat keiner wat Genaues weiß, auch ich nich. Dafür is der viel zu weit weg. Bei den Schlüters is dat wat anderes. Die kenn ich seit über zwanzig Jahren, und wat ich über die im Kopp hab, dat lass ich mir nich so einfach ausreden.«

»Du glaubs, dat du die kenns, aber dat tus'e gar nicht. Dat is dat Problem«, sagte Oma ärgerlich.

Ich hielt es für richtig, in diesem Moment meinen Horchposten aufzugeben. Mit zwei Schritten war ich an der Küchentür und sagte: »Das lässt sich ja ändern.«

»Ach, der Hermann is ja schon da«, sagte Oma.

»Wat lässt sich ändern?«, fragte Opa.

»Wir haben dich gar nicht kommen gehört«, sagte Oma.

»Kein Wunder, wenn euer Radio die ganze Zeit dudelt«, sagte ich.

»Bis'e schon länger da? Has'e uns etwa belauscht?«, fragte Oma besorgt.

»Hab nur gehört, dat ihr gerade über die Schlüters gesprochen habt«, flunkerte ich.

»Wat lässt sich ändern?«, fragte Opa noch einmal.

»Dat du die Schlüters nicht richtig kennst«, antwortete ich, während ich neben dem Küchentisch meine Lederjacke aufknöpfte. »Wat hälts'e denn davon, wenn du heute Abend mal mit der Leni anfängst? Wir haben uns nämlich überlegt, die Leni Schlüter und ich, dat wir gern mal mit dir 'ne Runde Skat spielen würden.«

Opa sah mich sprachlos an.

»Dat is ja ma 'ne schöne Idee«, sagte Oma Hilde. »Ich geh nach em Abendessen im Wohnzimmer Radio hören, dann könnt ihr drei hier in aller Ruhe spielen.«

»Wieso kann dat Mädchen denn Skat?«, fragte Opa verwirrt.

Ohne zu antworten, setzte ich mich lachend zu meinen Großeltern an den Küchentisch.

Die Geschichte des Tages kam aus der Oberhausener Lokalredaktion der Ruhr-Post. Am Morgen hatte ein Bauer im Stadtteil Holten drei seiner sechs Kühe verendet auf der Weide gefunden.

»Die Wiese war kalkweiß, gerade so als hätte es mitten im Sommer geschneit. Der Bauer sagt, das wäre nicht das erste Mal so gewesen. Die Schweinerei käme von der Ruhrchemie. Die ist ja da direkt, nicht mal einen Kilometer von den Feldern entfernt«, berichtete Trudi, die am Telefon mit den Kollegen in Oberhausen gesprochen hatte. »Die Ruhrchemie produziert unter anderem Düngemittel, und dabei wird anscheinend öfter mal Kalk freigesetzt, der dann wie Schnee auf die Umgebung niederrieselt. Und der Bauer sagt auch, dass es immer wieder nach Abgasen und irgendwelchen chemischen Stoffen stinkt und dass mit dem Rauch aus den Schornsteinen der Ruhrchemie außerdem jede Menge Asche in die Luft geblasen wird, die nachher als schwarze Schicht auf seinen Feldern liegt.«

»Also mal schneit es Düngekalk, und mal regnet es schwarze Asche auf die armen Rindviecher«, fasste Horst Brömmel zusammen.

»Die Oberhausener wollen wissen, ob wir die Geschichte haben wollen«, sagte Trudi.

Horst Brömmel schnaufte einmal tief durch und zündete sich eine Zigarette an. Ich zuckte mit den Schultern. Die Frage war nicht leicht zu beantworten, damals jedenfalls nicht.

Die drei toten Kühe in Holten waren ein alarmierender Hinweis darauf, dass die unmittelbare Nachbarschaft von Landwirtschaft und Industrie im Ruhrgebiet höchst problematisch war. Bauernhöfe mit großen Getreidefeldern und weitläufigen Weideflächen gab es noch in allen Revierstädten. Die Landwirte, die im Schatten von Fördertürmen und Hochöfen ihre Äcker bestellten, und die Kuhherden, die vor qualmenden Schloten und Kühltürmen weideten, gehörten damals zum alltäglichen Leben an der Ruhr.

Die Frage, welche Gefahren dieses Nebeneinander barg, stellte zu Beginn der fünfziger Jahre noch niemand. Endlich wurden wieder alle satt. Das war etwas, wovon die Menschen jahrelang geträumt hatten. Niemand war damals bereit, ein Haar in der Suppe zu suchen, auf der endlich wieder Fettaugen schwammen. Erst in den Sechzigern, als die Zeiten des Hungerns in Vergessenheit gerieten und die Menschen sich daran gewöhnt hatten, genug zu essen zu haben, begannen sie, über die Qualität ihrer Nahrungsmittel nachzudenken.

Die drei toten Kühe in Holten waren ein heikler Fall. Wenn der wütende Bauer nicht umgehend die Lokalredaktion der Ruhr-Post angerufen hätte, nachdem er seine verendeten Tiere auf der Weide gefunden hatte, hätte die Öffentlichkeit wahrscheinlich niemals etwas davon erfahren.

Trudi Tippel sah Horst Brömmel und mich abwechselnd an, dann begriff sie, warum wir so zögerlich waren.

»Ihr seid euch nicht sicher, ob die Leute so etwas überhaupt lesen wollen«, stellte sie fest.

»Es bringt jedenfalls nichts, ihnen mit so einer Geschichte Angst zu machen. Sie müssen die Milch von den Kühen, die an Ruhr und Emscher weiden, auch morgen wieder ihren Kindern geben«, sagte ich.

»Da hast du recht«, sagte Brömmel, »aber wir dürfen so eine Sache auch nicht unter den Teppich kehren. Ich schlage vor, dass wir den Oberhausenern ihre Geschichte lassen und dass wir das Ereignis von Holten nur kurz beschreiben und es zum Anlass nehmen, mal ein paar grundsätzliche Fragen zu stellen. Was tun eigentlich die Behörden zum Schutz unserer Gesundheit? Gibt es Auflagen für die Industrie? Welche Möglichkeiten gibt es überhaupt, die Emissionen zu verringern, durch Filteranlagen zum Beispiel? Werden regelmäßig Proben der Nahrungsmittel genommen, die im Ruhrgebiet erzeugt werden? Was sagt man bei den Gesundheitsämtern? Gibt es Erkrankungen, die mit der Verschmutzung unserer Umwelt in Zusammenhang stehen könnten? Gibt es Vorschläge seitens der Mediziner, wie wir unsere Lebensmittel behandeln sollen, um mögliche Gefahren zu verringern? Das sind so die Dinge, die mir durch den Kopf gehen, wenn ich höre, dass hier irgendwo drei verendete Rindviecher auf einer Weide herumgelegen haben.«

»Das könnten auch die Fragen sein, die die Leute sich stellen, wenn sie davon hören«, sagte ich.

»Und? Willst du versuchen, ein paar Experten aufzutreiben, die sie dir beantworten?«

»Viel Telefoniererei«, sagte ich.

Nach drei Stunden und etwa einem Dutzend Telefongesprächen hatte ich mein Notizheft vollgeschrieben mit Äußerungen, die alle irgendwie ähnlich klangen: Nein, von einer akuten Bedrohung der Landwirtschaft durch industrielle Emissionen könne keine Rede sein. Ja, der Schadstoffausstoß werde kontrolliert und könne gegebenenfalls auch durch Auflagen reglementiert werden. Nein, so einen Fall wie in Holten habe es noch nicht gegeben, dabei handele es sich offensichtlich um einen bedauerlichen Einzelfall. Ja, selbstverständlich würden Lebensmittel stichprobenartig untersucht. Nein, es gäbe keine Häufung von Krankheitsbildern, die auf Luftverschmutzung oder kontaminierte Nahrungsmittel zurückgeführt werden könnten.

Das in etwa war es, was die Mitarbeiter von Gesundheitsämtern, von staatlichen und städtischen Behörden auf meine Fragen antworteten. Ich frage mich bis heute, ob sie es damals nicht besser wussten oder ob sie es vielleicht für ihre Pflicht hielten, ihr Wissen zurückzuhalten, um die Bevölkerung nicht zu beunruhigen.

Es sollte jedenfalls noch ein ganzes Jahrzehnt dauern, bis endlich auch Behörden und Politiker anerkannten, dass die Häufung von Lungenkrebserkrankungen und die hohe Zahl der Fälle von Leukämie und Rachitis bei Kindern im Ruhrgebiet auf die verschmutzte Umwelt zurückzuführen waren. Erst 1962 wurde ein Gesetz zur Reinhaltung der Luft verabschiedet, das sogenannte Landesimmissionsschutzgesetz.

Im Juli 1952 begnügten sich meine Experten am Telefon noch damit, ein paar gute Ratschläge zu erteilen. Man solle Milch vor dem Gebrauch abkochen, um eventuell vorhandene Keime zu vernichten, empfahlen sie, und Salat und Gemüse solle man grundsätzlich vor dem Verzehr sehr gründlich waschen.

»Na ja«, sagte Horst Brömmel, als er den Artikel gelesen hatte. »Damit beunruhigen wir unsere Leser jedenfalls nicht.«

Als ich ihm später erzählte, dass ich in der nächsten Nacht mal wieder in der Maxstraße schlafen wolle, weil ich am Abend noch eine Verabredung in Essen hätte, sagte er: »Dann hast du die Wohnung für dich allein. Ich hab nämlich auch eine Verabredung, aber nicht in Essen, sondern in Wattenscheid. Und da werde ich wohl bis Sonntag bleiben.«

»Na dann viel Spaß«, sagte ich.

»Triffst du dich auch mit einer Dame?«, fragte Brömmel und fuhr, ohne eine Antwort abzuwarten, fort: »Dann willst du bestimmt gleich noch in die Wanne. Also, dann geh ich jetzt mal, wir sind ja auch so gut wie fertig. Dann kann ich noch vor dir ein Bad nehmen.«

Da Brömmel sich offenbar nicht wirklich dafür interessierte, mit wem ich verabredet war, ließ ich seine Frage unbeantwortet und wünschte ihm ein schönes Wochenende.

Als ich zwei Stunden später in die Wohnung in der Maxstraße kam, war Horst Brömmel schon verschwunden, aber der warme Schwaden seines Wannenbades und der Duft seines Rasierwassers waberten noch durch Bad und Flur.

Ich öffnete das Badezimmerfenster weit, ging ins Wohnzimmer, schmierte mir ein Brot und setzte mich damit ans Radio. Nach ein paar Minuten ging ich zurück ins Bad, schloss das Fenster, ließ die Wanne volllaufen, döste eine halbe Stunde im warmen Wasser, zog mir ein frisches Hemd, meine Sommerhose und eine helle Jacke an, steckte mir ein Schreibheft und zwei Bleistifte in die Seitentasche, ging zu Fuß zum Hauptbahnhof und fuhr mit der Straßenbahn hinaus nach Rellinghausen.

Willi Köster wartete an dem Tisch, an dem wir vier Wochen zuvor schon einmal gesessen hatten, auf mich. Beim ersten Bier fragte ich ihn, wie es ihm gehe.

Er zuckte mit den Schultern, dachte kurz nach und sagte dann: »Besser jedenfalls als bei unserem letzten Treffen, als wir deine Schuhe gekauft haben und nachher noch in der Eisdiele waren.«

»Danach haben wir uns noch einmal gesehen, bei Rensing«, sagte ich.

»Ach ja. Da hast du mich überfallen, weil du von mir wissen wolltest, was ich mit Kurt Möllenbeck zu tun hatte.«

»Und du hast mir erzählt, du hättest schon seit Jahren keinen Kontakt mehr zu ihm gehabt.«

»Jetzt fang nicht wieder damit an, ich hab es dir doch erklärt«, sagte Köster unwillig.

»Ja, du hast recht«, murmelte ich und prostete ihm zu.

Er nahm sein Bierglas und stieß mit mir an. An seinem Ringfinger leuchtete der blaue Lapislazuli auf. Für ein paar Augenblicke sahen wir uns schweigend an, so als wüssten wir beide nicht so recht, was wir eigentlich voneinander zu halten hatten. Willi Kösters Blondschopf war so akkurat gescheitelt wie immer. Er trug einen leichten, hellen Sommeranzug, ein weißes Hemd und eine auffällige, bunt gestreifte Krawatte mit einer goldenen Krawattennadel. Er sah auch an diesem Abend wieder so aus, als wäre er gerade einem Magazin für Herrenmode entstiegen.

»Als wir damals in der Eisdiele die Klara Milewski getroffen haben, wusstest du da eigentlich schon, dass sie Kurt Möllenbeck getötet hatte?«, fragte ich ihn.

»Nein. Ich hatte erst am Tag zuvor durch einen Anruf in Neumühl erfahren, dass der Tote aus dem Gruga-Park tatsächlich Kurt war. Deshalb hatte ich mich mit Klara verabredet. Ich wollte von ihr erfahren, was passiert war, nachdem wir uns vor der Kneipe in der Alfredstraße getrennt hatten. Als du weg warst, hat sie es mir dann gesagt.«

»Sie hat dir erzählt, Kurt Möllenbeck hätte sie so sehr drangsaliert, dass sie mit allen Mitteln versuchen musste, sich zu wehren?«, fragte ich.

»Ja, so ungefähr.«

»Und du hast ihr das sofort geglaubt?«

»Ja, natürlich. Ich wusste doch, dass beim Kurt ab und zu der Verstand aussetzte, wenn er mit der Klara zusammen war, vor allem wenn er etwas getrunken hatte.«

»Und warum hast du das noch nicht der Kripo gesagt?«, fragte ich. »Das wäre doch sehr entlastend für die Klara Milewski.«

»Ja, du hast recht. Nach Kurts Tod war ich eine Zeitlang wohl zu sehr mit mir selbst beschäftigt. Aber vorgestern hab ich mich telefonisch bei der Polizei gemeldet, am Tag nachdem du meiner Oma erzählt hast, dass die mich als Zeugen suchen. Am Montagmorgen hab ich einen Termin im Essener Polizeipräsidium.«

»Wenn der Kurt die Klara dauernd belästigt hat, warum hat sie sich dann eigentlich noch mit euch getroffen? Wollte sie vielleicht etwas von dir?«

»Du meinst, ob die Klara mich mag, so als Mann?«

»Ja, genau.«

»Nein, das glaub ich nicht. Jedenfalls hat es zwischen uns nie gefunkt. Sie ist einfach nicht mein Typ. So aufgedonnerte Mädchen mag ich nicht.«

»Also zwischen dir und der Klara lief nichts, und der Kurt hat sie dauernd angebaggert, obwohl sie das nicht wollte. Trotzdem hat sie sich immer wieder mit euch getroffen. Ehrlich gesagt, das versteh ich nicht.«

»Ich glaub, ich könnte es dir erklären«, sagte Willi Köster, »aber dann wäre ich schon mittendrin in der Geschichte, die ich dir heute Abend vielleicht erzählen will.«

»Was heißt vielleicht?«

Willi Köster lachte, winkte die Bedienung an unseren Tisch und bestellte noch zwei Bier.

»Na gut. Ich hab mich entschlossen, sie dir zu erzählen, die ganze Geschichte, von Anfang an«, sagte er dann. »Du weißt ja ohnehin schon eine Menge. Du hast viel recherchiert und dir manches zusammengereimt. Ich denke, du hast es dir verdient, jetzt endlich alles zu erfahren.«

Ich trank von meinem Bier und sah Willi Köster skeptisch an. So ganz konnte ich es noch nicht glauben, dass er mir sein Geheimnis anvertrauen wollte.

»Weißt du, Hermann«, sagte er, »ich bin im Moment der einzige Mensch auf der Welt, der weiß, was wirklich passiert ist. Seitdem der Kurt nicht mehr lebt, gibt es niemanden, mit dem ich noch darüber reden kann. Manchmal frage ich mich jetzt schon, ob das alles wirklich geschehen ist oder ob ich mir das nur einbilde. Ich glaube, es täte mir gut, einem Freund zu erzählen, was wir damals erlebt haben, und wieder jemanden zu haben, mit dem ich meine Erinnerungen teilen kann.«

Ich legte mein Schreibheft auf den Tisch und sagte: »Du solltest nicht vergessen, dass ich Journalist bin. Ich habe nicht nur deshalb immer weiter in der Sache herumgestochert, weil ich so furchtbar neugierig bin, sondern auch, weil ich den Lesern der Ruhr-Post gern berichten würde, was es mit dem Schatz vom Ruhrufer tatsächlich auf sich hat.«

»Ach Hermann, das hab ich dir doch schon am Telefon erklärt.

Du wirst diese Geschichte niemals schreiben können, denn du wirst nie beweisen können, dass sie wahr ist.«

»Bist du dir sicher?«

»Ja, ich bin mir ganz sicher. Du kannst von mir aus ruhig dein Schulheftchen vollschreiben. Niemand wird dir abnehmen, dass das, was nachher da steht, Fakten sind. Jeder wird deine Notizen für ein Produkt deiner Phantasie halten.«

In den nächsten Stunden schrieb ich mein Heft tatsächlich beinahe voll. Am Wochenende darauf entstand an der Schreibmaschine aus meinen Aufzeichnungen ein zusammenhängender Text. Die acht eng betippten Blätter habe ich all die Jahre verwahrt. Sie sind ein wenig vergilbt, und ein paar Buchstaben sind verblasst, aber die Geschichte lässt sich immer noch mühelos lesen.

Am Freitag, dem 18. Juni 1948, in aller Herrgottsfrühe, bestiegen die drei Freunde in der Zechensiedlung Bergmannsplatz ihre Fahrräder. Sie freuten sich auf ein paar abenteuerliche Tage, auf die Stunden im Sattel, die Abende am Lagerfeuer und die Nächte im Zelt. Erst spät am Sonntag, bei Einbruch der Dunkelheit, wollten sie wieder in Neumühl sein.

Willi Köster hatte Urlaub, Kurt Möllenbecks Meister hatte seinem Lehrling frei gegeben, und Herbert Rahn arbeitete sowieso nur, wenn er wollte. Er hielt sich lieber mit kleinen Gaunereien und dubiosen Geschäften auf dem Schwarzmarkt über Wasser, hatte aber seinen beiden Freunden versprochen, sich noch in diesem Sommer um eine Lehrstelle als Autoschlosser zu bemühen.

Seitdem sie ihr Geld zusammengelegt und sich ein Zelt gekauft hatten, hatten sie schon einige Ausflüge unternommen. Sie hatten herausgefunden, dass sie die Enge und den Dreck des Kohlenpotts am schnellsten hinter sich lassen konnten, wenn sie von Neumühl aus nach Norden fuhren. Doch an Niederrhein und Lippe waren sie jetzt schon ein paar Mal gewesen, und so hatten sie sich für das bevorstehende lange Wochenende vorgenommen, gen Süden aufzubrechen. Bei Mülheim wollten sie dann auf die Ruhr stoßen und in östliche Richtung am Fluss entlang weiterradeln, durch die Essener Stadtteile Kettwig und Bredeney, am Baldeneysee vorbei, bis in die Gegend von Hattingen. Am Samstag sollte es noch ein Stück weiter ruhraufwärts gehen, vielleicht bis Schwerte.

Kurt hatte eine Landkarte besorgt und sie gründlich studiert. »Wenn wir nicht jeder Biegung des Flusses folgen, sondern ein paar Abkürzungen nehmen, sind das ungefähr vierzig Kilometer bis Hattingen. Das schaffen wir leicht«, hatte er gesagt.

Ganz so leicht war es dann doch nicht. Die Erhebungen links und rechts des Flusstales wurden nicht umsonst Ruhrberge genannt. Das begriffen die drei Jungs spätestens am Nachmittag, als sie in Kupferdreh schnaufend ihre Räder aufwärts schoben, um sich die weite Ruhrschleife vorbei an Steele und Dahlhausen zu ersparen. Oberhalb von Kupferdreh kamen sie an einem Kartoffelacker vorbei. Sie gruben hastig die Knollen von zwei Sträuchern mit den Händen aus der Erde, stopften sie in ihre Taschen und fuhren unbehelligt weiter. Bei Niederwenigern ging es wieder hinab ins Ruhrtal, und nach einer weiteren Flussbiegung lag Hattingen vor ihnen. Sie fuhren nicht in die Stadt hinein, sondern blieben auf dem Leinpfad, der an der Ruhr entlangführte. Auf einer Wiese am Rande eines kleinen Wäldchens, einen Steinwurf vom Flussufer entfernt, schlugen sie ihr Lager auf.

Nachdem sie das Zelt aufgebaut hatten, gingen sie schwimmen. Danach erkundeten sie die Umgebung. In einer verfallenen Feldscheune fanden sie einen rostigen Spaten. Während Kurt damit eine flache Grube fürs Lagerfeuer aushob, gingen Willi und Herbert Feuerholz suchen. Dabei stellten sie fest, dass das Wäldchen schon nach etwa zwanzig Metern an einer mit Sträuchern bewachsenen Böschung endete. Als sie sich durch das Gestrüpp gedrängt hatten, standen sie am Rande einer breiten Straße, über die gerade ein Lastwagen in Richtung Norden fuhr. Sie sahen ihm nach, bis er die Brücke, die hier die Ruhr überspannte, überquert hatte und in einer weitgezogenen Rechtskurve aus ihrem Blickfeld verschwand.

Als sie genug Bruchholz gesammelt hatten, zum Lagerplatz zurückgekehrt waren und Kurt von der Straße erzählt hatten, schaute der auf der Landkarte nach.

»Das ist die Reichsstraße einundfünfzig«, stellte er fest. »Die kommt von irgendwo im Süden, Eifel, Köln, Wuppertal, führt dann hier vorbei nach Bochum und weiter durchs nördliche Ruhrgebiet bis nach Münster und Bremen.«

Auf der Straße war, wie auf allen Straßen in dieser Zeit, wenig Verkehr. Nur hin und wieder hörten sie hinter dem Wäldchen das Geräusch eines vorbeibefahrenden Lastautos, noch seltener das eines Personenwagens.

Als das Lagerfeuer brannte, füllten sie den gusseisernen Topf, der zu ihrer Ausrüstung gehörte, mit Ruhrwasser, hängten ihn in die Flammen und ließen darin die geklauten Kartoffeln kochen. Zum Trinken hatten sie zwei mit Leitungswasser gefüllte Kanister dabei. Für ein großes Roggenbrot und ein Stück Margarine hatten sie ihre Lebensmittelkarten zusammengelegt, ein Glas eingekochte Bohnen hatte Kurt von seiner Mutter bekommen, und Willis Oma Hertha hatte ihnen ein Glas Brombeergelee mitgegeben.

»Und das habe ich beizusteuern«, sagte Herbert und kramte in seinem Rucksack herum. »Eine Blutwurst, frisch vom Schwarzmarkt, und eine Flasche Korn, von einem Dinslakener Bauern gebrannt und schon ein paar Mal getestet. Man wird garantiert nicht blind davon.«

Eine Stunde später waren die drei sich einig, lange nicht mehr so gut gegessen zu haben wie an diesem Abend an der Ruhr. Sie waren satt geworden, richtig satt, und dabei hatten sie nur etwa ein Drittel ihres Proviants verzehrt. Den Rest hatten sie für die nächsten beiden Tage übriggelassen und wieder eingepackt.

Hin und wieder trank jeder einen Schluck aus der Schnapsflasche.

»Wenn die halb leer ist, dann ist Schluss«, sagte Herbert. »Die Hälfte bleibt für morgen drin.«

Als ein träge leuchtender abnehmender Mond den Platz der Sonne am wolkenlosen Himmel eingenommen hatte, stellte Kurt die Frage, ob es wohl mehr leuchtende Sterne am Firmament oder schöne Mädchen auf dieser Welt gäbe. Sie einigten sich darauf, dass beide unzählbar seien. Etwa eine Stunde vor Mitternacht, nachdem sie eine Zeitlang schweigsam und schläfrig neben dem flackernden Feuer auf ihren Decken gelegen hatten, wurde es auf der Reichsstraße plötzlich laut.

Das war nicht ein einzelner Lkw, der sich da näherte, das musste eine ganze Kolonne sein. Als der Motorenlärm am größten war, erstarb er urplötzlich. Offenbar hatten die Kraftwagen hinter dem Wäldchen angehalten. Kurz darauf hörten die drei Jungen Stimmen, einzelne Rufe und Gelächter.

»Die sprechen englisch«, sagte Herbert leise, »das sind Amis oder Engländer. Kommt, das gucken wir uns mal an.«

Das Feuer war heruntergebrannt, nur zaghaft flackerten hin und wieder noch ein paar Flämmchen auf, als die drei von ihrem Lagerplatz zum Wäldchen huschten, zwischen den Bäumen hindurchschlichen, vor der Böschung auf die Knie gingen und durch die Sträucher krochen.

Im fahlen Mondlicht standen vor ihnen am Straßenrand in einer Reihe hintereinander fünf Lastkraftwagen, deren offene Ladeflächen von Planen überspannt waren.

»Das sind Pritschenwagen der Amis«, flüsterte Herbert.

Vor der Kolonne parkten nebeneinander, quer zur Fahrbahn, zwei Jeeps. Um sie herum scharte sich etwa ein Dutzend Soldaten, die redeten, lachten und rauchten. Einige hatten sich hingehockt und aßen irgendwas. Einer der Männer verschwand zwischen den Sträuchern, kam aber kurz darauf wieder zum Vorschein.

Die Entfernung zwischen der Spitze des Konvois, wo die Soldaten sich aufhielten, und dem Heck des letzten Wagens betrug mindestens dreißig Meter. Etwa in der Mitte der Kolonne waren die drei Jungs auf die Straße gestoßen. Auf einen Wink von Herbert hin zogen sie sich leise zurück, liefen ein Stück an der Böschung entlang und krochen kurz hinter dem letzten Lkw wieder an den Fahrbahnrand.

»Was hast du vor?«, fragte Willi besorgt.

»Ich will wissen, was die unter ihren Planen haben. Das sind vielleicht Zigaretten, vielleicht Schokolade, Kaffee oder Fleischkonserven. Damit sind wir gemachte Leute.«

»Du bist bekloppt. Die knallen dich ab, wenn sie dich erwischen.«

»Die sind doch jetzt fast vierzig Meter weit weg und alle schwer beschäftigt. Das kriegt doch niemand mit, wenn ich von hinten auf die Ladefläche springe.«

Ohne sich auf weitere Diskussionen einzulassen, huschte Herbert Rahn aus der Böschung heraus. Nach nur zwei geduckten Schritten war er hinter dem letzten Lkw, schwang sich auf die Ladefläche und verschwand unter der Plane.

Es dauerte nicht lange, bis er wieder zum Vorschein kam. Er beugte sich aus dem Wagen heraus und wisperte seinen beiden Freunden zu: »Kisten, verschlossene Kisten. Die krieg ich nicht auf, und die sind ziemlich schwer. Da ist garantiert was Wertvolles drin. Los, einer muss mir helfen.«

»Wenn ein Ami in unsere Richtung kommt, dann pfeifst du«, sagte Kurt zu Willi, huschte hinter den Lkw und kletterte hinauf.

Nur wenige Sekunden blieben er und Herbert hinter der Plane verborgen, dann erschienen die beiden mit einer Holzkiste wieder in Willis Blickfeld. Sie stellten ihre Last behutsam auf die Kante der Ladeklappe. Während Kurt sie festhielt, sprang Herbert vom Wagen.

»Komm, pack mal an, die krieg ich nicht allein hier runter«, raunte er Willi zu. Der war mit ein paar raschen Schritten neben Herbert. Zusammen hoben sie die Kiste vom Lkw.

»Los, ab ins Gebüsch damit!«, sagte Herbert.

»Wartet noch!«, zischte Kurt, sprang von der Ladefläche und schaute vorsichtig an der Plane vorbei zur Spitze der Kolonne.

»Alles klar, los jetzt! Aber leise, und bloß nicht fallen lassen!«, kommandierte er.

Herbert und Willi schlichen geduckt, die schwere Last zwischen sich, vom Pritschenwagen zur Böschung. Als sie sich in die Sträucher zwängten, glitt Herbert die Kiste aus den Händen. Ein paar Äste zerbrachen, während sie zu Boden rutschte. Herbert und Willi legten sich flach auf die Erde. Sekunden später lag auch Kurt neben ihnen.

Alle drei atmeten schwer vor Anstrengung und Aufregung. Sie lauschten ängstlich. Schritte kamen näher. Ein einzelner Soldat. Etwa in der Mitte der Kolonne blieb er stehen, pinkelte in die Böschung und ging wieder zurück.

»Los! Lasst uns das Ding jetzt nehmen und abhauen«, schlug Herbert vor.

»Nein, die Kiste lassen wir hier stehen. Das macht viel zu viel Krach, wenn wir die jetzt durch das Wäldchen schleppen«, sagte Willi leise, aber sehr entschieden. »Wenn die Amis sie nicht vermissen, dann steht sie auch noch hier, wenn die Kolonne weitergefahren ist. Wenn die Soldaten aber bemerken sollten, dass eine Kiste fehlt, dann werden sie die ganze Gegend absuchen, und dann möchte ich nicht gern, dass sie das Ding bei uns finden.«

»Hört sich vernünftig an«, sagte Kurt.

Vorsichtig robbten sie die Böschung hinunter, huschten durchs Wäldchen zu ihrem Lagerplatz, nahmen die Decken, die noch neben dem heruntergebrannten Feuer lagen, mit ins Zelt, legten sich hin und nahmen sich vor, sich schlafend zu stellen, falls die Amerikaner auftauchen sollten.

Schweigend und angestrengt lauschend lagen sie etwa eine halbe Stunde da, bis plötzlich orgelnd ein Motor ansprang. Die zunächst mächtig anschwellenden und dann ganz allmählich immer leiser werdenden Motorengeräusche begleiteten Willi, Kurt und Herbert mit Freudengeheul.

Sie liefen zurück zur Reichsstraße, auf der jetzt weit und breit kein Fahrzeug mehr zu sehen war, fanden die Kiste sofort wieder, trugen sie zu ihrem Lagerplatz und hebelten sie mit dem rostigen Spaten aus der Feldscheune auf.

Von dem, was sie im Mondlicht und im Schein des wieder entfachten Feuers entdeckten, waren sie maßlos enttäuscht.

Die Holzkiste war voll mit Papiergeld, mit seltsamen, bunt bedruckten Scheinen, wie sie sie noch nie gesehen hatten.

»Scheiße«, sagte Herbert. »Was ist das denn?«

»Jedenfalls nichts, was man essen kann«, sagte Willi.

»Spielgeld vielleicht«, sagte Kurt.

»Quatsch«, sagte Willi und nahm einen Packen Scheine aus der Kiste.

»Banknote. Hundert Deutsche Mark«, las er vor.

Auf den in Rottönen bedruckten Papieren, die er in der Hand hielt, war eine Frau abgebildet. Sie saß vor einem Globus, hielt in der linken Hand einen Spiegel und blätterte mit der rechten in einem Buch.

»Das ist doch kein deutsches Geld«, sagte Herbert.

»Nein, natürlich nicht, du Witzbold. Unser Geld heißt Reichsmark, und die Scheine haben auch nicht so komische Bildchen. Ich glaube, das ist überhaupt kein richtiges Geld«, sagte Willi.

»Vielleicht ist es Militärgeld«, sagte Herbert.

»Gibt es so etwas?«, fragte Kurt.

»Ja, Das hab ich schon mal bei ein paar amerikanischen Soldaten gesehen. Und die Engländer haben das auch. Die können ja in ihren Kasernen Sachen kaufen, die es sonst in Deutschland gar nicht gibt. Dafür haben die ihr eigenes Geld, glaube ich.«

»Sahen die denn so aus, die Scheine, die du bei den Soldaten gesehen hast?«, fragte Kurt.

»Das weiß ich nicht mehr.«

»Wenn das Militärgeld ist, meinst du, dann könnten wir damit Kaugummi und Kaffee und Zigaretten und den ganzen Kram bei den Amis kaufen?«

»Hast du noch alle Tassen im Schrank? Was meinst du, was die mit dir machen, wenn du mit den Scheinen in einem amerikanischen Laden auftauchst? Die stellen dich an die Wand.«

Herbert hatte einen Stapel blauer Banknoten in die Hand genommen und ihn auseinandergefächert.

»Zwanzig Deutsche Mark«, las er vor und fügte kopfschüttelnd hinzu: »Also, das Militärgeld damals, das hat anders ausgesehen. Die Bilder hier, die erinnern mich eher an amerikanische Dollars.«

»Sind aber keine«, sagte Willi. »Das hier ist weder deutsches noch amerikanisches Geld.«

»Bestimmt brennt es gut«, sagte Herbert grinsend und warf ein paar von den blauen Scheinen ins Feuer.

»Mensch, hör auf! Vielleicht ist es ja doch was wert«, sagte Willi.

»Und was machen wir jetzt damit?«, fragte Kurt.

»Wir verstecken es erst mal in dem Bretterschuppen da vorn«, schlug Willi vor.

Sie berieten sich nur kurz, dann schleppten sie die Holzkiste in die halb zerfallene Feldscheune und warfen ein paar Hände voll von dem alten Stroh, das hier überall herumlag, darüber.

Nach der aufregenden Nacht schliefen die drei Jungen bis weit in den nächsten Vormittag hinein. Sie fuhren nicht mehr weiter ruhraufwärts, sondern radelten zurück bis zum Baldeneysee und verbrachten dort einen sonnigen Nachmittag am Wasser. Während des ganzen Samstages redeten sie immer wieder über ihr Abenteuer am Rande der Reichsstraße einundfünfzig. Sie bewunderten sich selbst für ihren Mut, und sie bedauerten sich ein wenig, weil ihnen bei ihrer heldenhaften Attacke gegen die amerikanischen Streitkräfte keine lohnende Beute in die Hände gefallen war.

Auf die Idee, dass es sich bei den Scheinen in der Holzkiste um das neue Geld der Deutschen handeln könnte, kam keiner von ihnen.

Der achtzehnjährige Herbert Rahn und seine beiden siebzehnjährigen Freunde Willi und Kurt hatten zwar in letzter Zeit oft gehört, wie die Alten fluchten, dass es so nicht mehr weitergehe mit der Reichsmark, dass man sich mit den Scheinen bald den Hintern abwischen könne und dass man dringend eine Währungsreform brauche, aber was genau man sich darunter vorzustellen hatte, das wussten sie nicht. Soweit sie das verstanden hatten, würde das Geld nach einer solchen Reform wieder mehr wert sein, aber dass dafür neue Banknoten gedruckt werden müssten und dass die Währung der Deutschen einen neuen Namen bekommen würde, das war ihnen nie in den Sinn gekommen.

Als sie am Sonntagabend wieder zurück in Neumühl waren und vorm Gasthaus Pieper von ihren Fahrrädern stiegen, hatten sie auch noch nicht die geringste Ahnung davon, was an diesem 20. Juni 1948 geschehen war.

Das änderte sich schlagartig, als sie die Gaststube betraten. Es war von nichts anderem die Rede als vom neuen Geld. Jeder hier hatte im Laufe des Tages vierzig alte Reichsmark gegen vierzig D-Mark eingetauscht, und wer seine neuen Scheine noch nicht alle ausgegeben hatte, der zeigte sie stolz herum: Banknoten im Wert von einer halben Mark, von einer Mark, zwei Mark, fünf Mark, zehn Mark und zwanzig Mark.

Die drei Jungen setzten sich an einen freien Tisch und sahen entgeistert dem Treiben zu. Obwohl sie die Geldscheine sofort wiedererkannt hatten, brauchte jeder von ihnen noch eine Zeitlang, bis er voll und ganz begriffen hatte, dass rund vierzig Kilometer entfernt, in einer verfallenen Feldscheune am Ruhrufer, ein Vermögen auf sie wartete.

Schon am nächsten Tag setzten sie sich wieder auf ihre Räder und fuhren in Richtung Hattingen. Ihr Versteck war unentdeckt geblieben. Sie verstauten die gebündelten Banknoten in die Rucksäcke und Taschen, die sie mitgebracht hatten, und verbrannten die leere Kiste. Sie schliefen nur ein paar Stunden in der alten Scheune und machten sich früh am nächsten Morgen auf den Rückweg nach Neumühl.

Im Haus von Willis Großeltern gab es einen Kellerraum, in dem die drei Jungs manchmal zusammen an ihren Fahrrädern herumgebastelt hatten, in dem sie bei schlechtem Wetter aber auch oft nur zusammengehockt und heimlich geraucht oder Bier getrunken hatten. Die beiden alten Kösters hatten den Raum, in dem einige Kartons mit ausrangierten Sachen von Willi lagerten, Kinderkleidung, Spielzeug und alte Schulbücher, schon ewig nicht betreten. Der Schlüssel zur Kellertür lag in Willis Zimmer, aber er hatte sie bisher nie abgeschlossen. Das änderte sich an dem Tag, an dem die Jungen die Rucksäcke und Taschen voller Geld dort unten verstauten.

In den nächsten Wochen zimmerte Kurt eine stabile Holzkiste mit einem Vorhängeschloss, in der die Banknoten sicher untergebracht wurden. Kurt und Herbert bekamen je einen Schlüssel für das Schloss, und da Willi den Kellerschlüssel behielt, konnte nie einer von ihnen alleine an das Geld.

Eine Weile plagte die drei Freunde noch die Sorge, die Amerikaner könnten bemerkt haben, dass ihnen eine Geldkiste fehlte, sie könnten herausgefunden haben, dass ihnen diese an der Reichsstraße einundfünfzig bei Hattingen geklaut worden sein musste, und sie könnten irgendwie auf die Spur der drei jungen Radfahrer aus Neumühl gekommen sein.

Erst als ein paar Monate vergangen waren, in denen nirgendwo etwas davon zu lesen oder zu hören war, dass den Amerikanern eine größere Menge der neuen deutschen Geldscheine gestohlen worden war, fühlten Willi, Kurt und Herbert sich allmählich sicher.

Trotzdem beschlossen sie, das Geld vorläufig da zu lassen, wo es war. Lediglich kleine Beträge, immer nur ein paar Mark für jeden, entnahmen sie hin und wieder der Kiste, wenn sie sich etwas Besonders gönnen wollten.

Sie waren sich einig geworden, genau so weiterzuleben wie bisher, sich möglichst unauffällig zu verhalten, erst einmal ihre

Lehren abzuschließen und dann zu beratschlagen, wie es weitergehen sollte.

Dann verliebte Herbert sich in Klara Milewski und begann, aus der Reihe zu tanzen.

Er wollte mehr Geld, um Klara beeindrucken zu können. Er machte ihr gegenüber Andeutungen, gab ihr zu verstehen, dass er reich sei, führte sich im Gasthaus Pieper auf wie ein Krösus, gab großspurig Lokalrunden aus, trank selbst immer mehr und kündigte schließlich seine Lehrstelle.

Kurt und Willi bekamen es mit der Angst zu tun und stritten immer öfter und immer heftiger mit Herbert Rahn.

An einem Abend im Frühjahr 1949 konnten die beiden wieder einmal nicht verhindern, dass er sich volllaufen ließ und an der Theke herumprahlte. Als er endlich mit ihnen das Gasthaus verlassen hatte, stritten die drei noch ein paar Minuten auf der Straße herum, dann ging Willi Köster verärgert nach Hause. Was danach geschah, erfuhr er erst am nächsten Tag, als Kurt Möllenbeck ihm heulend gegenübersaß.

Kurt hatte den betrunkenen Freund noch bis in dessen Wohnung begleitet. Dort hatte Herbert ihn plötzlich am Kragen gepackt und damit gedroht, die Kellertür im Haus der Kösters aufzubrechen und sich das ganze Geld aus der Kiste zu holen, wenn er nicht ab sofort jede Woche hundert Mark bekäme. Kurt hatte ihn angewidert von sich gestoßen und war gegangen. In der Tür hatte er sich nur noch einmal kurz umgedreht und gesehen, dass Herbert Rahn gefallen war und reglos am Boden lag. Anscheinend war er zu besoffen, um sich noch einmal aufzurappeln. Kurt Möllenbeck war es egal. Ohne sich weiter um den Freund zu kümmern, verließ er das Haus.

Am nächsten Morgen wollte er noch einmal mit Herbert reden, doch da standen Polizeiwagen vor dessen Tür, und Kurt erfuhr, Herbert sei in der Nacht vollkommen betrunken mit dem Kopf auf die Kante seines Küchentischs gestürzt und habe sich dabei so schwer verletzt, dass er gestorben sei.

Kurt Möllenbeck war untröstlich. Er gab sich die Schuld an Herberts Tod und war entschlossen, der Polizei zu berichten, was sich zugetragen hatte. Willi Köster sah das anders. Für ihn war das, was geschehen war, ein tragisches Unglück und nichts anderes. Er überzeugte Kurt davon, dass es unsinnig sei, sich der Polizei zu stellen. Stattdessen sagten die beiden später aus, sie hätten Herbert Rahn vom Gasthaus Pieper noch bis zu dessen Wohnung gebracht, hätten sich vor der Tür von ihm verabschiedet und wären dann zusammen nach Hause gegangen. Da die Polizei bei der Untersuchung des Todesfalls keinen Hinweis auf ein Fremdverschulden fand und in Neumühl ohnehin niemand einen Zweifel daran hatte, dass der großspurige Säufer Herbert Rahn sich selbst den Schädel eingeschlagen hatte, fiel kein Verdacht auf Willi Köster und Kurt Möllenbeck.

Etwa ein halbes Jahr nach Herberts Tod begannen die beiden, Fußballtoto zu spielen. Sie füllten an jedem Wochenende zahlreiche Tippscheine aus, die sie bei verschiedenen Annahmestellen in Duisburg und Oberhausen abgaben. Dabei setzten sie beträchtliche Geldsummen ein. Im Frühjahr 1950 ging ihr Plan auf, Möllenbeck gewann dreißigtausend Mark. Das war kaum mehr, als sie bis dahin verspielt hatten, aber ein Teil ihrer Beute war jetzt zu legalem Geld geworden. Kurt Möllenbeck brachte es zur Bank, um später, nach dem Ende seiner Ausbildung, einen eigenen Tischlereibetrieb damit aufzubauen.

Willi Köster nahm zu Beginn des Jahres 1951 eine Stelle beim Herrenausstatter Rensing in Essen an. Im Juli brachte er einen alten Pappkoffer mit sechzigtausend Mark aus ihrer Beute zum Fundbüro und gab vor, ihn am Ruhrufer zwischen Rellinghausen und Heisingen gefunden zu haben.

Von Klara Milewski hatten die beiden Freunde nach Herbert Rahns Tod eine Weile nichts gehört. Doch kurz nach dem Totogewinn tauchte sie wieder auf, verabredete sich mit ihnen, ging öfter mal mit ihnen aus und zog, kurz nachdem Willi bei Rensing angefangen hatte, auch nach Essen.

Aus den Bemerkungen, die sie hin und wieder machte, schlossen Kurt und Willi, dass ihr der Verdacht gekommen war, an dem Totogewinn könnte irgendwas faul sein und an den großspurigen Behauptungen von Herbert Rahn könnte doch etwas dran gewesen sein.

Kurt und Willi waren sich nicht sicher, wie viel Klara eigentlich wusste, und hielten es für das Beste, sie im Auge zu behalten, während Klara offenbar darauf aus war, die beiden jungen Männer und ihren Lebenswandel nicht aus den Augen zu lassen. Kurt, der Klara Milewski schon gemocht hatte, als sie noch Herberts Freundin gewesen war, begann irgendwann, ihr den Hof zu machen. Klara hielt davon gar nichts, doch sie ließ sich durch Kurts Annäherungsversuche nicht davon abhalten, sich weiter mit den beiden Jungs zu treffen.

Dann las sie in der Ruhr-Post den Artikel »Junger Verkäufer findet Schatz an der Ruhr«. Jetzt hatte sie keinen Zweifel mehr daran, dass sie mit ihrem Verdacht richtig lag. So viel Glück, dass erst der eine im Toto gewann und dann der andere einen Schatz fand, konnten die beiden alten Freunde von Herbert einfach nicht haben. Kurt und Willi waren dabei, das Geld zu waschen, das sie bei irgendeinem Coup vor ein paar Jahren erbeutet hatten. Und ihr Herbert war damals dabei gewesen. Die Andeutungen, die er immer wieder gemacht hatte, waren mehr gewesen als bloße Aufschneiderei.

Klara Milewski, Kurt und Willi trafen sich in der Kneipe an der Alfredstraße, und Klara sagte den beiden klipp und klar, was sie dachte. Doch die Jungs ließen sich davon nicht beirren. Sie leugneten hartnäckig, jemals irgendein krummes Ding gedreht zu haben, denn sie waren sich inzwischen sicher, dass Klara zwar einiges vermutete, aber nichts wusste und nichts gegen sie in der Hand hatte. Kurt und Willi beharrten darauf, dass Totogewinn und Schatzfund nichts anderes waren als glückliche Zufälle.

Als Klara spürte, dass sie gegen eine Wand anlief, wurde sie wütend. Willi und Kurt beruhigten sie und eröffneten ihr, dass sie schon mal darüber nachgedacht hätten, ihr einen größeren Geldbetrag zu schenken, sie gewissermaßen an ihrem Glück teilhaben zu lassen.

»Wir könnten uns durchaus vorstellen, einer Freundin dabei zu helfen, ihren eigenen Frisiersalon aufzumachen«, sagte Kurt.

»Das tun wir aber nicht, solange wir uns von dir irgendwelche wüsten Verdächtigungen anhören müssen«, sagte Willi.

»Ja, etwas Entgegenkommen erwarten wir schon«, sagte Kurt, legte einen Arm um ihre Taille und zog sie zu sich heran.

Klara stieß ihn einmal mehr zurück. Die Stimmung blieb angespannt. Draußen vor der Tür blitzte und donnerte es, an ihrem Tisch wurde kaum noch gesprochen.

Als das Unwetter abgezogen war, wollte Klara gehen. Kurt fragte sie, ob er sie zur Straßenbahnhaltestelle am Gruga-Park bringen dürfe. Sie antwortete mit einem gelangweilten Schulterzucken.

Als Willi sich vor der Kneipe von Klara und Kurt verabschiedete, schlug er vor, sich bald noch einmal zu dritt zusammenzusetzen und in Ruhe über alles zu reden.

ZWÖLF

War es ein Märchen? War es eine gut konstruierte Erzählung, in der er bekannte Fakten und phantasievolle Einfälle clever miteinander vermischt hatte? Ich war mir nicht sicher, was ich da von Willi Köster im Gartenlokal in Rellinghausen gehört hatte. Aber es überwog die Skepsis. Ich hatte große Zweifel daran, dass ich jetzt tatsächlich die ganze, die wahre Geschichte vom Schatz an der Ruhr kannte.

Während Willi erzählt hatte, hatte ich ihn nicht mit Zwischenfragen unterbrochen, ich hatte aufmerksam und hin und wieder auch fasziniert gelauscht, und ich hatte mir unablässig Notizen gemacht, bis mein Heft beinahe voll war.

Später saßen wir noch eine Zeitlang zusammen, und ich gestand Willi Köster, dass ich nicht so recht wisse, was ich von seiner Erzählung zu halten habe. Er war darüber offensichtlich nicht gerade erstaunt, zuckte mit den Achseln und grinste mich fröhlich an.

Ich blätterte noch einmal durch meine Notizen, und mir kam wieder in den Kopf, was ich vor ein paar Tagen von Paul Weyermann erfahren hatte.

Ich schaute Willi Köster eine Weile nachdenklich an, dann sagte ich ihm ins Gesicht: »Ich glaube dir deine Geschichte nicht. Es kann gar nicht so gewesen sein, wie du behauptest.«

»Sei doch nicht so misstrauisch, Hermann. Warum sollte ich dich belügen?«, entgegnete Willi.

»Ich weiß nicht, was du im Schilde führst. Aber ich weiß, dass in dem Koffer, den du beim Fundbüro abgegeben hast, Banknoten waren, die erst nach der Währungsreform in Deutschland gedruckt worden sind. Die können also unmöglich im Juni 1948 von einem amerikanischen Lkw gestohlen worden sein.«

Willi lachte nur und sagte, das sei nun wirklich ein blöder Einwand.

Spät am Abend fuhren wir zusammen mit der Straßenbahn von Rellinghausen zum Essener Hauptbahnhof. Dort verabschiedeten wir uns voneinander.

Willi klopfte mir freundschaftlich auf die Schulter und sagte: »Das sollten wir öfter mal machen, irgendwo zusammen was trinken und miteinander reden.«

»Ja, vielleicht«, erwiderte ich.

Dann trennten wir uns, er ging in Richtung Stadtgarten und ich in die Maxstraße.

Ich schlief lange. Horst Brömmel war, wie er es angekündigt hatte, nicht nach Hause gekommen, und so saß ich am nächsten Morgen allein in seinem Wohnzimmer, frühstückte und hörte Radio.

Mit meinen Gedanken war ich immer noch bei Willi Köster und in seiner Geschichte, und je länger ich mich mit ihr beschäftigte, desto heftiger drängte sich mir der Verdacht auf, dass er sie ganz und gar erfunden haben könnte.

Musste es nicht so sein, dass das Geld, das er zum Fundbüro gebracht hatte, erst nach der Währungsreform in seinen Besitz gelangt war? Das schien mir jedenfalls die plausibelste Erklärung dafür zu sein, dass sich in dem alten Pappkoffer auch neue Banknoten befunden hatten.

Es war offensichtlich, dass Herbert Rahn sich damals in Neumühl allerlei kurioses Zeug hatte einfallen lassen, um Klara Milewski zu imponieren. Auch der Überfall auf den amerikanischen Militärlaster war vielleicht nichts anderes als ein Produkt seiner Phantasie gewesen.

Als Klara bei ihrer Festnahme im Frisiersalon in Altenessen davon gesprochen hatte, hatte sie damit das Interesse der Polizei geweckt, und Paul Weyermann war bei seinen Nachforschungen dann auf die Operation Bird Dog gestoßen.

Willi Köster erfuhr davon, griff die Geschichte auf und spann sie ein wenig aus. Er wusste natürlich, dass nichts Wahres daran war, aber er hatte eine schöne Erklärung für die Herkunft des Schatzes vom Ruhrufer gefunden, eine, von der er annehmen konnte, dass sie mich von weiteren Recherchen abhalten würde.

Ja, so könnte es gewesen sein, dachte ich, während ich die Korridortür in der Maxstraße hinter mir zuzog und die Treppe hinunterging. Doch im nächsten Augenblick kamen mir schon wieder Zweifel, dieses Mal an meinen eigenen Zweifeln.

War es nicht äußerst unwahrscheinlich, dass Willi Köster sich die ganze Geschichte nur ausgedacht hatte? Er hatte jede Menge Details erwähnt, die Route der Fahrradtour, das Gelände an der Reichsstraße, das Versteck in der Feldscheune und vieles andere, von dem ich mir nicht vorstellen konnte, dass er das alles erfunden hatte. Er hatte von den beiden Jeeps gesprochen, die bei den Lastwagen gestanden hätten, und von Ron wusste ich, dass jeder Lkw-Konvoi, der damals in Frankfurt gestartet war, von zwei Jeeps begleitet worden war. Woher hätte Willi das wissen sollen? Wie hätte er darauf kommen können, wenn er es nicht tatsächlich gesehen hätte?

Ich stieg in der Maxstraße auf mein Motorrad und fuhr in Richtung Hattingen. Es fiel mir nicht schwer, den Platz zu finden, an dem Willi, Kurt und Herbert angeblich vor vier Jahren ihr Lager aufgeschlagen hatten.

Er lag nordwestlich der Altstadt von Hattingen, unmittelbar neben der ehemaligen Reichsstraße einundfünfzig, die inzwischen zur Bundesstraße einundfünfzig geworden war.

Alles war hier so, wie Willi es beschrieben hatte: der Leinpfad entlang der Ruhr, die Brücke, die den Fluss überspannte, weitläufige Wiesen und das Wäldchen, das am Rande der Bundestraße vor einer Böschung endete.

Es gab keinen Zweifel daran, dass Willi Köster diesen Platz kannte, dass er schon einmal hier gewesen war. Das Einzige, was ich vermisste, war die verfallene Feldscheune, die in seiner Geschichte eine so wichtige Rolle gespielt hatte.

Ich ging ein Stück den Leinpfad entlang, ohne sie irgendwo zu entdecken.

Ein älterer Herr, der einen Hund an der Leine führte, kam mir entgegen.

Ich grüßte ihn, er nickte mir freundlich zu, und da auch sein vierbeiniger Begleiter, eine mittelgroße, hellbraune Promenadenmischung, nichts gegen mich zu haben schien, sprach ich den Hundehalter an.

»Entschuldigen Sie bitte. Darf ich Sie etwas fragen?«

»Ja, natürlich, junger Mann. Worum geht es denn?«

»Ich suche eine alte Feldscheune. Die müsste eigentlich hier irgendwo stehen.«

»So, müsste Sie das?« Der ältere Herr lächelte vergnügt. »Also, ich gehe hier jeden Tag mit dem Hund spazieren, manchmal bis kurz vor Niederwenigern. Nein, hier in den Ruhrauen gibt es nirgendwo eine Scheune. Wie kommen Sie denn darauf?«

»Ich bin mal auf einer Fahrradtour mit ein paar Freunden hier vorbeigekommen. Das ist allerdings schon ungefähr vier Jahre her. Da haben wir eine Nacht in einer verfallenen Feldscheune geschlafen. Ich dachte, das wäre hier irgendwo gewesen.«

»Vor vier Jahren, sagen Sie? Warten Sie mal. Damals bin ich noch nicht so oft hier hergegangen, da hatte ich den Hund noch nicht. Aber ja, jetzt wo Sie es sagen. Da hat mal so eine windschiefe Bretterbude gestanden, da vorn in der Nähe des Wäldchens. Aber die ist irgendwann abgerissen worden, vor ungefähr drei Jahren, schätze ich.«

»Ach schön«, sagte ich, »dann hab ich mich also nicht geirrt. Ich dachte mir doch, dass das hier der Platz ist. Wissen Sie, das war wirklich ein ganz besonderes Erlebnis damals. Die Fahrradtour war für uns Jungs ein richtiges Abenteuer. Daran erinnere ich mich immer noch gern.«

»In Ihrem Alter hängt man doch noch nicht seinen Erinnerungen nach, da schaut man in die Zukunft«, sagte der ältere Herr und lachte. Sein Hund bellte und zog an der Leine.

»Es scheint so, als müssten Sie weiter«, stellte ich fest.

»Ja, sieht so aus«, sagte der Mann, hob eine Hand zum Abschiedsgruß und ließ sich von seinem Hund über den Leinpfad ruhrabwärts ziehen.

»Vielen Dank für Ihre Auskunft!«, rief ich hinter ihm her.

Ich verließ Hattingen über die Bundesstraße in Richtung Norden, bog vor Bochum links ab und fuhr über Wattenscheid, Gelsenkirchen und Bottrop nach Sterkrade.

Eine gute Stunde, nachdem ich im Ruhrtal aufgebrochen war, saß ich in der Bremener Straße mit meinen Großeltern am Küchentisch.

»Gibt nur Linsensuppe heute«, sagte Oma Hilde. »Samstagsessen. Aber für morgen hab ich en ganz feinen Braten.«

»Dann könnte der Hermann doch morgen mal die Leni zum Essen einladen«, sagte Opa Leschinski.

»Warum dat denn?«, fragte Oma Hilde verblüfft. »Meins'e bei den Schlüters käm sonntags nix Anständiges auf 'n Tisch?«

»Dat hat doch damit nix zu tun«, sagte mein Opa und schüttelte unwillig den Kopf.

Seit unserem Skatabend, an dem Leni von ihm acht und von mir sogar neunzehn Pfennige gewonnen hatte, hielt Opa Leschinski sie für eine ganz außergewöhnlich kluge, liebenswerte, hübsche, aufgeschlossene, charmante und lebenstüchtige Person.

Schon zweimal hatte er mich seitdem gemahnt: »Lass dir dat Mädchen bloß nich durch de Lappen gehen! So wat findes'e nie mehr wieder.«

Es störte ihn nicht einmal mehr, dass Leni ein Spross der Familie Schlüter war. Seitdem er wusste, dass sie das Skatspielen von ihrem Vater gelernt hatte, hielt er es anscheinend sogar für möglich, dass der alte Schlüter nicht der schnöselige Beamte war, für den er ihn immer gehalten hatte.

Während Oma den Tisch abräumte, stand Leni plötzlich in der Küchentür.

»Stör ich euch?«, fragte sie.

»Nein, gar nicht«, sagte Opa Leschinski freundlich.

»Wir sind gerade mit dem Essen fertig«, fügte Oma Hilde hinzu.

»Ich wollte auch nur kurz mit dem Hermann überlegen, was wir heute Abend unternehmen sollen«, sagte Leni. »Dann muss ich wieder rüber. Meine Mutter kocht Bohnen ein. Ich hab versprochen, ihr beim Schnibbeln zu helfen.«

»Kannst dich aber trotzdem kurz setzen«, sagte Opa Leschinski und rückte auf der Bank ein Stück zur Seite. Leni setzte sich neben ihn.

»Die Jungs wollen wieder die übliche Runde drehen«, sagte sie. »Kino und Kneipen.«

»Hört sich so an, als hättest du keine große Lust dazu«, sagte ich.

»Eigentlich würde ich lieber mit dir irgendwohin gehen, wo man tanzen kann. Aber mein Bruder will uns heute Abend einladen und ein paar Runden springen lassen. Das möchte ich mir auch nicht gern entgehen lassen.«

»Aber das kann man doch miteinander verbinden«, sagte ich.

»Wenn ein guter Film läuft, gehen wir erst ins Kino, und dann suchen wir uns ein Lokal mit Musik und Tanzfläche. Da können die Jungs, die nicht tanzen wollen, sich auch an die Theke stellen und sich volllaufen lassen.«

»Ja gut. Ich rede mal mit Hänsken darüber«, sagte Leni.

»Warum will er uns denn einladen?«

Leni lachte vergnügt.

»Du wirst es nicht glauben«, sagte sie, »Er hat im Toto gewonnen, fünfundvierzig Mark. Er hatte Spaß wie ein kleiner Junge, als der Geldbote die Scheine vor ihm auf den Tisch geblättert hat.«

»Das kann ich mir vorstellen«, sagte ich nachdenklich.

»Dann bis heute Abend«, sagte Leni, stand auf, winkte meinen Großeltern und mir lächelnd zu und verschwand.

Eine Stunde später stand ich vor der Haustür der Kösters in der Oberen Sterkrader Straße in Neumühl. Willi öffnete, sah mich einen Augenblick verdutzt an und verzog dann sein Gesicht zu einem breiten Grinsen.

»Ich hatte zwar gehofft, dass wir uns mal wiedersehen, aber dass das so schnell gehen würde, hatte ich nicht erwartet. Komm herein.«

Ich folgte ihm ins Wohnzimmer, in dem ich vor ein paar Tagen noch mit seiner Oma Hertha gesessen hatte. Auf dem Tisch waren Papiere ausgebreitet, daneben lagen Aktenordner, Prospekte und ein paar Bücher.

»Das sieht nach Arbeit aus«, stellte ich fest.

»Das meiste sind Angebote oder Werbebroschüren der Textilindustrie. Ich korrespondiere schon seit Wochen mit Kleiderfabriken und Großschneidereien«, erklärte Willi. »Außerdem liegt da der Kaufvertrag für ein zweigeschossiges Geschäftshaus auf der Marktstraße in Oberhausen. Das heißt, im Moment ist es eher noch eine Ruine. Nächste Woche wird sich ein Statiker das Gebäude ansehen. Ich hoffe, dass die Fundamente noch gut sind. Dann ließe sich das Ganze zügig wiederaufbauen. Aber das weiß ich eben noch nicht, und deshalb habe ich den Kaufvertrag auch noch nicht unterschrieben. Aber ich hab schon eine ziemlich genaue Vorstellung davon, wie das Bekleidungshaus Köster einmal aussehen soll. Die Zeichnungen, die ich dazu gemacht habe, die liegen auch irgendwo dazwischen.«

Ich ließ meinen Blick über den vollgepackten Tisch schweifen. »Und was ist das da?«

Willi nahm das Büchlein, auf das ich deutete, in die Hand und lachte.

»Das ist mein Übungsbuch für die Führerscheinprüfung«, sagte er. »Hab ich dir das gestern Abend gar nicht erzählt? Seit ein paar Wochen nehme ich Fahrunterricht.«

»Mensch Willi, ist das nicht ein bisschen viel auf einmal für einen einzelnen Menschen?«

»Für mich jedenfalls nicht«, sagte er fröhlich. »Mir macht das alles riesigen Spaß.«

»Und wenn das was wird mit dem Bekleidungshaus Köster auf der Marktstraße, ziehst du dann um nach Oberhausen?«

»Nein, warum sollte ich? Von hier aus bin ich doch mit dem Auto in fünfzehn bis zwanzig Minuten in der Oberhausener Innenstadt. Nein, ich werde hier bei meiner Oma wohnen bleiben. Aber ich will das Haus ein bisschen umbauen, verschönern und vergrößern.«

»Und was sagt deine Oma dazu?«

»Die findet das gut. Sagt sie jedenfalls. Aber ich glaube, sie ist einfach froh, dass ich jetzt wieder bei ihr wohne und dass ich hier bleiben will.«

»Wo ist sie eigentlich, deine Oma Hertha?«

»Samstags nach ihrem Mittagsschläfchen geht sie zum Friedhof. Da macht sie Opas Grab zurecht und trifft immer ein paar alte Frauen, die sie schon ewig kennt. Bis sie mit denen alles besprochen hat, was es Neues gibt in Neumühl, das dauert immer seine Zeit.«

Während ich mich aufs Sofa setzte, nahm Willi auf einem Stuhl am Tisch Platz und sah mich eine Weile erwartungsvoll an.

»Und du bist wirklich nur vorbeigekommen, um ein wenig mit mir zu plaudern?«, fragte er schließlich.

»Ich war heute Morgen in Hattingen, an eurem Lagerplatz von damals«, antwortete ich.

Willi schüttelte ungläubig lächelnd den Kopf. »Du bist so ein misstrauischer Kerl, Hermann Leschinski. Das ist unfassbar.«

»Nein, das ist kein Misstrauen. Ich hab es mir als Journalist einfach angewöhnt, vor Ort zu recherchieren und Aussagen zu überprüfen.«

»Und? War alles so, wie ich es beschrieben habe?«

»Nein, eine Feldscheune gab es da weit und breit nicht.«

Willi sah mich nur für einen Moment erstaunt an, dann zuckte er mit den Schultern und sagte: »Na, ja, das ist eigentlich nicht verwunderlich. Die war ja damals schon halb verfallen. Wahrscheinlich ist sie inzwischen abgerissen worden.«

»Ja, vor drei Jahren etwa«, sagte ich.

»Woher weißt du das?«

»Journalistische Arbeit«, sagte ich mit einem breiten Grinsen.

»Und was hast du sonst noch alles überprüft?«

»Eigentlich nichts, aber ich hab noch ein bisschen nachgedacht, und ich glaube, ich weiß jetzt auch, woher die neuen Banknoten kommen, die im Pappkoffer waren.«

»Da bin ich aber gespannt«, sagte Willi aufhorchend.

»Als Kurt im Toto gewonnen hat, hat euch ein Geldbote oder der Geldbriefträger dreißigtausend Mark auf den Tisch geblättert. Da waren bestimmt jede Menge neue Banknoten dabei, und die habt ihr schlicht und einfach gegen alte Scheine in eurem Keller ausgetauscht, bevor ihr den Gewinn zur Bank gebracht habt.«

»Schlecht recherchiert, Herr Leschinski. Da bin ich jetzt doch ziemlich enttäuscht«, sagte Willi und lachte in sich hinein.

Seine Reaktion irritierte mich. Ich war davon überzeugt gewesen, mit der Idee, auf die ich durch Hänskens kleinen Totogewinn gekommen war, des Rätsels Lösung gefunden zu haben.

»Also, pass auf«, sagte Willi. »Das war im Mai 1950, als dem Kurt der Totogewinn ausgezahlt worden ist. Damals waren zwar gerade die neuen Fünfmarkscheine herausgekommen, die grünen, aber im Pappkoffer vom Ruhrufer waren vor allem neue Hunderter, die blauen mit dem Porträt eines alten Ratsherrn aus Nürnberg, und die gab es im Mai 1950 noch nicht, die sind erst seit 1951 im Umlauf.«

Ich kratzte mir den Kopf und gab zu, es so genau nicht gewusst zu haben. »Von meinem alten Kumpel Paul Weyermann, der bei der Kripo ist, habe ich nur erfahren, dass in dem Koffer auch Banknoten waren, die es zur Zeit der Operation Bird Dog noch nicht gegeben hat. Mehr hat mich damals nicht interessiert, und deshalb hab ich auch nicht nachgefragt, wann die Scheine gedruckt worden sind.«

»Na ja, aber du hast die Sache ja im Prinzip durchschaut«, sagte Willi. »Wir haben ständig altes Geld aus der Kiste genommen und es durch neues ersetzt, immer wenn wir unseren Lohn bekommen haben zum Beispiel. Und als wir damals große Summen beim Toto gesetzt haben, da haben wir ganz gezielt erst mal möglichst viele von den Scheinen ausgegeben, die damals schon aufgerufen waren, von denen also klar war, dass sie bald kein gültiges Zahlungsmittel mehr sein würden. Das waren vor allem die rotblauen Zwanziger und Fünfziger aus der ersten Serie von den Amis. Und voriges Jahr, kurz bevor ich die sechzigtausend Mark zum Fundbüro gebracht habe, sind der Kurt und ich noch quer durchs Ruhrgebiet von Bank zu Bank gezogen und haben alte Scheine in neue umgetauscht.«

»Das kann man einfach so machen?«, fragte ich erstaunt.

»Ja, warum nicht? Wenn Banknoten ungültig werden, kannst du sie noch eine Zeitlang umwechseln. Natürlich sind wir nie mit großen Beträgen irgendwo aufgetaucht, sondern immer höchstens mit ein paar Hundertern. Dann haben wir gesagt, dass das unser Erspartes sei und dass wir es gern eintauschen würden. Dabei hat es nie Probleme gegeben. Ich glaube, am Ende hatten wir alles in allem Banknoten im Wert von fast zehntausend Mark, die erst nach der Währungsreform gedruckt worden waren.«

Die Erklärung war so simpel, dass ich lachen musste. Nicht nur ich, sondern auch der Kriminalmeister Paul Weyermann hatte sich von den neuen Banknoten im alten Pappkoffer täuschen lassen und aus ihnen geschlossen, die sechzigtausend Mark vom Ruhrufer könnten nicht während der Operation Bird Dog gestohlen worden sein. Dabei hatten die Jungs nur im Laufe der Jahre immer mal wieder ein paar alte Scheine gegen neue getauscht.

»Warum lachst du? Glaubst du mir etwa immer noch nicht?«, fragte Willi.

»Doch, ich glaube dir. Mir war eigentlich schon heute Morgen in Hattingen klar, dass du deine Geschichte nicht erfunden hast.

Und jetzt ist sie endgültig rund und so plausibel, dass ich sie doch ganz gerne schreiben würde.«

Willi schüttelte grinsend den Kopf. »Ich dachte, du hättest inzwischen kapiert, dass du das nicht kannst.«

»Vielleicht geht es ja doch. Mir ist da nämlich eine Idee gekommen«, sagte ich forsch.

Willi sah mich fragend an.

»Ich könnte der Polizei den Tipp geben, dass hier hundertfünfzigtausend Mark versteckt sind. Ich bin mir ziemlich sicher, dass bei einer Hausdurchsuchung ungefähr diese Summe im Keller in einer Holzkiste gefunden würde. Und dann könnte ich die Geschichte schreiben. Mehr Beweise brauche ich nicht.«

»Jetzt redest du Blödsinn«, sagte Willi, aber seine Stimme klang plötzlich recht zaghaft. Er wich meinem Blick aus und fuhr sich mit der Hand nervös durchs blonde Haar.

»Das glaub ich nicht«, sagte ich siegesgewiss. »Knapp sechs Milliarden haben die Amis damals in dreiundzwanzigtausend Kisten durchs Land transportiert. Das haben jedenfalls Paul Weyermanns Recherchen ergeben. Demnach müssten, wenn ich das richtig gerechnet habe, durchschnittlich um die zweihundertsechzigtausend Mark in jeder Holzkiste gewesen sein.«

Willi Köster schluckte. Eine Weile schwieg er, dann sagte er hastig, so als sei ihm ganz plötzlich die rettende Idee gekommen: »Aber das ist doch Quatsch. Dann hätte ich doch viel mehr Geld in den Koffer gepackt, zweihunderttausend oder so. Sonst hätte ich jetzt ja immer noch jede Menge illegale Kohle, mit der ich nichts anfangen könnte. Wenn du recht hättest, wäre es doch blöd von mir gewesen, nur sechzigtausend Mark zum Fundbüro zu bringen.«

»Nein, das war keineswegs blöd«, entgegnete ich. »Den Fund am Ruhrufer vorzutäuschen und darauf zu hoffen, nach einem Jahr den Pappkoffer samt Inhalt ausgehändigt zu bekommen, das war doch ein ziemlich gewagtes Unternehmen. Dein Freund Kurt und du, ihr konntet euch jedenfalls nicht hundertprozentig sicher sein, dass das alles genau so laufen würde, wie ihr euch das vorgestellt hattet. Also wäre es ein viel zu großes Risiko gewesen, euer ganzes Geld bei der Aktion aufs Spiel zu setzen. Und es war ja auch gar nicht nötig. Es weiß doch ohnehin niemand genau, wie viel Kohle in dem Koffer war. In der Ruhr-Post stand, dass es sich um eine Summe im mittleren fünfstelligen Bereich gehandelt hat. Bei den Leuten bleibt hängen, dass du jetzt ein reicher Mann bist. Und nur darauf kommt es an. Wenn du jetzt ein Geschäftshaus in der Marktstraße kaufst, es renovieren lässt, es einrichtest, Waren einkaufst, dir ein Auto anschaffst und das Haus hier in Neumühl umbauen lässt, dann wirst du das so geschickt anstellen, dass niemand mitkriegen wird, wie viel Geld du wirklich investierst. Da bin ich mir sicher. Du wirst bei dem einen oder anderen Geschäft die Scheine direkt auf den Tisch legen, manches wirst du auf Pump kaufen, deine Handwerker wirst du, wenn möglich, schwarz bezahlen, und du wirst auch so clever sein, einige Kredite aufzunehmen. Am Ende kann jedenfalls kein Mensch mehr nachvollziehen, wie viel eigenes Geld du in deine Unternehmungen gesteckt hast, und wenn dann auch noch das Bekleidungshaus Köster ein erfolgreiches Unternehmen wird, dann wird sich niemand darüber wundern, dass du ganz allmählich immer reicher wirst.«

Wieder schwieg Willi Köster eine Zeitlang. Dann zuckte er mit den Schultern, lächelte mich an und sagte: »Es sind noch knapp hundertvierzigtausend Mark, die unten im Keller liegen.«

»Und kein Mensch weiß davon?«, fragte ich.

»Doch, du weißt es jetzt.«

»Das ist unglaublich viel Geld«, sagte ich.

»Mit den sechzigtausend Mark vom Ruhrufer, die inzwischen auf einem Bankkonto liegen, besitze ich jetzt fast zweihunderttausend Mark.«

»Also sitze ich gerade dem reichsten Mann von Neumühl gegenüber.«

»Vermutlich«, sagte Willi, »aber glücklich macht mich das nicht. Was soll ich mit so viel Geld? Es ist viel mehr, als ich brauche. Ich würde es furchtbar gern mit meinem Freund Kurt teilen, das kannst du mir glauben.«

»Das tue ich«, sagte ich, »das glaube ich dir wirklich.«

»Und du? Warum gehst du jetzt nicht zur Polizei?«, fragte Willi.

»Wie kommst du darauf, dass ich das nicht tun werde?«

»Ich weiß doch inzwischen, dass du nicht blöd bist«, sagte Willi und lächelte mich an. »Wenn du die Absicht gehabt hättest, der Kripo den Tipp zu geben, dass hier eine Kiste voll Geld herumsteht, dann hättest du das längst getan und mich nicht erst gewarnt. Wenn du jetzt losfährst, um deinem Kumpel Paul Weyermann die Geschichte zu erzählen, dann bleibt mir Zeit genug, die ganze Kohle aus dem Keller verschwinden zu lassen.«

Willi Köster saß da, entspannt zurückgelehnt auf dem Stuhl am Wohnzimmertisch seiner Oma, der vollgeladen war mit Skizzen und Plänen, mit all seinen zu Papier gebrachten Zukunftsträumen. Er sah mich freundlich und ohne jeden Argwohn an. Er hatte mich durchschaut. Er wusste, dass ich ihn nicht ans Messer liefern würde.

»Ich hab nicht die Absicht, dir dein Leben zu versauen«, sagte ich. »Es gibt keinen Grund dafür. Was ihr damals getan habt, das hätte ich auch getan, wenn sich mir die Gelegenheit geboten hätte und ich mutig genug gewesen wäre. Ihr wart drei Jungs, die Hunger hatten, wie wir alle in den Jahren nach dem Krieg. Als ihr die Lastwagen der Amis gesehen habt, da habt ihr an Dosenfleisch und Schokolade gedacht, vielleicht auch an Kaffee oder Zigaretten, für die ihr auf dem Schwarzmarkt Lebensmittel bekommen hättet. Und als ihr später mitgekriegt habt, was ihr euch tatsächlich unter den Nagel gerissen hattet, was hättet ihr da schon machen sollen? Das Geld zurückbringen und in den Knast wandern? Das hätte doch niemand getan. Nein, Willi, ich hab keinen Grund, dich zu verpfeifen. Es gibt ja nicht mal jemanden, der das Geld vermisst.«

Wir bemerkten Oma Hertha erst, als sie in der Wohnzimmertür stand. Sie freute sich, Willi und mich zusammen zu sehen. Während sie in der Küche Wasser aufsetzte und Kaffee mahlte, räumte Willi seine Unterlagen vom Wohnzimmertisch und holte drei Tassen aus dem Schrank. Meinen Einwand, dass ich eigentlich zurückmüsste nach Sterkrade, ließen er und seine Oma Hertha nicht gelten.

Kurz darauf saßen wir zu dritt um den Tisch, und Hertha Köster erzählte uns, wen sie auf dem Friedhof getroffen und was sie an Neuigkeiten erfahren hatte. Irgendwann verschwand Willi für ein paar Minuten. Als er zurückkam, sagte ich, ich müsse jetzt aber wirklich fahren.

Willi brachte mich hinaus bis zu meinem Motorrad, das vorm Haus am Straßenrand stand.

Ich streckte ihm eine Hand entgegen und sagte: »Bis bald.«

»Das will ich hoffen«, sagte Willi und schlug ein.

Während ich meinen Helm aufsetzte, schob er einen Briefumschlag in die Seitentasche meiner Lederjacke. Ich zog ihn wieder hervor. Es war ein ziemlich dicker Umschlag.

»Was soll das?«, fragte ich.

»Na, was schon? Ich möchte dir etwas schenken.«

»Journalisten, die sich Geld zustecken lassen, sind mir zuwider«, sagte ich und hielt ihm den Umschlag entgegen.

»Ach Gott«, sagte Willi und verdrehte die Augen. »Sei doch einfach mal Hermann Leschinski und erlaube einem Freund, dir ein Geschenk zu machen.«

Ich hielt den Umschlag zögerlich in der Hand.

»Ich erwarte keine Gegenleistung von dir«, sagte Willi. »Ich will mir weder einen Journalisten kaufen noch einen Freund. Du weißt doch, ich hab mehr als genug von dem Zeug, und es ist mir wirklich eine Freude, dem einzigen Menschen, der weiß, woher ich es habe, ein bisschen davon abzugeben.«

Ich steckte den Umschlag zurück in die Tasche meiner Lederjacke und zog den Reißverschluss zu.

Siebzig Hundertmarkscheine hatte Willi Köster in den Umschlag gesteckt. Das war ungefähr so viel Geld wie ich damals als Pauschalist bei der Ruhr-Post in zwei Jahren verdiente. Ich kaufte mir für fünfeinhalbtausend Mark einen nagelneuen VW-Käfer. Opa Leschinski und Oma Hilde, den Freunden in Sterkrade und den Kollegen in Essen sagte ich, dass ich den Wagen auf Pump gekauft hätte.

Im Herbst 1952 wurde mein Pauschalisten-Vertrag bei der Ruhr-Post in einen Redakteurs-Vertrag umgewandelt. Ich wurde offiziell zum stellvertretenden Leiter des Ressorts »Vermischtes« ernannt, und mein Gehalt wurde so deutlich erhöht, dass sich bald niemand mehr darüber wunderte, dass ich mir ein Auto leisten konnte.

Bei Trudi Tippel verbrachte ich nur noch wenige Male ein

paar schöne Stunden, dann teilte sie mir mit, sie habe einen Mann in ihrem Alter kennengelernt, mit dem sie eine feste Beziehung eingehen wolle, und sie wünsche deshalb keine Besuche mehr von mir.

Ich habe nie herauszufinden versucht, ob Trudi damals wirklich einen neuen Partner gefunden hatte. Es ist gut möglich, dass sie ihn nur erfunden hat, um unsere Affäre, die kompliziert zu werden drohte, seitdem ich mich in Leni Schlüter verliebt hatte, elegant und ohne Diskussionen zu beenden.

In den nächsten Jahren fuhr ich häufig mit meinem Käfer nach Köln, um dort ein paar Stunden mit Leni zusammen zu sein. Eine Nacht miteinander verbringen konnten wir nicht, solange sie studierte. Sie wohnte, wie fast alle Studentinnen und Studenten, zur Untermiete und wäre fraglos sofort aus ihrem Zimmer hinausgeflogen, wenn ein Mann bei ihr übernachtet hätte.

Als sie 1955 ihr erstes Staatsexamen abgelegt hatte, kam sie als Studienreferendarin nach Essen. Ich hatte inzwischen eine eigene kleine Wohnung. Von den eineinhalbtausend Mark, die ich von Willi Kösters Geschenk übrig behalten hatte, hatte ich sie mir ziemlich komfortabel eingerichtet.

An den Wochenenden fuhren Leni und ich gemeinsam nach Sterkrade in die Bremener Straße, sie zu ihren Eltern und ich zu meinen Großeltern. In der Woche verbrachten wir allerdings die meisten Abende und Nächte zusammen in meiner Wohnung. Das führte dazu, dass sich im Sommer 1956 unsere erste Tochter ankündigte. Leni und ich heirateten noch im selben Jahr.

Klara Milewski wurde im Spätsommer 1952 der Prozess gemacht. Ich verfolgte ihn für die Ruhr-Post. Heutzutage würde sie wahrscheinlich kein Richter mehr ins Gefängnis schicken, doch damals befanden die älteren Herren in ihren schwarzen Roben, eine Frau dürfe sich keinesfalls so heftig gegen einen Mann zur Wehr setzen, dass dieser dadurch zu Tode kommen könne, auch dann nicht, wenn er im Begriffe sei, sie zu bedrängen und sexuell zu nötigen.

Willi Köster sagte zu Klaras Gunsten aus, und ihr Anwalt plädierte auf Notwehr. Doch die Richter blieben bei ihrer grundsätzlichen Haltung. Sie kreideten Klara Milewski an, dass sie allein mit Kurt Möllenbeck in den Gruga-Park gegangen war, obwohl dieser sie zuvor schon einige Male handgreiflich belästigt hatte. Klara wurde wegen Körperverletzung mit Todesfolge zu einer dreijährigen Gefängnisstrafe verurteilt.

1955 wurde sie aus der Haft entlassen. Ein paar Monate später entdeckte ich zufällig, dass es im Oberhausener Stadtteil Buschhausen einen neuen Frisiersalon gab. Seine Inhaberin hieß Klara Milewski. Es ging das Gerücht, die finanziellen Mittel für die Geschäftsgründung habe ihr ein reicher Gönner zur Verfügung gestellt.

Willi Köster eröffnete im Frühjahr 1953 auf der Marktstraße, der damals bedeutendsten Einkaufsstraße in Oberhausen, sein erstes Bekleidungshaus. Bis zum Ende der sechziger Jahre kamen drei Filialen in Duisburg, Mülheim und Gelsenkirchen hinzu.

In den Monaten, die auf den heißen Sommer 1952 folgten, trafen wir uns noch einige Male, gingen zusammen aus, tranken etwas und unterhielten uns. Wir verstanden uns gut, und es mangelte uns nie an Gesprächsthemen, die uns beide interessierten. Dennoch verabredeten wir uns mit der Zeit immer seltener. Willi arbeitete damals wie ein Besessener an der Verwirklichung seines Traumes vom eigenen Bekleidungshaus, und ich fuhr mit meinem Käfer Tag für Tag kreuz und quer durchs Ruhrgebiet, um neue Geschichten für die Seite »Buntes aus dem Revier« zu finden.

Ganz aus den Augen verloren wir uns aber nie. Zweimal im Jahr kleidete ich mich bei Köster auf der Marktstraße neu ein. Anschließend bat ich jedes Mal den Verkäufer, der mich bedient hatte, um ein Gespräch mit seinem Chef. Wenn Willi hörte, dass ich es war, der ihn sprechen wollte, nahm er sich immer die Zeit für eine gemeinsame Tasse Kaffee. So saßen wir uns jedes halbe Jahr in seinem Büro gegenüber und erzählten einander, was es Neues gab im Leben des einen und im Leben des anderen. Ich sah Willi Kösters blonden Haarschopf grau werden, und ich sah in seinen Augen, dass auch ich älter wurde.

Er hatte eine seiner Verkäuferinnen geheiratet und drei Söhne mit ihr bekommen, und er wusste, dass ich Leni Schlüter geheiratet hatte und dass wir zwei Töchter hatten. Irgendwann erzählten wir einander, dass wir Großväter geworden waren, und in dem Jahr, in dem Leni gestorben war, viel zu früh, saß ich ihm gegenüber und weinte.

Über die siebentausend Mark, die er mir geschenkt hatte, sprachen wir nie mehr.

Aber hin und wieder stellte er mir lächelnd die Frage:

»Na, wie ist es? Ärgerst du dich immer noch ein bisschen darüber, dass du die Geschichte nicht schreiben konntest, die wahre Geschichte vom Schatz am Ruhrufer?«

Ich gab ihm jedes Mal dieselbe Antwort:

»Wer weiß, vielleicht werde ich sie eines Tages noch schreiben.«

Peter Kersken
IM SCHATTEN DER ZECHE
Broschur, 320 Seiten
ISBN 978-3-89705-714-2

»Umfangreiche Recherche so lebendig darzubieten, zeugt von großem literarischen Können.« WAZ

»›Im Schatten der Zeche‹ macht Ruhrgebietsgeschichte regelrecht greifbar und erzählt gleichzeitig einen spannenden Krimi mit Tiefgang.« WDR 4

www.emons-verlag.de